建安风骨（上）

动荡年代的
文学之美

夏煜 主编

应急管理出版社
·北京·

图书在版编目（CIP）数据

建安风骨：动荡年代的文学之美：上下册/夏煜主编.
－－北京：应急管理出版社，2022
　ISBN 978－7－5020－8790－6

Ⅰ.①建… Ⅱ.①夏… Ⅲ.①古典文学—文学研究—中国—三国时代 Ⅳ.①I206.2

中国版本图书馆CIP数据核字（2021）第125386号

建安风骨　动荡年代的文学之美（上下册）

主　　编	夏　煜
责任编辑	陈棣芳
封面设计	书心瞬意
出版发行	应急管理出版社（北京市朝阳区芍药居35号　100029）
电　　话	010－84657898（总编室）　010－84657880（读者服务部）
网　　址	www.cciph.com.cn
印　　刷	河北浩润印刷有限公司
经　　销	全国新华书店
开　　本	710mm×1000mm¹/₁₆　印张 26　字数 235千字
版　　次	2022年4月第1版　2022年4月第1次印刷
社内编号	20201761　　　　　定价 88.00元（上下册）

版权所有　违者必究

本书如有缺页、倒页、脱页等质量问题，本社负责调换，电话：010－84657880

前言

诗仙李白在《宣州谢朓楼饯别校书叔云》一诗中说："蓬莱文章建安骨，中间小谢又清发。"其中"建安骨"，就是"建安风骨"的简称。诗仙又在《古风》一诗中说："自从建安来，绮丽不足珍。"对魏晋时代之后绮丽奢靡的诗风、文风表达了不满，推崇建安时代慷慨任气、积极向上、风清骨峻、真挚自然的诗风、文风。而建安风骨的代表，无疑是"三曹"和"建安七子"。

"三曹"是曹操、曹丕和曹植父子三人的统称，三人都是中国历史上大名鼎鼎的人物。有着"乱世奸雄"之称的曹操，不仅是杰出的政治家、军事家，也是出色的诗人，他的《短歌行》《蒿里行》《步出夏门行》等诗，朴实无华、气韵沉雄，开创了用乐府写时事的传统。曹操的次子曹丕在父亲病逝后称帝，终结了汉朝四百年的历史。曹丕也是杰出的诗人，在赋、散文和文学评论方面也有杰出成就。曹丕的诗委婉细致，善于描写爱情，其《燕歌行》是"开千古妙境"的最早的完整七言诗。一度被曹操视为继承人首选的曹植，在与哥哥曹丕的夺嗣之争中失败，生活陷入无尽苦闷中，但在文学上取得了杰出成就，他的诗歌《白马篇》《赠白马王彪》《七哀诗》等，或乐观向上，或沉痛凄婉，但感情真挚、情景交融，对后世诗歌影响深远。曹植的《洛神赋》，是有楚辞之风的辞赋名篇，辞采华美，描写细腻，想象丰富。

"三曹"的作品各有特色，均为建安风骨的杰出代表。而名气逊于三人的"建安七子"，也是文学史上承前启后的重要人物。建安七子中，除了孔融曾任东汉高官、王粲曾为曹魏高官之外，都是曹氏父子麾下的文学侍从，地位较低，生活也多不得志。但是，七人的作品依然以积极向上的内容为主，是建安风骨的独特之处。七人中，孔融（代表作《荐祢衡表》）、王粲（代表作《登楼赋》《七哀诗》）、陈琳（代表作《为袁绍檄豫州》）的成就较高。同时，阮瑀的《驾出北郭门行》《为曹公作书与孙权》，徐幹的《中论》《答刘桢》，应玚的《别诗》《文质论》，刘桢的《赠五官中郎将诗》等，也是影响深远的杰作，越来越受到后世研究者的重视。

　　"三曹"与"建安七子"的作品存世不多，但多数都是开后世先河的扛鼎之作，且比起后世以绮丽相竞的作品，有着返璞归真的美感。为了让读者更好地欣赏建安风骨的魅力，我们精选了他们的代表作品，进行精心的注释与赏析，希望读者能够从中获得独特的艺术享受。

目录

◎ 曹　操 / 1

　度关山（天地间）/ 1

　薤露行（惟汉二十世）/ 5

　蒿里行（关东有义士）/ 8

　对　酒（对酒歌）/ 11

　短歌行（对酒当歌）/ 14

　苦寒行（北上太行山）/ 17

　步出夏门行 / 20

　　艳（云行雨步）/ 20

　　观沧海（东临碣石）/ 22

　　冬十月（孟冬十月）/ 23

　　土不同（乡土不同）/ 25

　　龟虽寿（神龟虽寿）/ 26

　却东西门行（鸿雁出塞北）/ 28

◎ 曹　丕 / 31

　钓竿行（东越河济水）/ 31

　十　五（登山而远望）/ 33

　短歌行（仰瞻帷幕）/ 34

　燕歌行 / 37

　　其一（秋风萧瑟天气凉）/ 37

　　其二（别日何易会日难）/ 40

　秋胡行（朝与佳人期）/ 42

　丹霞蔽日行（丹霞蔽日）/ 45

　上留田行（居世一何不同）/ 46

　煌煌京洛行（夭夭园桃）/ 48

　芙蓉池作（乘辇夜行游）/ 52

　于玄武陂作（兄弟共行游）/ 54

　杂　诗 / 56

　　其一（漫漫秋夜长）/ 56

　　其二（西北有浮云）/ 58

　清河作（方舟戏长水）/ 60

　清河见挽船士新婚与妻别作（与君结新婚）/ 62

　代刘勋出妻王氏作（翩翩床前帐）/ 64

　折杨柳行（西山一何高）/ 65

　至广陵于马上作（观兵临江水）/ 68

· 1 ·

与吴质书（二月三日）/ 71

◎ 曹　植 / 80

　　箜篌引（置酒高殿上）/ 80

　　薤露行（天地无穷极）/ 84

　　吁嗟篇（吁嗟此转蓬）/ 87

　　浮萍篇（浮萍寄清水）/ 90

　　野田黄雀行（高树多悲风）/ 93

　　门有万里客行（门有万里客）/ 96

　　泰山梁甫行（八方各异气）/ 98

　　怨歌行（为君既不易）/ 100

　　精微篇（精微烂金石）/ 103

　　桂之树行（桂之树）/ 108

　　当墙欲高行（龙欲升天须浮云）/ 111

　　名都篇（名都多妖女）/ 113

　　美女篇（美女妖且闲）/ 117

　　白马篇（白马饰金羁）/ 120

　　升天行 / 123

　　　其一（乘蹻追术士）/ 123

　　　其二（扶桑之所出）/ 125

　　五　游（九州不足步）/ 126

　　远游篇（远游临四海）/ 129

　　仙人篇（仙人揽六著）/ 132

　　斗鸡篇（游目极妙伎）/ 135

　　盘石篇（盘盘山巅石）/ 137

　　种葛篇（种葛南山下）/ 141

　　公　宴（公子敬爱客）/ 144

　　七　哀（明月照高楼）/ 146

　　送应氏 / 149

　　　其一（步登北邙阪）/ 149

　　　其二（清时难屡得）/ 151

　　喜　雨（天覆何弥广）/ 153

　　赠徐幹（惊风飘白日）/ 155

　　赠丁仪（初秋凉气发）/ 158

　　赠王粲（端坐苦愁思）/ 161

　　赠丁仪王粲（从军度函谷）/ 164

　　赠白马王彪（黄初四年五月）/ 166

　　赠丁翼（嘉宾填城阙）/ 174

　　朔　风（仰彼朔风）/ 177

　　三　良（功名不可为）/ 182

　　情　诗（微阴翳阳景）/ 184

　　七步诗（煮豆持作羹）/ 186

　　洛神赋（黄初三年）/ 188

◎孔　融 / 201

　　杂　诗 / 201

　　　　其一（岩岩钟山首）/ 201

　　　　其二（远送新行客）/ 205

　　临终诗（言多令事败）/ 208

　　上书荐谢该（臣闻高祖创业）/ 210

　　荐祢衡表（臣闻洪水横流）/ 217

◎陈　琳 / 225

　　饮马长城窟行（饮马长城窟）/ 225

　　答东阿王笺（琳死罪死罪）/ 229

　　为曹洪与魏文帝书（十一月五日

　　　　洪白）/ 233

　　为袁绍檄豫州（左将军领豫州

　　　　刺史）/ 243

　　檄吴将校部曲文（年月朔日子）/ 262

◎王　粲 / 283

　　七哀诗 / 283

　　　　其一（西京乱无象）/ 283

　　　　其二（荆蛮非我乡）/ 286

　　　　其三（边城使心悲）/ 288

　　咏史诗（自古无殉死）/ 291

　　公宴诗（昊天降丰泽）/ 293

　　登楼赋（登兹楼以四望兮）/ 297

　　为刘表谏袁谭书（天降灾害）/ 304

　　为刘表与袁尚书（表顿首

　　　　顿首）/ 313

　　荆州文学记官志（有汉荆州牧

　　　　刘君）/ 323

◎徐　幹 / 331

　　答刘桢（与子别无几）/ 331

　　情　诗（高殿郁崇崇）/ 333

　　室思诗（沉阴结愁忧）/ 336

　　序征赋（余因兹以从迈兮）/ 341

　　西征赋（奉明辟之渥德）/ 345

◎阮　瑀 / 348

　　驾出北郭门行（驾出北郭门）/ 348

　　为曹公作书与孙权（离绝以来）/ 351

◎应　玚 / 366

　　别　诗 / 366

　　　　其一（朝云浮四海）/ 366

　　　　其二（浩浩长河水）/ 368

侍五官中郎将建章台集诗
　　（朝雁鸣云中）/ 369
文质论（盖皇穹肇载）/ 373

刘　桢 / 381

公宴诗（永日行游戏）/ 381
杂　诗（职事相填委）/ 384
赠五官中郎将诗 / 386
　　其一（昔我从元后）/ 386
　　其二（余婴沉痼疾）/ 388
　　其三（秋日多悲怀）/ 391
　　其四（凉风吹沙砾）/ 393
赠徐幹诗（谁谓相去远）/ 394
处士国文甫碑（先生执乾灵之
　　贞资）/ 398

曹 操

曹操（155—220年），字孟德，小字阿瞒，沛国谯县（今安徽亳州）人，东汉末年杰出的政治家、军事家、诗人。在东汉末年的乱世中，曹操经过多年征战，为之后曹魏政权的建立奠定了坚实的基础，魏文帝追尊他为武皇帝，庙号太祖。曹操的诗歌冠绝当时，抒发了他伟大的政治抱负，一定程度上反映了东汉末年百姓的苦难，气魄雄伟，慷慨悲凉；他的散文清峻整洁，对影响深远的建安文学起到了开辟之功。同时，曹操还擅长书法，尤工章草，被评为"妙品"。

度关山①

天地间，人为贵。
立君牧②民，为之轨则。
车辙马迹，经纬③四极④。
黜陟幽明⑤，黎庶⑥繁息⑦。
於铄⑧贤圣！总统⑨邦域。
封建⑩五爵⑪，井田⑫刑狱⑬。
有燔⑭丹书⑮，无普⑯赦赎⑰。
皋陶⑱甫侯⑲，何有失职？

嗟哉[20]后世，改制易律[21]。
劳民为君，役赋其力。
舜漆食器[22]，畔者[23]十国，
不及唐尧，采椽不斫[24]。
世叹伯夷[25]，欲以厉俗[26]。
侈恶之大，俭为共德。
许由[27]推让，岂有讼曲[28]？
兼爱尚同[29]，疏者为戚[30]。

注释

①度关山：乐府诗题，北宋郭茂倩编纂《乐府诗集》，将其编入《相和歌·相和曲》。

②牧：统治，管理。

③经纬：南北的道路为经，东西的道路为纬。这里用作动词，指巡行。

④四极：四方极远之地。

⑤黜陟幽明：罢免昏庸之人，提拔德才兼备者。黜，降职或罢免。陟，提升，升迁。幽明，分别指昏庸者和德才兼备者。

⑥黎庶：黎民百姓。

⑦繁息：繁衍生息。

⑧於铄：呜呼，多么闪耀。表示赞美。

⑨总统：总管，总揽。

⑩封建：指分封诸侯。

⑪五爵：指先秦时代诞生的公、侯、伯、子、男五等爵位。

⑫井田：据称为商周田制，但缺乏考古资料证实。其制以九百亩为一井，均分为九块，呈井字形。中间一百亩为公田；周围八百亩为私田，分给八家耕种。私田收入归八家所有，但八家需要共耕公田，公田收入交公。

⑬刑狱：刑罚狱讼。

⑭燔：焚烧。

⑮丹书：用红字书写的犯人的罪案。

⑯无普：不能普及，不使泛滥。

⑰赦赎：古时允许犯人花钱赎免刑罚的制度。

⑱皋陶：亦作"皋繇"，上古时期著名司法官员，有中国司法鼻祖之称。

⑲甫侯：即吕侯，周穆王时担任主管刑狱的司寇一职。

⑳嗟哉：感叹词。

㉑改制易律：改换制度，更易法律。

㉒舜漆食器：上古帝王虞舜用漆器当食器。

㉓畔者：背叛者。畔，同"叛"。

㉔采椽不斲：用柞木做椽，不进行砍凿和修整。采，柞木。椽，放在檩上架着屋顶的木条。

㉕伯夷：商末孤竹国（位于今河北唐山一带）国君的长子。国君遗命立伯夷的弟弟叔齐为君，叔齐让给伯夷，伯夷不接受，逃走了，叔齐也逃走了，兄弟俩一起去了西岐，曾阻止武王伐纣。武王灭商后兄弟二人耻食周粟，隐居首阳山，采薇而食，最终一同饿死。

㉖厉俗：劝勉世俗。厉，劝勉。

㉗许由：唐尧时的隐士。尧将天下让给许由，许由不肯接受，跑到水边去洗耳朵，认为尧的话脏了自己的耳朵。

㉘讼曲：诉讼，打官司。

㉙兼爱尚同：同时爱一切人或物，崇尚同德。这都是春秋末期思想家墨子的主张。

㉚戚：亲近。

译文

　　天地之间，人是最宝贵的。设立君主统治百姓，为百姓制定法律。车辙马迹遍及四方极远之地，那是君主在巡行。罢免昏庸之人，提拔德才兼备者，使黎民百姓得以繁衍生息。呜呼，贤明的君主多么闪耀！总管着国家的疆域。分封诸侯，赐以五爵，推行井田与刑狱之法。宁肯焚烧罪案，也不能允许花钱赎免刑罚的行为泛滥。三代的皋陶、周朝的甫侯，作为狱官哪有失职之处？可叹后世子孙，改换制度，更易法律。让百姓劳苦万分地侍奉君主，用徭役和赋税榨取民力。虞舜用漆器当食器，十个诸侯立刻背叛。实在比不上唐尧，用柞木做椽且不砍凿修整。世人都在赞美伯夷，想要以此劝勉世俗。奢侈的罪恶如此之大，节俭是共同推崇的美德。许由谦让天下，向他学习哪里还会有诉讼？实行兼爱、尚同，疏远的人也会变得亲近。

赏析

　　这首诗表现了曹操的政治理想，详细介绍了执政者需要具有的善用民力、勤俭节约、遵法而行等基本素养。曹操执法极为严峻，但不会滥用刑罚，他的一些观点值得执法者借鉴。

　　开头"天地间，人为贵"两句，包含着以人为本的先进思想。接着，诗人用十二句诗描绘了自己想象中的理想的治国之道：国君不辞辛劳巡行全国，亲贤人、斥小人，百姓繁衍生息。他任命的诸侯和官吏能够管好生产，执法严正，不徇私情，天下自然就能得到很好的治理。随后，诗人特别以传说中主管刑狱的皋陶和甫侯为例，说明古代法制严明使得天下大治，可惜的是后人"改制易律"，并且不惜民力，"劳民为君"，才酿成天下大乱的后果。我们今天来看，皋陶和甫侯所处的时代，法制思想肯定

是相对落后的，当时人的生活也不如后人想象中那么美好。但是诗人处在乱世之中，通过想象中的"乌托邦"一样的社会来寄托自己的政治理想，是可以理解的。

在接下来的诗句中，诗人接连列举了多位上古贤人，借古讽今，希望能用他们的事迹劝勉当世之人，以实现天下统一与安定的理想。其中，舜与尧是一组对比，指出纠正"侈恶之大"的方法，即"俭为共德"。赞叹伯夷和叔齐的守义以及许由的高洁、谦让，希望寡廉鲜耻的小人痛改前非，净化社会风气。最后两句，诗人叙述古代君主统治百姓的法则，将"兼爱""尚同"视为实现大同理想的方案，依然是对民本思想的肯定。

这首诗兼具儒家、法家、墨家等思想，核心则是朴素的民本思想，是曹操这位杰出政治家的深切感悟，颇具价值。

薤露行[1]

惟汉二十世[2]，所任[3]诚不良。
沐猴而冠带[4]，知[5]小而谋强[6]。
犹豫不敢断，因狩[7]执[8]君王。
白虹为贯日[9]，己亦先受殃。
贼臣[10]持国柄[11]，杀主[12]灭宇京[13]。
荡覆帝基业，宗庙[14]以燔丧。
播越[15]西迁移，号泣而且[16]行。
瞻彼洛城郭，微子[17]为哀伤。

注释

①薤露行：乐府诗题，《乐府诗歌》将其编入《相和歌·相和曲》，原为民间挽歌。薤，即藠头，多年生鳞茎植物，鳞茎数枚聚生，可食。"薤露"二字，表示一个人的生命就像薤上的露水，只要太阳一晒就会立刻干掉，用以比喻人生短暂与无常是非常合适的。

②二十世：实为第二十二世，指汉朝第二十二位皇帝汉灵帝。"二十"为约数。

③所任：汉灵帝任命的人。指何皇后的哥哥大将军何进。他原本是个屠夫，不学无术。发迹后独揽大权，不听劝阻想要与边将董卓共诛宦官，反而被宦官杀死，并酿成董卓之乱。

④沐猴而冠带：就像猴子穿着衣服戴着帽子，讽刺何进枉居高位却毫无才能。沐猴，猕猴。冠带，帽子和腰带。

⑤知：同"智"，智慧，智谋。

⑥谋强：谋划大事，指诛杀专擅朝政的宦官"十常侍"等。

⑦狩：打猎，也比喻天子出巡。

⑧执：挟持。

⑨白虹为贯日：白色的长虹穿过太阳。古人认为出现这种天象时会有非常之事发生。

⑩贼臣：指董卓。

⑪国柄：朝政大权。

⑫杀主：公元189年，董卓为了提升威望，废掉少帝刘辩，立陈留王刘协为帝，即汉献帝。不久，他又派人毒杀了刘辩。

⑬宇京：京城，指东汉都城洛阳。公元190年，董卓胁迫汉献帝西迁长安（今陕西西安），并焚毁了洛阳。

⑭宗庙：指汉朝皇室的祖庙，也是政权的象征。

⑮播越：颠沛流离。

⑯且：通"徂"，往，到。

⑰微子：微子启，商纣王的庶兄。《史记·宋微子世家》记载，微子屡次劝谏纣王，不被采纳，于是逃走了。武王灭商后，微子被封为宋国诸侯。他去周都朝见天子时路过商都旧址殷墟，痛心不已，作《麦秀》之诗，商朝遗民听后无不落泪。

译 文

第二十二世汉家天子重用的人实在是虚有其表。就像猴子穿着衣服戴着帽子，智谋小而谋划大事。做事犹豫不能决断，以致君主遭人挟持。白虹贯日的凶兆应验在君主身上，自己也因此身死。乱臣贼子趁着混乱之际掌握国家大权，杀害君主，焚烧京都洛阳。汉朝的基业从此倾覆，帝王的宗庙也在熊熊燃烧的烈火中被毁坏。君主颠沛流离西迁至长安，一路上迁徙的百姓痛哭不止。我看着洛阳城内的悲惨状况，就像当年微子面对殷墟而难过不已。

赏 析

后世学者研究表明，曹操首先用乐府古调写时事，是开用古乐府写新内容的风气之先的。

这首诗以史入诗，用沉痛的笔调描写了东汉末年的一连串影响巨大的事件：汉灵帝任命不学无术的国舅何进为大将军，任人唯亲是封建社会的一大弊端，自然"所任诚不良"。何进"沐猴而冠带"，他智小谋强，意图一举清除东汉王朝的一大毒瘤——专权的宦官。结果，由于他"犹豫不敢断"，宦官们先下手为强，杀死了何进，又劫持了少帝刘辩和陈留王刘协。

何进原本想招引外将董卓带兵来帮助自己，董卓趁乱"持国柄"，又擅行废立，杀了少帝立汉献帝，并在关东诸侯的威压下"灭宇京""西迁移"，给天下百姓带来了无尽的灾难。曹操来到残破的洛阳城下，恍然觉得自己就像当年的微子重回殷墟一样，满心都是哀伤。此时的曹操尚未成为权倾朝野的丞相，他作为汉臣，心中定是充满了对汉室倾覆的悲伤与感叹。

此诗沉郁悲壮，质朴古拙，内容多是高度概括的实录，沉痛的感情溢于言表，具有强烈的艺术感染力。

蒿里行①

关东②有义士③，兴兵讨群凶④。
初期⑤会盟津⑥，乃心在咸阳⑦。
军合力不齐，踌躇而雁行⑧。
势利使人争，嗣⑨还⑩自相戕⑪。
淮南弟称号⑫，刻玺于北方⑬。
铠甲生虮虱⑭，万姓⑮以死亡，
白骨露于野，千里无鸡鸣。
生民百遗⑯一，念之断人肠。

注 释

①蒿里行：汉乐府旧题，属《乐府诗麻》中的《相和歌·相和曲》，原本是汉代人们送葬时所唱的挽歌。蒿里，山名，相传是死人所处之地。

②关东：指函谷关以东，函谷关旧址在今河南灵宝一带。

③义士：指以袁绍为盟主的各州郡将领组成的关东联军。

④讨群凶：指讨伐董卓及其党羽。

⑤初期：原本期望。

⑥盟津：孟津（今河南孟州南）。商朝末年，周武王曾在孟津与八百诸侯集聚，商讨伐纣事宜。

⑦咸阳：秦朝都城，这里借指长安，当时董卓为躲避关东联军，挟持汉献帝到长安。

⑧雁行：雁群的行列。这里形容关东联军只是列阵，互相观望，谁也不肯率先进攻。

⑨嗣：后来。

⑩还：同"旋"，不久。

⑪自相戕：互相残杀。当时盟军中发生了多起内部攻杀事件，人心离散。

⑫"淮南"句：建安二年（197年），袁绍堂弟袁术（实际上是袁绍的异母弟，袁绍被过继给了伯父）在寿春（今安徽寿县）称帝，建号仲氏。

⑬"刻玺"句：初平二年（191年），袁绍私刻印玺，打算以不知献帝生死为由，立幽州牧刘虞为帝，遭到刘虞拒绝。

⑭"铠甲"句：指由于连年争战，战士们连战服都来不及脱，铠甲上都生了虱子。虮，虱子的卵。

⑮万姓：百姓。

⑯遗：剩下。

译文

关东的大批义士，纷纷起兵讨伐董卓及其党羽。原本期望能像孟津之会一样齐心合力，志在讨伐长安的董卓。军队集结，人心却不团结，像雁群一样互相观望，谁也不肯率先进攻。权势与利益引起了各路大军的争夺，随后各路大军之间也相互残杀起来。袁绍的堂弟袁术在淮南称帝，袁绍在北方私刻皇帝的印玺。由于战争不断，士兵们的铠甲上都生虱子，很多百姓也因战乱而死亡。尸骨暴露在野地里却没有人来收殓掩埋，千里之间也听不到鸡叫声。一百个百姓当中只剩下一个还活着，一想到这里我的内心就很悲伤。

赏析

这是一首反映社会现实的诗，重点写了关东联军名义上共同讨伐"国贼"董卓，实际上为了各自的利益互相残杀的混乱局面，给百姓带来了极为深重的灾难，表现出诗人作为一个富有洞察力的杰出政治家的心忧天下的情怀。

这首诗前八句勾勒出关东联军各部在讨伐董卓时采取观望态度，不仅裹足不前，还各怀鬼胎乃至互相残杀的混乱局面。随后，诗人揭露了联军中居于统帅地位的袁绍私刻印玺，妄图扶持傀儡皇帝，袁术则干脆自立为帝，暴露出他们名为讨贼，实则争权夺利的丑恶嘴脸，让开头的"有义士""讨群凶"变得非常滑稽，对比极为强烈。诗人将关东联军从聚合到离散的过程描写得详细具体，堪称历史的真实记录。

随后六句，诗人以悲天悯人的情怀，描写了长年战争给士兵与百姓们带来的沉重灾难，表现了自己对现实的不满和对广大劳动人民的无限同情。"白骨露于野，千里无鸡鸣"两句，描绘出一幅凄惨至极的画面，至今读来都令人肝肠寸断。诗人作为亲历者，其感情之强烈可以想见。

此诗境界雄阔远大,尤其是极写百姓哀鸿遍野的惨状的后半部分,其悲凉动人心魄。

对 酒①

对酒歌,太平时,吏不呼门。

王者贤且明,宰相股肱②皆忠良。

咸礼让,民无所争讼。

三年耕有九年储③,仓谷满盈,班白④不负戴⑤。

雨泽如此,百谷⑥用⑦成。

却走马,以粪其土田⑧。

爵公侯伯子男,咸爱其民,以黜陟幽明。

子养有若父与兄⑨。犯礼法,轻重随其刑⑩。

路无拾遗之私。囹圄⑪空虚,冬节不断⑫。

人耄耋⑬,皆得以寿终。恩泽广及草木昆虫。

注 释

①对酒:乐府诗题,属《相和歌·相和曲》。

②股肱:大腿和胳膊,比喻辅佐君主的重臣。

③"三年"句:《礼记·王制》记载:"国无九年之蓄,曰不足;无六年之蓄,曰急;无三年之蓄,曰国非其国也。三年耕,必有一年之食,九年耕,必有三年之食。以三十年之通,虽有凶旱水溢,民无菜色。"曹操则认为,耕种三年,要获得足够九年食用的粮食储备。

④班白：即"斑白"，指头发花白的老人。

⑤负戴：用肩扛或用头顶东西，泛指繁重的体力劳动。

⑥百谷：即"五谷"，泛指各种农作物。

⑦用：因而。

⑧"却走马"两句：指将战马用于运送肥料。化用自《道德经》："天下有道，却走马以粪；天下无道，戎马生于郊。"却，退回。走马，跑得快的骏马，此处指战马。粪，用作动词，运送充当肥料的粪便。

⑨"子养"句：指君主、官吏等像对待父母和兄长一样善待百姓。

⑩轻重随其刑：依据所犯罪状的轻重来分别量刑。

⑪囹圄：监狱。

⑫冬节不断：到了冬天没有犯人可处决。古人认为春天万物复苏，夏天万物生长，秋天万物收获，都不适合执行死刑，所以选择在肃杀的冬天处决犯人。断，处决犯人。

⑬耄耋：泛指老年。耄，指八九十岁的年纪。耋，指七八十岁的年纪。

译 文

对着酒唱歌，唱的是那天下太平时节，官吏不会干涉百姓的生活。君主贤明，宰相和其他大臣都是忠良。人人互相礼让，百姓之间不会发生纠纷。耕种三年，能获得足够九年食用的粮食储备，谷仓都是满的，头发花白的老人不用从事繁重的体力劳动。雨水滋润，各种庄稼都获得丰收。战马退回民间，用来运送肥料。公、侯、伯、子、男等爵位的人，都爱护自己治下的百姓，罢免昏庸之人，提拔德才兼备者。君主、官吏等像对待父母和兄长一样善待百姓。倘若有人违背了礼法，依据所犯罪状的轻重来分别量刑。这样一来，道路上没有人拾取他人掉落的物品将其据为己有。监

狱也是空的，到了冬天没有犯人可处决。老年人都能够长寿终老，无尽的恩泽甚至惠及草木和昆虫。

赏析

这首诗描绘的是诗人想象中的太平盛世，是他的政治理想的具象化。

面对美酒，诗人将自己内心的无限感慨唱成了歌，歌中出现了一个理想的社会。接下来，全诗都在描绘这个"乌托邦"的种种美好景象：吏治方面，官吏不扰民，不会频繁催缴田租等，也不会自以为是地催耕。君主和百官都是贤良之人，整个社会也呈现"咸礼让，民无所争讼"的风气。"三年耕有九年储"与后文的"雨泽如此，百谷用成"都是在说物阜民丰，这样一来就不会有老人从事繁重的体力劳动了。古人认为天人之间互有感应，君圣臣贤、讼狱不兴，就会感动上天而风调雨顺，自然就国富民强。

国家光富足还不够，还必须安定。于是，曹操化用《道德经》的说法，假设这个理想社会战马都用来在田中运送粪肥了，意即不再发生战争。靠祖上或自身的功勋获封爵位的贵族都爱护百姓，举贤任能，施法不徇私情。这样一来，社会风气也会变得"路无拾遗之私"，监狱就空了，一年判决不了多少死刑。百姓生活富足、安定，自然能够长寿，自然界也因此获利，免去了许多无妄之灾。

纵观全诗，诗人的想象有很多不切实际的地方。这是因为诗人是生活在一个战争不断、百姓痛苦的现实社会之中，而诗人想象中的社会和人生理想是在批判现实的基础上产生的，难免有矫枉过正之嫌。实际上，所谓的"太平时"，不过是儒家思想中的"大同社会"的化身，在历史上几乎从来没有出现过，更不用说皇帝昏庸无能、吏治腐败、民不聊生的东汉末年的乱世了。诗人忧世不治，所以毕生投身于统一天下、改造社会的事业

中，想要开创一个太平盛世。但是结合历史来看，他的理想直到数百年之后的隋朝才在一定程度上成为现实。

此诗采用"颂"的形式，句式灵活自由，语意连贯，体现出曹操诗歌朴实无华、气韵沉雄的特点。

短歌行①

对酒当②歌，人生几何？
譬如朝露，去日③苦多。
慨当以慷④，幽思难忘。
何以解忧？唯有杜康⑤。
青青子衿，悠悠我心⑥。
但为君故，沉吟⑦至今。
呦呦鹿鸣，食野之苹⑧。
我有嘉宾，鼓⑨瑟吹笙。
明明如月，何时可掇⑩？
忧从中来，不可断绝。
越陌度阡⑪，枉用相存⑫。
契阔谈䜩⑬，心念旧恩。
月明星稀，乌鹊南飞。
绕树三匝⑭，何枝可依？
山不厌高，海不厌深。
周公吐哺⑮，天下归心。

注释

①短歌行：乐府诗题，属《相和歌·平调曲》。乐府诗里尚有《长歌行》，"短歌""长歌"是指声调的长短，不是指诗的篇幅长短或词句的多少。

②当：对着。

③去日：过去的日子。

④慨当以慷：激昂慷慨（地唱歌）。当以，助词，无实际意义。

⑤杜康：相传是黄帝时代的大臣，一说为夏代君主少康，是最早造酒的人，后世常用来代指酒。

⑥"青青"二句：比喻渴望得到有才学的人。出自《诗经·子衿》。子，古代对对方的尊称。

⑦沉吟：低声吟咏，这里指对贤才的思念和倾慕。

⑧苹：艾蒿。

⑨鼓：弹奏。

⑩掇：拾取，摘取。

⑪越陌度阡：穿过田间纵横交错的小路。陌，田间东西向的小路。阡，田间南北向的小路。

⑫枉用相存：屈驾相访。存，问候。

⑬讌：同"宴"，宴席。

⑭三匝：几周。匝，周。

⑮周公吐哺：极言殷勤待士。《史记·鲁周公世家》记载，周公极其重视人才，有人拜访他时，他就会吐出嘴里的食物停止吃饭去接待，有时候一顿饭停下来三次。

译文

对着酒杯唱起了歌，人生还剩下多少岁月？生命就像阳光下的晨露，过去的日子是那么多。在宴席上慷慨激昂地唱歌，是因为心中的忧虑实在无法忘怀。要靠什么来排解忧虑呢？只有美酒才能让我暂时解脱。身着青衿的才子，我对你的思念如此悠长。只是因为你，我才低声吟咏到今天。一群鹿呦呦地叫着，悠然地吃着野外的艾蒿。如果有贵宾来找我，我会鼓瑟吹笙来宴请他。他就像当空悬挂的明月，不知何时才能摘取。我的忧虑从内心喷涌而出，没有办法断绝。贵宾穿过田间纵横交错的小路，屈驾来访问我。我们久别重逢，在酒宴上畅谈，都怀念着往日的情谊。月光明亮，星星稀疏，乌鸦和雀鸟匆匆向南飞去。它们绕树飞了几周，不知道该在哪根树枝上栖息。高山永远不嫌自己高，大海永远不嫌自己深。我希望能像周公一样礼贤下士，让天下贤士都归顺于我。

赏析

曹操是一个求贤若渴的政治家，为了实现统一天下的理想，他希望天下的人才都能够投靠自己。在著名的《求贤令》中，他宣称自己"唯才是举"，无论是"被褐怀玉而钓于渭滨（指姜子牙一类出身贫寒的人）"者，还是"盗嫂受金（指陈平这样道德上有瑕疵但才能过人的人）"者，他都会任用。事实上也是如此，曹操手下有很多私德有亏但才能出众的人，这些人才是他得以统一北方的极其重要的资本。这首《短歌行》将曹操对人才的渴望体现得淋漓尽致。

全诗大致分为四个部分。开头八句为第一部分，表面上似乎在宣扬人生短暂、及时行乐等消极思想，但实际上是诗人对那些潜身民间的贤才说的，告诉他们人生就像"朝露"一样短暂，再不出山建功立业，他们就要老了。这样一来，诗歌的消极情绪几乎一扫而空。接下来八句，诗人首

先直接引用了《诗经·子衿》中的诗句，用比兴手法道出自己对人才的渴求，并幻想"嘉宾"来到自己身边后宾主欢宴的喜悦和融洽。第三部分对前两部分进行了强调和照应，特别是"忧从中来，不可断绝"照应了"慨当以慷，幽思难忘"，"契阔谈䜩，心念旧恩"照应了"我有嘉宾，鼓瑟吹笙"，有着反复吟咏的强调作用。最后八句为第四部分，极具深意。在三国乱世之中，诸多割据政权并存，很多人无所适从，因此，他们"绕树三匝"却不知"何枝可依"。曹操明确表明了自己的立场：虽然我手下良将如云、谋士如雨，但是我像周公一样重视天下人才，后来者不用担心在我这里得不到重视，因为我就像高山一样永远不嫌自己高，像大海一样永远不嫌自己深，只要你们来到我的麾下，就能得到善待和合理的任用。

全诗含有强烈的政治意味，却不影响诗歌的抒情成分，因此产生了极为独特的感染力。在当时，这首诗极为有力地宣扬了诗人的政治主张；在后世，这首诗也因其出色的艺术技巧和思想价值，成为曹操的诗歌中极受人们喜爱的一首。

苦寒行[①]

北上太行山[②]，艰哉何巍巍！
羊肠坂[③]诘屈[④]，车轮为之摧。
树木何萧瑟！北风声正悲。
熊罴[⑤]对我蹲，虎豹夹路啼。
溪谷少人民，雪落何霏霏。
延颈[⑥]长叹息，远行多所怀。

我心何怫郁⑦？思欲一东归⑧。

水深桥梁绝，中路正徘徊。

迷惑失故路，薄暮无宿栖。

行行日已远，人马同时饥。

担囊⑨行取薪，斧冰持作糜⑩。

悲彼东山⑪诗，悠悠使我哀。

注释

①苦寒行：乐府诗题，属《相和歌·清调曲》，原本描写的是严冬在太行山中行军的艰辛。

②太行山：绵延于山西、河北、河南等地的山脉。

③羊肠坂：地名，在壶关（今山西壶关）东南，其道路盘旋弯曲如羊肠。坂，斜坡。

④诘屈：曲折，盘旋。

⑤罴：棕熊。

⑥延颈：伸长脖子远望。

⑦怫郁：郁闷气愤。

⑧东归：回到太行之东的故乡谯县。

⑨担囊：挑着行李。

⑩糜：稀粥。

⑪东山：《诗经·豳风》篇名，据称是周公东征胜利归国时，一位离乡三年的战士因思念家乡而作。

译 文

向北进军时登上了太行山,高高的山岭走起来多么艰险!羊肠坂蜿蜒曲折,颠簸得车轮都断了。风呼呼地吹打着树木,北风呼啸声是那么悲凄。有熊在路中间面对着人蹲坐,虎豹夹着道路嗥叫不已。山间溪谷没有人烟,大雪不断从天而降。伸长脖子远望,发出长长的叹息,长途远行总是容易引发人的愁绪。我的内心郁闷而气愤,真想回到太行之东的故乡。河水深深,桥又断了,我们只能在半路徘徊不前。行军时迷失了方向,到了傍晚依然没有找到栖身之所。走了又走已过了很久,人和马都非常饥饿。(士兵们)挑着行李边走边拾柴,用斧子凿开冰取水煮稀粥。想起那篇悲伤的《东山》诗,我的内心产生悠长的悲哀。

赏 析

建安十一年(206年),曾经投降曹操的并州刺史高干趁曹操率军出征之际反叛,盘踞在壶关抵挡曹军。高干是袁绍的外甥,为了彻底清除袁绍势力,曹操再次率军亲征,很快平定了这次叛乱。这首诗就是曹操进攻壶关途经太行山时写的。

"北上太行山,艰哉何巍巍"二句统领全篇,开头就带给读者一股苍凉悲壮之气。接下来,"树木何萧瑟!北风声正悲"这二句则奠定了全诗萧瑟悲凉的基调。随后,羊肠小道、无人溪谷、漫天大雪以及出没在军队不远处的熊、虎、豹等动物,进一步渲染了气氛,体现出太行山上人迹罕至的特点,更突出了行军的艰难。行路如此艰难,诗人油然产生了"思欲一东归"的想法,这也是人之常情。但事实上,他是不可能放弃北征的,于是继续描写行军的艰难:桥梁断绝、迷失道路、无处栖身、人困马乏,士兵们只得一边行走一边拾柴,想要取水只能用斧子破冰。如此艰难,能够吃到的也不过是"糜(稀粥)"罢了。这几句将士兵们的艰辛描写得真切动人,让读者感同身受。末尾二句,诗人再次表达了对长年征战的战士的同情,感情真挚而感人。

这首古直悲凉的诗自始至终有一股沉郁之气在回荡,有曹操诗的典型特征。更为难得的是其感情真挚、直抒胸臆,毫不因自己身为一军统帅而故作姿态,靠真诚打动人心。

步出夏门行①

艳

云行雨步②,超越九江③之皋④。
临观异同⑤,心意怀游豫,不知当复何从。
经过至我碣石⑥,心惆怅我东海⑦。

注 释

①步出夏门行:乐府旧题,又名《陇西行》,属《相和歌·瑟调曲》。夏门,洛阳北面西侧的城门,汉代称夏门,魏晋时则称大夏门。
②雨步:即下雨。
③九江:今湖北荆州一带。
④皋:水边高地。
⑤异同:指北征乌桓(今内蒙古境内)和南征刘表两种意见。

⑥碣石：碣石山，在渤海边，位于今河北昌黎北。
⑦东海：指渤海。

译文

云在移动雨在下，越过了荆州水边的高地。临行前听到北征和南征的不同意见，我便犹豫起来，不知道听谁的好。大军经过碣石山，我心中惆怅来到渤海边。

赏析

《步出夏门行》是曹操在建安十二年（207年）北征乌桓凯旋后所作的组诗，全诗共分为四章，诗开头有"艳"辞，也就是序曲。

在序曲中，曹操讲述了自己创作这组诗的主要心理动机：基本消灭袁绍势力后，针对下一步的重心是向南征讨刘表，还是向北讨伐乌桓这个问题，曹操麾下分为了两派：一派包括绝大多数谋士，他们都主张南征，彻底消灭荆州刘表和依附于刘表的刘备；另一派几乎只有谋士郭嘉一人，郭嘉认为，袁绍的儿子袁尚逃到了乌桓，必须斩草除根，否则乌桓就有可能帮助袁氏复兴，后果不堪设想。至于其他人担心的刘表袭击许都（今河南许昌）的问题，郭嘉认为刘表庸碌，一定不会进攻许都。曹操被他说服，终于下定决心进攻乌桓，取得胜利，袁尚被杀，河北局势稳定下来，刘表果然没有进攻许都。序曲就是曹操在胜利后回忆自己当初的犹豫心理时所作。

观沧海[1]

东临碣石，以观沧海。
水何澹澹[2]，山岛竦峙[3]。
树木丛生，百草丰茂。
秋风萧瑟，洪波涌起。
日月之行，若出其中；
星汉灿烂，若出其里。
幸甚至哉！歌以咏志[4]。

注释

[1]沧海：大海。海水呈苍青色，故称。
[2]澹澹：水波动荡的样子。
[3]竦峙：挺拔。
[4]"幸甚"二句：乐府诗的一种形式性结尾，是配合音乐节律附加的，一般与正文无关联。

译文

我向东走登上了碣石山，遥望苍茫的大海。只见大海水波动荡，山岛挺拔。岛上树木丛生，百草繁茂。萧瑟的秋风吹来，海水巨浪奔涌。日月运行，仿佛是从大海中升起；银河灿烂，仿佛出自大海之中。我是多么幸运啊，能够用诗歌抒发自己的志向。

赏析

开头两句点明了诗人是在何处"观沧海",后文则是他看到的具体情景。先是远景,水波动荡、山岛挺拔,令人望之而生出一股豪气。随后,开始进行层层深入的描绘:"树木丛生,百草丰茂"二句,将山岛上诗意盎然的绿意铺展在读者眼前。"秋风萧瑟,洪波涌起"二句,虽写秋景,但并无丝毫凄凉的悲秋情绪,而是继续写大海的辽阔与壮美。这种境界与格调,与诗人"老骥伏枥,志在千里"的豪迈气概正相匹配。

"日月之行,若出其中;星汉灿烂,若出其里",似乎一下子将视角拉到了广阔无边的宇宙,大海的气势与威力跃然纸上。这四句既是诗人眼前的实景,也融入了诗人的想象和夸张,展现出大海吞吐宇宙的雄伟气象。诗人如果没有伟大的政治抱负和一统天下的雄心壮志,是很难创作出如此壮丽的诗篇的。

冬十月

孟冬[①]十月,北风徘徊。
天气肃清,繁霜霏霏。
鹍鸡[②]晨鸣,鸿雁南飞,
鸷鸟[③]潜藏,熊罴窟栖。
钱镈[④]停置,农收积场。
逆旅[⑤]整设,以通贾商[⑥]。
幸甚至哉,歌以咏志。

注释

①孟冬：每年冬季的第一个月，即初冬。

②鹍鸡：一种外表像鹤的鸟。

③鸷鸟：猛禽。

④钱镈：古代两种农具名，泛指农具。钱，铲土用具，形似铁锹。镈，除草用具，形似锄头。

⑤逆旅：旅店。

⑥贾商：泛指商人。贾，坐商。商，行商。

译文

初冬十月，北风徘徊不去。天气寒冷清冽，霜又厚又密。鹍鸡在早晨鸣叫，大雁朝南飞去；猛禽都藏了起来，熊罴也进洞冬眠。农夫们将农具闲置，收获的庄稼堆满谷场。旅店中的人开始布置，以与来往客商交易。我是多么幸运啊，能够用诗歌抒发自己的志向。

赏析

《冬十月》是在回忆凯旋途中的见闻，写于初冬十月。这首诗可分为两部分。

前八句主要写冬天的气候和景物。北风呼啸，严霜厚密，大雁南飞，猛兽匿迹，总而言之，在肃杀中隐隐透出一股平和安宁的气息。随后的四句，诗人将视角转向人事。虽然着墨不多，但由于是诗人耳闻目睹，所以将初冬时的百姓活动描写得真实贴切。其中重点写了农事和商业，体现了百姓生活的安定。但是，结合当时史实可以知道，这样安居乐业的情景在

当时是非常罕见的，委婉地表达出诗人渴望国家统一、政治稳定和经济繁荣的理想。

土不同

乡土不同，河朔①隆寒。

流澌②浮漂，舟船行难。

锥不入地，蘴③藾④深奥⑤。

水竭不流，冰坚可蹈。

士隐⑥者贫，勇侠轻非。

心常叹怨，戚戚多悲。

幸甚至哉，歌以咏志。

注 释

①河朔：黄河以北。

②流澌：江河解冻之后随水流动的冰块。

③蘴：同"葑"，芜菁。

④藾：即艾蒿。

⑤深奥：此处指深埋在雪中。

⑥隐：忧伤。

译 文

各地的风土人情都不相同，黄河以北到了冬天异常寒冷。冰块在河里漂浮，船只很难通行。地硬得用锥子都扎不进去，只能看到芜菁和艾蒿深埋在雪中。河水冻结不再流动，冰坚硬得可以行走。有识之士因穷困潦倒而忧伤，好勇斗狠的人却随意犯法。我心里经常为此叹息，内心满是忧愁和悲苦。我是多么幸运啊，能够用诗歌抒发自己的志向。

赏析

《土不同》主要描写的是诗人北征乌桓凯旋之后回到冀州，看到黄河以北的冬日景象与黄河以南大不相同，并简要描述了当地的民风特点。

河朔地区的冬季，最大的特点就是严寒：严冬时分，河里浮着冰块，船只很难通行，土地冻得无比坚硬，芜菁和艾蒿深埋在雪中。河水由于冻结住了不再流动，人都可以在上面行走。由于诗人记述的是沿途所见的景象，并没有局限于一时一地，所以出现了"流澌浮漂，舟船行难"和"水竭不流，冰坚可蹈"的不同景象。接着，诗人写河朔之地的民风特点，贤士忧贫和"勇侠轻非"，令诗人叹惜不已。诗人原本爱才，看到有才之人这样的境况，自然就"心常叹怨，戚戚多悲"了。

龟虽寿

神龟虽寿，犹有竟时。
腾蛇①乘雾，终为土灰。
老骥②伏枥③，志在千里；
烈士④暮年，壮心不已。
盈缩⑤之期，不但在天；
养怡⑥之福，可得永年。

幸甚至哉，歌以咏志。

注 释

①腾蛇：又作"螣蛇"，传说中能腾云驾雾的蛇。
②骥：好马，千里马。
③枥：马槽。
④烈士：志向高远的人。
⑤盈缩：指人寿命的长与短。盈，长。缩，短。
⑥养怡：保持身心健康。

译 文

神龟虽然寿命长久，但终究有终结之时。腾蛇虽然能够腾云驾雾，但最终也会化为灰烬。年老的千里马伏在马槽里，依然拥有一日驰骋千里的雄心壮志；志向高远的人即使到了晚年，奋发向上的雄心也不会消失。一个人寿命的长与短，不仅仅是由上天所决定的；如果努力保持身心健康，就能够延年益寿。我是多么幸运啊，能够用诗歌抒发自己的志向。

赏 析

《龟虽寿》这首诗通过正反两方面抒发了诗人不甘衰老、积极进取的精神。"神龟虽寿，犹有竟时。腾蛇乘雾，终为土灰"四句，表现出诗人对生老病死的自然规律有着清醒的认识，比起沉迷长生的秦始皇、汉武帝等人来说，是一种进步，在封建时代是难能可贵的。而更可贵的是诗人在晚年依然没有放弃自己的豪情壮志，比起在晚年乃至中年就感叹浮生若梦、劝人及时行乐的人来说，曹操永远乐观向上、自强不息的精神更值得我们学习。

《步出夏门行》这组诗，意境开阔、气势雄浑，在积极向上的态度中又包含着诗人对人生、对社会的深沉思索，是建安文学的光辉典范。

却东西门行[①]

鸿雁出塞北，乃在无人乡。
举翅万余里，行止自成行。
冬节食南稻，春日复北翔。
田中有转蓬[②]，随风远飘扬。
长与故根绝，万岁不相当[③]。
奈何[④]此征夫，安得去四方？
戎马不解鞍，铠甲不离傍。
冉冉[⑤]老将至，何时返故乡？
神龙藏深泉[⑥]，猛兽[⑦]步高冈。
狐死归首丘[⑧]，故乡安可忘？

注 释

①却东西门行：乐府诗题，属《相和歌·瑟调曲》。乐府有《东门行》《西门行》，此调当为二者合并而来，"却"字有人认为为倒唱之意。

②转蓬：随风飘转的蓬草，常用来比喻征夫、游子的漂泊生活。

③不相当：指蓬草与根无法相逢。

④奈何：可叹，可怜。

⑤冉冉：渐渐地。

⑥深泉：原为"深渊"，唐人为避唐高祖李渊讳改"渊"为"泉"。

⑦猛兽：原为"猛虎"，唐人为避李渊祖父李虎讳改"虎"为"兽"。

⑧狐死归首丘：狐狸死时头会朝向自己出生的山丘，比喻人不该忘记故乡。出自屈原《哀郢》："鸟飞反故乡兮，狐死必首丘。"

译 文

大雁从塞北飞出，那是个荒无人烟的地方。它们展翅飞翔数万里，无论是飞行还是栖息都会排成行。冬天在南方吃稻谷，春天的时候就飞回北方。田间有种蓬草，总是随风四处飘荡。长久地与自己的根分别，就算过一万年也无法相逢。可怜的远征之人，怎样才能离开四方回乡？战马无法卸下征鞍，铠甲也长时间不离身。人渐渐地变老了，什么时候才能返回故乡？神龙在深渊之中藏身，猛兽漫步在高高的山冈。狐狸死时头会朝向自己出生的山丘，人怎么能忘记故乡？

赏 析

这首诗创作于诗人的晚年，当时诗人自觉实现国家统一的理想日益渺茫，因而忧愁万分，产生了强烈的思乡之情。

全诗刚开始就采用了比兴手法，借鸿雁比喻离乡的游子。"塞北""无人乡"描绘出一派孤寂的景象，鸿雁万里远征，冬天在南方吃稻谷，春天的时候就飞回北方，其辛苦劳顿不言而喻。接着，诗人再度使用比兴手法，借随风飘荡、与根永别的蓬草，再次强调转徙万里之外的痛苦。鸿雁举翅来到"万余里"之外，突出的是空间上的距离感；转蓬"万岁"不逢根，强调的是时间的漫长感。这两个意象互文见义，强调的是征夫离乡距离之远、时间之久。

铺垫过后，诗人进入正题，用六句写征夫的处境，真实、贴切地概括出他们生活的艰险与苦难：转战四方，无法归乡，且连年争战，只得马不解鞍、甲不离身。时光飞逝，当年壮岁离乡，如今老景将至，但归乡依然无期。经过前文比兴手法的渲染，思乡之情显得极为真切与强烈。虽然不言愁苦，但妙在以本色打动人心。

最后四句，诗人接连用神龙、猛兽做比喻，它们或藏于深渊，或步于高冈，都随自己的意愿而行动，而有家归不得的征夫，能做的只有像狐狸一样，死后头朝向故乡的方向。末尾"故乡安可忘"，平直的五个字，经过全诗层层衬托与铺垫，产生了震撼人心的巨大力量。

这首诗最大的特点是对比兴手法的反复运用，使得整首诗沉郁苍凉、真挚感人，体现出建安文学慷慨悲凉的特色。

曹　丕

曹丕（187—226年），字子桓，沛国谯县（今安徽亳州）人，曹操次子，三国时期政治家、文学家，魏国开国皇帝，史称魏文帝。曹丕精通诗文，与其父曹操、其弟曹植并称"三曹"，都是建安文学的代表人物。其诗形式多样，内容以描写贵族生活和感情为主，形式上受到民歌影响较大，描写细致，语言通俗。他的《燕歌行》是现存最早的文人创作的七言诗，所著《典论·论文》则是中国最早的文学理论与批评著作。

钓竿行[①]

东越河济[②]水，遥望大海涯[③]。
钓竿何珊珊[④]，鱼尾何簁簁[⑤]。
行路之好者，芳饵[⑥]欲何为。

注　释

①钓竿行：乐府诗题，属《鼓吹曲辞·汉铙歌》，题为《钓竿》，古辞已亡佚。

②河济：指黄河和济水。

③涯：水边，泛指边际。

④珊珊：同"姗姗"，缓慢的样子。

⑤筵筵：摇摆的样子。

⑥芳饵：芳香的诱饵，用于引鱼上钩的食物。

译文

往东渡过黄河和济水，遥望着大海边。钓竿随着波浪缓慢地移动着，鱼儿的尾巴在水中摇来摇去。那些喜欢钓鱼的过路人，为什么要用芳香的诱饵引诱我？

赏析

《钓竿行》是乐府诗题，赞美了一个美丽女子不受诱惑的坚贞之心，是一首表现男女爱情的诗。

开头两句"东越河济水，遥望大海涯"，描写少女寻找情人踪迹的情景，以表达专一不忘之情。前两句只是虚写，朝思暮想的情人在什么地方呢？向东渡过黄河和济水也难以寻觅，于是才向无边无际的大海望去。"东越""遥望"这四个字，形象地描写出了少女的相思、踌躇、忧伤之情。三四句"钓竿何珊珊，鱼尾何筵筵"，隐喻路人向少女表达爱慕之情。虽有挑逗之意，却无非分之举。对此，少女亦了然于心，却也不甚介意。可见二人之间感情的纯真。

最后两句"行路之好者，芳饵欲何为"，表达了少女对自己所思念的情人忠贞不渝的感情。她对爱慕她的路人委婉地表露：对我表示爱慕的路人啊，你虽然用甜蜜的爱意引诱我，那又有什么用呢？我是绝对不会上钩的。表现了她执着如一的爱情观和忠贞不变的操守。

全诗语言清丽自然，含蓄蕴藉，象征手法的运用极富韵味。此诗采用乐府旧题，且富有民歌色彩，雅俗融为一体，毫无游离之嫌。

十 五①

登山而远望，溪谷多所有。
梗②楠③千余尺，众草芝④盛茂。
华叶耀人目，五色难可纪。
雉雊⑤山鸡鸣，虎啸谷风起。
号罴当我道，狂顾⑥动牙齿。

注 释

①十五：乐府诗题，属《相和歌·相和曲》，古辞已亡佚。

②梗：南方生长的乔木，即黄梗木。

③楠：楠木，优质木材，主要生长在云南、贵州一带。

④芝：芝草，灵芝。

⑤雉雊：雉鸣叫。

⑥狂顾：遑急顾盼。

译 文

登上高山向远处眺望，溪谷间草木葱郁繁茂。黄梗木和楠木高达千余尺，树下各种小草中数灵芝最茂盛。绚丽的花儿和叶子跃入眼帘，五颜六色，真是难以用文字来形容。山鸡不停地鸣叫，猛虎长啸，山谷中狂风四起。突然间，有一只熊挡住了我的去路，回过头遑急地顾盼我，牙齿咬得咯咯响。

赏析

此诗写的是曹丕在大石山登山狩猎时望见的景物。

"登山而远望，溪谷多所有"二句写登山远望之所见，是诗人鸟瞰时看到的场景。接下来开始描写诗人眼中的具体景物。景物分为两部分，"梗楠千余尺"以下四句写草木之繁盛：树木高大，众草茂密，花叶夺目，色彩斑斓，主要表现了自然界环境优美、生机勃勃的一面。"雉雏山鸡鸣"四句写动物的表现：山鸡鸣叫，猛虎长啸，熊罴挡道，主要表现了自然界中威武雄壮的一面。

本诗结构十分清晰明了，写景生动翔实、栩栩如生，所有景象犹如在眼前一般。

短歌行

仰瞻①帷幕，俯察②几筵。
其物如故，其人不存。
神灵倏忽③，弃我遐迁④。
靡⑤瞻靡恃，泣涕涟涟。
呦呦游鹿，草草鸣麑⑥。
翩翩飞鸟，挟子巢枝。
我独孤茕⑦，怀此百离⑧。
忧心孔疚，莫我能知。

人亦有言:"忧令人老。"
嗟⑨我白发,生一何蚤?
长吟永叹,怀我圣考⑩。
曰"仁者寿",胡⑪不是保?

注释

①仰瞻:抬头望。
②俯察:低头看。
③倏忽:快速,匆忙。
④遐迁:远离。此指去世。
⑤靡:没有。
⑥麑:小鹿。
⑦茕:指孑身一人。
⑧离:通"罹",忧苦。
⑨嗟:叹息。
⑩圣考:指曹操。圣,对先父的敬辞。父死称"考"。
⑪胡:何,为何。

译文

抬头望帷幕,低头看几筵。东西还是原来的样子,父亲却已经不在人世。他的魂魄是如此匆忙,抛弃我远离世间。我无依无靠,无法敬礼父亲,忍不住两眼泪汪汪。奔走的母鹿叫声不停,衔着苹草把小鹿呼唤。鸟儿翩翩飞舞,带着小鸟飞回巢中。只有我一个人孤苦伶仃,满怀的忧苦却不知道如何表达。内心充满忧愁与痛苦,没有人能够理解我的悲酸。古人曾经说:"忧愁会使人衰老。"叹息我满头白发,竟然生得这么早。长歌复长叹,我深深地怀念自己的父亲。古语说:"仁德的人可以长寿。"可是,为何我的父亲就不长寿呢?

赏析

建安二十五年(220年)曹操病死,此诗作于曹操葬后不久。曹丕怀念父亲,写下这首乐府诗,并且自己"抚筝和歌",由于父亲的突然死去而悲痛不已。

诗的前四句写睹物生情,物虽如故,可父亲不在了。在俯仰的时候,他看到父亲生前用过的帷幕、几筵,不禁触物伤情,勾起物在人亡的感伤之情,起笔十分自然。接下来的诗句主要是直叙,兼用比兴,从不同角度写丧父后的孤苦和深沉的悲痛。诗人以"神灵倏忽,弃我遐迁。靡瞻靡恃,泣涕涟涟"来点明丧亲忧思的主题,承接开头,进一步展现了诗人失去亲人之后的悲伤心情。接下来,诗人的笔触没有继续顺着前文直诉自己的哀痛心情,"呦呦游鹿,草草鸣麛。翩翩飞鸟,挟子巢枝"写出有所"瞻恃"的欢乐,以动物亲子之间的和谐来形成对比,反衬自己的丧亲之痛。接着,"我独孤茕,怀此百离。忧心孔疚,莫我能知"四句又转入写实,叙述自己的孤寂无依,表现对亲人的思念之情。"人亦有言:'忧令人老。'嗟我白发,生一何蚤",紧接上文中的"忧"字展开,写到自己白发早生,从忧伤到早衰,还是从自己失去亲人的痛苦来着笔的。最后四句,前两句直叙悲叹、怀念父亲,后两句用反问的句式抒发了生命难保的感慨。这时,诗人转笔写怀亲,悲悼父亲早早地离开人间,满腔悲痛,迸发而出。诗歌便在这深沉的悼亲、思亲的情绪中作结。

此诗质朴、本色,细致生动地刻画出诗人的思亲之情,体现出曹丕"工于言情"的特色。

燕歌行①

其一

秋风萧瑟天气凉,草木摇落露为霜。
群燕辞归鹄②南翔,念君客游多思肠。
慊慊③思归恋故乡,君何淹留④寄他方?
贱妾茕茕⑤守空房,忧来思君不敢忘,不觉泪下沾衣裳。
援⑥琴鸣弦发清商⑦,短歌微吟不能长。
明月皎皎⑧照我床,星汉西流夜未央⑨。
牵牛织女遥相望,尔⑩独何辜限河梁⑪。

> **注 释**
>
> ①燕歌行:乐府旧题,属《相和歌·平调曲》。燕是北方边地,征戍不绝,所以《燕歌行》多半写离别。
> ②鹄:天鹅。
> ③慊慊:空虚之感。
> ④淹留:久留。
> ⑤茕茕:孤单无依的样子。
> ⑥援:引,拿过来。
> ⑦清商:乐名。清商音节短促细微,所以下句说"短歌微吟不能长"。
> ⑧皎皎:洁白。
> ⑨夜未央:夜已深而未尽的时候。

⑩尔：指牵牛、织女。

⑪河梁：河上的桥。

译文

秋天到了西风萧瑟，天气十分清冷，草木已经凋落，白露凝结成了霜。燕群辞归，天鹅也向南方飞去，思念在他乡的丈夫，我快要肝肠寸断了。你想必也内心空虚，怀念故乡，为什么一直久留在别的地方？我一个人孤独无依地独守空房，忧愁的时候思念夫君，久久都不能忘怀，不知不觉间眼泪落下来，打湿了我的衣裳。拿过古琴，拨弄琴弦却发出清商的哀怨之声，短歌轻吟，似续还断。洁白的月光照着我的空床，星河沉沉地向西流去，忧心不寐夜漫长。牵牛织女远远地互相观望，你们究竟犯下什么过错，竟然被没有桥梁的天河阻挡？

赏析

这是现存最早的一首完整的七言诗。此诗描写了一位女子对客游不归的丈夫的思念之情。

"秋风萧瑟天气凉，草木摇落露为霜。群燕辞归鹄南翔"，开头三句创造了隽永幽婉的意境：西风萧瑟十分清冷；草木凋落、白露凝结，十分凄切；燕子、天鹅南归引发哀思。这三句描写的景物凄凉、萧瑟，给人以空旷、寂寞之感。这三句既是对真实景物的描写，同时也具有比兴意义。以秋景衬哀思是古诗中常见的手法。

"念君客游多思肠。慊慊思归恋故乡，君何淹留寄他方"三句直接写女子对丈夫的思念。面对如此秋景，独处闺房的少妇黯然神伤，睹物思人。忧心忡忡的少妇不仅思念着离家在外的丈夫，而且想象着身在异乡的

丈夫一定也在为绵绵眷念而忍受着煎熬，那为什么还迟迟不归呢？诗人写思妇，同时又折射出同样怅然若失的思夫，秋月共见，天各一方，爱心相知，相见时难。这种虚实结合的写法，更增添了这一特定氛围的悲凉和凄惘，更重要的是真切而委婉地表达了这位女子对丈夫的思念。

"贱妾茕茕守空房"以下五句则进一步写女子因思念而产生孤独、忧伤的痛苦。一方面表现了她孤苦无依、独守空房的凄苦与无奈，另一方面表现了她对丈夫的深深的爱。为了舒缓自己极度的痛苦，她选择弹奏清商曲，清商曲音节短促、细微，这和她哀怨忧伤的心情是相通的。这琴声和她的忧伤产生了共鸣，反而更增加了忧伤。诗人从内情到外物的铺设，既符合内心的忧郁需要向外排遣的道理，又让外物进一步烘衬了内心的创伤，尤其"短歌微吟不能长"一句，更为精妙绝伦。读到此处，有谁不为黯然神伤的少妇而感到震颤呢？

最后四句，诗人的笔触又回到了自然之中，伴随着难以排遣的忧伤，眼前又出现了另外一番景象："明月皎皎照我床，星汉西流夜未央。"秋月的柔光似霜如雪，泻在了思妇冷清寂寥的床头。星河西沉，思妇心底的抑郁融进了幽深邈远的穹宇。这一节是写远望看到的星空景象和引发的联想。"星汉"一句特别点出银河"西流"，说明时间已到深夜。"夜未央"主要表达的是女主人公在这漫漫长夜对人生命运的思考。"牵牛织女遥相望"一句写神话传说中的牵牛和织女，这一句既是实景，又是比兴。牵牛和织女只能遥望而不能相聚，不正与自己和丈夫的遭遇一样吗？天各一方，相见时难。最后女主人公发出了强烈的呼吁，也是对命运愤怒的抗议。结尾"尔独何辜限河梁"一句既是痴迷的哀怜，又是怨愤的诘问。天上人间，同病相怜，怅惘和感愤之余，少妇孤寂的心灵是否能得到一丝淡淡的慰藉？

这首诗主要运用了情景交融的艺术手法，这在第一节和最后一节有明显的表现。诗人选取特定的典型景物，又进一步对这些典型景物进行深刻的描写，从而深化了她的孤独忧郁的情感。全诗语言委婉细腻、秀丽清新，音节铿锵优美，是一首影响深远的佳作。

其二

别日何易会日①难，山川悠远路漫漫。
郁陶②思君未敢言，寄声浮云往不还。
涕零雨面③毁容颜，谁能怀忧独不叹？
展诗清歌④聊自宽，乐往哀来摧肺肝。
耿耿⑤伏枕不能眠，披衣出户步东西，仰看星月观云间⑥。
飞鸧⑦晨鸣声可怜，留连顾怀⑧不能存。

> **注 释**
>
> ①会日：相见的日子。
> ②郁陶：忧伤深重。
> ③涕零雨面：形容泪流满面。
> ④展诗清歌：展开诗篇歌唱。
> ⑤耿耿：形容有心事，心神不安。
> ⑥云间：指天上。
> ⑦飞鸧：即鸧鹒，学名黑枕黄鹂。
> ⑧顾怀：眷顾怀念。

译 文

离别的时候多么容易，可是相见却是难上加难，山长路远，天各一方。忧伤深重的思念不敢说出口，寄去的书信就像那浮云一去不复返。泪流满面毁坏了我的容颜，谁又能愁肠百结而不独自感叹呢？展开诗篇歌唱宽解一下，可是欢去悲来，更是痛彻心肝。夜深了，心神不安久久难以入眠，只有披衣出门独自在庭院徘徊，仰望星月时隐时现在云层之间。飞鸽清晨鸣叫的声音是多么可怜，我眷顾怀念不能心安。

赏 析

这也是一首情诗。细读这两首诗，可以发现二者尽管都是抒发思念亲人之情，但有明显的不同。第一首明写思妇对丈夫的思念；第二首所思之人却没有言明，这样就使诗意变得朦胧，其独特的韵味留给了读者丰富的想象空间。

"别日何易会日难"，语简情长，后世李煜创作《浪淘沙令》一词时就化用此句："独自莫凭栏，无限江山，别时容易见时难。流水落花春去也，天上人间。"侧面印证了此句的魅力。这一句仿佛不加斟酌，但实际上却浸透了女主人公的思念之情。次句"山川悠远路漫漫"是从空间的遥远上再度强调"会日难"。经过前两句的铺垫，女主人公的思念已经溢满纸上，为何"郁陶思君未敢言"呢？是明知多言无益，还是害怕他人知道自己的相思？为了寄托思念，女主人公决定给对方写信，遗憾的是"寄声浮云往不还"，寄出的书信竟然像飘荡的浮云一样一去不复返了，她只能继续"涕零雨面毁容颜"。这两句先抑后扬，情思波折，跌宕反衬，让忧思满怀却又无法倾诉的思妇形象变得更加鲜明。

为了缓解忧伤，女主人公"展诗清歌"，欢愉却是那么短暂，她到了夜晚时分依然辗转反侧，愁怀难释。"耿耿伏枕"一句说的是备受失眠的煎熬。而失眠的原因则是"怀忧""哀来"，她只得"披衣出户"去散步，意图则是"聊自宽"。"仰看"一句表面上不露声色，但结合"飞鸧晨鸣"来看，她在庭中徘徊了很久，在思念中忘却了时间。在这样的描写中，思妇的忧伤显得尤为深重。

此诗笔触细腻，描写入微，凄婉情深，缠绵动人。无论是艺术手法还是表达的深厚情谊，都与著名的《燕歌行》第一首不分伯仲。两首诗风格温婉却有着苍凉之气，感情描写千曲百折，均为开千古妙境的佳构。

秋胡行①

朝与佳人期，日夕殊②不来。
嘉肴③不尝，旨酒④停杯。
寄言飞鸟，告予不能⑤。
俯折兰英⑥，仰结桂枝。
佳人不在，结之何为？
从尔⑦何所之？乃在大海隅。
灵若⑧道言，贻尔明珠。
企⑨予望之，步立踌躇⑩。
佳人不来，何得斯须⑪？

注 释

①秋胡行：乐府旧题，属《相和歌·清调曲》。秋胡，春秋时鲁国人，

婚后五天出外求官，五年后归来，见路边有一美丽的采桑妇，就上前言语挑逗，遭到斥责。回家后才发现，采桑女就是自己的妻子，妻子愤而自杀。

②殊：超过。

③嘉肴：美好的酒菜。

④旨酒：美酒。

⑤能：耐。古时"能"与"耐"通。

⑥兰英：兰花。

⑦尔：此处指佳人。

⑧灵若：海神名。

⑨企：踮起脚。

⑩踟蹰：徘徊不定。

⑪斯须：顷刻，片刻。

译文

清晨就与佳人约好相会，天已过傍晚，佳人还没有到来。对于佳肴我没有心情去品尝，面对美酒我也不想饮用了。飞鸟啊，请你捎个口信，就说我无法再忍耐。俯身折下兰花，举头用桂枝编成花环。佳人未在身边，做这些有什么用呢？佳人啊，你到底在哪里？在那遥远的大海边。我要告诉海神，让他送给你夜明之珠。踮起脚向远处望，徘徊不定。佳人不来，怎能度过片刻呢？

赏析

《秋胡行》古辞是歌颂秋胡妻的贞烈的，诗人以古题写新事，表现怀人之思。

这首诗首二句"朝与佳人期，日夕殊不来"直入主旨，一下子就点明了整个事件的原委和结果：清晨约好与佳人相会，但天已过傍晚也不见佳人的踪影。浓重的失落感顿时笼罩了全篇。这时，也许读者会产生这样的疑问：诗中的"佳人"到底是谁？是诗人倾心爱慕的女子，还是他要成就大业所渴求的贤人？再有，佳人为什么失约未来？是关山迢迢，路途遥远，还是另有曲折，中途变卦呢？这些读者关心的问题，诗人只字未提，给读者留下了很大的想象空间，拓宽了诗歌的外延，是一种高超的艺术技巧。佳人不至，诗人陷入极度的失落，他开始反反复复地强调自己因佳人失约而产生的迷茫与焦灼。"日夕"二字极具深意，既可以指佳人早上应约、傍晚未至这段时间，也未尝不可以用来比喻从青少年至垂暮之年的整个人生。这位佳人难道不可以是诗人在一生中始终都无法实现的追求的象征吗？思及此，读者又被巨大的缺憾感笼罩。明白了这一点，"佳人"是男是女，为什么失约这些问题，也许就显得无关紧要，完全可以略去。重要的是，诗人是如何表达自己的焦急心情的。

首先是"嘉肴不尝，旨酒停杯"，诗人因期待、思念满怀，面对佳肴美酒，无心饮尝。接着"寄言飞鸟，告予不能"，看见飞鸟，由鸟及人，又托飞鸟捎信给佳人，说自己久等难耐。接着"俯折兰英，仰结桂枝"，又俯折兰花，仰采桂枝，想送给佳人，借以表现自己和佳人对高洁品行的追求。结果"佳人不在，结之何为"，兰花折下了，桂枝采下了，全都束结好了，可是不见佳人。于是"从尔何所之？乃在大海隅。灵若道言，贻尔明珠"。又想象佳人远至大海，让海神灵若把明珠赠给佳人。但这毕竟是想象，佳人未必在海边。因此"企予望之，步立踟蹰"，情不自禁地踮起脚，时走时立，徘徊不定。最终仍是不见佳人，渴望急切，片刻难忍。诗结尾与开头相互照应，与佳人约会而终不得相会的渴望、痛苦和忧伤之情贯穿了全诗。

整首诗就如同面对亲朋故友一般娓娓道来，反复倾诉自己思而不见的衷肠。又因郁结无告，所以才做了这样一个热烈、主观又偏执的个人内心独白。

曹丕

丹霞蔽日行①

丹霞蔽日，采虹垂天。
谷水潺潺②，木落翩翩。
孤禽失群，悲鸣云间。
月盈③则冲④，华不再繁。
古来有之，嗟我何言。

> **注 释**

①丹霞蔽日行：乐府诗题，属《相和歌·瑟调曲》。
②潺潺：水流动的声音。
③月盈：月满。
④冲：虚，此处指残缺。

> **译 文**

红霞遮住了太阳，彩虹远远地悬挂在天边。山谷中的溪水潺潺流动，落叶随风翩翩起舞。孤独的鸟儿离开了鸟群，独自在白云间悲伤地鸣叫。月有圆就有缺，凋谢的花朵不再繁茂。这些现象自古就有，我还有什么可说的呢？

> **赏 析**

曹丕写下这首诗是在建安十八年（213年）左右，此时继承人之争早已开始,且曹操本人更偏向于曹植。父亲的不看重和兄弟关系的日渐淡漠难免让曹丕产生孤独离群之感,而往日亲厚的兄弟变为敌人更让他感到没有什么是不变的,觉得物是人非、人心易变。诗的末尾颇有些自嘲的感慨,更是蕴含了无奈的意味。

全诗前六句写景,七、八句道出两个自然规律,最后两句则是感慨。前两句视角在天。霞、虹皆为天上之物,易消逝。三、四句视角在地。泉水、落叶皆为地上之物,水无时无刻不在流动,树上的叶子总会凋零。五、六句视角又回到天上,写失群的孤禽悲鸣,着重在一个"孤"字。七、八句则写月盈月亏、花开花落的自然规律。最后两句联系往古,借盈亏互替委婉地表达了人生有限、时光易逝的感慨。

这首诗表达了诗人对自然的感悟,文字简洁但意蕴却极为丰富,是古代诗歌谋篇的典范之作。

上留田行①

居世一何不同?上留田②。

富人食稻与粱,上留田。

贫子③食糟与糠④。上留田。

贫贱亦何伤⑤?上留田。

禄命悬在苍天⑥。上留田。

今尔叹息,将欲⑦谁怨⑧?上留田。

注 释

①上留田行:乐府曲名,属《相和歌·瑟调曲》,原辞是讽刺父母死

后哥哥不抚养弟弟而作。

②上留田：乐府诗中配乐时的和声，与诗的主题无关。

③贫子：贫穷的小子，贫穷之人。

④糟与糠：酒滓、谷皮等粗劣食物，贫者以之充饥。糟，酒糟等。糠，谷皮等。

⑤伤：忧伤。

⑥"禄命"句：古代宿命论者谓人生的盛衰、祸福、寿夭、贵贱等均由天定。禄命，禄食命运。

⑦将欲：将要。

⑧谁怨：怨谁。

译 文

活在世上，人和人是多么不同啊！上留田。富人吃精美的稻粱，上留田。贫穷之人吃粗劣的糟糠。上留田。贫穷低贱的人是多么忧伤。上留田。富贵贫贱的命运要由上天来决定。上留田。如今不停地叹息，这一切要怨谁呢？上留田。

赏 析

在这首诗中，诗人借贫子的悲愤、哀怨反映了贫富不均的社会现实。

全诗分两层来写。前六句为第一层，揭露了不合理的社会现实。诗一开头，便满含激愤地喊出："居世一何不同？"这一声呐喊，一针见血地揭露出贫富不均的社会现实。"上留田"在诗中反复出现，主要是为了抒情的需要。接下来两句紧承上文，从吃的方面指出贫富两极，天壤之别，一边是精米细粮，一边是粗劣的糟糠，语言朴素，对比鲜明，诗人为这两种不同的生活境遇感叹不已。

后七句是第二层，诗人运用了设问的手法，代贫子发牢骚，并意识到忧伤又有何用？命运是由上天决定的，表现了诗人对命运的哀怨和不满。这几句从表面上来看似乎在宣扬富贵决定于天的思想，但结合全诗和诗人的思想来看，主要是代贫子表达不满。"将欲谁怨"，实际上是表达了贫子深深的怨恨之情。诗歌的结尾进一步指出了命运（上天）的不公，寄托了诗人对贫子的无限同情。

这首诗揭示了社会贫富悬殊的不公平现象，表现了建安诗歌现实性的特征，是一首思想意义深刻的社会诗。在艺术上，这首诗体现了民歌的特色，语言质朴简洁，运用叠句，直写其事，直抒其情。

煌煌京洛行[①]

夭夭园桃，无子空长。
虚美难假，偏轮不行。
淮阴[②]五刑，鸟尽弓藏。
保身全名，独有子房[③]。
大愤不收[④]，褒衣[⑤]无带。
多言寡诚，抵令事败。
苏秦[⑥]之说，六国以亡。
倾侧卖主，车裂固当。
贤矣陈轸，忠而有谋。
楚怀不从，祸卒不救[⑦]。
祸夫吴起[⑧]，智小谋大。
西河何健，伏尸何劣。

嗟彼郭生⑨，古之雅人。

智矣燕昭，可谓得臣。

峨峨仲连⑩，齐之高士，

北辞千金，东蹈沧海。

注 释

①煌煌京洛行：乐府诗题，属《相和歌·瑟调曲》，此诗是今存此题最早的一篇。

②淮阴：指淮阴侯韩信。"汉初三杰"之一，为汉朝开国立下汗马功劳，后被吕后杀害。

③子房：张良的字。张良本是韩国人，曾刺杀秦始皇未果，后帮助刘邦灭秦定天下。刘邦封他为留侯。他从此就学导引辟谷（神仙家的修炼术），对世事抱不关心的态度，得以善终，所以诗人举他和韩信对比。

④大愦不收：疑为"大愤不收"，和下句"褒衣无带"正相对。大幅头巾不能收束头发，和宽大的衣服没有带子意思相同，都是比喻空言无实，大而无当，能放而不能收。

⑤褒衣：宽大的长衣。褒，大。

⑥苏秦：战国时期洛阳人，曾合纵六国，为纵约长。《战国策》记载，苏秦相燕，阴与燕王谋破齐，共分其地，乃佯有罪出奔，入齐，齐王任命他为客卿。与苏秦争宠的大夫派刺客刺杀了他，他临死前要求齐王将他的尸体车裂，并宣布他是间谍，悬赏刺客。刺客果然出现，被齐王诛杀。

⑦"贤矣"四句：陈轸是战国时期齐国人，楚国谋臣。当时，秦国为了破坏齐楚联盟，派丞相张仪游说楚王，愿以秦楚边境商於地区的六百里地割让给楚国，使楚与齐绝交。楚怀王高兴地答应了，群臣都向楚王道喜，但是陈轸看出这是秦的反间计，楚国很可能既得罪齐国，又得不到商

於之地，于是极力反对楚怀王不听。后来秦国和齐国共同进攻楚国，楚国大败，不仅没有得到秦地，反而割两城以求和。

⑧"祸夫"四句：吴起，战国时期卫国人。初事鲁，后事魏，曾屡败秦军，占领西河之地。魏武侯即位后，吴起因不受信任又投奔楚国，被楚悼王任用为相，展开变法，短短几年就使楚国强大起来，但也削弱了宗室大臣的利益。楚悼王刚死，吴起便被众多宗室大臣追杀。他趴在楚悼王遗体上，死于乱箭之下。后来因箭射中王尸被灭族的达七十多家。

⑨郭生：指郭隗。《史记》说燕昭王初即位，准备招揽贤士。郭隗对燕昭王说："您如真要礼待贤士，最好先从我开始，那些比我高明的人见到我在这里被优待，自然就来了。"燕昭王采纳了他的建议，果然乐毅、邹衍等有才能的人都从别国来到燕国。

⑩仲连：鲁仲连，齐国人，曾在邯郸说服赵国的执政者平原君和魏国的使者辛垣衍放弃尊秦为帝的计划，使赵国免于屈辱，平原君以千金酬谢他，他不受而去。后来他又帮助齐将田单攻下聊城。齐国要封他，他也不接受，逃到海边过隐居生活去了。

译文

满园的桃花美丽而繁茂，没有结桃算是白长了。虚假的东西再美丽也难以取信于人，车轮安偏不能驰骋。韩信密谋造反却遭受五刑而死，那可是鸟尽弓藏的下场。保全必命和名声的，只有懂得进退的张良。头巾太大反而不能收束头发，衣服太宽没有衣带是不行的。话如果说多了诚意就少了，最终导致一事无成。苏秦曾到六国游说，六国因此走向灭亡。他因出卖齐国，遭到车裂也是理所当然的。陈轸是个贤德的人，他既忠诚又有主张。楚怀王不听他的劝告，最终遭遇灾祸，无法挽回吴起这个惹祸的家伙，明明没有什么智慧，却要谋划大事。做西河守将是多么强健，被人杀

害时又是多么可怜。我非常感叹那聪明智慧的郭隗，他可是古代高雅的人才。燕昭王也很聪明且具有远见卓识，君臣彼此之间没有猜疑。高尚的鲁仲连，名列齐国高士的行列。他拒收赵人的千金酬谢，隐居东海多么难能可贵。

赏析

　　全诗通过评价历史人物，表明了诗人的立场和观点。诗中选取了古时的典型人物，凸显特点，叙写了得失成败的不同表现和结局。

　　前四句是说人生要有建树，表明一定要具有真才实学，而不应该只有好看的皮囊。五至八句论韩信与张良之事，通过对比赞赏了张良识时务的态度，突出懂得进良之道的重要性。九至十二句说的是一个人行事不能太极端，告诉我们谨言慎行的重要性。十三至二十四句借苏秦、楚怀王、吴起这几位历史人物的悲惨结局，告诫读者不要"多言寡诚"，要善于听取别人的意见。最后，诗人赞扬择贤主而仕的郭隗和功成不受赏的鲁仲连，与前面赞扬张良形成了前后呼应，至此也表明了诗人的人生态度。

　　诗中用对比的方法，对所写的人物有褒赞，有贬抑。褒赞的，一是张良、鲁仲连。他们有功名，但却能功成身退，"保身全名"；二是陈轸、郭隗，他们忠而有谋，为人正直。贬抑者，一是韩信，能战有功，因不善自保而被夷灭三族；二是苏秦，不讲道义，唯以名利为务，终被车裂；三是楚怀王，贪利毁盟，不听劝谏，楚国国力大衰；四是吴起，"智小谋大"，被箭射死。曹丕对上述历史人物的褒贬，明显地表现在"虚美难假"和"多言寡诚"的议论上。

芙蓉池①作

乘辇②夜行游，逍遥步西园。

双渠相溉灌，嘉木③绕通川④。

卑枝⑤拂羽盖⑥，修条摩苍天。

惊风⑦扶轮毂，飞鸟翔我前。

丹霞夹明月，华星⑧出云间。

上天垂光彩，五色⑨一何鲜。

寿命非松乔⑩，谁能得神仙。

遨游快心意，保己终百年。

注释

①芙蓉池：邺城（今河北临漳）铜雀园中景物之一。铜雀园在邺城之西，因建有铜雀台而得名，为曹操的王家园林。芙蓉，即荷花。

②辇：帝王、后妃乘坐的车。

③嘉木：指茂美的林木。

④通川：园中水流。

⑤卑枝：低垂的树木枝条。

⑥羽盖：用羽毛装饰的车篷。

⑦惊风：车疾驰引起的急风。

⑧华星：明亮的星星。

⑨五色：青、赤、黄、白、黑，古人认为这五种颜色为正色。此处指彩

霞的多种颜色。

⑩松乔：传说中的仙人赤松子和王子乔。赤松子相传是神农时的雨师，后为道教所尊奉。王子乔原为周灵王太子，好吹笙，仙人浮丘公把他接到嵩山，三十余年后修炼成仙，乘白鹤而去。

译文

夜里乘车出游，漫步游玩来到了西园。两条水渠相贯通，茂美的林木围在水中间。低垂的枝条拂着车篷，长长的树干高高地伸向蓝天。急风随着车轮飞舞，飞鸟在我的面前愉快地飞翔。晚霞中升起一轮明月，明亮的星星在云间闪耀。高空中布满了美丽的光彩，五光十色是多么新鲜。寿命不比松乔两仙人，谁能够修炼成神仙？尽情游乐使心情愉快，能让自己长寿百年。

赏析

建安十六年（211年），曹丕在担任五官中郎将时，受到了天下人的仰慕，一些文人依附于他，形成邺下文人集团，曹丕为领袖人物，曹植为重要成员，"建安七子"大多数参与其中。此诗即作于众人一起游玩时。诗中描述了芙蓉池畔的优美夜景以及作者因欣赏美景产生的舒畅心情。

"乘辇夜行游，逍遥步西园"，开头二句交代了行游的时间和地点。"逍遥"二字表现出夜里乘车出游的愉悦心情。一个"夜"字，一下子便突出了诗人浓厚的游兴，这也是后文写景的基点。之后十句，描写夜游途中所见的景物，着力描绘芙蓉池优美的夜景。"双渠相溉灌，嘉木绕通川"，总写西园的地势和环境。"卑枝拂羽盖，修条摩苍天"二句具体写林木。"惊风扶轮毂，飞鸟翔我前"二句极为动人，运用了拟人的修辞手法，让风与鸟都来献殷勤，写出了芙蓉池的勃勃生机。后面四句描写了夜空之美，晚霞、明月、星星异彩纷呈。让诗人如置身于仙境之中，于是生发感慨"上天垂光彩，五色一何鲜"。至此，芙蓉池五彩缤纷、光怪陆离的景色便已一一展现出来。

最后四句，笔锋陡转，写行游的感受。诗人向来不相信神仙方士之说，所以在这里他指出现实世界中并没有人能真正成为神仙的事实，因此不如"遨游快心意，保己终百年"。诗人认为在美丽如画的风景中畅游，乐在其中，终此一生，也未尝不是人生一大乐事，表现了他平实而又乐观的态度。这一联想反衬了诗人沉醉于芙蓉池优美的夜景和游园无穷无尽的乐趣之中。

从诗的内容和抒发的情感上来说，此诗反映了当时统治者对奢华生活的追求，同时也反映出园林美景能使人赏心悦目。全诗用词不加雕琢，音节婉约，情致流转。

于玄武陂①作

兄弟②共行游，驱车出西城③。
野田广开辟，川渠互相经④。
黍稷⑤何郁郁⑥，流波激悲声⑦。
菱芡⑧覆绿水，芙蓉发丹荣⑨。
柳垂重荫绿，向我池边生。
乘渚望长洲，群鸟讙⑩哗鸣。
萍藻泛滥⑪浮，澹澹随风倾。
忘忧共容与⑫，畅此千秋情。

注释

①玄武陂：建安十三年（208年），曹操为了训练水师，在邺城边开凿玄武池。陂，池塘。

②兄弟：指曹丕、曹植等人。

③西城：指邺城之西门。

④互相经：互相交通，纵横交错。

⑤黍稷：泛指农作物。黍，黄小米。稷，高粱。

⑥郁郁：茂密的样子。

⑦悲声：动听的响声。

⑧菱芡：水生植物菱角和芡实，皆可食用。

⑨丹荣：红花。

⑩讙：喧哗。

⑪泛滥：广阔的样子。一作滥泛。

⑫容与：舒缓安适的样子。

译文

我和兄弟一起出游，驾车来到西城门外。广阔的田野已经开垦出大片田地，无数的水渠纵横交错。庄稼苗壮茂密，流水欢唱奏出动听的响声。菱角和芡实覆盖着绿水，芙蓉的花朵红艳动人。绿柳垂下的枝条形成片片浓荫，将整个池子环抱起来。登上小洲眺望长长的岛屿，成群的鸟儿喧哗鸣叫。浮萍绿藻浮满了整个水面，随着微风在水中轻轻摇摆。忘掉忧愁，一起安适地遨游吧，畅叙我们永远的兄弟情。

赏析

此诗采用直叙的方法，写自己同弟弟一起游玄武池时所看到的景物和

愉悦无忧的心情。

"兄弟共行游，驱车出西城"两句点明出城行游一事和行游的地点。人在野外观赏景物时，一般都是由宏观到微观。"野田广开辟，川渠互相经"这两句写在邺城西面看到广阔的田野和纵横交错的河渠。接下来，诗人从宏观转到微观。"黍稷何郁郁"这句是由"野田广开辟"一句而来，写田野里庄稼十分茂盛。"流波激悲声"这句由"川渠互相经"一句而来，写流水发出极为动听的响声。

"菱芡覆绿水"以下八句，开始重点描写玄武池的各种景物。玄武池的美景确实是十分令人神往的，无论是田野还是庄稼，池水还是花朵，柳荫还是萍藻，都是那么动人。而点缀其中喧闹的群鸟，更给这幅优美的画卷增添了动感，使其形象鲜明，有声有色。这样的美丽景色，确实足以使人忘记忧伤，完完全全地沉浸在欢畅之中。最后，"忘忧共容与，畅此千秋情"两句由景及情，自然而然地收束了全诗。

此诗虽属游宴诗，但同建安时期的其他游宴诗相比，却有不同。它没有涉及宴乐，而是用自然清新的语言集中描写田园景物，具有后来田园诗的意味。

杂 诗

其一

漫漫秋夜长，烈烈[①]北风凉。
展转[②]不能寐，披衣起彷徨[③]。
彷徨忽已久，白露沾我裳。

俯视清水波，仰看明月光。

天汉④回西流⑤，三五⑥正纵横。

草虫鸣何悲，孤雁独南翔。

郁郁⑦多悲思，绵绵思故乡。

愿飞安得翼，欲济河无梁。

向风长叹息，断绝我中肠⑧。

注释

①烈烈：风吹过之声。

②展转：同"辗转"，指睡觉时翻来覆去。

③彷徨：徘徊。

④天汉：指银河。

⑤西流：指银河由西南转而向正西流转，表示已是夜深时分。

⑥三五：指星。三，指心宿。五，指柳宿。

⑦郁郁：苦闷忧伤。

⑧中肠：腹中之肠，比喻内心。

译文

秋天的夜晚多么漫长，北风吹过感觉凉飕飕的。躺在床上翻来覆去难以入睡，披上衣服起来徘徊。独自徘徊不觉时间过了很久，白露渐渐沾湿了我的衣裳。低头看到池中清水泛起阵阵波纹，抬头仰望天空中皎洁的月光。银河已经向正西流转，心宿和柳宿正交错挂在夜幕上。草丛里的秋虫叫得多么可悲，失群的孤雁独自飞向南方，内心太多苦闷忧伤，思念故乡之情比绵绵不断。我想高飞可是没有翅膀，我想渡河可是河面上没有桥梁。我对着秋风长长叹息，思念真是让我肝肠寸断。

赏析

"杂诗"大致与后世的无题诗类似,由于不限制题目,所以诗人可以相对自由地赋物言情。这类诗的创作开始于建安时期,曹丕在其中起到先驱者的作用。这首诗是曹丕两首《杂诗》中的第一首,写的是思归不得的游子的悲伤。

"漫漫秋夜长,烈烈北风凉。展转不能寐,披衣起彷徨"四句,写秋夜里主人公辗转难眠,不得不起床披衣徘徊,给全诗蒙上了一层悲秋的色彩。其中"夜长"二字是写实,也是主人公心态的写照。人在欢乐时会嫌夜短,只有忧伤难眠时,才会觉得夜格外长。接下来八句写的是主人公目之所见的秋夜景物。他在院中独自徘徊,时间长了衣裳都被白露沾湿了。他时而俯看池水,时而仰望明月,实际上并无心欣赏这些美景。"天汉回西流"二句,暗示着夜已深,他依然没有睡意,反而听起了"草虫"的悲鸣。而在看到失群的孤雁独自飞向南方时,主人公的伤感终于无法抑制了,诗人也在此时交代,主人公"郁郁多悲思"的根由,就是"思故乡"。最后四句,主人公恨不得立刻还乡,但是现实是残酷的,种种原因限制着他,让他愿飞无翼,欲渡无桥,根本无法还乡,只得向风长叹,思念断肠,全诗思乡难归的悲伤也至此被推到顶点。

此诗颇有《古诗十九首》的风范,感情自然流畅,为后世游子诗奠定了很好的基础。

其二

西北有浮云①,亭亭②如车盖③。
惜哉时不遇④,适与飘风会。

吹我东南行，行行⑤至吴会。
吴会非我乡，安得久留滞⑥。
弃置⑦勿复陈，客子常畏人⑧。

注 释

①浮云：飘浮的云。
②亭亭：耸立而无所依靠的样子。
③车盖：车篷。
④时不遇：没遇到好时机。
⑤行行：走了又走，这里形容漂泊之远。
⑥滞：停留。
⑦弃置：放在一边。
⑧畏人：言游子力单，怕被他人欺负。

译 文

西北上空飘着一朵白云，像车盖一样孤独耸立。可惜浮云没有遇上好时机，偏偏与暴风相遇在一起。暴风一下子将我吹到了东南，一直飘到吴会之地。吴会不是我的故乡，怎么能够长久停留在那里？把这些忧愁放在一边不要再说了吧，游子在外，最怕受人欺负。

赏 析

在创作手法上，上一首诗用的是赋法，这一首首则通篇用比兴的手法。上一首写思乡之情，这一首则突出表现了游子在异乡的不安之感，谋篇布局巧妙至极。

前六句将比兴手法用到了出神入化的地步。游子在乱世中无奈离乡，仿佛是遭遇了暴风的浮云，身不由己之状以及畏惧忧愁之态，都通过这个绝妙的比喻呈现在读者眼前，贴切传神，韵味浓郁。"惜哉时不遇"一句点明时势，可见游子的不幸是混乱的时势所致，一个人要怎样对抗时势呢？因此他不得不在异乡艰难度日，虽然时刻思念故土，但却无力归乡。"东南"与第一句中的"西北"都是泛指，暗示离乡之远，更显悲凉。

"吴会非我乡，安得久留滞"两句是整首诗的主旨。一个"久"字，结合前文之远，更体现出游子的辛苦。之后的"弃置勿复陈"一句原本为乐府诗中常用的套语，但诗人信手拈来，鲜明地烘托出了游子的悲苦无依，堪称神来之笔。末句"客子常畏人"，让游子的忧伤得到了深化，久居他乡不仅思乡很苦，还要担忧本地人的排挤、欺负，多重的压迫让游子的忧伤变得更为复杂，含意无穷。

此诗颇得比兴手法之妙，笔墨高度概括，用韵也极为自然。

清河作[①]

方舟[②]戏长水，澹澹[③]自浮沉。
弦歌[④]发中流，悲响有余音[⑤]。
音声入君怀，凄怆[⑥]伤人心。
心伤安所念？但愿恩情深。
愿为晨风[⑦]鸟，双飞翔北林。

注释

①清河作：《艺文类聚》卷二八引此诗题作《于清河作》。清河，古河名。

②方舟：两船相并。

③澹澹：河水波动的样子。

④弦歌：和着琴弦伴奏所唱的歌。

⑤悲响：歌声悲切动人。

⑥悽怆：悲伤。

⑦晨风：鸟名。

译文

两船相并在水上漂来漂去，船随着水波的荡漾一会儿低一会儿高。弦歌之音在河流上空飘荡，悲切动人，余音袅袅。琴声、歌声飘到了你的身边，真是凄怨悲怆、令人伤心啊。是什么样的思念让你如此伤心呢？只希望恩爱之情能真挚长久。但愿化作晨风鸟，雌雄相伴，在北边的树林里翱翔。

赏析

这首诗写思妇的哀怨之情。

前二句紧扣河水，写出了并排的两只船在河水中自由漂浮的状态，一个"戏"字就烘托出了船随意西东的状态。"弦歌发中流，悲响有余音。音声入君怀，悽怆伤人心"则四句，意境由悠闲转为沉痛，船上人开始弹琴并唱起悲伤的歌，余音袅袅，希望歌声能传入心爱之人的耳中，让对方体会到自己的思念与悲伤。最后四句，则是直抒思妇之情怀。由对对方的思念转写自己，表示希望对方对自己的恩情能像自己对对方一般真挚长久，自己多想变成晨风鸟，与对方相随相依地在北林翱翔翔。

这首诗写得婉转情深、流畅自然，具有民歌风范，以至于被明末清初文学家王夫之称为"玄音绝唱"。

清河见挽船士新婚与妻别作

与君①结新婚，宿昔②当别离。
凉风动秋草，蟋蟀鸣相随。
冽冽③寒蝉吟，蝉吟抱枯枝。
枯枝时飞扬，身轻忽迁移。
不悲身迁移，但惜岁月驰。
岁月无穷极，会合安可知？
愿为双黄鹄④，比翼戏清池。

注 释

①君：指挽船士。
②宿昔：旦夕、早晚。
③冽冽：寒冷的样子。
④黄鹄：传说中的大鸟。

译文

我与你刚刚结婚,旦夕之间就要分离。凉风吹动着秋草,蟋蟀们早晚此起彼伏地鸣叫着。秋蝉在寒风中鸣叫,鸣叫时还紧紧抱着枯枝。枯枝不时被风吹动飘扬,它轻轻的身体也随风飘荡。我不悲叹身在异地,只是痛惜岁月飞快地逝去。漫漫岁月没有尽头,我们何时才能够相会呢?但愿化作一对黄鹄鸟,在清澈的池水中比翼嬉戏。

赏析

东汉末年,战乱频繁,社会动荡,百姓饱受战争、徭役之苦,妻离子散,颠沛流离。这首诗从侧面反映了这样的社会现实。本篇叙写徭役给人民带来的苦难,诗中以第一人称的口吻,写一对新婚夫妇被迫分离的痛苦。

首二句写分别之情,一位年轻的挽船士在新婚不久就与妻子告别。"凉风"二句以秋景衬悲哀之情,在妻子眼中,凉风吹动着秋草,蟋蟀彼此相和、此起彼伏鸣叫着,不经意触动了这位年轻人的离愁。"冽冽"四句,写她看到寒蝉鸣叫时紧紧地抱着枯枝,枯枝被风吹动,寒蝉的身子同枯枝一起随风飘荡。想到自己与丈夫离别后,孤苦无依,就像这抱着枯枝的鸣蝉一般,飘忽不定,更增添了几分愁绪。以寒蝉、枯枝制造悲凉气氛,进一步表现妻子的悲伤。然而,她悲伤的不是自身的飘零,而是感叹岁月如飞,夫妻两相分离,白白地辜负了大好的青春年华。岁月悠悠,会合难期。结尾二句,点出妻子心中的夙愿。在这一刻,她是多么希望与心爱的人一起化作黄鹄,在清澈的池水中比翼嬉戏。

全诗采用代语体,用挽船士之妻的口吻叙述,使人仿佛听到两位年轻人道别时的喁喁私语,更显得真挚动人。秋天在古人心目中是一个凄凉肃杀的季节。曹丕最善于借秋景来抒写离愁别恨。他选取了新婚别这一事件，着力于凉风、秋草、蟋蟀、寒蝉、枯枝等景物的描写，渲染了新婚别的凄凉环境，从而衬托出离人的愁苦心情。

代刘勋①出妻王氏②作

翩翩③床前帐，张以蔽光辉④。

昔将尔同去，今将尔共归。

缄⑤藏箧笥⑥里，当复何时披？

注释

①刘勋：曾任庐江太守，遭孙策袭击投降曹操，官至平虏将军，因傲慢不法被杀。

②王氏：名宋，与平虏将军刘勋结婚二十年，因无子被出。刘勋另娶山阳司马氏之女为妻。

③翩翩：轻盈的样子。

④光辉：日光或月光。

⑤缄：封闭。

⑥箧笥：盛书籍、衣物的竹器。

译文

床前挂着柔软的绸帐，挂它的目的是挡住光亮。帐子啊，从前带你离家来这里，现在带你一起回娘家。从此把你封闭在箱子里，何时才会开箱再将你挂起来？

> 曹丕

> 赏　析

　　这首诗是一首咏物诗。曹魏平虏将军刘勋因妻子王宋无子，另寻新欢，王宋无奈回到娘家，曹丕代她创作了这首诗，表达了弃妇的无助与忧愁。诗中并没有着眼于王宋的遭遇和不幸，只选取了一件典型的用品——床前帐来叙写，语言自然平淡，没有任何雕饰，却创造出情意浓厚的诗境。

　　开头两句总写帐的轻盈优美和遮蔽光辉之效，二十几年以来，在这用作遮掩的帷帐之内，包含了多少浓情蜜意！往事如烟，不堪回首。"昔将尔同去，今将尔共归"，王宋将帐称为"尔"，仿佛帷帐成了知己，对它伤感地诉说着衷曲。这四句由今及昔，由昔到今，帐与人的命运仿佛融为一体，王宋的一切欢乐与忧伤仿佛都与帐联系在了一起。"缄藏箧笥里，当复何时披"两句更加伤感，王宋的青春年华已逝，丈夫的感情已经不能挽回。在当时的社会背景下，她的命运实际上已经注定了，帐也就再也没有挂起来的机会了。

　　整首诗运用了比兴手法，含蓄委婉，耐人寻味，以不再被用的帷帐比喻被丈夫抛弃的女子，笔调怨而不怒，语言浅显自然，是一篇具有民歌朴实之风的佳作。

折杨柳行[①]

西山一何高，高高殊无极[②]。
上有两仙童，不饮亦不食。
与我一丸药，光耀有五色。

·65·

服药四五日，身体生羽翼③。
轻举乘浮云，倏忽行万亿④。
流览观四海⑤，茫茫非所识。
彭祖⑥称七百，悠悠安可原⑦。
老聃适西戎⑧，于今竟不还。
王乔⑨假虚辞，赤松⑩垂空言。
达人识真伪，愚夫好妄传。
追念往古事，愦愦千万端。
百家多迂怪⑪，圣道⑫我所观。

注释

①折杨柳行：乐府旧题，属《相和歌·瑟调曲》。

②无极：没有尽头。

③羽翼：带羽毛的翼翅。

④万亿：万亿里。

⑤四海：古人认为中国四境有海环绕，各按方位为"东海""南海""西海"和"北海"，犹言天下。

⑥彭祖：传说中的人物。因封于彭，故称。传说他善养生，有导引之术，活到七百余岁高龄。

⑦安可原：如何去追溯验证。原，追寻，探求。

⑧西戎：古代西北戎族的总称。

⑨王乔：王子乔，传说中的仙人。

⑩赤松：赤松子，上古时神仙。

⑪迂怪：迂阔怪诞。

⑫圣道：圣人之道，指儒家思想。

译文

西山是多么高，高得几乎没有尽头。山顶上住着两个仙童，他们不吃不喝自在长生。他们送我一粒仙丹，药丸光彩夺目。我服了仙药四五天后，身上长出来一对翅膀。我轻轻飞起腾云驾雾，转眼间就飞了亿万里。放眼观望天下，一片混沌不清。传说彭祖活了七百岁，这么久的事情，如何去追溯验证呢？老子去了西戎，至今不见回还。有关王子乔的传说都是虚假的，仙人赤松也是空口无凭。明达事理的人能够辨别真假，只有愚蠢的人总喜欢传播虚假的消息。追忆起那些古老的传说和故事，千头万绪很难理清。诸子百家的著作大都十分迂阔怪诞，只有孔孟传下来的圣人之道才是我们读书的选择。

赏析

这首诗借游仙所见，揭露了神仙方术的虚妄与怪诞，告诫世人遇事一定要能够辨别真伪，不要做愚夫。

全诗共二十四句，前十二句详写游仙的经过：诗人登上西方高不见顶的山，从两名"不饮亦不食"的仙童手中得到仙药，这是自古求仙者的终极梦想，也是多数游仙诗的核心内容。诗人吃了仙药，顷刻间生出一对羽翼，转眼间就乘云飞行了亿万里之遥，俯视人间，已是一片混沌。至此，诗人用轻松、赞赏的笔调描绘出了游仙之事，是完全可以独立成篇的。

后十二句依然可以独立成篇，思想内核与前半部分迥然不同。诗人毫不留情地对宣扬神仙方术之人推崇的长生者彭祖、老子以及仙人代表王子乔、赤松子进行了怀疑和否定，认为所谓长生不死都是骗人的。接着，诗人又联系历史进行正面议论，表达能够辨别真假的明达事理的人不会被神仙传说的虚妄欺骗，妄传神仙之说的不过是些不明真假的愚蠢罢了。在当时玄风已起、儒学已出现暂时式微的趋势时，诗人大声疾呼，认为"敬鬼神而远之""不语怪、力、乱、神"的孔子的思想，才是值得读书人学习的。

　　这首诗分成两部分，看似有些矛盾，却是可以理解的。神仙之说颇具浪漫色彩，曹丕作为敏感的诗人，对神仙生活心生钦羡是很正常的，所以创作了优美的游仙诗。但同时，他从理智方面清楚地明白长生与神仙是不存在的，所以将想象与现实进行严格区分，对神仙之说大加鞭挞。这首诗运用了现实主义手法，将神话与现实熔于一炉，是一篇不可多得的佳作。

至广陵于马上作[①]

观兵临江水，水流何汤汤[②]。
戈矛成山林，玄甲耀日光。
猛将怀暴怒，胆气正纵横[③]。
谁云江水广，一苇可以航？
不战屈敌虏，戢兵[④]称贤良。
古公[⑤]宅岐邑，实始翦[⑥]殷商。
孟献营虎牢[⑦]，郑人惧稽颡[⑧]。
充国[⑨]务耕殖，先零[⑩]自破亡。
兴农淮泗[⑪]间，筑室都徐方[⑫]。
量宜运权略，六军[⑬]咸悦康[⑭]。
岂如《东山》诗，悠悠多忧伤？

注释

①至广陵于马上作：此诗作于公元225年，《三国志魏志》记载："黄初六年，幸广陵故城，临江观兵，戎卒十余万，旌旗数百里。因于马上作诗。"广陵，今扬州，古代是军事重镇。

②汤汤：河水湍急的样子。

③纵横：这里指斗志奔放昂扬。

④戢兵：收起兵器。

⑤古公：周太王古公亶父，古代周族的首领，传说为后稷第十二代孙。周文王的祖父。戎狄为争地而攻古公所居豳地，古公迁居于岐山下，建筑城郭家室，人多归之，遂使周兴。

⑥翦：除灭。

⑦虎牢：城名，在今河南荥阳汜水镇。

⑧稽颡：跪拜，古代一种请罪的礼节。

⑨充国：指西汉名将赵充国。

⑩先零：指先零羌，西汉时期西北少数民族部落。

⑪淮泗：指淮河、泗水流域。

⑫徐方：古国名，在今安徽泗县。

⑬六军：泛指军队。

⑭悦康：安乐。

译文

面对湍急的长江，观看雄壮的军队，军队就像声势浩大的长江一样。茂密的戈矛像山林一样，日光照耀在黑色的铠甲上发出夺目的光芒。勇猛的将军们满怀怒气，有着奔放昂扬的斗志。谁说那广阔的江水难以渡过？

我觉得借助一束芦苇就可以非常轻松地穿越。不通过战争而使敌人屈服，把兵器收起来不用，才能称得上是贤德善良。周朝的先人古公亶父以岐地作为蓄积力量之地，武王灭商实在要归功于曾祖父的奠基。春秋时的谋士孟献子为晋国谋划，在险要的虎牢之地修筑城防，迫使郑国畏战而俯首称臣。汉将赵充国以万人屯田开荒种地，使得先零部落没了牧野而不战自乱。我们在淮河、泗水之间发展农业，在徐方建立都城。运用正确的计谋，使军队的将士都能享有安乐。怎能像《东山》诗描绘的那样，让凯旋的将士充满了忧伤呢？

赏 析

曹丕篡汉称帝之后，起初也想在政治上有所作为，所以才两次率大军伐吴。第一次是公元224年秋九月，"魏文帝出广陵，望大江，曰：'彼有人焉，未可图也。'乃还"。第二次是第二年的冬天，"是冬魏文帝至广陵，临江观兵，兵有十余万，旌旗弥数百里，有渡江之志。权严设固守。时大寒冰，舟不得入江。帝见波涛汹涌，叹曰：'嗟乎！固天所以隔南北也！'遂归"。本诗就是曹丕第二次征东吴至广陵时所作。我们完全可以这样说，这首诗是曹丕军事行动失败后的自我解嘲。但是，不得不说它还是一首比较优秀的作品。

开头两句点题，表明了全诗的主旨是"观兵"，地点则是长江北岸。"戈矛成山林，玄甲耀日光。猛将怀暴怒，胆气正纵横"四句，写全军装备精良，将士斗志昂扬，一副战无不胜的态势。在当时的实力对比下，这是非常客观的，魏国军队的总体实力远在蜀吴之上。"谁云"一句用夸张的手法，化用《诗经·河广》"谁谓河广？一苇航之"的句意，表现出对"天堑"长江的轻蔑。实际上，长江之难渡，曾让曹丕发出过"固

天所以隔南北也"的无奈感叹，这里的蔑视不得不说有几分自我安慰的意味。

"不战屈敌虏"以下八句，诗人开始借古代古公亶父、孟献子和赵充国等"不战而屈人之兵"的典型事迹来解释自己为什么不渡江用兵。"不战屈敌虏，戢兵称贤良"，客观上是有利于百姓安居乐业的。最后六句，诗人具体描写了自己如何"不战而屈人之兵"：在江北发展农业，运用正确的计谋，既可使全军免去长期征战之苦，又能获得敌国之心，借长期战略来逐步实现靠战争无法实现的目标，表现出曹丕的深谋远虑和对前景的乐观。后来晋灭吴，一定程度上就是靠这样的战略实现的。

曹丕善写游子、思妇，但同时他也是一名军事家和政治家，能够创作雄健、壮丽、豪迈的诗歌，此诗就是他豪迈诗风的代表。

与吴质书[①]

原　文

二月三日，丕白[②]：岁月易得[③]，别来行复四年。三年不见，《东山》犹叹其远[④]，况乃过之，思何可支！虽书疏[⑤]往返，未足解其劳结[⑥]。

昔年疾疫[⑦]，亲故多离其灾，徐、陈、应、刘[⑧]，一时俱逝，痛可言邪！昔日游处，行则连舆[⑨]，止则接席[⑩]，何曾须臾[⑪]相失。每至觞酌流行[⑫]，丝竹并奏，酒酣耳热，仰而赋诗，当此之时，忽然[⑬]不自知乐也。谓百年己分[⑭]，可长共相保[⑮]。何图数年之间，零落略尽[⑯]，言之伤心！

顷撰其遗文,都为一集⑰。观其姓名,已为鬼录⑱。追思昔游,犹在心目,而此诸子,化为粪壤⑲,可复道哉!

注 释

①与吴质书:《三国志·魏志·吴质传》注引《魏略》云:"(建安)二十三年(218年),太子又与吴质书。"吴质,字季重,博学多智,官至振威将军,封列侯,与曹丕友善。

②白:说。

③岁月易得:指时间过得很快。

④"三年"二句:《诗经·豳风·东山》:"自我不见,于今三年。"写士兵的思乡之情。

⑤书疏:书信。

⑥劳结:因思念而生的郁结。

⑦昔年疾疫:指建安二十二年(217年)发生的大瘟疫。

⑧徐、陈、应、刘:指建安七子中的徐幹、陈琳、应玚、刘桢。王粲也死于这一年,但他原本就体弱多病,可能并非死于瘟疫。

⑨连舆:车与车相连。舆,车。

⑩接席:座位相连。

⑪须臾:片刻,一会儿。

⑫觞酌流行:推杯换盏,饮酒不停。觞,酒杯。酌,斟酒,代指酒。

⑬忽然:一会儿,形容时间过得很快。

⑭谓百年已分:以为长命百年是当然之事。

⑮相保:相互保有同处的欢娱。

⑯零落略尽:大多已经死去。零落,本指草木凋落,此处比喻人死亡。略,差不多。

⑰"顷撰"二句：近来，我撰集他们的遗作，合为一集。

⑱鬼录：死者的名录。

⑲化为粪壤：指死亡。人死归葬，久而朽为泥土。

译 文

二月三日，曹丕陈说：时间过得很快，我们已经分别了将近四年。三年不见面，《东山》诗里尚且感叹久别，更何况我们的分别早已经超过三年，思念之情，真是止不住！虽然也有书信来往，但不能排遣因思念而生的郁结。

在往年流行的瘟疫中，有很多亲戚朋友都遭受不幸，徐幹、陈琳、应玚、刘桢都相继去世，我内心的痛苦又怎么能够用言语来表达呢？从前我们交游相处，外出时车与车相连，休息时座位相连，何曾有片刻的分离。每当我们推杯换盏、饮酒不停，弦乐管乐一齐伴奏，宴饮到高兴的时候，便仰头唱和诗歌，在那个时候，恍惚间没有觉得这是难得的欢乐。我以为长命百年是当然之事，大家可以长久保有同处的欢娱，可是怎么也没想到，短短的几年里这些好朋友大多已经死去，说到这里我感到非常痛心！近来，我撰集他们的遗作，合为一集。看他们的姓名，已入死者的名录了。那些过去交好的日子历历在目，而这些好友都已经死去了，还有什么可说的呢！

原 文

观古今文人，类①不护细行，鲜能以名节②自立。而伟长③独怀文抱质④，恬淡寡欲，有箕山之志⑤，可谓彬彬君子⑥者矣。著《中论》⑦二十余篇，成一家之言，辞义典雅，足传于后，此子为不朽矣。德琏⑧常斐然⑨有述作之意，其才学足以著书，美志不遂，良可痛惜。间者⑩历览诸子之文，对之抆⑪泪，既痛逝者，行自念也。孔璋⑫章表殊健，微为繁富⑬。公幹⑭有逸气⑮，但未遒⑯耳；其五言诗之善者，妙绝时人。元瑜⑰书记翩翩，致足乐也⑱。仲宣⑲独自善于辞赋，惜其体弱⑳，不足起其文㉑，至于所善，古人无以远过。昔伯牙绝弦于钟期㉒，仲尼覆醢于子路㉓，痛知音之难遇，伤门人㉔之莫逮㉕。诸子但为㉖未及古人，自一时之隽㉗也。今之存者，已不逮矣。后生可畏，来者难诬㉘，然恐吾与足下㉙不及见也。

注 释

①类：大多。

②名节：名誉节操。

③伟长：徐幹的字。

④怀文抱质：文质兼备。文，大致指人的外在表现；质，大致指人的内在品质。

⑤箕山之志：鄙弃利禄的高尚之志。箕山，相传为尧时许由、巢父隐居之地，后常用以代指隐逸的人或地方。

⑥彬彬君子：儒雅君子。《论语·雍也》："文质彬彬，然后君子。"彬彬，文质兼备的样子。

⑦《中论》：徐幹著，是一部政论性著作，"大都阐发义理，原本经训，而归之于圣贤之道"。

⑧德琏：应玚的字。

⑨斐然：有文采的样子。

⑩间者：近来。

⑪抆：擦拭。

⑫孔璋：陈琳的字。

⑬繁富：指辞采繁多，不够简洁。

⑭公幹：刘桢的字。

⑮逸气：洒脱奔放的气质。

⑯遒：刚劲有力。

⑰元瑜：阮瑀的字。

⑱致足乐也：十分令人愉快。

⑲仲宣：王粲的字。

⑳体弱：《三国志·魏书·王粲传》说王粲"容状短小""体弱通脱"。

㉑起其文：勃起他的文气。

㉒"昔伯牙"句：春秋时伯牙善弹琴，唯钟子期为知音。子期死，伯牙毁琴不再弹。钟期，即钟子期。

㉓"仲尼"句：孔子的学生子路在卫国被杀并被剁成肉酱后，孔子便不再吃肉酱一类的食物。

㉔门人：门生。

㉕莫逮：没有人能赶上（子路）。

㉖但为：只是。

㉗隽：杰出的人才。

㉘诬：妄言，乱说。

㉙足下：对吴质的敬称。

译文

古往今来的文人，他们大多不拘小节，很少能够在名誉和节操上同时站得住。但只有徐幹文质兼备，清静自安，不羡慕荣华利禄，有鄙弃利禄的高尚之志，可以称为儒雅的君子了。他著有《中论》二十多篇，自成一家之言，文辞十分典雅，足以流传后世，徐幹这个人可以永垂不朽了。应场文采出众，常常努力于著述，他的才学完全可以著书，但是他美好的愿望没有实现，实在非常令人痛惜。近来看遍了他们的文章，看后不禁擦拭眼泪，既痛念逝去的好友，又想到自己生命短暂。陈琳的章表文笔极其雄健有力，只是辞采过于繁多了一些。刘桢的文风洒脱奔放，只是文章的气势不够刚劲有力；他的五言诗非常完美，高妙得超过同时代的人。阮瑀的书札文辞非常华美，使人读了十分愉快。王粲尤其擅长辞赋，可是他的身体羸弱，不足以勃起他的文气，至于他擅长的地方，古人也没办法超过他太多。从前伯牙由于钟子期死而破琴绝弦，孔子由于子路死而倒掉肉酱；伯牙是因为痛心于知音的人不容易遇到，孔子是因为悲伤门生们没有人能赶得上子路。王、徐、陈、应、刘等人只是有些地方还不及古人罢了，但终究还是一时的杰出人物啊。现今的文人，已经没有人能够比得上他们了。后生可畏，将来的人会怎样，不能随便猜测，但恐怕我与先生是来不及见到他们了。

原文

年行①已长大，所怀万端。时有所虑，至通夜不瞑②，志意何时复类昔日？已成老翁，但未白头耳。光武③言年三十余，在兵中十岁，所更非一④，吾德不及之，年与之齐矣。以犬羊之质，服虎豹之文，无众星之明，假日月之光⑤，动见瞻观，何时易乎？恐永不复得为昔日游也。少壮真当努力，年一过往，何可攀援⑥！古人思炳烛夜游⑦，良有以也⑧。顷⑨何以自娱？颇复有所述造⑩不？东望於邑⑪，裁书⑫叙心。丕白。

注释

①年行：行年，已度过的年龄。

②瞑：合眼入睡。

③光武：东汉开国皇帝刘秀的谥号。

④"年三十"三句：李善注以为语出《东观汉记》载刘秀《赐隗嚣书》。所更非一，所经历的事不止一件。

⑤"以犬羊"四句：谦称自己并无特出德能，登上太子之位，全凭父亲指定。扬雄《法言·吾子》："羊质虎皮，见草而悦，见豺而战，忘其皮之虎也。"《文子》："百星之明，不如一月之光。"日月，此处比喻曹操。

⑥攀援：挽留。

⑦炳烛夜游：点着烛火，夜以继日地游乐。

⑧良有以也：确有原因。

⑨顷：最近。

⑩述造：即"述作"。

⑪於邑：同"呜咽"，低声哭泣。

⑫裁书：写信。古人写字用的帛、纸往往卷成轴，写字时要先剪裁下来。

译文

年纪渐渐大了，心中所想的千头万绪，时常会有所思虑，以致整夜无法合眼入睡，志向和意趣几时能与从前一样？已成为老翁，只是没有白发罢了。东汉光武帝曾这样说："我三十几岁，在军旅中生活了十年，所经历的事不止一件。"我的才能赶不上他，但是我的年龄和他一样大了。用狗与羊的身体，披着虎豹的外衣；没有群星的明亮，而假借日月的光辉；（现在做了太子）举止常被他人所观瞻，行动上哪能随便呢？恐怕永远不能再像往日那样游乐了。少壮之时确实应当努力，年龄一旦过去，时光又怎么能够留得住！古人想夜里点着烛火游玩，确有原因。最近你用什么来消遗？还有一些著作吗？向东望去非常悲伤，写信来诉说自己内心的情感。曹丕陈说。

赏析

建安二十二年（217年），中原地区瘟疫流行，"建安七子"中徐幹、陈琳、应场、刘桢、王粲等人多在这一时期病死。曹丕同许多建安文人一样，对生命特别敏感。他为逝者悲伤，也为自己悲伤。他想通过这封给好友吴质的信，述说自己的悲伤，安慰一下自己，并评论建安诸子的文章，持论相当公允、客观。最后说到自身德薄位尊，应该时刻警醒。信中意蕴隽永，词语典雅，文笔流畅，有浓厚的抒情味，表现出邺下文人之间深厚的友情。

在信的开头部分，曹丕追叙了从前与众位友人共同游乐、酣宴、赋诗的情形，表现长久离别的思念之情，特别突出了对过去游宴诗酒欢乐的回忆和眼下"零落略尽"的对比。通过对比，作者对友人的深切追念以及对生死难以预料的无奈都表现了出来。文中"思何可支""痛可言邪""可复道哉""何可攀援"等反问感叹的句调，让抒情极有分量，将作者的悲伤体现得淋漓尽致。

接着，作者开始追念这些不幸离世的著名文人的创作，由感伤变得相当理智。他作为出色的文学评论家，论述友人的创作时观点明确，眼光独到，不会埋没对方的优点，但也不会因亲密关系或为逝者讳而掩饰其缺陷。文如其人，作者在评述作品时，还兼顾其为人，给我们留下了一些关于"建安七子"的珍贵史料。接着，曹丕谈到自己，他告诉吴质自己年长才浅，德薄位尊，于是表达了"后生可畏，来者难诬"以及"少壮真当努力"的心声，蕴含着对未来的期望和对存者的警示。最后，他非常关切地询问吴质最近的生活和著述情况，再次表达了自己对吴质的深切思念之情，情

真意切。

　　这篇书信通篇将叙事与抒情交融，感情真挚，直抒胸臆，非常动人。此外，作者采用了大量四言和六言的整齐辞赋句式，但也包括五言、七言、八言甚至十言的散文句式，错落变化，不拘一格，读起来节奏感十足，又极富韵味。

曹 植

曹植（192—232年），字子建，沛国谯县（今安徽亳州）人，曹操之子，曹丕之弟，建安文学的代表人物之一。曹植生前曾为陈王，去世后谥号为"思"，因此又称陈思王。曹操一度非常喜爱曹植，但是曹植在与曹丕的夺嗣之争中失败，遭到曹丕与其子魏明帝曹叡的猜忌，后半生抑郁不安，政治上无所作为，但文学上取得了极为突出的成就，甚至得到"天下才有一石，曹子建独占八斗"的评价。曹植的创作大致以建安二十五年（220年）曹操病逝、曹丕称帝为界，前期作品乐观、浪漫，洋溢着豪情壮志，后期作品则多抒发理想与现实的矛盾所激起的悲愤。

箜篌引[①]

置酒高殿[②]上，亲交[③]从我游。
中厨[④]办丰膳[⑤]，烹羊宰肥牛。
秦筝[⑥]何慷慨[⑦]，齐瑟[⑧]和[⑨]且柔[⑩]。
阳阿[⑪]奏奇舞，京洛[⑫]出名讴[⑬]。
乐饮[⑭]过[⑮]三爵[⑯]，缓带[⑰]倾庶羞[⑱]。
主称[⑲]千金寿[⑳]，宾奉[㉑]万年酬[㉒]。
久要[㉓]不可忘，薄终义所尤[㉔]。

谦谦㉕君子德,磬折㉖何所求㉗?
惊风㉘飘㉙白日,光景㉚驰西流。
盛时㉛不再来,百年㉜忽㉝我遒㉞。
生存华屋㉟处,零落㊱归山丘。
先民㊲谁不死,知命㊳复何忧?

注 释

①箜篌引:乐府诗题,又名《公无渡河》,属《相和歌·相和六引》。

②高殿:曹植的起居寝殿。

③亲交:关系亲密的好朋友。

④中厨:厨房里。

⑤丰膳:丰盛的美食。膳,也可称为"馔"。

⑥秦筝:筝原来有五根弦,相传秦朝将领蒙恬把五弦改成十二弦,所以称它为秦筝。

⑦慷慨:形容秦筝弹得高亢嘹亮。

⑧齐瑟:瑟为古代的一种弦乐器,种类繁多,最早有五十弦,后来以二十五弦居多。《战国策·齐策》中记载齐者临淄富裕充实,民众都擅长鼓瑟、击筑等。称其为齐瑟的主要原因是这种弦乐器主要是由齐都临淄人弹奏。

⑨和:弹奏瑟时的和声和谐动听。

⑩柔:瑟声的婉转温柔。

⑪阳阿:地名,在今山西泽州大阳镇。

⑫京洛:洛阳。

⑬名讴:有名的歌曲。讴,曲子。

⑭乐饮:欢乐地喝酒。

⑮过：超出。

⑯爵：古代一种盛酒的器具。

⑰缓带：松开衣带，形容自由自在不受拘束的样子。

⑱倾庶羞：尽情享用美味佳肴。倾，完。庶，很多。羞，同"馐"，美味的食物。

⑲称：抬，举。

⑳寿：把金帛送给别人来表示尊敬。

㉑奉：给，献。

㉒酬：报答，表示感谢。

㉓久要：从前的约言。出自《论语·宪问》："久要不忘平生之言。"要，通"邀"，约请。

㉔尤：责怪。

㉕谦谦：谦卑，恭顺。

㉖磬折：弯下腰行礼，表示尊敬。

㉗何所求：无欲无求。

㉘惊风：突然吹起的大风。

㉙飘：快速落下来，消失不见。

㉚光景：白天，这里是大好时光的意思。

㉛盛时：青春年华。

㉜百年：指人的一生。

㉝忽：快速，忽然。

㉞遒：接近，靠近。

㉟华屋：装饰华丽的房子。

㊱零落：借花朵枯萎、凋落来暗示人的死亡。

㊲先民：从前的人。

㊳知命：参透生与死的自然规律。

曹植

译文

  把美酒佳肴放在我的高殿里，邀请我的亲朋好友在那里一起玩乐。命令厨房准备丰盛的美食，松开用人忙着杀牛宰羊。秦筝的声音是那么高亢嘹亮，齐瑟的和声是那么和谐温柔。欣赏着阳阿之地的曼妙舞蹈，听着洛阳的有名歌曲。酒过三巡后，我们松开衣带，无拘无束地尽情享用美味佳肴。主人举着金帛赠给宾客，宾客们给主人献上祝寿的话语作为报答。不要忘记从前的约言，开始热情后来慢待会受到道义的责怪。君子弯腰恭敬地行礼是因为他拥有美好的品质，而不是他对你有所图谋。突然吹起的大风仿佛把天边的太阳都吹落了，不知不觉间就到了傍晚。已经逝去的青春年华不会再回来，死亡的时间离我越来越近。即使生前住在装饰华丽的屋子里，去世以后也要埋葬在荒野山丘的坟墓中。从前的人又有谁是长生不死的，既然已经参透了生与死的自然规律，我们又为什么要为此忧愁呢？

赏析

  这首诗通过一次歌舞升平的热闹宴饮，表达了诗人人生苦短、及时行乐的人生态度。

  全诗可以分为三层，第一层的内容是前十二句，记叙了这次设宴招待客人的过程，表现出宾客在宴会中欣赏歌舞和享用美酒佳肴的欢乐融洽的氛围。酒宴之上美酒佳肴繁多，舞蹈乐曲轻灵飘逸，婉转动人。宴会上招待客人的场景刻画得十分具体，从中我们可以感受到诗人及时行乐、肆意洒脱的情怀。

  诗的第二层是"久要不可忘"以下四句，委婉地点出了文章的核心思想。弯腰行礼，谦恭待人并非有所图谋，而是想与亲朋好友互相交心，共同做一番大事业。

诗的第三层是"惊风飘白日"后的几句,在诗的末尾,诗人反复表达了对青春易逝的感叹,以此表达他抓住现实及时行乐的精神。诗的最后两句揭示出从古至今没有人可以逃过一死的自然规律。

这首诗开简洁流畅,诗的构思也别出心裁,在抒情方面诚恳豪放,在格式上对仗工整,朗朗上口。

薤露行

天地无穷极,阴阳转相因①。
人居一世间,忽若风吹尘。
愿得展功勤②,输力③于明君。
怀此王佐才④,慷慨独不群。
鳞介尊神龙,走兽宗麒麟⑤。
虫兽犹知德,何况于士人?
孔氏删诗书,王业灿已分。
骋我径寸翰⑥,流藻⑦垂华芬。

注 释

①"阴阳"句:日月流转,四季变换。

②功勤:功绩,事业。

③输力:效力。

④王佐才:辅佐君王的才能。

⑤"鳞介"二句:古代传说中,水族把龙作为尊长,陆地上的动物把麒麟当作统帅。

⑥"骋我"句：纵笔疾书。骋，挥动。翰，笔。

⑦藻：文笔。

译文

天地广阔浩大，无边无际，日月流转，四季变换。人生在世不过百年，这一生就像风吹尘土一样转瞬即逝。因此我盼望能够成就一番事业，效力于一位贤明的君主。胸怀这样辅佐君王的才能，肆意洒脱而不落于俗套。古时候水族把龙作为尊长，陆地上的动物把麒麟当作统帅。飞禽走兽都懂得的道理，更何况我们这样饱读诗书的士人呢？孔子删改《诗经》《尚书》后，帝王的功绩开始记录进书典。我们这些人也要纵笔疾书，把华美的著作留给后人。

赏析

这是一篇直抒胸臆的五言诗，是曹植后期的代表作品之一。在这首诗中，诗人表达了希望能够在有限的生命里积极地为国家做贡献，即使不能够建功立业，至少也要立一家之言的雄心壮志。

开篇二句语调气势磅礴，意境辽阔悠长。诗人描述宇宙无穷无尽，变化无常。三、四句把气势稍微收敛，阐述人生在世不过百年，如风吹尘土般短暂，与诗的前二句形成一紧一缩的鲜明对比，表达了诗人对生命短暂的感慨。"忽若风吹尘"可以称为这首诗的诗眼，它集中表现了全诗的核心思想，全诗的意旨也是由此而来。这自然就会让人想到曹操《短歌行》："对酒当歌，人生几何？譬如朝露，去日苦多。"不过，曹植感慨生命短暂的本质与曹操并不是完全相同的。曹植渴望成就功名，更想追求个人的历史功绩。五、六二句在全文中起到承上启下的作用，相对于前面四句来说，由委婉地抒发情感，转为直抒胸臆的表述，曹植渴望在自己稍纵即逝的一生中施展自己辅助君王的才能，建立一番事业。但是，他个人的性格特点和当时的处境让他怀才不遇，这就使得诗人不由自主地发出"怀此王佐才，慷慨独不群"的抱怨。这番愤懑不平的抱怨表现了他对于丰功伟业的热烈渴望。

九至十二句中，诗人又描写了一个大转折。诗人虽然不受重用，却又不甘心终日虚度光阴，趋炎附势，只是空谈"慷慨独不群"犹如纸上谈兵，因此，他情感的抒发也由忧愁转向了愤懑。这四句运用了非常巧妙的技法，寓情于物，借物明志。"鳞介尊神龙，走兽宗麒麟"二句，借用典故，语言娟秀，令人回味无穷。"神龙""麒麟"分别是古代传说中的水族、陆地动物之王。它们的德行受到虫兽的尊敬。在这里，诗人以此来比喻自己的"慷慨独不群"。情寓其中，意在言外，是诗人郁闷情绪的触发点。"虫兽犹知德，何况于士人"二句直抒胸臆，一语双关：表面是表达自己认为饱读诗书的士人肯定要比野兽更有德行的立场，实则暗讽魏明帝的德行不足。

诗人发现"勠力上国，流惠下民，建永世之业，流金石之功"《与杨德祖书》的想法完全破灭之后，便只能借写诗来抒发情感了。最后四句中，诗人表明了坚定不移的立场：即使不能建立丰功伟业，也要让自己的诗文流芳千古，让后人永远记住自己。诗人对孔子删改《诗书》的做法给予了很高的赞赏，然后又提出了"骋我径寸翰，流藻垂华芬"的目标，这是他在动荡不安的社会环境下，为自己开辟的功成名就之路。在他眼中，古人能在文学事业上名垂千古，为后世所称道，自己也势必要达到那样的高度。现实也确实如此，曹植仕途生涯的失败反而成就了他在文学上的造诣，在诗文著作上取得了杰出的成就，也实现了自己"流藻垂华芬"的奋斗目标。

此诗咏怀言志，情感起伏跌宕，文笔自然流畅。

吁嗟篇①

吁嗟此转蓬，居世何独然！

长去本根逝，宿夜②无休闲。

东西经七陌，南北越九阡③。

卒④遇回风⑤起，吹我入云间。

自谓⑥终天路⑦，忽然下沉泉。

惊飙⑧接我出，故⑨归彼中田⑩。

当南而更北，谓东而反西。

宕宕⑪当何依，忽亡而复存。

飘飖⑫周⑬八泽⑭，连翩历五山⑮。

流转无恒处，谁知吾苦艰？

愿为中林草，秋随野火燔。

糜⑯灭岂不痛，愿与株荄⑰连。

注 释

①吁嗟篇：乐府诗题，属《相和歌·清调曲》。吁嗟，感叹词。

②宿夜：同"夙夜"，从清晨到夜晚。

③七陌、九阡：指东西南北四个方位的广阔疆土。陌、阡，均指田间小路。

④卒：同"猝"，忽然的意思。

⑤回风：旋转的风。

⑥自谓：自以为。

⑦终天路：到了天空尽头。

⑧惊飙：由下向上吹的大风。

⑨故：依然。

⑩中田：田间。

⑪宕宕：同"荡荡"，飘荡零落的样子。

⑫飘飖：来回飘飞。

⑬周：尽，遍。

⑭八泽：古代的大野、大陆、杨纡、孟诸、云梦、具区、海隅、圃田八个大泽（湖）。

⑮五山：五岳。

⑯糜：糜烂，毁灭。

⑰株荄：草的根茎。

译文

令人感慨的是，在空中旋转飘飞的蓬草在世间是多么孤单！蓬草被风吹走，永远地离开了根茎，从清晨到夜晚都得不到一刻的休息。由东面被吹到西面飞过了多少弯曲小路，从南面吹到北面又经过了多少荒野田间。突然遇到了旋转吹起的大风，风把我吹到了空中的云彩里。原以为自己已经到了天空尽头，谁知我又坠入了一眼望不见底的深渊。狂风把我再一次卷起，依然把我吹到原野之中。我想往南走，却被风吹到了北面，我想往东走，却忽然被风吹到了西边。在不断漂荡中，我一时间不知何去何从，我忽而消逝，忽而又重新出现。我曾被风吹着飞遍了八个大湖，也曾经飞过了五岳山峰。颠沛流离，又有谁能够感受我内心的痛苦呢？我宁愿做山林中的一株小草，被秋天的野火烧尽，化为一缕缕青烟。被野火毁灭哪能

不痛苦，如果能与根茎永远相连在一起，我内心也是愿意的。

赏析

曹丕称帝后，曹植就被驱逐出朝。贵公子惨遭贬谪，艰苦的境遇令诗人吁嗟不已。他根本无力反抗朝廷，而且还十分希望能为国效力，如今却被排挤，无论做什么都是错的。魏明帝在位时，他多次被贬谪，再加上遭到严格的防范和限制，他自然将自己想象成了无根的飞蓬。

这首诗以"吁嗟"开头，为全诗渲染了一种忧郁的氛围。飞蓬是飘零无依的，所以才会"居世何独然"。然而，它被风吹走不得不脱离草根的悲哀要比它的孤独严重得多。诗人运用很多动词细致地描绘了飞蓬生活的艰难与命运的坎坷。地点的不断切换带给诗人的并不是四处游玩的快乐感受，而是无尽的飘零无依之感以及孤身一人的孤独艰苦。比这种四处漂泊更让人难以忍受的是永远都无法预见的命运。内心怀着"卒遇回风起"的希望，遇到的却是"忽然下沉泉"的无可奈何，"惊飙接我出"的惊讶慌乱，"当南而更北"的不知不觉，"忽亡而复存"的大难不死的庆幸等。诗人在这重重压力下被逼出了这样的愿望："愿为中林草，秋随野火燔。"他宁愿在痛苦中死去，也希望能够与根相连，不再四处奔波。像飘飞的蓬草那样离开根四处飘荡，就算是活着也比野火烧灼的痛苦要严重百倍。蓬草与草根连接，也就是同自己的骨肉至亲在一起，这样的愿望其实是非常卑微的，一般人都能够轻而易举地获得，但对诗人来说却显得如此珍贵，以至于诗人竭尽全力地去追求呼号。这两句诗是全文的结语，概括全诗，使诗中的每一句都与之紧紧呼应。

在这首诗中，诗人运用了比拟的手法，通过对转蓬四处漂泊、无依无靠的描写暗示自己的艰难境遇；接着，又以蓬草的口吻对一手制造自己悲惨境遇的执政者发出悲愤控诉。蓬草与诗人两者合二为一，寓情于物，构思极其巧妙。

浮萍篇[①]

浮萍寄清水，随风东西流。
结发[②]辞严亲，来为君子仇[③]。
恪勤[④]在朝夕，无端[⑤]获罪尤。
在昔蒙恩惠，和乐如瑟琴[⑥]。
何意今摧颓[⑦]，旷若商与参。
茱萸[⑧]自有芳，不若桂与兰；
新人虽可爱[⑨]，不若故所欢。
行云有反期，君恩倘中还？
慊慊仰天叹，愁心将何愬[⑩]？
日月不[⑪]恒处，人生忽若寓。
悲风来入帷，泪下如垂露。
散[⑫]箧造新衣，裁缝纨与素。

注　释

①浮萍篇：乐府旧题，属《相和歌·清调曲》。浮萍，一种漂在水面的植物，比喻孤独无依，四处漂泊的人。

②结发：束发，表示已成年。

③仇：伴侣，爱人。

④恪勤：恭顺辛劳。

⑤无端：一作"中年"。

⑥和乐如瑟琴：化用自《诗经·常棣》："妻子好合，如鼓琴瑟。"

⑦摧颓：蹉跎，白白浪费时间。

⑧茱萸：一种植物的名称，又称越椒。

⑨可爱：一作"成列"。

⑩愬：诉，讲。

⑪不：通"无"。

⑫散：打开，张开。

译文

浮萍漂浮在水面上，被微风吹着到处漂流。自束发成年时我就离开了父母，和我的夫君结为伴侣。从清晨到晚上我一直都恭顺辛劳，却无缘无故遭受谴责。从前有幸承你关爱，我们夫妻的关系像弹奏琴瑟一样和谐欢乐。谁曾想蹉跎多年后，现在我们两个遥远得如同商星和参星一样。茱萸的确本身就带有香气，可是却没法和肉桂与兰芷相比；即使新人更容易让人心生怜爱，但是也比不上曾经的所爱之人。天上飘忽不定的云彩也会有飘回的时候，你对我的爱能否回来？我悲伤地对着天空哀叹，心里的愁绪又能对谁诉说呢？太阳、月亮不会一直在天上，人的一生犹如寄宿一般短暂。帷帐之中吹进一股悲伤的风，泪水如同清晨滴下的露珠一般跌落。我还是打开箱子缝制衣裳吧，把洁白的绢布裁剪缝纫好。

赏 析

在这首诗中,诗人描绘了一位弃妇的悲凉境遇和哀怨心境,巧妙地运用比兴手法将身世悲惨、漂泊无依的弃妇比喻为浮萍。我们结合诗人自身的经历来看,不难看出他是借用弃妇来描绘自身的悲惨境遇。诗人通过随风东西漂流的浮萍和无缘无故被夫君抛弃的弃妇,抒发自己一心为国效力却备受猜疑,被迫四处漂泊的苦闷。

诗的开头就以浮萍起兴,诗中弃妇自比为浮萍,将丈夫比喻为水,她必须依附丈夫,这是封建社会中女性地位低下造成的。接着,她讲述自己离开家庭,来到丈夫身边,一开始还有过一段夫妻感情和谐的幸福日子。但是,随着丈夫另结新欢,两人就"旷若商与参",关系变得无比疏远。但是,女子还是对无情的丈夫抱有幻想,希望他能像行云一样"有反期",重新回到自己的身边。当然,这种不切实际的幻想换来的只有一次次失望,于是她不得不"慊慊仰天叹""泪下如垂露"。无处可诉、无可奈何的弃妇,忽然"散箧造新衣,裁缝纨与素",或许是想通过裁衣排解孤寂和忧愁,也可能是想通过让自己变得更加美好来凸显人生价值。结合诗人自身境遇可以知道,这是在暗喻自己会更加努力地创作诗歌,虽然不能在朝堂或边疆建功立业,也要"骋我径寸翰,流藻垂华芬"(《薤露行》),在道德、文章方面流芳百世。

这首诗的比喻贴切自然,感情哀婉动人。

曹植

野田黄雀行①

高树多悲风,海水扬其波。
利剑②不在掌,结友何须多?
不见篱间雀,见鹞③自投罗?
罗家④得雀喜,少年见雀悲。
拔剑捎⑤罗网,黄雀得飞飞⑥。
飞飞摩⑦苍天,来下谢少年。

注释

①野田黄雀行:乐府旧题,属《相和歌·瑟调曲》。
②利剑:锐利的剑。这里比喻权势。
③鹞:鹞鹰,一种凶猛的鸟。
④罗家:专门设下罗网用来捕雀的人。
⑤捎:削去,用剑划。
⑥飞飞:轻快地飞翔。
⑦摩:靠近。

译文

越高的树木越容易受到寒风的吹袭,平静的海面被大风吹得不断掀起波浪。锐利的宝剑没有握在我的手中,又有什么必要结交那么多朋友呢?你没有看到那只在篱笆间飞翔的黄雀,为了躲避鹞鹰的追捕撞进了网里?设置罗网的人看到黄雀掉进网里是多么欣喜,看到挣扎的黄雀,少年顿生怜悯之情。把宝剑拔出来把捕雀的网子划开，垂死的黄雀才得以轻快地飞翔。张开翅膀高飞靠近天空，随后又飞回来对少年表示感谢。

赏析

　　此诗通过少年救援触网黄雀一事，表达了朋友遭难时自己无力相助的悲愤。

　　这首诗可以分成两部分。诗的前四句是第一部分。"高树多悲风，海水扬其波"以比兴的写作手法开始全诗，引人入胜。"风"前的"悲"字，加强了自然景观所具有的主观感情色彩。大海浩瀚无边，波涛山立，风吹浪涌，榱摧檐倾，自然中的恶劣环境，实际上是暗喻现实官场的腐败恶劣，委婉地表述了宦海的腐败风气和由于政治生涯受挫所引发的愤懑之情。也恰恰是在这样的政治氛围里，在这种愤懑情绪的支配下，诗人满怀愤懑地发出"利剑不在掌，结友何须多"的感慨。如果没有权势也就不必与人结交，这真是惊世骇俗的言论。无论是从现实生活还是古人的传统思想出发，都很难会发出这样的言论。儒家思想认为"有朋自远方来，不亦乐乎"，也强调"四海之内皆兄弟"。然而，这句诗正因为它的不合常情常理才有了震撼人心的力量，也更加深刻地反映了诗人内心的悲愤。其实，诗人原本是一个喜欢交游、重视友情的人。可是，曾经的翩翩公子却大声道出与本身性格完全背道而驰的话语来，这些话不但可以用来警示自己，也可以用来劝诫后人，他内心的愤懑更是不言而喻。

　　"不见篱间雀"以下的诗句是诗歌第二部分的内容。没有权势就没有结交朋友的必要，这个说法读者无法认同的，诗人也没有有力的论据去论证它的合理性。因此，他采取引用寓言故事的方法，以"不见"二字引出少年持剑救出被网住的黄雀的故事。从表面来看，这个寓言故事似乎在为

"利剑不在掌，结友何须多"这个很难被人所理解的观点提供论证，其实它和上段承接，进一步表达自己心中的愤懑之感。黄雀本就是安分温顺的小鸟，加上"篱间"二字，更显示出它根本没有飞向高空的志向，每天只是在篱笆间嬉笑玩耍、虚度光阴而已。然而，哪怕是这样一只人畜无害的小鸟，世人也容不下，还要设置捕雀的罗网，把鹞鹰放出来抓雀。为捕雀的人赶雀的鹞鹰是凶恶异常的，被鹞吓得自投罗网的黄雀是那么的可怜，见到雀被网捕住就欣喜若狂的捕雀人是那么的残忍。诗句虽无褒贬之意，但是诗人在叙事之中融入了内心深沉的感情。在这首诗中，我们能够非常真切地感受到诗人对掌权者的痛恨与厌恶，对无辜被害的弱小者的同情。

接着，在诗人的想象中，有一个少年手持锐利的宝剑，用剑划破捕雀的罗网，把濒临死亡的黄雀放走，黄雀轻快地飞向高空，然后又从高空中直直地飞下来，在少年的头顶不停地盘旋鸣叫来感谢他从网中搭救自己的恩情。很明显地能看出来，这个救下雀鸟的少年实际上是诗人自我意识的化身；黄雀获救后在天空中轻快愉悦地自由飞翔的场景，是诗人在想象之中帮朋友解决困难之后所获得的欣喜与满足。

这首诗有高古的意象，富有民歌色彩，语言质朴无华，却有感人的力量。

门有万里客行

门有万里客，问君何乡人。
褰裳①起从之，果得心所亲②。
挽裳对我泣，太息③前自陈：
"本是朔方④士，今为吴越民。
行行将复行，去去适⑤西秦。"

> 注 释

①褰裳：把衣服的下摆提起来，方便快走。

②心所亲：见到就令人内心欢喜的友人。

③太息：叹气。

④朔方：汉朝的一个郡名。治所在今内蒙古自治区杭锦旗北。西汉元朔二年前127年置，东汉末废。位于现在内蒙古和宁夏附近。

⑤适：到达。

> 译 文

门前有客人从万里之外的地方来到这里，我问他："你是哪里人？"我提起衣服下摆去找他，他果然是令我内心欢喜的好友。他非常激动，挽着衣衫对我哭泣，几声叹息之后，他便讲述起了自己的经历："我是从朔方来到这里的，现在已经算是吴越的人了。但是，迁徙的日子还没完，我

还是只能一直四处漂泊,这次是要搬到西边的秦国居住。"

赏析

曹植和兄长曹丕进行的储位争夺的战斗以失败告终,因此备受曹丕及曹叡的迫害挤兑,多次被削减爵位贬谪出京。这首诗主要表达的是他在政治生涯中奔波劳碌的艰难。

前四句中,诗人看到门前有一位从万里之外的地方到这里来的客人,于是走上前询问他:"你是哪里人?"然而,客人却没有立刻答复诗人的询问,而是扭过头就要离开。诗人便无可奈何地提起衣摆去追上他,走上前才看出这位客人居然是自己一见到就心生欢喜的知心好友。这几句诗委婉而细致地描绘出诗人和远方到来的友人交谈、相认的过程。同时也反映出当时的世态炎凉和社会险恶,如果遇到的不是值得信赖的人,哪怕只是稍微说错了话,也会让自己陷入危险之中。通过这几句诗,读者不难感受到好友在危机四伏的社会环境下,想要倾诉又不敢诉说,想要接近诗人又害怕靠近的复杂心理。

五、六句从更深的层面生动地刻画了"万里客"行走万里遇到自己的知心好友的兴奋感受。最开始,友人挽起衣衫袖对着诗人哭泣,然而他最终也掩盖不住心中的悲愤之情,叹息着走上前对诗人叙述自己的悲惨境遇。诗的末尾四句"本是朔方士,今为吴越民。行行将复行,去去适西秦",诗人运用三个地点的变换,使得诗的末尾与首句呼应,细致地描绘出友人万里的行程,在中间运用"行行"和"去去"两个叠词,生动地表现出了"万里客"奔波劳碌、飘零无依的悲凉。

从诗歌的总体内容上来说,这首诗完全是对客观发生的事件的记叙。在主宾和虚实关系的搭配上也是别具一格的。万里而来的友人是诗中的主,而诗人自己则是诗中的宾,诗人对四处飘零的"万里客"的形象进行了浓墨重彩的渲染，而诗中的自己则是作为"宾"来衬托"万里客"，全文的描写都没有主次颠倒。文中对"万里客"艰难境遇的描写是实写，诗人常年被贬谪流放，受到迫害和皇帝耳目的监视，因而常年郁闷悲哀是虚写。诗人运用虚实结合的写作手法，使全诗寓意深沉，给人留下深刻的印象。

泰山梁甫行[1]

八方[2]各异气[3]，千里殊风雨[4]。
剧哉[5]边海民，寄身[6]于草墅[7]。
妻子[8]像禽兽[9]，行止[10]依林阻。
柴门[11]何萧条[12]，狐兔翔[13]我宇。

注释

[1] 泰山梁甫行：乐府诗题，属《相和歌·楚调曲》。

[2] 八方：这里泛指全国各地。

[3] 气：天气。

[4] 殊风雨：天气不同。

[5] 剧哉：困难。

[6] 寄身：寄居，住在。

[7] 墅：同"野"，郊外。

[8] 妻子：妻子和孩子。

[9] 像禽兽：比喻苦得不像人过的生活。

[10] 行止：指生活。

⑪柴门：用木柴做的门，形容居住的地方很简陋。

⑫萧条：环境萧瑟冷清。

⑬翔：在这里指各种小野兽来回穿梭跳跃。

译文

全国各地的天气都是不一样的，即使在千里以内也是有的地方刮风有的地方下雨。住在海边的贫民的生活太艰苦了，他们寄居在荒郊野地。他们的妻子和孩子就如同野外的小野兽一样衣不蔽体，在这贫瘠的山林里为了生活艰难地奔走。房屋极其简陋，周围的环境萧瑟冷清，山林的小野兽在房间里来回穿梭跳跃。

赏析

这首诗细致地描绘了沿海地区百姓的贫苦生活，深刻地反映了在当时的社会背景下百姓生活穷困潦倒的凄惨状况，表达了诗人对海边贫苦百姓的怜悯和关怀。

开头两句概写各地气候的不同，是从大处着笔。"剧哉"以下六句用细致的笔触刻画了沿海百姓凄惨的生活。他们居住在荒野，为了生存，每天都在山林里奔走觅食。"柴门何萧条，狐兔翔我宇"是全诗的核心，极力刻画出了沿海百姓生活的艰苦。曹植描绘底层百姓生活状况的诗作极少，所以这首反映海边百姓艰苦生活的诗更显得难能可贵。

全诗运用了正面描写和侧面衬托相结合的手法，生动形象，给人一种很真实的画面感，使读者对于沿海百姓凄惨贫苦的生活产生共鸣。全诗语言简练，含义深刻。

怨歌行[①]

为君既不易,为臣良[②]独难。

忠信事不显[③],乃有见[④]疑患。

周公佐成王[⑤],金縢[⑥]功不刊[⑦]。

推心辅王室,二叔[⑧]反流言[⑨]。

待罪[⑩]居东国[⑪],泣涕[⑫]常流连[⑬]。

皇灵[⑭]大动变[⑮],震[⑯]雷风且寒,

拔树偃[⑰]秋稼[⑱],天威不可干[⑲]。

素服[⑳]开金縢,感悟求其端[㉑]。

公旦事既显[㉒],成王乃[㉓]哀叹。

吾欲竟[㉔]此曲,此曲悲且长。

今日乐相乐,别后莫相忘。

注 释

①怨歌行:乐府诗题,属《相和歌·楚调曲》。

②良:确实。

③显:了解。

④见:被。

⑤周公佐成王:周公,名姬旦,是周武王的弟弟,周成王的叔叔。年幼的成王继位后,周公曾代替他主持朝政。成王成年后周公交出大权,还攻打成王。

⑥金縢:收藏书契的柜子。

⑦刊：清除。

⑧二叔：这里指成王的两个叔叔管叔鲜、蔡叔度。

⑨流言：指管叔鲜、蔡叔度散播的周公想要谋取君位的谣言。

⑩待罪：等待着接受处罚。

⑪东国：西周的东都洛阳。

⑫泣涕：眼泪流下来。

⑬流连：连续不断。

⑭皇灵：此处指天帝。

⑮大动变：《沿书》记载，周公遭谣言攻击避居洛阳后，镐京暴风大作，雷电交加，刮倒了禾苗，将大树连根拔起。

⑯震：打雷的声音。

⑰偃：倒下。

⑱秋稼：禾苗。

⑲干：冒犯。

⑳素服：指古代祭拜天神的时候穿的没有刺绣的本色衣服。

㉑端：原因。

㉒事既显：指发现了记载周公愿意牺牲自己的性命代替重病的周武王的策文。

㉓乃：然后，于是。

㉔竟：尽，完。

译文

要做一个国家的君主是很难的，然而做臣子比做君主更难。对君主的忠诚得不到君主了解时，就会招来被猜忌的灾祸。周公辅助周成王，用金縢祈求代武王而死的忠诚不会被消除。他满怀忠诚之心地辅佐周王室处理朝政，但是成王的两个叔叔却散播谣言。周公在洛阳城里避世而居等待接受处罚，不断地流泪悲泣。天帝为周公的遭遇感到气愤不平，降下大难，电闪雷鸣狂风大作，天气骤然变冷。狂风把大树拔了起来，把庄稼全都吹倒在地，天帝的神威真是神圣不可侵犯。成王穿上祭拜天神的没有刺绣的素服，把藏有书契的柜子打开，想要向上天询问降临灾祸的原因。周公对天子的忠诚和信义被发现了，成王感动得连连哀叹。我很想把这首曲子演奏完，然而这首乐曲又悲哀又冗长。今天大家一起欢乐，希望离别后不要将它遗忘。

赏 析

在这首诗中，诗人引用周公一片忠心辅佐君王，殚精竭虑报效国家，仍逃不过流言蜚语的诽谤、侮辱，最终冤屈得以昭雪的典故，暗示自己想尽心辅佐皇帝，甘愿为国肝脑涂地，不但没有实现自己的志向，还要忍受诬蔑、排挤的苦闷，同时隐含自己想要沉冤得雪的愿望。诗人站在客观的角度评价历史事件，其实是为了借助古人的酒来消除自己心中的愁闷，诗人的愁绪萦绕全诗。

首句化用《论语·子路》中的"为君难，为臣不易"的名言，再以"忠信事不显，乃有见疑患"引出下文。这也恰恰是全篇的核心主旨。"周公佐成王"至"成王乃哀叹"，用具体的古代名人事件来抒发自己的怀才不遇之情。周公忠而被谤，人世间无人能洗刷他的冤屈，竟然感动了上天。"天威不可干"是诗人对于"皇灵大动变"一事直接简明的评论：忠奸不分，不明真相，违背上天运行的规律。诗人认为是天帝的震怒使得成王发现了周公金縢的秘密，从而认识到了周公的一片真诚，隐含着诗人希望自己的忠心也能被当朝天子发现的愿望。"公旦事既显，成王乃哀叹"，成王虽

然一度被蒙蔽怀疑周公，但能够知错就改，证明他的品行中还是有一些优点的，也是委婉地讽刺现在的当权者在品行上比不过成王。

结尾"吾欲竟此曲"四句是全文的点睛之笔，这四句其实是乐府诗歌中固有的套话。"别后莫相亡"这一句看起来像是恳求，但也隐含着一定的嘲讽，希望当朝统治者不要听信谗言不顾骨肉亲情。

这首诗注入了诗人的思想感情，辞藻虽然看起来轻快动人，实则蕴含着忧郁深沉的情感。

精微①篇

精微烂金石，至心动神明。
杞妻②哭死夫，梁山③为之倾。
子丹④西质秦，乌白马角生。
邹衍⑤囚燕市，繁霜为夏零⑥。
关东⑦有贤女，自字⑧苏来卿。
壮年报父仇，身没垂功名。
女休⑨逢赦书，白刃几在颈。
俱上列仙籍，去死独就生⑩。
太仓令⑪有罪，远征当就拘。
自悲居无男，祸至无与俱。
缇萦痛父言，荷担⑫西上书。
盘桓⑬北阙⑭下，泣泪何涟如⑮！
乞得并姊弟，没身⑯赎父躯。
汉文感其义，肉刑法用除。

其父得以免，辩义[17]在列图[18]。

多男亦何为，一女足成居[19]。

简子[20]南渡河[21]，津吏[22]废舟船。

执法[23]将加刑，女娟[24]拥棹前。

"妾父闻君来，将涉不测渊。

长惧风波起，祷祝祭名川。

备礼飨[25]神祇，为君求福先。

不胜釂[26]祀诚，教令犯罚[27]艰。

君必欲加诛，乞使知罪愆。

妾愿[28]以身代！"至诚感苍天。

国君高其义，其父用赦原[29]。

河激[30]奏中流，简子知其贤。

归聘[31]为夫人，荣宠超后先。

辩女解父命，何况健少年。

黄初发和气，明堂[32]德教施。

治道致太平，礼乐风俗移。

刑措[33]民无枉，怨女复何为。

圣皇长寿考，景福[34]常来仪[35]。

注 释

①精微：形容极其精诚。

②杞妻：杞梁的妻子。春秋时齐国大夫杞梁在袭击莒国时战死，传其妻孟姜哭夫十日，城墙为之倒塌。后人敷衍出"孟姜女哭长城"故事，误将杞梁称作万杞良或范杞梁、范喜良。

③梁山：山名。在今山东梁山县境，其下有梁山泊遗址。

④子丹：战国末期燕国太子姬丹。年少时曾被送到秦国做质子，回到燕国后想刺杀嬴政来阻止秦国兼并六国，于是派遣荆轲刺杀秦王，但是失败了。秦国攻打燕国时，燕王为了求和将姬丹的头颅献给了秦王。

⑤邹衍：战国时期齐国人，阴阳家代表人物。他在燕昭王求贤时来到燕国，成为燕昭王的老师。燕惠王继位后，邹衍曾经被诬陷入狱，传说他仰天大哭，五月为之降霜，后来他的冤屈得以洗刷。

⑥为夏零：成为夏天的飘零之物。

⑦关东：指函谷关以东地区。

⑧自字：自己称呼自己。

⑨女休：秦女休，东汉诸侯王燕王的妻子，为了替家族报仇，亲手杀了敌人。

⑩独就生：偏偏让她活下来了。

⑪太仓令：管理太仓的主官。太仓，汉朝王室及各诸侯国的总粮仓。这里指西汉孝女淳于缇萦的父亲淳于意，曾任齐太仓令。

⑫荷担：肩挑行囊。

⑬盘桓：来回走，不愿离开。

⑭北阙：坐落在宫殿北面的楼阁，也用作宫中禁地或朝堂的别称。

⑮涟如：流泪的样子。

⑯没身：即没官，指罚入官府做奴婢。

⑰辩义：申诉正义。

⑱列图：指《列女传图》。

⑲成居：承担家庭的责任。

⑳简子：赵简子，名赵鞅，春秋末期晋国大夫，是后来赵国基业的开创者。

㉑南渡河：南渡黄河。

㉒津吏：管理渡口的官员。

㉓执法：主管刑罚的官吏。

㉔女娟：津吏的女儿，名娟。

㉕飨：餐飨，用酒食祭祀天神祈求保佑。

㉖酺：干杯。

㉗犯罚：犯法受罚。

㉘愿：希望。

㉙赦原：赦免。

㉚河激：女娟唱的一首歌的名字。

㉛归聘：迎娶妻子。

㉜明堂：指供奉曹操的祀堂。

㉝刑措：指刑法被搁置。

㉞景福：莫大的福气。

㉟来仪：来临。

译文

精诚之心能够令金石分解，一颗善良的心能让神明感动。齐大夫杞梁的妻子因为自己的丈夫惨死沙场而悲伤落泪，就连梁山也因为她的哭泣而塌陷。燕太子丹去西面的秦国当人质，乌鸦因为他的悲惨遭遇羽毛变成白色，马的头上也因此长出了角。邹衍遭受诬陷被燕王囚禁在燕国，夏天天空飘零浓霜为他喊冤。有一位来自关东的贤德女子，她称自己为苏来卿。在年轻时为父报仇，死后被世人称颂。女休为家人报仇后即将遭受刑罚时碰到大赦，那时候尖刀差点就要砍到她的脖子。这两名好都已经登上了仙人的名箓，女休偏偏活下来了。淳于意被定罪后，要被送到遥远的都城接受残酷的肉刑。他悲伤地叹息自己没有儿子，在灾祸来临的时候无人

作为依靠。他的话让他的女儿缇萦十分痛心，她肩挑行囊西去长安替父亲告状。她在宫门口来回走动，不肯离开，眼泪像雨一样落下。她希望自己和姐妹能够一起没官做奴婢，来抵消父亲应受的酷刑。她的孝心触动了汉文帝，汉文帝立即免除了肉刑。缇萦的父亲被解救了，她的名字因能够申诉正义也进入了《列女传图》。家里男丁多又有什么用，女子也可以承担起家庭的责任。赵简子要坐船向南渡过黄河对楚国发起进攻，负责准备船的津吏喝醉了酒，简子因此耽误了时间。执法官吏要处罚津吏，津吏的女儿女娟抱着桨上前为父亲申诉说："我的父亲听闻您前来，要渡过这条深不可测的黄河。他生怕被大风吹得波涛汹涌，于是他就向水神祈祷，为您谋求福祉。用酒食祭拜神灵是最真诚的，这才喝酒误事违反了法律，倘若您一定要处死我的父亲，请您告诉我他遭受罪责的理由。我愿替父亲受刑赴死！"她的一片孝心感动了上天。简子很欣赏她的美德，于是免除了他父亲的刑罚。女娟和简子行船到河流中间的时候，女娟为简子唱了一首叫《河激》的曲子，简子欣赏她的贤德善良。回国后就娶她为夫人，他对女娟的宠爱远远超过了他原有和后来的妃嫔。善辩的女子可以解救自己的父亲，更何况身体强健的男子呢？黄初的时候百姓安居乐业，国家呈现出一片繁荣景象，执政者以德治国。皇帝的贤明才有了天下的太平，民心醇厚讲究礼乐。百姓没有冤情，刑法也被搁置，现在哪里还有身负冤情的女子？祝我圣明的君主永远健康长寿，莫大的福气时常降临到朝堂上。

赏析

　　这首诗是曹植五首《鼙舞歌》中的一首，是他依据东汉时期的旧曲改作的，创作于魏文帝黄初年间。其中，《精微篇》改自《关中有贤女篇》，主要记述几个负屈含冤但最终昭雪的古人故事，隐含着希望曹丕谅解自己

的幻想。

开篇"精微烂金石,至心动神明"指明真诚和善心的巨大作用。接下来六句诗先是列举几个感人的事迹,随后又紧跟孝心真情感动天地出现的一反常态的神奇现象,佐证真心具有感天动地的强大力量。

接下来的诗句中借用了苏来卿、女休、缇萦三个孝女不顾自身安危为父亲或宗族报仇或申辩的历史典故,表明真挚的孝心感人肺腑,拥有强大的力量,甚至可以凌驾于当时的法律之上,表达了诗人对于真诚孝心的赞扬。"多男亦何为,一女足成居"两句歌颂了古代外柔内刚的孝女虽为女儿身却有担当,足以撑起家庭的一片天,与后文呼吁广大男子要坚持真诚和勇敢相呼应。

随后诗人用浓墨重彩的笔触叙述了女娟为父求情,不仅救父亲于水火还得到赵简子赏识、宠冠后宫的故事,更深一层强化了本文的主旨:真心可以感天动地,拥有不可小觑的力量。最后,诗人呼吁广大男性要像上文提到的那些孝女一样真诚勇敢,富有责任心,并劝诫统治者要以德治国。

这首长篇叙事诗用典精准,意绪连贯,有慷慨悲凉的古直之风,读来凛凛有生气。

桂之树行[1]

桂之树,桂之树,桂生一何丽佳!
扬朱华而翠叶,流芳布天涯。
上有栖鸾[2],下有盘螭[3]。
桂之树,得道[4]之真人[5],咸来会讲仙,教尔服食[6]日精[7]。

要道^⑧甚省^⑨不烦，淡泊无为自然。

乘蹻^⑩万里之外，去留随意所欲存^⑪。

高高上际^⑫于众外^⑬，下下乃穷极地天^⑭。

注 释

①桂之树行：曹植自创乐府新题，被《乐府诗集》收入《杂曲歌辞》。桂，即桂花，亦称木樨，常绿灌木或小乔木，花美而香。

②鸾：传说中凤凰一类的神鸟。

③螭：传说中一种没有角的龙。

④得道：道家所说的超脱凡世、与天合一的境界。

⑤真人：道家指修炼得道的人。

⑥服食：指服用丹药等来求得长生乃至成仙。

⑦日精：太阳的精华。

⑧要道：指修仙重要的道理。

⑨省：简略。

⑩乘蹻：道家所说的飞行之术。蹻，方士的鞋子。

⑪所欲存：随心所欲。

⑫际：至，到。

⑬众外：众物之外，指高空。

⑭极地天：两极和天地。

译 文

大桂树啊大桂树，你是多么秀丽！红花绿叶昂扬，香气遍布天涯海角。树枝上栖息着鸾鸟，树身下盘着螭龙。大桂树，得道的仙人聚集到你身边谈仙论道，教人服用太阳的精华。他们讲述的修仙重要的道理简单易解：淡泊无为而得自然的奥妙。使用乘蹻术来到千里之外，想走想留都随心所欲。高飞可以到达高空，向下可以走遍两极和天地的所有地方。

赏析

这是一首游仙诗，诗中的桂树生长在众仙云集的仙境，反映的是汉魏时期统治阶级追求长生的风气。曹植原本对道教以及道教宣扬的长生之术并不迷信，还创作了《辩道论》一文对神仙方术进行褒贬。但是，人生的后期，他被曹丕与其子曹叡百般刁难，生活陷入无尽的苦闷中，对道术的态度也发生了较大的转变，写了大量的游仙诗，表达了对成仙的仰慕。

开头三句咏叹了桂树的美丽，花红叶翠，芳香远播，因而得到了仙境中的鸾鸟与螭龙的喜爱。桂树枝头栖息着美丽的鸾鸟，树下盘着巨大的螭龙，既体现出桂树之大，又营造出奇幻瑰丽的画面。大桂树也得到了仙人的青睐，他们云集树下"讲仙"，并将"服食日精"的方法传授给人。他们传授的虽然都是让人得道的高深道理，但都非常简略，原来就是道家推崇的"淡泊""无为""自然"。掌握了这些道理，人就能够随心所欲地上天入地了。诗人对"乘蹻"等仙人法术带来的无限自由的赞叹，实际上也是对自己遭到重重限制的现实生活的不满，这一点在曹植的诸多游仙诗中都有鲜明的体现。

此诗语言华丽、意象优美瑰丽，将道家学说与自己的人生哲学进行了融会贯通，思想性和艺术性俱佳。

当墙欲高行①

龙欲升天须浮云，人之仕进待中人②。

众口可以铄金③，谗言三至，慈母不亲④。

愦愦⑤俗间，不辨伪真。

愿欲披心⑥自说陈，君门以九重⑦，道远河无津⑧。

> **注 释**

①当墙欲高行：乐府古题，古辞已不存，曹植此篇被收入《乐府诗集》的《杂曲歌辞》中。

②中人：陪伴在君主左右，受到宠信之人。

③"众口"句：只要众口一词，金属都会熔化。形容舆论力量很大，能够混淆是非。铄，熔化。

④"谗言"二句：只要讲同一个谗言的人足够多，就连最信任儿子的母亲都会相信那个谗言，与儿子疏远。出自《史记·甘茂列传》："鲁人有与曾参同姓名者杀人，人告其母曰'曾参杀人'，其母织自若也。顷之，一人又告之曰'曾参杀人'，其母尚织自若也。顷又一人告之曰'曾参杀人'，其母投杼下机，逾墙而走。"

⑤愦愦：昏乱。

⑥披心：敞开心扉。

⑦九重：代指宫禁、朝廷。

⑧津：渡口。

> 译文

龙要飞上高空就得凭借云彩，人要当官就得有君主宠信的人引荐。众口一词能将黄金熔化，谗言说三遍，慈母也不再与儿子相亲。昏乱的世间，无法辨别假与真的人太多。我想敞开心扉将自己的真情表述出来，可惜的是君门九重，相隔太过遥远，河上也没有渡口。

> 赏析

这首诗大约创作于魏明帝太和二年（228年），当时有谣言说群臣想要迎立曹植为帝，曹植惶恐万分，写了此诗为自己辩解，并对搬弄是非、挑拨离间的小人表示了怨愤之意。诗题中的"当墙欲高"，意为高墙阻挡了君主的视野，被小人迷惑，无法看到自己的忠贞。

诗一开始，提出了一个令人深思的社会问题：入仕做官，靠的不是真才实学，而是能得到皇帝身边亲近之人的引荐。这类人常年在皇帝身边，他们的话即使是谗言，但是众口一词，时间一长连贤明的君主都难免被蛊惑。诗人提到这一点，言外之意是告诉魏明帝，不要轻信自己身边的人。"众口可以铄金，谗言三至，慈母不亲"，这三句化用了"众口铄金"的俗语和《史记》中记载的有关曾参的寓言故事，仍然在说明谗言，特别是身边人众口一词的谗言是多么可怕。

接下来，诗人说"愤愤俗间，不辨伪真"，是对当时是非不分、真假不明的社会风气的激愤之语。诗人作为魏明帝的叔父，又曾经与魏文帝争夺太子之位，无疑处于谗言的旋涡中心，他想要向魏明帝"披心自说陈"，谈何容易！且不说小人对他的诋毁，曹丕父子向来对诗人万分猜忌，根本不给他剖白的机会，即使他言辞恳切，忠心可鉴，也不会得到信任。于

是，诗人只好感叹"君门以九重，道远河无津"。全诗在悲叹中戛然而止，令人回味无穷。

这首诗感情真挚，句式富于变化，摆脱了议论诗空洞、呆板的弊病，有力地宣泄了诗人内心深处的愤激不平，令读者感同身受。

名都篇①

名都多妖女②，京洛③出少年④。
宝剑直⑤千金，被服⑥丽且鲜。
斗鸡⑦东郊道，走马长楸间⑧。
驰骋未能半，双兔过我前。
揽弓捷⑨鸣镝，长驱上南山⑩。
左挽因右发⑪，一纵⑫两禽连⑬。
余巧未及展，仰手接⑭飞鸢⑮。
观者咸称善，众工⑯归我妍⑰。
我归宴平乐⑱，美酒斗十千⑲。
脍鲤⑳臇胎鰕㉑，炮鳖㉒炙熊蹯㉓。
鸣俦啸匹侣㉔，列坐竟㉕长筵。
连翩㉖击鞠壤㉗，巧捷惟万端。
白日西南驰，光景不可攀㉘。
云散㉙还城邑，清晨复来还。

注 释

①名都篇：曹植自创乐府新题，属《杂曲歌·齐瑟行》。名都，指洛

阳等有名的都市。

②妖女：容貌妩媚、艳丽的女子。

③京洛：指魏国都城洛阳。

④少年：指贵族家庭中的纨绔子弟。

⑤直：同"值"。

⑥被服：指衣着。被，同"披"。服，穿。

⑦斗鸡：我国历史悠久的娱乐活动，利用善斗的鸡进行比赛。

⑧长楸间：指两侧都是高大楸树的道路。楸，落叶乔木，多花不实，是珍贵的木材树种之一。

⑨捷：抽出。

⑩南山：洛阳之南的山，有人认为是龙门山。

⑪"左挽"句：左手挽弓右手发箭。一般人都用右手挽弓、左手发箭，这里反其道而行，有卖弄之意。

⑫一纵：一发。

⑬两禽连：同时射中两只兔子。古代多将飞鸟、走兽统称为禽。

⑭接：即接射，迎面射击飞来的东西。

⑮鸢：鹞鹰。

⑯众工：众多善射之人。工，巧，这里指善射。

⑰归我妍：称赞我的射技高超。妍，美，善。

⑱平乐：宫观名，在洛阳西门外，汉明帝时所建。

⑲斗十千：价值一万钱。

⑳脍鲤：鲤鱼肉丝。脍，将肉切成丝。

㉑臇胎鰕：虾仁羹。臇，动词，做肉羹。胎鰕，虾仁。

㉒炮鳖：炒甲鱼。

㉓炙熊蹯：烤熊掌。

㉔俦、匹、侣：都有同类、同伴之意。

㉕竟：终。

㉖连翩：接连不断。

㉗鞠壤：蹴鞠和击壤，古代两种游戏。蹴鞠，即踢球。击壤，一种古老的投掷游戏，把一块"壤"（原为土块，后来发展成木制品）放在地上，游戏者在几十米外用另一块"壤"投击，击中者胜。

㉘攀：挽留。

㉙云散：指少年像云一般散去。

译文

有名的都市多有艳丽的女子，洛阳多出纨绔少年。身佩价值千金的宝剑，衣裳华丽而鲜艳。在东郊的道旁斗鸡，在长满高大楸树的道路间赛马。骑马奔驰还不到一半，一对野兔从我跟前跑过。我拿起弓，抽出响箭，驱马追逐着上了南山。我左手挽弓，右手发箭，一箭同时射中两只兔子。还没来得及施展其他技巧，又射中迎面飞来的鹞鹰。旁观的人齐声喝彩，其他善射之人都称赞我的射技高超。回来后在平乐观摆设宴席，一斗美酒就值万钱。细切鲤鱼，烹煮虾仁羹，还有炒甲鱼和烤熊掌。大家呼朋引伴，瞬间坐满了长长的筵席。酒宴之后忙着蹴鞠和击壤，动作轻捷，花样百出。太阳在西南疾驰，流逝的光阴无法挽留。盛宴过后大家如云般散去，明天早晨我们再来这里畅饮游玩吧！

赏析

这是曹植自创的一首乐府诗，描写了魏都洛阳的少年斗鸡走马、打猎饮宴的豪奢生活。研究者多认为此诗有讽刺之意，或者是在抒发自己得不到任用的苦闷。但纵观全诗，以上说法并没有太过鲜明的体现。

开头二句，名都的艳丽女子主要是用来陪衬全诗的主角——洛阳的纨绔少年。"妖女"与"少年"作比，给全诗风格奠定基调。紧接着，诗人粗略描写了洛阳少年的形貌，他们佩着昂贵的宝剑，穿着华丽而鲜艳的衣服，从装束上就体现出他们的贵族身份。这些不必为生计奔波的少年，最喜爱的活动莫过于斗鸡走马、打猎饮宴。接下来，诗人就开始详细铺陈他们奢逸浪荡的生活：东郊斗鸡，楸道跑马。"我"应该是诗人虚构的洛阳少年的一员，但他身上未必没有诗人少年时期的影子。这位少年为了追逐两只兔子，一路驰骋上了南山，并一箭射中两只奔兔，随手一箭又射中迎面飞来的鹞鹰，其箭术不得不说是非常高超的，自然引起了其他人的啧啧称赞。当然，这位少年作为诗人的"化身"，地位也应该在诸少年之上，其他人的喝彩未必没有献媚的成分。

　　射猎归来后，"我"又主导了一场丰盛的筵席。"我归宴平乐"以下，描写饮宴时的情景。在洛阳西门外的平乐观中，少年们开怀畅饮，大快朵颐，"斗十千"的美酒和其他珍奇食物体现出这些少年的穷奢极欲。"连翩"二句写的是少年们在宴会结束后进行蹴鞠与击壤等游戏，动作轻捷，花样百出，可见他们熟谙此道。太阳落山了，少年们的游乐终于该结束了，读者早就对他们的逞能和豪奢心生厌恶与不满，但是，诗人笔锋一转，说明天他们依然会再次集结，和这一次一样寻欢作乐。

　　这首叙事诗虽然主题有较大的争议，但是写作技巧之高是毋庸置疑的。诗人经过缜密的剪裁取舍，没有提及洛阳少年的家庭、地位等，只选择他们一天之中的活动，详略分明，繁简适度，动作刻画绘声绘色。

曹植

美女篇①

美女妖且闲②,采桑歧路间。

柔条纷冉冉,落叶何翩翩!

攘袖③见素手④,皓腕⑤约⑥金环。

头上金爵钗⑦,腰佩翠琅玕⑧。

明珠交玉体⑨,珊瑚间木难⑩。

罗衣何飘飘,轻裾随风还⑪。

顾盼遗光彩,长啸⑫气若兰。

行徒用息驾,休者以忘餐。

借问女何居,乃在城南端。

青楼⑬临大路,高门结重关⑭。

容华耀朝日,谁不希令颜⑮?

媒氏⑯何所营?玉帛⑰不时安。

佳人慕高义,求贤良独难。

众人徒嗷嗷⑱,安知彼所观?

盛年处房室,中夜起长叹。

注 释

①美女篇:乐府诗题,属《杂曲歌·齐瑟行》。

②闲:同"娴",娴雅,优雅。

③攘袖:挽起袖子。

④素手：洁白的手，多形容女子的手。

⑤皓腕：洁白的手腕。

⑥约：戴，缠着。

⑦金爵钗：雀形的金钗。爵，同"雀"。

⑧琅玕：像珠玉的石头。

⑨玉体：美人的身体。

⑩木难：宝珠名，呈黄色。

⑪还：翻卷。

⑫啸：撮口作声，有人认为是吹口哨。

⑬青楼：涂饰青漆的楼，在当时指豪门高户。

⑭重关：两道门闩。

⑮希令颜：爱慕她的美丽容颜。令，美好。

⑯媒氏：媒人。

⑰玉帛：玉器和丝绸，古代贵族订婚、行聘时以此为礼。

⑱嗷嗷：众声喧杂。

译文

那个体貌妖娆、性情优雅的女子，在岔路口上采桑。桑树柔软的枝条纷纷飘动，桑叶翩翩起舞。她挽起袖子露出洁白的手，洁白的手腕上戴着金环。头上插着雀形的金钗，腰间佩戴翠绿的琅玕。明珠缀在她的身上，夹杂着珊瑚和木难。轻丝衣裳轻轻飘荡，轻盈的裙子随风翻卷。她回首顾盼留下动人的光彩，长啸时吹出的气息芳香如兰。行路之人为了看她停下了车马，休息的人因为看她忘记了用餐。要问这个美人家住哪里，她的家就在城里最南边。青色的高楼紧邻大路，高大的宅门用两道门闩闩着。她容光焕发犹如清晨的太阳，谁不爱慕她的美丽容颜呢？媒人在忙些什么，

为什么不及时下聘礼？佳人爱慕品德高尚的男子，想要找到一个贤良的人是那么难。众人都徒劳地喧哗议论，哪里知道她内心的打算？正值青春年华却独处闺房，她不禁在半夜独自哀叹。

赏析

这首诗延续了曹植后期作品一贯的对怀才不遇的慨叹，借美女自况，希望改变被弃置不用、壮志难酬的苦闷处境。

"美女妖且闲，采桑歧路间"，开篇两句，让读者自然而然想到汉乐府《陌上桑》中的"秦氏有好女，自名为罗敷。罗敷喜蚕桑，采桑城南隅"。事实上，曹植此诗多处都受《陌上桑》的直接影响。女主人公与秦罗敷一样，也是一位美丽的采桑姑娘。接着，诗人写桑树柔软的枝条纷纷飘动，桑叶翩翩起舞，明写桑树，暗写美女优美的采桑动作。

接下来十句，着重刻画了美女的服饰，并写她的神情和动作，姿态婀娜、形象鲜明，令读者仿佛目睹了这位动人的女子。而女子奢华的装饰，也暗暗与下文她的高贵出身相呼应。接着，诗人借鉴了《陌上桑》中利用旁观者的表现侧面烘托女主人公美貌的手法，写行路之人为了看女子停下了车马，休息的人因为看她忘记了用餐，借助他们的目光，读者仿佛也看到了女主人公的面貌体态。

"借问女何居，乃在城南端。青楼临大路，高门结重关"四句，交代了美女的高贵门第。曹植出身权贵之家，在他四岁时，父亲曹操就开始"挟天子以令诸侯"了，他的门第自然是极高的，女子作为他的"化身"，也出身豪门。"容华耀朝日，谁不希令颜"两句表面上是赞美女主人公稀世的容颜，实际上则暗喻诗人绝世的才华。接下来六句，从主观和客观两方面反映了女子容颜美丽、身份高贵却独处闺房的原因：主观方面，"佳人慕高义，求贤良独难"，她要找的是"高义"之士，这样的人自然不多，那些喧哗议论的人，根本不知道她想要的是什么；客观方面，没有媒人来行聘，也是她待字闺中的重要原因。因此，她只得"盛年处房室，中夜起长叹"。美女正值青春年华却独处闺房，于是辗转难眠，在半夜独自哀叹。显然，真正在叹息的其实正是诗人自己。

曹植少年即有壮志，但由于夺嗣失败，成为曹丕父子的眼中钉。他屡次上书请求为国效力，得到的只是一次又一次的失望。于是，他将自己的苦闷寄托于诗中美女，创作了这首含蓄委婉，意味深长的诗歌佳作。

白马篇[①]

白马饰金羁[②]，连翩[③]西北驰。
借问谁家子，幽并[④]游侠儿。
少小去乡邑[⑤]，扬声[⑥]沙漠垂[⑦]。
宿昔[⑧]秉[⑨]良弓，楛矢[⑩]何参差[⑪]。
控弦[⑫]破左的[⑬]，右发摧[⑭]月支[⑮]。
仰手接[⑯]飞猱[⑰]，俯身散[⑱]马蹄[⑲]。
狡捷[⑳]过猴猿，勇剽[㉑]若豹螭。
边城多警急，虏骑[㉒]数迁移[㉓]。
羽檄[㉔]从北来，厉马[㉕]登高堤。
长驱蹈匈奴，左顾陵[㉖]鲜卑[㉗]。
弃身[㉘]锋刃端，性命安可怀？
父母且不顾，何言子与妻！
名在壮士籍，不得中顾私。
捐躯[㉙]赴国难，视死忽如归。

注释

①白马篇：又名《游侠篇》，为曹植自创的新题乐府诗，属《杂曲歌·齐瑟行》。

②羁：马络头。

③连翩：鸟上下翻飞的样子，这里借指骏马飞驰的样子。

④幽并：幽州和并州，在今河北、山西、陕西一带，古时这些地区靠近胡地，被视为边陲。

⑤去乡邑：离开家乡。

⑥扬声：扬名，建立功勋。

⑦垂：同"陲"，边境。

⑧宿昔：平素，向来。

⑨秉：拿住，握。

⑩楛矢：用楛木做杆的箭。楛，古书上指荆一类的植物，茎可制箭杆。

⑪参差：长短不齐。

⑫控弦：拉弓。

⑬的：箭靶。

⑭摧：毁坏。

⑮月支：又名"素支"，箭靶名。

⑯接：接射。

⑰猱：一种体形较小、行动敏捷的猿。

⑱散：射碎。

⑲马蹄：箭靶名，与月氏都是专供骑射训练时所用。

⑳狡捷：灵活敏捷。

㉑勇剽：勇猛剽悍。

㉒虏骑：指胡人的骑兵。

㉓数迁移：屡次入侵。数，经常，多次。

㉔羽檄：又称"羽书"，古代紧急军事文书，多插雉鸡羽。

㉕厉马：策马。

㉖陵：压制。

㉗鲜卑：中国古代游牧民族，东汉时期逐渐强盛。

㉘弃身：舍身。

㉙捐躯：舍生忘死。

译文

白马佩戴着金饰的络头，向西北方向奔驰而去。请问那是谁家的子弟？是幽、并地区的游侠好男儿。从小他就离开家乡，到边塞来建立功勋。强弓向来不离身，长短不齐的楛木箭装满箭囊。拉开弓射中左边的箭靶，又一箭射毁右边的月氏靶。抬起手迎面射中飞奔的猱，俯下身射碎了马蹄靶。他的灵活敏捷胜过猿猴，勇猛剽悍就像豹子和螭龙。边境频频告急，胡人骑兵屡次入侵。告急文书从北方传递过来，游侠儿策马登上了高堤。随大军长驱直入战胜匈奴，回头又进军压制鲜卑。舍身面对锋利的兵刃，性命哪里值得爱惜？父母都不能够孝顺服侍，更无暇顾念儿女和妻子。名字编入了战士名册，已不将个人私利放在心上。舍生忘死奔赴国难，看待死亡就好像回家一般。

赏析

曹植虽然是一个贵公子，但是他并不是贪图享受而没有志向的纨绔子弟，而是从小就抱定保家卫国、立功边疆的理想，并在年少之时就随父出

征。这首诗就是他前期倾注满腔爱国之志的作品,是他早年满腔抱负、开朗自信的体现。到了后半生,他生活在猜忌、忧郁之中,却依然没有放弃自己年少时的理想,多次请求到边疆效力,但未获准许。这首《白马篇》可以让我们一窥这位千古才子心中的军旅理想。

开头两句,这位凝聚着诗人自我写照的青年白马英雄策马奔赴战场,"金羁"体现出他并非出身寻常家庭,而是一位贵族子弟。他出身于幽、并一带,且是个热衷游侠的少年。他从小就到边疆搏杀,目的是建立不朽的功勋,留下自己的英名。接下来八句,诗人以铺陈的笔墨描述了他武艺高强的特点,尤其是他那精湛的箭术,令人叹为观止。"边城"以下六句遥接篇首,说明他为何要"西北驰",原来是胡人骑兵入侵,他要前往疆场奋勇杀敌。"匈奴""鲜卑"并非实指,而是代指与中原屡有摩擦的北方少数民族。在战胜敌人之后,主人公并没有志得意满,最后八句显示,他早已将生死置之度外,也无暇照顾家人,而是立志马革裹尸,将自己的一腔热血洒在边疆。这种为国捐躯、视死如归的精神,在今天依然值得我们崇敬。

这首诗是曹植早年的作品,也是他的代表作,诗中的爱国激情令人血脉偾张,豪迈的风格和优美的语言也是此诗名扬千古的重要原因。

升天行[①]

其一

乘蹻追术士,远之蓬莱山[②]。

灵液③飞素波④，兰桂上参天。

玄豹⑤游其下，翔鹍戏其巅。

乘风忽登举，彷佛见众仙。

注释

①升天行：乐府诗题，属《杂曲歌辞》。

②蓬莱山：传说中的海上仙山，与方丈山、瀛洲山并称三神山，都是神仙居住的地方。

③灵液：神水。

④素波：白色的波浪。

⑤玄豹：古书上说的一种黑色的神豹。

译文

我用飞行术追赶方士，一直追到了海上的蓬莱山。山上的神水飞溅起白浪，兰草桂树几乎挨住了天。黑豹在山下游走，鹍鸟在山顶嬉戏。我驾着清风飞了起来，恍惚之间见到了众仙人。

赏析

汉魏时期神仙之说盛行，当时的文人受这种思潮的影响，写了很多游仙诗，多数没有什么思想价值。曹植对神仙也颇为钦羡，这两首游仙诗反映了他渴望飞升成仙的思想。

第一首中，诗人幻想自己学会了传说中的"乘跻术"，顷刻间就飞到了传说中的蓬莱山。山上的"灵液"与"兰桂"，让诗人惊叹其秀美、壮丽。相传蓬莱山有诸多神奇的鸟兽，诗人选择了玄豹与鹍鸟展开想象，豹在山下悠闲游走，鸟在山顶自在嬉戏，一派安宁祥和的景象。接着，诗人又幻想自己乘着清风飞到了山顶，在那里，历代寻仙者苦苦追寻的众仙隐隐约约地出现在了他的面前。至于见到神仙之后的事，诗人并没有提，而是留给读者自由想象。

此诗辞藻华美，想象奇特，能够体现出曹植诗的特色。

其二

扶桑①之所出，乃在朝阳②溪，
中心③陵苍昊④，布叶盖天涯。
日出登东干，既夕殁西枝。
愿得纡⑤阳辔⑥，回日使东驰。

注释

①扶桑：古代传说中的神树。《山海经·海外东经》记载："汤谷上有扶桑，十日所浴。"

②朝阳：向着太阳，指山的东面。

③中心：此处指树干。

④苍昊：苍天。

⑤纡：弯曲，此处指回转。

⑥阳辔：借指太阳车。传说太阳女神羲和每天早上驾着由六条龙拉着的太阳车送太阳升上天空，傍晚驾太阳车将太阳送回扶桑树上。

译文

神树扶桑生长的地方，是山东面的山谷溪流中。树干接近苍天，树叶仿佛覆盖着天涯海角。太阳出来后登上东面的树干，到了傍晚从西面的枝干落下。我真想亲自回转太阳车，叫太阳回头往东走去。

赏析

第二首描写了传说中太阳升起、落下的神树扶桑。扶桑树生长的地方是山东面的溪谷之中。这棵太阳栖息的巨树，枝丫指向苍天，树冠仿佛覆盖着整个大地。随后，诗人想象太阳女神羲和驾驶着太阳车，早上将太阳送上扶桑东面的枝干，傍晚将太阳运回西面的枝干。周而复始，无休无止。于是，诗人突发奇想：我要在傍晚拉住太阳车的辔头，令其回转。这样一来，太阳就会回头向东奔驰，夜晚就不会降临了。这里隐隐体现出诗人感慨光阴易逝，希望时光停驻的思想。

这首诗运用丰富的想象虚构出了一个瑰奇动人的境界，在游仙诗中是佼佼者。

五　游①

九州不足步，愿得凌云翔。
逍遥八纮②外，游目③历遐荒④。
披我丹霞衣⑤，袭我素霓裳⑥。
华盖芬晻蔼⑦，六龙⑧仰天骧⑨。
曜灵⑩未移景⑪，倏忽造昊苍。

阊阖⑫启丹扉,双阙⑬曜朱光。

徘徊文昌殿⑭,登陟太微⑮堂。

上帝休西棂,群后⑯集东厢⑰。

带我琼瑶佩⑱,漱我沆瀣⑲浆。

踟蹰玩灵芝,徙倚弄华芳。

王子⑳奉仙药,羡门㉑进奇方。

服食享遐纪㉒,延寿保无疆。

注 释

①五游:乐府诗题,又作《五游咏》,属《杂曲歌辞》。

②八纮:八方的边界,泛指天下。纮,同"维",天地的边界。

③游目:纵观,流观。

④遐荒:边远、荒僻的地方。

⑤丹霞衣:颜色像红霞一样的上衣。

⑥素霓裳:颜色像白虹一样的下裳。素霓,白色霓虹。

⑦晻蔼:阴暗,暗淡。

⑧六龙:六龙国,传说中神仙的座驾。

⑨骧:马等抬着头快跑的样子。

⑩曜灵:指太阳。《楚辞·天问》:"角宿未旦,曜灵安藏?"

⑪移景:日影移动,指过了一段时间。

⑫阊阖:原指西边的天门,后泛指宫门或都城的城门,亦借指都城、宫殿等。

⑬双阙:宫殿两侧的望楼。

⑭文昌殿:道教信仰中供奉文昌帝君的宫殿。文昌帝君,道教传说中

主管人间功名、禄位的神。

⑮太微：传说中天帝居住的地方，代指天庭或人间朝廷。

⑯群后：四方诸侯。

⑰东厢：东侧的厢房，多用来供贵客暂住。

⑱琼瑶佩：玉佩。琼瑶，美玉。

⑲沆瀣：这里指清露。

⑳王子：指古代传说中的仙人王子乔。

㉑羡门：古代传说中的神仙。

㉒遐纪：高寿。

译 文

九州太小不够我迈步，我希望到云端之上翱翔。自由自在地来到八纮之外，纵观天边的所有地方。披着颜色像红霞一样的上衣，穿着颜色像白虹一样的下裳。华盖纷纷暗淡了云气，驾起六龙车昂首向天奔驰。太阳的光影还未曾移动，我顷刻间来到青天之上。红色的天门敞开，阳光照亮两侧的望楼。我在文昌殿前徘徊，然后又登上太微高堂。天帝在西窗之下休息，四方诸侯聚集在东边的厢房。仙人将玉佩挂在我的身上，让我用清露漱口。我徘徊着欣赏灵芝仙草，来来回回玩赏美丽的花朵。王子乔送给我仙药，羡门献给我奇方。吃了仙药我就得到高寿，寿命变得无法限量。

赏 析

诗人在此诗中用富有想象力的生动笔触描绘出一幅缥缈绮丽的天宫仙景，又渲染了自己在天宫中所受到的隆重接待，以此来发泄在不得自由、动辄得咎的人世所积蓄的抑郁之气；又在服用长生不死仙药的想象中，寄托了自己对生命永存的憧憬。

开头两句显示出豪气：九州已经不够我迈步了，所以希望一跃到云端，自由翱翔。诗人想象自己穿着"丹霞衣""素霓裳"，与天空融为一体，乘着六龙拉着的神车飞向仙人居住的地方。诗人想象中的天庭与凡间宫廷并无太大不同，仙人们对他进行了热情的接待，给他戴上"琼瑶佩"，招待他饮用的则是"沆瀣浆"。在欣赏完天上的"灵芝""华芳"之后，诗人终于实现了自己此行的最终目的：求得不死药。传说中两位著名的仙人王子乔和羡门，先后给诗人献上"仙药"和"奇方"，诗人因此得到了无法限量的高寿。

清人丁晏评价曹植此诗："精深华妙，绰有仙姿，炎汉已还，允推此君独步。"认为曹植这首诗在游仙诗中是独步一时的佳作。这并非过誉，后世很多游仙诗都受到此诗的影响。

远游篇①

远游临四海，俯仰观洪波。
大鱼若曲陵，承浪相经过。
灵鳌②戴③方丈④，神岳⑤俨嵯峨⑥。
仙人翔其隅，玉女⑦戏其阿⑧。
琼蕊⑨可疗饥，仰首吸朝霞。
昆仑本吾宅，中州⑩非我家。
将归谒东父⑪，一举⑫超⑬流沙。
鼓翼⑭舞时风⑮，长啸激⑯清歌。

金石固[17]易弊[18]，日月同光华。

齐年[19]与天地，万乘[20]安足多。

注释

①远游篇：乐府诗题，为曹植模仿《楚辞·远游》所作，收入《杂典歌辞》。

②灵鳌：神鳌，传说中的大龟。《列子·汤问》记载，海上神山漂浮不定，天帝命海神指挥十五只大龟轮流背负神山。

③戴：头上顶着。

④方丈：即海上三神山中的方丈山，又称方壶、方丈洲等。

⑤神岳：神圣的山岳，此处指方丈山。

⑥嵯峨：山势高峻的样子。

⑦玉女：传说中的仙女。

⑧阿：山凹，山的曲折处。

⑨琼蕊：玉花的蕊。

⑩中州：古人认为豫州（今河南省一带）位于九州的中心，故称中州。此处指中原。

⑪东父：东王公，神话传说中的男仙之主，男性成仙后必须先去拜见他。

⑫一举：指鸟类一次飞行。

⑬超：超越。

⑭鼓翼：鼓动翅膀。

⑮时风：和风。

⑯激：激荡。

⑰固：坚硬。

⑱弊：毁坏。

⑲齐年：年龄相等。

⑳万乘：一万辆兵车，代指天子。周制天子地方千里，兵车万乘。

译文

远游来到九州之外的四海，仰视俯观都看到滔天巨浪。大鱼像一座起伏的山丘，乘着巨浪穿梭。神鳌顶着神山方丈，方丈山多么高峻巍峨。仙人在山的一角飞上飞下，玉女在山凹快乐嬉戏。山上有玉花的蕊可以充饥，抬头就能啜饮朝霞。昆仑原本就是我的家，中原不过是寄居的宅院罢了。我要回到仙山去拜见东王公，一下就飞越了漫漫沙漠。我乘着和风鼓动翅膀，一声长啸激荡起一串串清歌。金石虽然坚固但还是容易破损，只有日月可以永葆光华。神仙可以与天地共始终，人间的万乘之位又有什么稀罕？

赏析

这是一首游仙诗，受到了屈原《远游》一诗的直接影响。这是曹植的晚期作品，他受到皇帝的猜忌，因而借对游仙的想象抒发内心的忧愤。

"远游临四海，俯仰观洪波"，开头二句直接点题，诗人想象自己来到了当时人们心目中的天地尽头——四海，看到滔天巨浪和山丘一般的大鱼。接着，诗人开始描写海上三神山之一的方丈山一带的情景：传说中巨大的灵鳌顶着巍峨的方丈山，山上是飞翔的仙人，山间有嬉戏的玉女。他们不食人间烟火，而是用琼蕊充饥，以朝霞解渴。这样无拘无束、自由自在的生活，自然引起诗人的钦羡。于是他不由感叹"昆仑本吾宅，中州非我家"。他有志难伸，一生坎坷，愤懑不平之情就此抒发了出来。接下来四句，诗人想象自己超脱凡境，去拜谒男仙之主东王公，正式步入仙人行列。于是，诗人幻想自己生出了羽翼，飞越沙漠，尽情高歌。这几句写尽了诗人摆脱令他厌恶不已的凡间后的逍遥愉悦之情。最后四句写的是诗人对长生不死的渴望以及对现实君主的不满。在想象中，他对始终排挤、监视自己的皇帝表示了蔑视，认为自己只要获得长久的生命，那个万乘的君位还有什么稀罕的？这里依然是诗人忧愤心态的体现。

这首诗想象奇特，形象鲜明，风格豪放，是一首思想性和艺术性俱佳的作品。

仙人篇①

仙人揽六著②，对博太山隅。
湘娥③拊琴瑟，秦女④吹笙竽。
玉樽盈桂酒，河伯⑤献神鱼。
四海一何局⑥，九州安所如？
韩终⑦与王乔，要我于天衢⑧。
万里不足步，轻举凌太虚⑨。
飞腾逾景云⑩，高风吹我躯。
回驾观紫微，与帝合灵符⑪。
阊阖正嵯峨，双阙万丈余。
玉树扶道生，白虎夹门枢。
驱风游四海，东过王母庐⑫。
俯观五岳⑬间，人生如寄居。
潜光养羽翼，进趋⑭且徐徐⑮。

不见轩辕氏，乘龙出鼎湖⑯？

徘徊九天上，与尔长相须⑰。

注释

①仙人篇：曹植自创乐府新题，被收入《杂曲歌辞》。

②六箸：古代博戏用具，类似骰子。

③湘娥：又称湘妃，传说是尧的两个女儿娥皇和女英。

④秦女：指秦穆公之女，名弄玉。她嫁给了神仙萧史，夫妻一起乘龙凤升天。

⑤河伯：黄河水神，名冯夷。

⑥局：局促，狭小。

⑦韩终：一作"韩众"，传说中上古时代的仙人，一说为秦朝人，古人所引《列仙传》佚文中记载："齐人韩终，为王采药，王不肯服，终自服之，遂得仙也。"

⑧天衢：即天路。

⑨太虚：天空。

⑩景云：又作"庆云""卿云"，五色的彩云。

⑪灵符：即神符，用来证明仙人身份的印信。

⑫王母庐：即西王母的住所。西王母，传说的女神，为女仙之主，女性成仙需要先去拜见她。

⑬五岳：东岳泰山、西岳华山、南岳衡山、北岳恒山、中岳嵩山。

⑭进趋：举动，行动。

⑮徐徐：安稳、宽舒的样子。

⑯"不见"二句：《史记·封禅书》记载："黄帝采首山铜铸鼎于荆山。鼎既成，有龙垂胡髯，下迎黄帝。黄帝上骑，群臣后宫从上者七十余

人。龙乃上去,余小臣不得上,乃悉持龙髯,龙髯拔堕,堕黄帝之弓。百姓仰望黄帝既上天,乃抱其弓与胡髯号,故后世因名其处曰鼎湖,其弓曰乌号。"轩辕,黄帝居住在轩辕之丘,故号轩辕氏。

⑰须:等待。

译 文

仙人们手持六著,在泰山一角博戏。湘娥为他们弹奏琴瑟,弄玉在一旁吹奏笙竽。玉杯中盛满桂花酒,河伯献上了神鱼。人间实在太局促了,我该到九州的哪个地方去?仙人韩终与王乔,邀请我踏上了天路。万里的路程还不到一步,轻轻一跃就来到天空之上。飞翔在五色彩云之上,高天之风吹着我的身体。回转车驾来到天帝居住的紫微宫,与天帝验合了神符。天宫大门嵯峨,两个望楼高万丈有余。玉树夹生于道旁,门轴边有神兽白虎把守。驾驭轻风在四海到处遨游,向东经过西王母的居所。俯观人间的五岳,人生仿佛是在旅馆中寄居。隐居起来培养羽翼,举动安稳,慢慢修炼。岂不见昔日黄帝铸好大鼎,乘着龙飞出了鼎湖。我徘徊在九天之上,黄帝等待着我去相聚。

赏 析

这首诗也是一首游仙诗,主旨与《远游篇》等曹植的其他游仙诗相似,依然是通过描写遨游美妙仙境的情况抒发对现实生活的激愤。

前六句描写仙境中的日常生活,仙人们完全摆脱了现实的拖累,只是在游戏、演奏或欣赏音乐、享受美酒与佳肴。"玉樽盈桂酒,河伯献神鱼"二句语言华美,表现出仙人们物质生活的丰美。"四海"以下八句,写诗人厌倦了尘世生活,在仙人王子乔、韩终的邀请下升上天空。"四海一何

局，九州安所如"二句，表面上看充溢着豪气，实际上蕴含着诗人时刻遭到掣肘，天下无处容身的局促和心酸。诗人竭力描写腾云驾雾的自由，更反衬出现实世界的不自由。"回驾"以下八句，写诗人来到天宫，观赏到那里的景致，天帝接受了他的仙人身份。随后诗人开始驾云遨游四海，途中还经过了著名的女仙西王母的住处。最后八句，诗人在天上俯视人间，感觉到了人生的短暂。于是立志继续修炼，并想象自己将会与上古仙人黄帝相约。这几句中，依然隐含着诗人的愤恨之情。黄帝是上古时代著名的贤君，诗人在人间得不到君主的赏识，于是幻想到天上能与黄帝相约，其中的忧愤可想而知。

诗人在此篇中尽情宣扬神仙生活的美好，实际上是对现实生活进行反衬，幻想越美好，现实越残酷。全诗描写仙境有声有色，动静皆宜，继承了楚辞瑰丽而悲壮的风格，是曹植游仙诗中极具代表性的一篇。

斗鸡篇[1]

游目极妙伎[2]，清听厌宫商。
主人寂无为，众宾进乐方。
长筵坐戏客，斗鸡观闲房。
群雄正翕赫[3]，双翘[4]自飞扬。
挥羽邀清风，悍目[5]发朱光。
觜[6]落轻毛散，严距[7]往往伤。
长鸣入青云，扇翼独翱翔。
愿蒙狸膏[8]助，常得擅此场[9]。

注释

①斗鸡篇：一作《斗鸡诗》，被收入《杂曲歌辞》。

②妙伎：优美的舞蹈。

③翕赫：双翅开合、气势凶猛的样子。

④翘：尾巴上的长毛。

⑤悍目：怒目。

⑥觜：同"嘴"，鸡嘴。

⑦严距：锋利的距，指装在鸡距上的锋利的金属物。距，雄鸡爪子后面的尖骨，争斗时会用来刺对方。

⑧狸膏：野狸的脂膏。据说鸡怕野狸，闻到野狸脂膏的味道会逃走，所以斗鸡者会将此膏涂在鸡头上，斗鸡时容易获胜。

⑨擅此场：压倒全场。

译文

观看过所有美妙的舞蹈，听厌了动人的歌曲。主人寂寞无聊，无所事事，众宾客提出娱乐的方式。长长的竹席上坐满了游戏的宾客，他们在宽大的房中兴高采烈地观看斗鸡。那些雄鸡双翅开合，气势多么凶猛，尾巴上的长毛飞翘高扬。拍动羽翼引起阵阵清风，怒目而视射出红色的凶光。利嘴一啄，轻轻的羽毛就四处飞散，锋利的距常常会将对方刺伤。斗胜的雄鸡长鸣一声直冲云霄，扇动着翅膀徜徉在斗场。希望能够得到狸膏的帮助，常常获胜而压倒全场。

赏析

这首诗是诗人的早期作品，据考证创作于曹丕被立为太子之前，那时

兄弟二人的关系还相对融洽，经常一起与刘桢、应场等友人相聚玩乐，其中自然包括斗鸡。这首诗详细描述了斗鸡的场面，反映了当时贵公子的安逸生活。

前六句为总叙，曹丕、曹植兄弟与宾客们对歌舞已经感到厌倦，"极"和"厌"两个字，鲜明地突出了贵族子弟沉溺玩乐的情形。于是，宾客提出了斗鸡这种娱乐方式。斗鸡在我国起源非常早，在社会上也比较流行，曹氏兄弟自然不是第一次观看斗鸡。但是，为了勉强获得一些刺激，他们还是决心再看一次。以他们的地位和财力，斗鸡的准备立刻就做好了。接下来开始描写斗鸡的激烈场面。"群雄正翕赫，双翘自飞扬。挥羽邀清风，悍目发朱光"四句，写的是斗鸡在决战前摆出的架势，将斗鸡的神态和锐气描写得活灵活现。大战开始了，只见双方"觜落轻毛散，严距往往伤"，斗争非常激烈。随后分出胜负，获胜者一副不可一世的架势，"长鸣入青云，扇翼独翱翔"，描写得极为生动。最后，诗人表达了想要借助"狸膏"立于不败之地的心愿，体现出他乐此不疲的态度。

这首诗描写生动，细致传神，善用比喻、夸张等手法，将斗鸡的热闹场面描写得活灵活现。

盘石篇①

盘盘山巅石，飘飖②涧底蓬。
我本泰山人，何为客淮东？
蒹③葭④弥斥土⑤，林木无分重⑥。
岸岩若崩缺，湖水何汹汹！

蚌蛤被滨涯⑦，光彩如锦虹。

高波凌云霄，浮气象螭龙。

鲸脊若丘陵，须若山上松。

呼吸吞船榌⑧，澎濞⑨戏中鸿。

方舟寻高价⑩，珍宝丽以通。

一举必千里，乘飔⑪举帆幢⑫。

经危履⑬险阻，未知命所钟。

常恐沈黄垆⑭，下与鼋鳖同。

南极苍梧⑮野，游盼⑯穷九江⑰。

中夜指参辰⑱，欲师当定从⑲。

仰天长太息，思想⑳怀故邦。

乘桴㉑何所志㉒，吁嗟我孔公㉓！

注 释

①盘石篇：曹植自创乐府新题，被收入《杂歌辞》。盘石，即磐石，大石。喻稳定坚固。

②飘飖：飘荡。

③蒹：草名，即荻，形状像芦苇，茎可编苇席。

④葭：初生的芦苇。

⑤斥土：指盐碱地。

⑥分重：形容茂盛。

⑦滨涯：水边。

⑧船榌：大船和小船。榌，小船。

⑨澎濞：波浪的撞击声。

⑩高价：指奇珍异宝。

⑪乘飔：乘着凉风。飔，凉风。

⑫帆樯：船帆和桅杆。

⑬履：走过。

⑭沉黄垆：指死亡。黄垆，黄土。

⑮苍梧：古地名。在秦统一前，楚国就有洞庭、苍梧二郡，苍梧郡地域大致在长沙郡南、桂林郡北的地区。一说指苍梧山，又名九嶷山，属南岭山脉之萌渚岭，南接罗浮，北连衡岳。相传舜帝南巡，崩于苍梧山的郊野。

⑯游盼：纵览。

⑰九江：古寻阳，在今湖北黄梅一带。一说指江西九江地区。

⑱参辰：参星和辰星，分别在西方和东方，出没各不相见。辰星也叫商星。这里泛指星辰。

⑲定从：这里指定航程的方向。

⑳思想：想念，怀念。

㉑乘桴：乘坐竹木小筏。桴，小筏子。

㉒何所志：追求的是什么？

㉓孔公：指孔子。孔子曾说："道不行，乘桴浮于海。"（《论语·公冶长》）

译文

山顶的石头非常巨大稳固，山涧底下的蓬草随风飘荡。我本来是泰山的人啊，现在为什么客居淮东？这里的盐碱地长满了芦荻，树林也不茂盛。堤岸岩石如果崩塌了，湖水就会汹涌而来。水边布满了蚌蛤，光彩美丽得像是满地彩虹。海中巨浪高高地冲入云霄，云气像螭龙一般四处奔散。鲸鱼的脊背露出水面，像连绵不断的山丘，两根胡须好像山上的松树。呼吸之间就能吞掉大船和小船，在水中戏耍像是浪中的鸿鹄，使湖水互相撞击，汹涌澎湃。大船并行远航要去寻找奇珍异宝，珠宝有幸随船四海航行。船一出行就是千里，乘着风升起桅杆挂起船帆。一路经过千难万阻，不知道命中还会遭遇什么事情。常常害怕一不小心命丧黄泉，下到海里与鼋鳖为伍。愿向南航行到苍梧的郊野，将九江纵览穷尽。夜里航行依靠星辰来指路，靠它们指示方向来定航程。仰望天空长叹一声，怀念我的故乡。乘坐小筏远航追求的是什么？哎呀，我的孔先生啊！

赏析

这首诗写乘船泛海之险以及对故国的怀想，实际上是抒发作者被远封雍丘后对都城洛阳的怀念。

开头二句，诗人以"盘石"自比，盘石本居于山顶，写出了诗人自视甚高且志趣远大，如今却形同飘蓬一般，终沦于涧底。如清末学者黄节所评"言身本盘石，迹类飘蓬"，感叹自己命运多舛，本是泰山人，却漂泊到边远的淮东。接下来第五、六句写居住的环境。芦荻长在盐碱地里，说明土质不佳，杂草丛生而佳木稀少，暗喻地瘠民贫。在这种环境之下，如果堤岸崩塌，植被缺乏，水患就会不断。接下来"蚌蛤被滨涯"八句写海面的壮美。前四句诗人从侧面着笔，先写水边有许多蚌蛤，虽美却无济于事；又写高空多云气，犹如海市蜃楼一般，呈螭龙之状，虽然十分壮观，却只是虚幻之景。接下来"鲸脊若丘陵"二句写海面的鲸鱼庞大而有力，呼吸之间就能把船吞掉。以上八句描写海景，雄放劲拔，已成奇观。诗人借此抒发自己能像鲸鱼那样苍劲有力，在逆境中自由翻腾的理想。自"方舟寻高价"以下四句写的是乘舟远寻珍宝，且四海航行，以喻自己为了理

想不畏路途遥远与艰险。"经危履险阻"以下四句说泛海必会经历各种艰难险阻，说不定还会牺牲自己的性命。"南极苍梧野"以下四句，写自己不惮南航来到苍梧之野，又将九江纵览穷尽，而且昼夜兼程，时至午夜，更以星辰出没之处为进退之方向，从而决定自己何去何从。去与留的决定，直接影响着日后的命运。但是，诗人仰天长叹之后，终于因为留恋故国而不忍离去，并顺理成章地想到当年负气说要"乘桴浮于海"的孔子。孔子并没有真的去做，因为他的设想本来就很不现实。而自己今天如果真的"乘桴浮于海"，远离了故国，又该如何实现自己的理想？由此可见，诗人的内心虽然充斥着矛盾与痛苦，但终归立志即便远徙离都，也要做国家的"盘石"，不会离开故国而去。

全诗善于托喻，想象奇崛，是诗人擅长的游仙诗的变体，依然是愤世的产物。

种葛篇①

种葛南山②下，葛藟③自成阴。
与君初婚时，结发恩义深。
欢爱在枕席，宿昔同衣衾。
窃慕棠棣篇④，好乐和瑟琴。
行年将晚暮，佳人怀异心。
恩纪⑤旷⑥不接，我情遂抑沉。
出门当何顾？徘徊步北林。
下有交颈兽⑦，仰见双栖禽。
攀枝⑧长叹息，泪下沾罗衿。

良马知我悲，延颈⁹代我吟。

昔为同池鱼，今为商与参。

往古皆欢遇⑩，我独困于今。

弃置委天命，悠悠安可任⑪。

注释

①种葛篇：曹植自创乐府新题，被收入《杂曲歌辞》。种葛，种植葛麻。

②南山：指终南山，秦岭主峰之一，在陕西西安市南。

③葛藟：葛藤。藟，藤。

④棠棣篇：即《诗经·小雅·常棣》，是一首申述家人特别是兄弟之间应该互相友爱的诗。常棣也作棠棣，木名，即郁李。后常用以指兄弟。

⑤恩纪：恩爱之情。

⑥旷：长久，久远。

⑦交颈兽：颈项相交的禽兽，特指鸳鸯。交颈，颈与颈相互依摩。多为雌雄动物之间的一种亲昵行为。

⑧攀枝：攀着树枝。

⑨延颈：伸长脖子。

⑩欢遇：快乐地相聚。

⑪可任：可以承受。

译文

我在终南山下种植葛麻，如今葛藤生长得十分茂盛。当初与你结婚的时候，夫妻恩情是多么深。枕席之间欢爱，早晚都在一起。心中暗自思慕

《常棣》诗篇，希望我们像琴瑟应和那么和谐美好。时光飞逝，将到晚年了，丈夫有了其他的心思。恩爱之情长久断绝，我的情绪抑郁低沉。出了门不知到哪里去，独自一人徘徊在北林之中。看见池塘中有鸳鸯在游戏，抬头看见树上栖息着比翼鸟。我攀着树枝长长地叹息，眼泪不禁落下沾湿了罗衿。好马了解我的悲伤，伸长脖子替我悲鸣。昔日是相濡以沫的池中鱼，如今我们却成了参星与商星，彼此隔绝。自古以来夫妻都是快乐地相聚，如今唯独我遭遇困窘。我被遗弃只能怨恨天命吗？悠悠苍天怎么可以承受！

赏析

这首诗与《浮萍篇》堪称姊妹篇，都是曹植抒发备受猜忌和迫害的悲愤之情的诗篇。此诗以弃妇自比，抒发自己内心的苦闷情怀。

这首诗开头二句以"葛藟"起兴，运用《诗经·周南·樛木》"南有樛木，葛藟累之"的典故表达自己希望能像葛藤永伴樛木一样与丈夫相依。接下来六句，写"与君初婚时"，相濡以沫，不离不弃的美好生活。"窃慕棠棣篇"之语，是说希望像《常棣》诗中"妻子好合，如鼓瑟琴"那样夫妻和睦。诗人接着吐露心扉：可是晚年发生了变化。"佳人怀异心"，道出了人生境遇突变的原因。长期得不到丈夫的爱，心情抑郁沉闷，说明自己被遗弃。从"出门当何顾"至"今为商与参"共十句，诗人借女主人公散步北林所见之景来衬托她忧伤的心情。其中以"交颈兽""双栖禽"相比，反衬自己的孤独无依。看到此场景，她"攀枝长叹息"，不觉伤心落泪。"良马"知我悲二句，诗人运用移情的手法，将马也写成了有感情、有灵性的动物，写得十分动人。好马通人性，"知我悲""代我吟"，显得比人更有同情心。接下来，诗人对弃妇的遭遇发出了感慨："昔为同池鱼，今为商与参。"用"同池鱼""商与参"来比喻今昔的夫妻感情变化。

"商与参"含有彼此永远不会相见之意,这里影射了诗人与兄弟发生矛盾,从此不再相见。接下来"往古"二句,感慨自古以来夫妻的关系都是欢乐相聚,只有自己因被弃而处于困境之中。最后二句,用夸张的手法强调悲伤之深,令人动容。

诗人虽写弃妇对丈夫的不满,但隐隐体现出兄弟间的矛盾,诗人渴望兄弟之间和睦,不再遭到遗弃。但如今的处境又能怨恨谁呢?诗人内心的痛苦只能通过诗文得以抒发。这首诗结构整饬,层次分明。运用比兴手法及景物衬托,情景交融,感染力很强。

公 宴①

公子②敬爱客,终宴不知疲。
清夜③游西园,飞盖④相追随。
明月澄清影⑤,列宿⑥正参差⑦。
秋兰被⑧长坂,朱华⑨冒⑩绿池。
潜鱼跃清波,好鸟鸣高枝。
神飙⑪接丹毂⑫,轻辇⑬随风移。
飘飖⑭放志意,千秋⑮长若斯⑯。

注 释

①公宴:群臣受公家之邀参加的酒宴。
②公子:这里指曹丕。
③清夜:清静的夜晚。

④飞盖：指车子行走得轻快。

⑤清影：清光。

⑥列宿：众星宿。

⑦参差：不齐的样子。这里指繁多密布。

⑧被：遮盖。

⑨朱华：指荷花，即芙蓉。

⑩冒：覆盖，笼罩。

⑪飙：疾风。

⑫丹毂：红色的车轮。指华贵的车。

⑬辇：指皇室和贵族所用的车。

⑭飘飖：随风飘动。这里形容逍遥快乐。

⑮千秋：千年，形容岁月长久。

⑯若斯：如此。

译文

公子非常敬爱众宾客，直到宴会结束都不觉疲倦。在清静的夜晚又去西园游玩，轻快的车子前后相追随。明月洒下清光，天上的众星宿繁多密布。秋日的兰花覆盖着隆起的高坡，一池绿水被红色的芙蓉笼罩着。池中的游鱼跃出了清波，高高的树枝间传来鸟儿的鸣叫声。疾风吹动红色的车轮前进，轻快的辇车随风而动。美景令人飘飘欲仙，逍遥快乐，愿长久如此，千秋万岁。

赏 析

这首诗主要写曹丕召集宴会之后，曹植同宾客们一同去游西园的欢乐情景。

此诗一开头是总写，交代曹丕宴请宾客，客人们兴致勃勃。以下便是游玩的详述，"明月""列宿""秋兰""朱华""潜鱼""好鸟"，自然界的一切事物似乎都进入了一种十分美妙的境界，呈现出的是一派欣欣向荣、欢快活泼的气象。人与轻辇随风前进，有飘飘欲仙、凌空而起的感觉。所以，诗人在结尾感慨地说："飘飖放志意，千秋长若斯。"愿这惬意的行游能永远享受，更体现出此时的快乐。

这首诗情调高昂而欢愉，到处都充满了积极向上、高亢振奋的精神。从这首诗的基调来看，很显然是曹植少年得志、生活快乐的真实写照。在这首诗中，诗人将人与自然相结合，情景交融，进而组合成爽朗欢快的基调。另外，这首诗还有一个特点，就是"秋兰被长坂，朱华冒绿池。潜鱼跃清波，好鸟鸣高枝"四句，对仗严密而工整，不仅词性的虚实对偶，语意也自然工丽，这种形式对后世格律诗的出现起到了先导作用。

七 哀[①]

明月照高楼，流光[②]正徘徊。
上有愁思妇，悲叹有余哀[③]。
借问叹者谁，言是宕子[④]妻。
君行逾十年，孤妾常独栖[⑤]。
君若清路尘，妾若浊水泥。
浮沉各异势，会合何时谐？

愿为西南风，长逝⑥入君怀。
君怀良⑦不开，贱妾当何依？

注释

①七哀：乐府新题，起于汉末，又名《怨诗行》，属《相和歌·楚调曲》。

②流光：指如水般流泻的月光。

③余哀：无尽的忧伤。

④宕子：游子。指离乡外游，久而不归之人。

⑤独栖：独自居住，形容孤独。

⑥长逝：远去。

⑦良：长，久。

译文

明月照耀在高楼，如水般流泻的月光在楼上徘徊。楼上有一位哀怨的思妇，悲哀的叹息声中有无尽的忧伤。请问楼上唉声叹气的人是谁？回答说是离乡游子的妻子。丈夫离开已经十多年了，妾身常常一个人居住。夫君就像路上的清尘一般飘忽不定，妾身就像浊水中的淤泥。浮尘和沉泥势态各不相同，它们什么时候才能聚首和谐呢？如果可以的话，我愿意化作西南风远去，投入夫君的怀抱。夫君的胸怀很久不向我开放了，我还有什么可以依靠的呢？

赏析

这首诗通过描写思妇孤独凄凉的生活，表现了思妇对幸福美好的爱情生活的强烈追求，实则是诗人以"弃妇"自比，讲述自己在政治上遭到排挤的境遇，抒发了孤独与无奈的心情。

这首诗共分三个层次。"明月照高楼"以下六句是第一层。诗人以第三人称叙述，交代人物的生活环境。开头两句写景，明月高照，月光如水。三、四两句承接前两句，楼上有一位思妇，她的叹息声饱含着无尽的忧伤。五、六句通过一个设问句，直接点出女主人公是游子之妻。

"君行逾十年"以下六句是第二层，诗人以思妇的口吻道尽相思之意。七、八句承接上文，道出相思的缘由是已经分离十年之久。后面四句，诗人以路上清尘和浊水中的淤泥作比，说明两人如今的身份地位各不相同，聚首和谐是很困难的，暗中寄有自己与曹丕兄弟相争，难以和睦相处的感慨。

"愿为西南风"以下四句是第三层，诗人进一步表达了思妇追求爱情生活的迫切心情。她情愿化作一阵西南风，投入丈夫的怀抱。至此，思妇对丈夫忠贞不渝的感情一下子倾泻而出。结尾两句笔锋一转，满腔疑问，遍体忧愁，缠绵蕴藉，余韵悠长，暗寓自己真心助曹丕却得不到其信任的悲愤和感慨。

在这首诗中，诗人巧妙变换人称，构思十分精巧，对人物的心理刻画精妙入微，语言清新质朴，格调健朗淡雅，是建安诗歌中较有影响的一首。

曹植

送应氏①

其一

步登北邙②阪③,遥望洛阳山。

洛阳何寂寞!宫室尽烧焚④。

垣墙皆顿⑤擗⑥,荆棘上参天。

不见旧耆老⑦,但睹新少年。

侧足无行径,荒畴⑧不复田⑨。

游子久不归,不识陌与阡。

中野何萧条!千里无人烟。

念我平常居,气结不能言。

注 释

①应氏:指应玚、应璩二人,都是曹植的友人。应玚是"建安七子"之一,应璩是其弟,也有文名。

②北邙:山名,在洛阳东北。

③阪:同"坂",山坡。

④"宫室"句:初平元年(190年),董卓挟汉献帝迁都到长安,把洛阳的皇宫宗庙全部焚毁。

⑤顿:毁坏。

⑥擗：裂开。
⑦耆老：犹言德高望重的老年人。耆，六十岁以上的人。
⑧畴：田地。
⑨田：用作动词，指耕种。

译 文

我步行登上北邙山高高的山坡，远远地就能看到洛阳周围的群山。洛阳城是多么寂寞，昔日的宫殿全部被烧毁了。随处都能看到毁坏裂开的垣墙，上面长满了高耸入云的荆棘。再也找不到旧时德高望重的老人，看到的都是年轻人。地面无路可走，荒芜了的田地没有人耕种。游子在外面许多年不回来，家乡的道路已经不认识了。原野之中是多么萧条，千里之内看不到人烟。想起我之前在这里的生活，难过得说不出话来。

赏 析

曹植在二十岁的时候被封为平原侯，应场被任命为平原侯庶子。这首诗作于建安十六年（211年），也就是在这一年的七月，曹植与应场跟随曹操西征马超，路过洛阳。没过多久，应场又被任命为五官将文学，行将北上，其弟应璩也同行。曹植摆下宴席为应氏兄弟送别，并且还写了两首诗。此诗为第一首，主要写的是董卓挟汉献帝迁都长安后洛阳残破的景象。

诗的开头二句就由"登"字引出一个"望"字，接下来描写了"望"之所见的洛阳景象。此时此刻，他看到的是一片荒凉景象：宫室已成为废墟，到处残垣断壁，荆棘参天。接下来，诗人由景写到人。由于军阀混战，战争不断，旧时的"耆老"已经不在了，看到的只有年轻人。千里荒

芜，无人耕田。征战的人常年不在家，归来的时候，连路都不认识了。少年（指应氏兄弟）看到千里无人烟的萧条景象，不禁悲从中来，无语凝噎。

在这首诗中，诗人以一个少年的视角来看待战争劫难过后的社会情景。目之所见，荒残破败，昔日的盛况早已化为灰烬。诗人如实地记载了这一切，先写景再写人，而且还表达了人物内心的震惊和悲悼之情。从这首诗中，我们能真切地感受到诗人对广大百姓的同情和对待战争的严肃态度。

其二

清时①难屡得，嘉会②不可常。
天地无终极③，人命若朝霜。
愿得展嬿婉④，我友之⑤朔方⑥。
亲昵⑦并集送，置酒此河阳⑧。
中馈⑨岂独薄？宾饮不尽觞。
爱至望苦深⑩，岂不愧中肠？
山川阻且远，别促会日长⑪。
愿为比翼鸟，施翮⑫起高翔。

注 释

①清时：太平之时。

②嘉会：欢乐的聚会。

③终极：穷尽。

④嬿婉：欢乐。

⑤之：去，往。

⑥朔方：北方，此处指冀州。

⑦亲昵：朋友。

⑧河阳：孟津渡，在河南孟州南。

⑨中馈：酒宴。

⑩"爱至"句：意思是说朋友之间情谊越深，离别时的悲苦就越深。

⑪"别促"句：意思是说离别的时间过得很快，再见面却遥遥无期。

⑫施翮：展翅。翮，鸟翎的茎，代指鸟的翅膀。

译文

太平之时是难得一见的，欢乐的聚会不可能经常遇到。天地是长久而没有穷尽的，人生却短暂得犹如晨霜一般。多么希望与朋友共享欢乐，可是朋友要去往北方的邺城。关系要好的朋友都前来相送，在孟津渡设宴饯行。难道是酒宴不太丰盛吗？宾客的觥筹交错还不够欢畅。朋友之间情谊越深，离别时的悲苦就越深，怎么不使我心愧难当呢？山川既险阻又遥远，离别的时间过得很快，再见面却遥遥无期。我是多么希望能够化作比翼鸟，与你们一起在蓝天展翅高飞。

赏析

第二首诗主要描写了与友人分别的感受。生在乱世之中，"清时"与嘉会怎么能够常有？诗人想到这里不禁感叹：与天地相比，人生竟然短促得犹如"朝霜"一般。由于与友人离别，诗人自然会想到自己与友人的感情是多么值得珍惜。于是，诗人希望与朋友"展嬿婉"，可是事实是"我友之朔方"。因为友人将"之朔方"，所以诗人"置酒"为他们饯行。由于离别之时将近，大家喝得并不尽兴。这时，诗人想到友人路途十分遥

远、艰难，再见也遥遥无期。他便展开想象：倘若自己能够与友人都化作比翼鸟一起高飞是多美好的事情。

这首诗没有上一首慷慨悲凉的基调，语意较为平和，但写得真挚、悲切，表达了与朋友分别时的无奈及依依不舍之情。

喜 雨

天覆何弥广①！苞②育此群生。
弃之必憔悴，惠之则滋荣。
庆云从北来，郁述③西南征。
时雨终夜降，长雷周我廷。
嘉种盈膏壤④，登秋⑤必⑥有成。

注 释

①弥广：广阔，辽阔。

②苞：通"包"，包容。

③郁述：即郁律，云气上升的样子。

④膏壤：肥沃的土地。

⑤登秋：秋收。

⑥必：一作"毕"，尽。

译 文

苍天是多么辽阔广大啊！它包容万物使其滋养而旺盛。如果老天不管它们，它们就会枯槁；如果老天施爱给它们，它们就会滋长繁荣。五色彩云从北方飘来，飘飘荡荡地奔向西南方。及时好雨下了夜，隆隆雷声在我的庭院上空回响。赶快将良种洒在肥沃的土地上，秋收时一定会有好收成。

赏析

这首诗描写了诗人在大旱后看到普降甘霖时的喜悦之情，同时抒发了诗人怀才不遇的郁闷之情，并表达了他渴望建功立业、惠泽天下的雄心壮志。诗人"常自愤怨，抱利器而无所施"《三国志·魏书·陈思王植传》，他是多么希望皇帝能够像喜雨那样施惠，使他能够施展自己的抱负。

诗的前两句写上天覆盖万物可以将众生养育得十分旺盛。"弃之"二句，诗人运用了正反对比的手法，写上天与群生之间的关系，"弃之""惠之"会产生截然不同的结果。所以，人们盼望降甘霖，润众生。这里诗人暗喻自己想得到天子的恩惠。接下来写诗人终于盼到了甘霖的欣慰与喜悦，写天降甘霖时自然情态的变化，祥云的舒卷、飘动，长雷、播种、秋收，整个过程与人们的喜悦有机地结合在一起，创造出一种意境美。

在这首诗中，诗人通过对现实景物的所见、所感及喜悦心情的描写，抒发内心的所愿。这首诗不同于其他劝农诗，以诗人自身感受抒怀，直抒胸臆，体现了诗人对民生的关怀。

曹植

赠徐幹①

惊风②飘白日，忽然归西山。
圆景③光未满④，众星粲以繁⑤。
志士营世业，小人亦不闲。
聊且夜行游，游彼双阙间。
文昌⑥郁云兴⑦，迎风⑧高中天。
春鸠鸣飞栋⑨，流猋⑩激棂轩⑪。
顾念蓬室士⑫，贫贱诚足怜。
薇藿弗充虚⑬，皮褐⑭犹不全。
慷慨有悲心，兴文⑮自成篇。
宝⑯弃怨何人？和氏⑰有其愆。
弹冠⑱俟知己，知己谁不然？
良田无晚岁⑲，膏泽⑳多丰年。
亮㉑怀玙璠㉒美，积久德愈宣㉓。
亲交义在敦㉔，申章㉕复何言？

注 释

①徐幹：字伟长，"建安七子"之一。以诗、辞赋、政论著称。代表作《中论》《答刘桢》《玄猿赋》等。

②惊风：指猛烈、强劲的风。

③圆景：古代用以称太阳和月亮，此处指月亮。

④光未满：指月亮还没有圆满。

⑤粲以繁：明亮而众多。以，而。

⑥文昌：宫殿名。

⑦郁云兴：郁然如云之起，这里形容文昌殿巍峨高大。郁，盛貌。兴，起。

⑧迎风：迎风观，汉代楼观名。

⑨飞栋：高耸的屋梁。

⑩流猋：旋风。

⑪楱轩：窗楱和栏杆。

⑫蓬室士：指徐干。蓬室，草房。

⑬弗充虚：不能填饱肚子。

⑭皮褐：皮制短衣。

⑮兴文：著文，即写作《中论》。

⑯宝：指璧玉，这里比喻徐干。

⑰和氏：指卞和，古代能识宝玉的人，曾得荆山之璞以献楚王。这里比喻自己。

⑱弹冠：《汉书·王吉传》："吉与贡禹为友，时称'王阳（王吉字子阳）在位，贡公弹冠'。"意思是，好朋友一当权，自己就可弹掉帽子上的灰尘，做好当官的准备了。

⑲晚岁：欠收。喻不得志。

⑳膏泽：指肥沃的土地。

㉑亮：诚然，果然。

㉒玙璠：美玉，这里比喻道德才干。

㉓宣：显著。

㉔敦：劝勉，勉励。

㉕申章：陈述以诗章。指赠与这首诗。申，陈。章，表白，显。

译文

强劲的大风吹动着太阳，太阳迅速地落下西山。夜空中月亮还没有圆满，繁星明亮而众多。胸怀大志的人努力创造传世功业，小人也无片刻闲暇。我姑且夜间行游去寻乐，游荡在文昌、迎风二楼间。文昌殿巍峨高大，如云气一样郁然升起，迎风观高耸入云。春鸠在高耸的屋梁上鸣叫着，旋风阵阵吹打着窗棂和栏杆。想起居住在草房里的寒士徐幹，生活困苦至极，真是让人同情。野菜豆叶根本不能填饱肚子，皮制短衣也破烂不堪。你性格豪爽且有天悯人之悲心，运笔写出著名篇章。璧玉被弃应该怨恨谁呢？我这个卞和必须承担责任。倘若等待好友的援引才弹冠出仕，是好友谁又能不援引推荐？好田自然不会欠收，肥沃的土地自然会丰收。诚然有你这样真正怀有美德的人，时间越久美德也越显著。朋友的责任就是互相勉励，赠你这首诗，其他就不用多说了！

赏析

这首诗是曹植赠友人徐幹之作。徐幹一生非常坎坷，怀才不遇，独住陋巷，以著书为乐。这首赠诗表达了诗人对徐幹的同情与怜悯，也包含思念、劝慰、期待等复杂的感情。

"惊风飘白日，忽然归西山"二句，以太阳西落起笔，引领下文。"惊""飘"的运用，以飞动的警句振起全篇。风惊而日飘，忽然西下，倏忽而昼晦，奇异之极。其实这一景象包含着诗人的主观情感，蕴含人生短暂的感叹。诗人由于思念遂神情恍惚，不觉已"圆景光未满，众星粲以繁"，已到夜晚了。在弯月星空之下，诗人将怀人的心情与月下景色的描写结合起来,有独到之处。"志士营世业,小人亦不闲"二句是猜测徐幹正忙着建立传世的功业,而"小人"应是诗人谦称,说自己也在为事业奔忙。以下六句,描写了月下邺城宫殿的夜景,"文昌""迎风",高大威武,诗人看到此景,想起了住在陋巷蓬室里的徐幹。诗人笔锋一转,将琼楼玉宇与陋巷蓬室形成鲜明的对比,衬托出徐幹生活的贫寒艰苦。"顾念蓬室士"以下六句,写徐幹的贫苦与高洁,虽食不饱,衣不全,但他仍然怀文抱质,安贫乐道,发愤著书。"宝弃怨何人"以下四句,前两句运用了和氏献璧的典故,以和氏璧比喻徐幹,表示自己无力推荐的歉意;后二句运用王吉与贡禹的故事,解释自己无力是因为无权。所以才有"知己谁不然"的激愤之语。既然如此,作为友人,只有以劝勉之心进行鼓励。"良田无晚岁"以下都是宽慰之语,前两句以"良田""膏泽"为喻,后两句以"玙璠"相匹。最后,以自己作诗相赠的动机结束。

这首诗写景、抒情、议论俱佳,含蓄有致、寄兴高远。

赠丁仪[①]

初秋凉气发,庭树微销落。
凝霜依[②]玉除[③],清风飘飞阁[④]。
朝云不归山,霖雨成川泽[⑤]。
黍稷委[⑥]畴陇[⑦],农夫安所获?
在贵多忘贱,为恩谁能博[⑧]?
狐白足御冬,焉念无衣客[⑨]?
思慕延陵子,宝剑非所惜[⑩]。
子[⑪]其宁尔心[⑫],亲交[⑬]义不薄。

注释

①丁仪：字正礼，沛国（今安徽宿州）人，东汉司隶校尉丁冲之子，汉魏时期文学家。

②依：依附，附着。

③玉除：玉阶，用玉石砌成或装饰的台阶。亦用作石阶的美称。

④飞阁：高阁。

⑤"朝云"二句：古人不知云雨的成因，认为云是从山中生出来的，故怨它"不归山"而造成了久降霖雨变成川泽的灾害。霖，久雨。《左传·隐公九年》："凡雨，自三日以往为霖。"

⑥委：通"萎"，枯萎。这里是说庄稼因水淹而萎败。

⑦畴陇：田亩。

⑧"在贵"二句：贵、贱，此处指地位的高、低。黄节注云："夫仪即以不得尚公主故，而致恨于子桓，又以赞立植故，而为子桓所忌，是以恩不及焉。'为恩谁能博'，盖责子桓也。"据《三国志·魏书》曹植本传注引《魏略》载，曹操欲将女儿嫁给丁仪，曹丕从中阻拦，从而引起丁仪对曹丕的怨恨。

⑨"狐白"二句：语出《晏子春秋》："景公之时，雨雪三日而不霁。公被狐白之裘，坐堂侧陛。晏子入见，立有间，公曰：'怪哉！雨雪三日而天不寒。'晏子对曰：'天不寒乎？'公笑。晏子曰：'婴闻古之贤君饱而知人之饥，温而知人之寒，逸而知人之劳。今君不知也。'"诗人在这里引用晏婴批评齐景公的典故，指责当时的统治者"在贵多忘贱"。狐白，指狐白裘衣，用狐狸腋下白毛皮，做成的衣服名贵的取暖之物，身份高贵者所穿之物。

⑩"思慕"二句：延陵子，又称延陵季子，即春秋末期吴国公子季札。《新序·节士》："延陵季子将西聘晋，带宝剑以过徐君。徐君观到，不

言而色欲之。延陵国季为有上国之使，未献也，然心许之矣。致使于晋，顾反，则徐君死于楚，于是季子以剑带徐君墓树而去。"这两句的意思是思慕延陵子的品格，他为了朋友，千金宝剑也不会顾惜。

⑪子：指丁仪。

⑫宁尔心：安心地等。

⑬亲交：亲友。

译文

初秋时节凉气生发，庭院中树叶稍稍飘落。早晨凝霜依附着玉阶，阵阵清风吹过高阁。朝云没有回归山林，造成久降霖雨，泛滥成川泽。农作物因水灾在田亩中萎败，农夫怎么会有收获呢？人们身处富贵容易忘记贫贱之人，又有谁能够广博地对他人施恩呢？狐白裘衣是足以抵挡寒冷的，哪里会想到没有衣服穿的人该如何过冬？我非常倾慕延陵季子的品格，千金宝剑也不会顾惜。你一定要安心地等待着，重义的亲友会厚待你的。

赏析

这首诗是曹植在其兄曹丕即位不久后写的。丁仪是曹操的属官，与曹植关系亲近；曹操一度想立曹植为太子，丁仪曾努力促成此事，为此曹丕对丁仪极为忌恨。因此，曹丕即位后杀掉了丁仪。曹植赠诗安慰丁仪之时，距丁仪遭诛已不远。曹植向丁仪表明自己是他的知音，请他一定要放心。可是，曹植的这种安慰中蕴含了一种非常强烈的愤世嫉俗的情感，以及对自己前途的担忧。诗中"在贵多忘贱，为恩谁能博"二句将锋芒引向了寡恩的最高执政者，所以不仅不能使人平息不满，反而产生了一种火上浇油的效果。

这首诗写的是社会现实问题，诗人却从眼前的霜云风雨写起。在此，诗人怨恨这种不好的天气，阴云不晴，涝雨成灾，造成农夫没有收成，辛苦劳动希望却落空。应该说这原本是自然景象，但是其中蕴含了更深层的意义。因为曹植与丁仪原来的政治计划成为泡影，这就如同诗中的农夫一般，这样的寓意丁仪一看就懂。其次，诗人写到两个历史人物，一是寡恩不仁的齐景公，一是重情守义的延陵季子。这两个人作为镜子，在当时社会能够照到谁的形象也是不难看出的。

这首诗哲理抒情意味比较浓厚，后世许多咏怀诗都受其影响。

赠王粲①

端坐苦愁思，揽衣起西②游。
树木发春华，清池激长流，
中有孤鸳鸯，哀鸣求匹俦③。
我愿执④此鸟，惜哉无轻舟。
欲归忘故道，顾望⑤但怀愁。
悲风鸣我侧，羲和⑥逝不留。
重阴⑦润万物，何惧泽不周？
谁令君多念，遂使怀百忧。

注 释

①王粲：字仲宣，山阳高平（今山东邹城）人。东汉末年文学家，善诗赋，是"建安七子"中成就最大的一个，也是曹植的朋友。
②西：指邺城西园。

③匹俦：伴侣，这里比喻志同道合的友人。

④执：接近。

⑤顾望：回头望。

⑥羲和：代指太阳。

⑦重阴：密云。这里比喻曹操。古人认为君为阳，臣为阴，曹操时任丞相，故称阴。

译文

安坐的时候因愁思而苦，披上衣裳来到西园游逛。树木逢春，花儿已经盛开，清澈的池水激起阵阵波浪，池中只有一只鸳鸯鸟，寻找伴侣鸣叫声很哀伤。我想接近这只鸳鸯，只可惜没有船只难以到达水中央。我要回去时却忘记了来时的路，回头望去满怀愁绪。风非常凄厉地在我身边刮着，太阳悄无声息地滑向了西方。密云降雨能够滋润万物，何必担心得不到恩惠呢？是谁让你想得太多，致使百般忧愁涌上心头呢？

赏析

王粲年轻时投奔刘表，常年得不到重用。投降曹操后，起初只担任小小的丞相掾等职，这让他觉得前途一片灰暗。于是，他将自己的不满写成《杂诗》赠给曹植，曹植就拟《杂诗》创作了这首诗来劝慰王粲。王粲原诗为："日暮游西园，冀写忧思情。曲池扬素波，列树敷丹荣。上有特栖鸟，怀春向我鸣。褰衽欲从之，路险不得征。徘徊不能去，伫立望尔形。风飙扬尘起，白日忽已冥。回身入空房，托梦通精诚。人欲天不违，何惧不合并？"

曹植此诗的前两句点出游于邺城之西的原因：端坐愁思，内心苦闷，

所以到园中排遣。"树木发春华，清池激长流"二句写的是西园中的美丽景色。在其中，诗人发现了"孤鸳鸯"。这只正在"求匹俦"的鸳鸯自然指王粲，他真正求的是曹植的推荐，从而得到仕途上的发展。曹植对王粲这样的人才当然是非常珍惜的，可是美好的愿望无法代替残酷的现实，"无轻舟"就是比喻自己没有权势，无力重用王粲。

  随后四句写诗人不得已离开鸳鸯所在的"清池"，但他内心非常不舍，于是在池边徘徊不去。身边的"悲风"和天空中消逝的"羲和"都是诗人内心愁苦的写照。他多想拉朋友一把，但实在爱莫能助。于是，诗人只得用"重阴润万物，何惧泽不周？谁令君多念，遂使怀百忧"来勉励王粲，劝勉对方不必太过忧虑，相信雨露总会润泽万物的。这里以"重阴"喻曹操，暗示曹操会提携王粲，可谓用心良苦。事实上也是如此，曹操、曹丕和曹植这父子三人都对才华横溢的王粲青眼有加，后来王粲得到了关内侯的爵位。曹操晋爵魏公后，王粲被任命为侍中，颇受重用。遗憾的是，他在四十岁时不幸病逝了，否则和他相友善的曹丕称帝后，他的政治前途可能会更加光明。总之，王粲摆脱早年郁郁不得志的状态，不得不说有曹植一定的提携之功。

  这首诗将比兴寄托的手法运用得出神入化，运用清新流畅的语言将自己的情感表达得真诚坦率，读来颇为动人，韵味悠长。

赠丁仪王粲

从军度函谷①,驱马过西京。
山岑②高无极,泾渭③扬浊清。
壮哉帝王居!佳丽殊百城④。
员阙⑤出浮云,承露⑥概泰清⑦。
皇佐⑧扬天惠⑨,四海无交兵。
权家⑩虽爱胜,全国⑪为令名。
君子在末位⑫,不能歌德声⑬。
丁生怨在朝,王子欢自营⑭。
欢怨非贞则⑮,中和⑯诚可经。

注释

①函谷:函谷关。

②山岑:山峰。

③泾渭:指泾水和渭水。

④殊百城:超过很多城市。

⑤员阙:圆形的望楼,乃汉武帝所建,位于建章宫门北侧。

⑥承露:指承露盘。汉武帝为求长生,听从方士建议建立高二十丈的承露盘,妄图服用甘露延年益寿。

⑦概泰清:直耸入天空。概,同"扢",摩,迫近。泰清,即太清,指天空。

⑧皇佐:指担任丞相一职的曹操。

⑨天惠:天子的恩惠。

⑩权家:指兵家。

⑪全国：保全国家。

⑫"君子"句：丁仪和王粲当时都是丞相掾，地位较低。

⑬歌德声：歌颂朝廷（实际上指独揽朝政的曹操）的德音。

⑭自营：经营个人事业。

⑮贞则：正确的规则。

⑯中和：适中。

译文

我随军穿过函谷关，又驱马向北路过长安。陇山挺拔巍峨，高不见顶，泾渭扬起清浊分明的波涛。帝王驻地的气魄多么宏大，宏伟华美超过很多城市。圆圆的双阙耸入浮云之上，高高的承露盘直耸入天空。丞相代替天子广施恩惠，四海之内罢兵息战。虽然兵家都希望能够在战场上获胜，但是更想获得保全国家的好名声。你们两位地位较低，无法歌颂朝廷的德音。丁生在朝有所抱怨，王君最喜经营个人事业。你们的喜和怨都不是正确的规则，态度适中才是正途。

赏析

这首诗创作于建安十六年（211年）。这年十月，曹植、王粲、丁仪等都跟随曹操的大军北征安定（今甘肃定西）的杨秋。在杨秋投降后回军途中，曹植写了这首诗劝勉丁仪和王粲。

开头二句是写实，因为就在诗人写这首诗的前几个月，曹操大军刚刚在函谷关一带打败了马超，随后立刻向北去攻打跟随马超反曹的杨秋。接着，诗人描绘了路过长安时看到的山河与宫阙，有实景有想象，体现出诗人很高的写景能力。接下来四句，诗人对其父曹操的功勋进行了高度赞扬："皇佐扬天惠，四海无交兵。权家虽爱胜，全国为令名。"这四句主要赞扬曹操接受了杨秋的投降,避免了一场生灵涂炭的大战。接下来四句是对王粲、丁仪的劝告:你们都是有才能的君子,不过目前地位较低,无法歌颂朝廷(实际指曹操)的德音。丁仪身在朝廷而有所抱怨,王粲摆出一副不问世事、自得其乐的态度,这都是不利于他们的发展的。诗人对此深表忧虑,因而在最后两句中规劝他们,要遵循儒家的中庸之道,不偏不倚,程度适中,才能避免祸患,获得仕途上的发展。

这是一首劝勉友人的诗,诗人的感情委婉而深沉,对待友人做到了推心置腹,因而显得真挚感人。

赠白马王彪①

黄初四年五月,白马王、任城王②与余俱朝京师,会节气③。到洛阳,任城王薨④。至七月与白马王还国⑤。后有司⑥以二王归藩,道路宜异宿止⑦。意毒恨⑧之。盖以大别在数日,是用自剖⑨,与王辞焉。愤而成篇。

谒帝承明庐⑩,逝将归旧疆。
清晨发皇邑⑪,日夕过首阳。
伊洛⑫广且深,欲济川无梁。
泛舟越洪涛,怨彼东路长。
顾瞻⑬恋城阙,引领情内伤。

太谷⑭何寥廓，山树郁苍苍。
霖雨⑮泥我涂，流潦浩纵横。
中逵⑯绝无轨，改辙登高岗。
修坂⑰造云日，我马玄以黄。
玄黄犹能进，我思郁以纡。
郁纡将何念？亲爱在离居。
本图相与偕，中更不克俱⑱。
鸱枭⑲鸣衡轭⑳，豺狼当路衢。
苍蝇间白黑，谗巧令亲疏。
欲还绝无蹊，揽辔㉑止踟蹰。
踟蹰亦何留？相思无终极。
秋风发微凉，寒蝉鸣我侧。
原野何萧条，白日忽西匿㉒。
归鸟赴乔林，翩翩厉羽翼。
孤兽走索群，衔草不遑㉓食。
感物伤我怀，抚心长太息㉔。
太息将何为？天命与我违。
奈何念同生，一往㉕形不归。
孤魂翔故域㉖，灵柩寄京师。
存者㉗忽复过，亡没身自衰。
人生处一世，去若朝露晞㉘。
年在桑榆㉙间，影响不能追。
自顾㉚非金石，咄唶㉛令心悲。
心悲动我神，弃置莫复陈。
丈夫志四海，万里犹比邻。
爱恩苟不亏，在远分日亲。

何必同衾帱[32]，然后展殷勤[33]。

忧思成疾疢[34]，无乃[35]儿女仁[36]。

仓卒骨肉情，能不怀苦辛？

苦辛何虑思？天命信可疑。

虚无求列仙，松子[37]久吾欺。

变故在斯须，百年谁能持[38]？

离别永无会，执手将何时？

王其爱玉体，俱享黄发期[39]。

收泪即长路，援笔[40]从此辞。

注释

①赠白马王彪：此诗最早见于《三国志·魏书·陈思王植传》注引《魏氏春秋》，无题，无序。《文选》卷二四选录此诗，题为《赠白马王彪》。白马王彪，即曹彪，字朱虎，曹植异母弟，封白马王。白马，地名，在今河南滑县东。

②任城王：即曹彰，字子文，曹植同母兄，封任城王。任城，地名，在今山东济宁。

③会节气：参加迎奉节气的典礼。

④薨：诸侯及有爵位之臣死亡称薨。

⑤国：指诸侯的封地。

⑥有司：官吏。此处指魏文帝派往各诸侯封地监督诸侯的监国使者。

⑦"道路"句：二王在路上不得同行同宿。白马和曹植的封地鄄城（今山东鄄城）同属东郡，曹彪和曹植本可以同路东归。

⑧毒恨：痛恨。

⑨自剖：自己表露心意。

⑩承明庐：洛阳北宫承明门侧的房屋，乃天子居所。

⑪皇邑：指京都洛阳。

⑫伊洛：二水名。伊水源出河南熊耳山，至今河南偃师入洛水。洛水，也称洛河、洛川，源出陕西洛南，流经洛阳，至今河南巩义入黄河。

⑬顾瞻：回头观望。

⑭太谷：谷名，一说是关名，在洛阳城东南五十里。

⑮霖雨：连续几日的大雨。

⑯中逵：通衢大路。

⑰修坂：长长的山坡。

⑱不克俱：不能在一起。

⑲鸱枭：猫头鹰，古人称其为不祥之鸟。此处喻指监国使者灌均。

⑳衡轭：车辕前的横木和扼马颈的曲木，代指车。

㉑揽辔：拉住马缰。

㉒西匿：西下。

㉓不遑：无暇，没空。

㉔太息：叹息。

㉕一往：指死亡。

㉖故域：指曹彰的封地任城。

㉗存者：指自己与曹彪。

㉘晞：干。

㉙桑榆：日落时光照桑榆树端，指日暮，比喻晚年。

㉚顾：念。

㉛咄唶：惊叹声。

㉜衾帱：被子和帐子。

㉝殷勤：情意恳切。

㉞疾疢：疾病。

㉟无乃：岂不是。

㊱儿女仁：指小儿女的脆弱感情。

㊲松子：赤松子，传说中的仙人。

㊳持：保持。

㊴黄发期：人老后头发变黄，此谓高寿。

㊵援笔：提笔，指写诗赠别。

译文

黄初四年（223年）五月，白马王曹彪、任城王曹彰与我一起前往京城朝拜，参加迎奉节气的典礼。可是，到达洛阳以后任城王不幸死去了。七月，我与白马王返回封国。后来，监国使者认为二王返回封地，在归途上不得同行同宿，这令我心中痛恨不已。因为离别只在短短的数日，所以我就用诗文表露心意，与白马王告辞。悲愤之下，写下此篇。

在承明庐拜见皇帝，就要返回封国的疆土。清晨时分从帝都扬鞭启程，黄昏经过首阳山。伊水和洛水，是多么广阔而幽深；想要渡过川流，却为没有桥梁而苦恼。乘舟越过翻涌的波涛，哀怨于东方漫长的旅途。回头观望洛阳的城楼，伸长脖子眺望，内心很是哀伤。太谷是何等寥廓，山间的古木郁郁苍苍。连续的大雨让路途充满泥泞，污浊的积水纵横流淌。通衢大路已经不能再前进，改道而行登临高峻的山坡。可是长长的山坡直入云天，我的马又身染疾病。我的马虽然身染疾病，但是仍然能够奋蹄向前；我心怀哀思，却忧郁而曲折。忧郁而曲折的心志啊，究竟牵挂什么？仅仅因为与我挚爱的兄弟即将分离。原本试图一起踏上归路，不料中途遇到变故而不能在一起。可恨的猫头鹰鸣叫着阻挠车子，豺狼挡在了道路中央。苍蝇之流的离间让黑白混淆，机巧的逸言疏远了血肉之亲。想要归去

却无路可走,拉住马缰,不由得踟蹰难进。踟蹰之间,这个地方到底有什么可以留恋的呢?我对兄弟的思念永远没有终极。秋风吹过,激起微薄的凉意,寒蝉在我的身侧哀鸣。广袤的原野是多么萧条,白日倏忽间向西落下。归鸟飞入高大的乔木林中,翩翩然地扇动着翅膀。孤单的野兽奔走着寻觅同伴,口里衔着草也无暇独食。眼前的景物触伤了我的胸怀,以手抚心发出悠长的叹息。长叹又能有什么用呢?天命已经与我的意志相违背。怎么能够想到,我那同胞的兄长,此番一去形体竟然永远不会返归。孤独的魂魄飞翔在昔日的故土,灵柩却寄存在帝都。尚存之人,转眼之间也将离去,亡者已没,我的身体已经自行衰微。短暂的一生在这人世之间,好比清晨容易蒸干的露水。已经到了迟暮之年,青春像光影和声响一般无法追回。自我审思并非金石之体,惊叹间令我满心忧悲。心境的悲伤深深地触动了我的形神,将忧愁放在一边不要再说了。男子汉大丈夫理应志在四海,即使相隔万里也会犹如邻居一般。倘若兄弟的眷爱并没有削减,分离远方,反会大大加深你我之间的情谊。何必要同榻共眠,才能传达你我的殷勤?过度的忧思会让人生病,岂不是沉溺在了脆弱的儿女之情中?只是仓促之间骨肉就要分离,怎么能够不让人心怀愁苦和酸辛?愁苦与辛酸引起了怎样的思虑呢?现在我觉得天命实在可疑。向众仙寄托祈求终究是虚妄,神仙赤松子长久地把我欺骗。人生的变故往往发生在须臾间,有什么人能够保持百年的平安?一旦离别将永远没有相见之日,再执兄弟的手,将要等到什么时候呢?但愿白马王啊,珍爱你尊贵的躯体,与我一同共享高寿。含泪踏上漫漫长路,提笔赠诗与你就此分离。

赏 析

  这首诗是诗人到洛阳朝会后返回封地之时所作,共分为七章,表现了诗人恐惧、悲伤、痛恨和愤怒相互交织的复杂感情，非常深刻地揭发了统治阶级尖锐的内部矛盾。

第一章共十句，描写了"会节气"结束后启程返回封地的经过和心情。"伊洛广且深，欲济川无梁"二句既是写实，又采用了比兴手法，非常巧妙。"顾瞻恋城阙，引领情内伤"二句，写诗人离开都城之后还不断回头观望，留恋着洛阳。他的亲人在洛阳，实现政治抱负的舞台也在洛阳。他是多么希望留在那里，但现实却逼迫着他回到遥远的封地鄄城，他的悲伤和失落可想而知。

第二章共八句，描写了归途中的困苦。诗人艰难地走过了树木郁郁葱葱的太谷，接下来弃舟登岸，进入了山谷。但此时突然"霖雨泥我涂，流潦浩纵横"，路变得无法通行，实际上也暗喻诗人自身处境的危险。下文"中逵绝无轨"和上文"欲济川无梁"一样，依然是无路可走之意，是诗人濒临绝望时内心的真实写照。诗人只得再次改道，登上了山坡，道路依然辽远而高峻，更何况诗人骑的还是一匹病马。如此多的困难加在一起，实际上是曹植坎坷不平的后半生的写照。

第三章共十二句，诗人开始直抒自己心中的悲愤之情。"玄黄犹能进，我思郁以纡"，语意转折。诗人悲伤加剧的原因是要与白马王诀别。由于"有司"（即监国使者）的谗言，原本可以同路归国的这对难兄难弟不得不分离了。"鸱枭鸣衡轭"以下四句也是虚实结合，行走在山路上遇到鸱枭、豺狼等禽兽并不稀罕，但是读者很容易就能读出其中的比兴意味：屡进谗言、离间兄弟的监国使者，不正如令人厌恶的鸱枭、豺狼和苍蝇一样吗？诗人当然清楚，监国使者的行为其实是曹丕授意的，但曹丕是兄长，是皇帝，所以只能曲笔指责监国使者灌均。

第四章共十二句，写的是诗人触景生情之后产生的悲伤之情。"秋风发微凉"以下四句写秋景的凄凉和萧条，是实景。"归鸟赴乔林"以下四句也是实景，但是也有比兴之意。已归之鸟和孤兽索群，让诗人想到自己

无法与兄弟相聚的悲伤，更加伤感。

第五章的十六句堪称全诗的中心。古人无不信天命，但诗人此时在万分悲伤之下对天命产生了怀疑，可见他已经陷入了悲伤的深渊，无法自拔。极度的悲伤令他再度想起暴死的哥哥任城王曹彰。死者已矣，对于"存者"来说，"人生处一世，去若朝露晞"，短暂与无常的人生，让诗人坚信自己与白马王随任城王而去的日子不会太远了。

第六章十句，是对白马王勉强的宽解。"丈夫志四海"六句是正面宽解，说感情重要的是内心，万里的路途是无法相隔的，何必形迹不离呢？"忧思成疾疢"二句是从反面宽解，说作为志在四海的丈夫，若因忧思而患病，那是脆弱的儿女之情。宽解的效果是难以持续的，"仓卒骨肉情，能不怀苦辛"两句，又陷入了悲苦之中。

第七章十二句，再次强调了"天命信可疑"，神仙是虚无欺人的东西，诗人的精神再也无处寄托。结合诗人的处境，"变故在斯须"一句并非泛指。人生百年的平安是谁都无法保持的，曹丕随时可能加害于他，所以他才说"离别永无会，执手将何时"。果然，曹植和白马王这次离别以后，再也没有见过面，曹植在四十岁时（232年）抑郁而终，曹彪在五十岁时（251年）因事被赐死，正应了"变故在斯须，百年谁能持"之语。"王其爱玉体"二句，虽是劝勉，但正见长寿难保。"收泪即长路"二句，在平和的语言中蕴含着生离死别的无奈和悲伤。

这首诗笔调沉重而舒缓，全诗如泣如诉，综合运用了叙事、议论、写景、比兴等多种手法来抒发内心的愤慨和悲伤，愤而成篇，真切感人。此外，诗中还通过个人的不幸遭遇而得出天命可疑、神仙欺人、生命短暂等普遍真理，进一步深化了诗的内涵。

赠丁翼①

嘉宾填城阙②，丰膳出中厨③。

吾与二三子④，曲宴此城隅⑤。

秦筝发西气，齐瑟扬东讴。

肴来不虚归⑥，觞至反无余。

我岂狎异⑦人？朋友与我俱。

大国多良材，譬海出明珠。

君子义休偫⑧，小人德无储。

积善有余庆，荣枯立可须。

滔荡固大节，世俗多所拘。

君子通大道，无愿为世儒⑨。

注 释

①丁翼：也作丁廙，字敬礼，丁仪弟，与曹植友善。建安中为黄门侍郎。曹丕登基后。他与兄长丁仪同时被杀。

②城阙：城门两面的楼。

③中厨：宫廷内的厨房。

④二三子：指自己的朋友。

⑤城隅：城上的角楼。

⑥不虚归：不空不归，菜肴不吃完不撤盘子。

⑦狎异：过分亲近。

⑧俻：具，完备。

⑨世儒：浅陋而迂腐的儒士。

译 文

贵宾在城楼聚集一堂，厨房做了很多丰盛的酒菜。我和几位知心朋友，在城角楼宴饮。秦筝弹拨出高亢的西秦曲调，齐瑟为婉转悠扬的东方歌曲伴奏。佳肴送来不空不归，美酒斟上就一饮而光。我哪里愿意和他人过分亲近？只想与朋友一起叙叙衷肠。我们大国多有杰出的人才，就像大海盛产明珠一样。君子讲求道义完美无缺，小人不注意品德修养。多积善行一定会多福禄，荣辱盛衰可立见不爽。君子的心胸十分宽广，坚守大节，世俗之人多为小节所拘。君子通晓大道有雄心壮志，没有人愿意做世儒空活一场。

赏 析

曹氏兄弟青年时期生活在相对比较安定的邺城，他们同许多文人学士交往比较密切，朝夕游宴，诗酒唱和。这是一首宴会中的赠诗。诗人勉励友人丁翼要积善储德，坚守大节，千万不要做一个浅陋而迂腐的"世儒"。

这首诗共二十句，分为两个部分，前十句直叙宴会。"嘉宾填城阙，丰膳出中厨"，这两句具有总括全诗的作用。从这里我们可以看出曹植与其他文人学士的亲密关系。曹植虽然是贵公子，但由于与亲朋好友相处融洽，因而才会出现"嘉宾填城阙"的情景。接着，诗人描写了宴饮的盛况。"吾与二三子，曲宴此城隅。"参加者都是诗人最亲近的朋友，和朋友们在这城上的角楼中宴饮，宴会也随之进入高潮。"秦筝发西气，齐瑟扬东讴。"这是以歌舞助兴。美妙的曲调，轻柔的歌声，令人陶醉不已。纵情任性，不拘礼法，融洽欢畅，洋溢着诗人与好友的真挚之情和豪爽之气，为诗后半部分的内容奠定了基础。

后十句直扣诗题，是全诗的重点。这十句主要用议论的手法劝勉好友丁翼。"大国多良材，譬海出明珠"二句既是对曹魏人才聚集的赞扬，又是对丁翼的勉励。曹操招纳贤才，形成了百川归海的气势，因而诗人说大国有很多杰出的人才，就像大海盛产明珠一样。接着把"君子"和"小人"相互比照，强调君子应当有完美的道义，并注意积德，只要多积善行，最终一定会多福禄。建安时期的文人是非常注重道德修养的，曹植也是如此。他不仅勉励丁翼，而且他也是这样要求自己的。最后四句既是对丁翼的劝勉和鼓励，也是自己的意愿和夙志。

这虽然是一首赠诗，但感情激昂，情志不凡，语言虽然通俗，却别具情韵，极好地向我们展现了诗人的自我形象。

曹植

朔 风

仰①彼朔风，用②怀魏都。
愿骋代马③，倏忽北徂④。
凯风⑤永至，思彼蛮方⑥。
愿随越鸟⑦，翻飞南翔。
四气⑧代谢⑨，悬景⑩运周，
别如俯仰⑪，脱⑫若三秋。
昔我初迁，朱华⑬未希⑭；
今我旋止⑮，素雪云飞。
俯降千仞⑯，仰登天阻⑰。
风飘蓬飞，载⑱离寒暑。
千仞易陟⑲，天阻可越，
昔我同袍⑳，今永乖别㉑。
子好芳草，岂忘尔贻？
繁华将茂，秋霜悴之。
君不垂眷，岂云其诚？
秋兰可喻，桂树冬荣。
弦歌荡思㉒，谁与销忧？
临川慕思，何为泛舟？
岂无和乐㉓？游非我邻㉔。
谁忘泛舟？愧无榜人㉕。

注 释

①仰：向。

②用：因。

③代马：代郡产的马。

④徂：往。

⑤凯风：南风。

⑥蛮方：南方。

⑦越鸟：生活在南方的鸟。

⑧四气：四季之气，即四季。

⑨代谢：更替。

⑩悬景：指日、月。景，同"影"。

⑪俯仰：俯仰之间，形容时间很短。

⑫脱：离。

⑬朱华：指荷花。

⑭未希：未稀少，还没有衰败。

⑮旋止：归来。

⑯俯降千仞：向下跌入千仞深渊。

⑰天阻：天险，指险峻的高山。

⑱载：语助词。

⑲千仞易陟：深渊容易登上来。

⑳同袍：指诗人胞兄曹彰。

㉑今永乖别：曹彰于黄初四年（223年）死于洛阳，故云"今永乖别"。

㉒荡思：荡涤忧思。

㉓和乐：指弦歌。

㉔邻：指志同道合者。

㉕榜人：划船者。喻亲近者。

译文

　　抬头迎向北风，因为心中怀念故都邺城。多么希望驱策代马，迎风扬蹄，飞快地去往北方。温暖的南风徐徐吹来，我想到尚未征服的江南。希望跟随在那些飞往南方的鸟儿身后，展翅向南方飞翔。四季依次更替，日月周而复始。时光在一俯一仰间逝去，好似已离开了三年。当年我离开时，荷花没有衰败。今天我重回故地，已是白雪飞舞。我一会儿跌入千仞的深渊，一会儿登上险峻的高山。像风飘蓬飞，遭遇严寒酷暑。深渊容易登上来，险阻也能渝越。和我的兄弟一旦别离，就再也无法相见。你曾经说过喜爱芳草，我就牢记着将它们进献给你。谁料在它们繁茂之时，秋天的严霜使它们憔悴凋零。你虽然不顾念我的忠贞，我怎能不倾诉我的忠心？我赤诚的意志就像那严霜中的秋兰，又像冬天北风中繁茂的桂木，决不改易。弹琴放歌，虽然可借以荡涤忧思，但没有人能够帮我除去心头的忧愁。对着河流思慕不已，不知何人替我驾船。不是没有共同歌唱的人，只是同游者与我并非志同道合。谁会忘记泛舟的快乐，遗憾的是没有帮我驾船的人。

赏析

　　太和二年（228年），诗人从浚仪（今河南开封）被迁封到雍丘（今河南杞县），这是他第二次被封到这里。接连的打击和迫害让他深为痛苦，于是创作了这首充满怨愤的诗。

　　全诗共五章，第一章（开头至"翻飞南翔"）以朔风起兴，表达了怀念魏都的感情，第二章（"四气代谢"至"素雪云飞"）抒发了自己身世漂泊的感伤之情，第三章（"俯降千仞"至"今永乖别"）感叹自己的处境，第四章"子好芳草"至"桂树冬荣"）借花草嘉木向猜忌他的远方君主发出责问,第五章("弦哥荡思"至末尾)抒发了没有志同道合都的孤寂。这首诗借用典故,化用前人名句,运用对仗和比喻,都显示了诗人对诗句的锤炼之工,也表达了"始为宏肆,多生情态"的创作特色。

诗人创作此诗之际,正是朔风怒号之时,所以首章即以朔风起兴,抒写了怀念魏都的深沉情感。邺城曾是魏国的都城,从黄初四年(223年)七月离开以来,到诗人赋此诗时已有五年时间。诗人在邺城有美好的生活,有报国为民的理想,父亲曹操的陵墓也在那里。诗人十分感伤地吟道:"愿骋代马,倏忽北徂。"他是多么希望自己能够驱策代马,迎风扬蹄,飞快奔往国都,实现"捐躯济难"、列身朝廷、报效国家的抱负。每当南风吹来时,想起吴国未灭,于心未安,自己也希望随越鸟赴"蛮方",为国效命立功。此章结句化用《古诗十九首》中的"越鸟巢南枝,胡马依北风"两句,抒写了诗人南征孙吴的雄心壮志。

第二章直叙时光更替,别离易久,离开雍丘而再返时的情景。"四气代谢,悬景运周",写时光荏苒。诗人于太和元年(227年)徙封浚仪,至此复还雍丘,这一别相隔并不太久。可是,在痛惜时光流逝的诗人眼中,却是"脱若三秋",不由得生出一种年华不再的失落之感。回想当时"初迁",雍丘还是百花盛开的春天,如今重回故地却是"素雪云飞"的冬天。这四句化用《诗经·小雅·采薇》中的"昔我往矣,杨柳依依;今我来思,雨雪霏霏",感时伤逝,写出了时序迅疾交替,也蕴含着自己不甘闲居雍丘而想报国立功的急切之情。

第三章主要用比兴的手法慨叹自己的处境和思念去世的胞兄。自黄初二年(221年)以来,诗人东封鄄城,北徙浚仪,二徙雍丘。在这八年时间里,诗人如同翻山越岭一般,时而"俯降千仞",时而"仰登天阻",比喻自己进退两难,尝尽了颠沛流离的痛苦。诗人因此感叹自己竟然如"风

飘蓬飞"一般，不知道什么时候才会有安定之所，饱含了诗人无尽的辛酸与苦楚。进退两难和迁移不定的处境尚能忍受，而最使诗人悲伤的是自己胞兄曹彰的死亡。接下来的四句，描写的是诗人在绝望之中的凄厉呼号："千仞易陟，天阻可越，昔我同袍，今永乖别。"极言险阻之可翻越，从而反衬出当政者的禁令犹如无情的"雷池"，难以跨越半步，进一步抒发了悲伤的感情。

第四章托喻花草嘉木，写明君爱任用贤臣，自己终当尽忠报效。在前四句中，诗人运用屈原《离骚》的比兴方式，以"芳草"喻忠贞之臣，写明帝重视招揽贤才，自己渴望被任用。"繁华将茂，秋霜悴之"，喻自己虽然有才能和报效之志，但遭遇谗言，难以实现，点出了自己所处的险恶境遇。"君不垂眷"以下诗句，诗人又以凛然之气表明了自己的心迹：即使得不到君主的顾念，自己的忠诚也会始终不渝。

第五章为全诗结尾，主要描写了诗人的忧伤和孤苦。君主不眷顾，诗人的流徙生涯一定是绵长无尽了。一想到这里，诗人的内心不禁涌上一股忧愁之感。弹琴放歌，虽然可以借以荡涤忧思，但是没有知音，没有人能够和他一起同消忧愁；雍丘自然亦有川泽可供"泛舟"，但没有志同道合的人，没有人能够理解他临川思济的政治抱负。此章两句一问，连用四个反问句，以"我邻""榜人"喻知己，层层递进，抒发了自己的忧伤和孤苦。

此诗赋、比、兴交替使用，善于化用前人诗文中的用语、意象，抒发了诗人身处藩地复杂的情思，其中有怀念、忧伤、孤独和无奈，也有焦灼的期盼和忠贞的吐露。抒情舒缓纡曲，真切而凝重。

三 良①

功名不可为②，忠义我所安。

秦穆③先下世，三臣④皆自残⑤。

生时等荣乐，既没⑥同忧患。

谁言捐躯易，杀身诚独难。

揽涕⑦登君墓，临穴仰天叹。

长夜⑧何冥冥⑨，一往不复还。

黄鸟⑩为悲鸣，哀哉伤肺肝。

注释

①三良：春秋时，秦穆公死，殉葬者一百七十人（一说一百七十七人），其中包括秦大夫子车氏的三个儿子奄息、仲行和针虎。古人认为他们都是贤良之人，称为"三良"。

②"功名"句：言功名无法强求，而由上天和国君所赐。

③秦穆：秦穆公，嬴姓，名任好，"春秋五霸"之一。

④三臣：指三良。

⑤自残：自杀。指殉葬。

⑥没：通"殁"，死。

⑦揽涕：擦泪。

⑧长夜：人死后埋在地下不见天日，所以叫长夜。

⑨冥冥：昏暗。

⑩黄鸟：鸟名，指黄雀。《诗经·黄鸟》是讽刺秦穆公以三良殉葬，每章都以"交交黄鸟"起头。

译文

功名无法强求，忠义才是我羡慕呀。秦穆公先去世，三个贤臣为他殉葬。活着的时候共享荣华，死后也会同受忧患折磨。谁说献身是件容易的事情呢？杀身的痛苦实在是太难熬了。他们一定是在墓地前擦泪痛哭，对着圹穴感叹上天的刻薄与无情。无尽的长夜多么昏暗，一朝死去永远也不会复活。黄鸟为他们悲鸣不止，后来人也为他们痛彻心肝。

赏析

建安十六年（211年），曹植从军西征马超，曾到关中，这首诗或许是过秦穆公墓时所写的吊古之作。

诗的前六句主要是对三良"忠义"的赞颂，立意较新。诗一开始就从"功名""忠义"写起，这二句既赞叹三良之所为，又表达了自己的心曲。接着引出三良殉葬。"秦穆先下世，三臣皆自残。"秦穆公去世后，三位贤臣都为他殉葬。在这里，诗人对三良的"自残"行为给予了一定赞扬，也对秦穆公的行为给予了相应的批评。接着，诗人剖析三良"自残"的原因，那就是"生时等荣乐，既没同忧患"。由此看来，三良的"自残"是臣子对君主所表现出来的忠义行为。

在一般人看来，为"忠义"而杀身赴死，实为难事，因而诗人写道："谁言捐躯易，杀身诚独难。"因此，三良才在"自残"时"揽涕登君墓，临穴仰天叹"。这种情景实在非常可悲，表现得具体真切，写出了三良临死时难以抑制的痛苦和悲伤。在走向死亡的那一刻，他们的内心是多么痛苦。

"长夜何冥冥,一往不复还"两句,进而慨叹三良死而永不复还。诗人写到这里,悲伤填膺,以至于直言"哀哉伤肺肝"。曹植对三良的殉葬,一方面基于君臣之道,赞颂其"忠义",一方面又立足于人道,痛惜其杀身,同情其死亡。这种矛盾,实际上反映了古代愚忠、愚义同人道的矛盾,显示曹植重忠义而又珍惜生命的价值观。

这首诗章法奇妙。诗人先从"功名""忠义"写起,紧接着引出史实,并不是空臆自揆,继而发慨叹,对三良殉葬时的情形进行了一番描绘,最后表达了自己的哀伤与同情。由此可见,诗在立意上颇费苦心,整首诗显得气格高妙。

情 诗

微阴①翳②阳景,清风飘我衣。
游鱼潜绿水③,翔鸟薄天飞。
眇眇客行士④,遥役⑤不得归。
始出严霜结,今来白露晞。
游者叹黍离⑥,处者歌式微。
慷慨⑦对嘉宾,凄怆⑧内伤悲。

注 释

①微阴:浓黑的云。

②翳:遮蔽。

③绿水:清澈的水。

④客行士:出门在外奔波的人,指征夫。

⑤遥役：在远地服役。

⑥黍离：《诗经》篇名，其中有"行迈靡靡，中心摇摇"等句。这里借《黍离》寓出门在外，心怀幽怨之意。

⑦慷慨：情绪激动。

⑧凄怆：悲痛。

译文

浓黑的云遮蔽了太阳，凉风吹拂着我的衣裳。鱼儿在清澈的水底欢游，鸟儿在高空中自由飞翔。孤单在外奔波的人啊，我要去遥远的地方服役。离开时，寒霜凝满大地，现在归来，露水已干不见霜。远行人吟《黍离》是悲叹行役苦，你唱《式微》是盼我快回乡。面对客人情绪激动，内心满是悲痛忧伤。

赏析

此篇写征夫远役思归之情。诗先从眼前景物写起，借自由自在的游鱼、飞鸟反衬征夫羁于行役遥而不得自由的忧伤，继而写征夫思归，家人盼归，反映出乱离时代繁重的征役给人民造成的苦难，最后以直抒征夫内心的悲伤作结。

首二句"微阴翳阳景，清风飘我衣"，在浓云蔽日，一年又秋风的季节转换中，自然界万物各得其所，鱼鸟安然游翔之景，引发征夫久戍他乡，有家难归的联想。"游鱼潜绿水，翔鸟薄天飞"两句对鱼鸟形象的捕捉，色彩鲜明，境界开阔，用词精练，意象飞动，是要历代读者非常欣赏的名句。鱼"潜"鸟"薄"，静动映衬，在诗意的提炼上达到了很高的境界。上句写鱼儿安逸、鸟儿自由的画面，下句反衬身不由己的役夫命运之可悲，同时反映出诗人在动辄得咎的政治逆境中对自由的向往之情。值得注意的是，这两句与后面"始出严霜结，今来白露晞"两句，平仄声律和谐妥帖，文字对仗工整自然，暗合了律诗平仄、对仗的规则，由此可见这位才华横溢的诗人在斟音酌句上的努力，同时也透露出中国古典诗歌由古体向新体、近体演进的信息。

后四句中，《黍离》是一首哀伤宗周覆灭的诗。在这里，取其感伤乱离、行役不已的意思。处者，指役夫家中的亲人。《式微》，旧说是黎国诸侯被狄人所逐，寄居卫国，臣子劝归之作。通过典故的运用，将历史与现实交织在一起，深化了人民在封建徭役制度的重压下痛苦不安的生活主题。在末尾，诗人借主人公之口，面对"嘉宾"说出了自己的悲伤，哀婉动人。

本诗语言自然精妙，音节流美铿锵，意象生动传神，触目所感，情与景相交融。

七步诗①

煮豆持作羹②，漉③菽④以为汁。
萁向釜⑤下然，豆在釜中泣。
本是⑥同根生，相煎何太急？

注释

①七步诗：相传曹丕称帝后，曾将曹植招到宫中，命他行走七步之内

作出一首诗,否则就要杀他。曹植作了这首诗,曹丕听后心生愧意,就放过了他。

②持作羹:做豆羹。

③漉:过滤。

④豉:豆豉,用豆制成的食品。此指煮熟的豆子。

⑤釜:古代的炊具,如同现在的锅。

⑥是:一作"自"。

译文

煮豆来做豆羹,过滤豆豉做成豆汁。豆茎在锅下燃烧,豆子在锅里哭泣。豆子和豆茎本来是同一条根上生长出来的,豆茎为何要这样急迫地煎熬豆子呢?

赏析

谢灵运曾说:"天下才有一石,曹子建独占八斗,我得一斗,天下共分一斗。"最能表现曹植才华出众、禀赋异常的便是这首《七步诗》。这首诗鲜明地表现了曹植的智慧和深情。曹植在面临被杀的十分危急、窘迫的情势下,心态从容,顺口吟成了这首取喻浅显、形象生动的"奇工"之诗,使曹丕不得不"深有惭色",他的天纵之才让后世读者不得不叹服。就诗歌的内容来说,全诗六句,前四句取喻叙事,是铺垫,主旨在末尾两句。最后两句,诗人对自己处在骨肉相残的弱者地位,不仅不示弱,不委曲求全,而且将自己的愤慨和对兄长的责难都深刻地表达了出来,这也是此诗令人击节叹赏的重要原因。

这首诗运用了比兴的手法,语言浅显,寓意明畅,无须多加阐释,只需将个别词句略疏通,其意自明。第一句,诗人描述了煮豆这一日常生活现象,并以"豆"自喻。第二句,"漉豉"是指过滤煮熟后发酵的豆子,用以制成调味的汁液。三、四句中,"萁"是指豆茎,晒干后当作柴火烧,其燃烧而被煮的正是与自己同根而生的豆子,比喻兄弟逼迫太紧,自相残害,实在是有违天理。取譬之妙,用语之巧,竟然是在一刹那间脱口吟出的,实在令人叹为观止。后两句笔锋一转,抒发了自己内心的悲愤,这显然是在质问他的兄长曹丕:我与你原本是同胞兄弟,为什么要如此苦苦相逼呢?"本是同根生,相煎何太急",这两句后来成为人们劝诫兄弟阋墙、自相残杀的普遍用语,说明此诗在民间流传很广。

这首诗用同根而生的萁和豆来比喻同父同母的兄弟,用萁煎其豆来比喻同胞哥哥残害弟弟,表现了诗人对兄弟相逼,骨肉相残的不满与厌恶。口吻委婉深沉,讥讽中有提醒规劝之意。这一方面反映了曹植的过人才能,另一方面也反衬了曹丕迫害亲生兄弟的残忍。这首诗的高妙之处在于巧妙设喻,寓意十分明畅。

洛神①赋

原 文

黄初三年②,余朝京师,还济③洛川。古人有言,斯④水之神,名曰宓妃。感宋玉对楚王神女之事⑤,遂作斯赋。其词曰:

余从京域⑥,言归东藩⑦。背伊阙⑧,越轘辕⑨,经通谷,陵景山。日既西倾,车殆⑩马烦。尔乃⑪税驾乎蘅皋⑫,秣驷⑬乎芝田,容与⑭乎阳林,流眄⑮乎洛川。于是精移神骇,忽焉思散,俯则未察,仰以殊

观。睹一丽人，于岩之畔。乃援御者，而告之曰："尔有觌于彼者乎？彼何人斯？若此之艳也！"御者⑯对曰："臣闻河洛之神，名曰宓妃。然则君王之所见，无乃⑰是乎？其状若何？臣愿闻之。"

注 释

①洛神：传说古帝宓羲氏（即伏羲）之女溺死洛水而为神，故名洛神，又名宓妃。

②黄初三年：公元222年，这一年曹植被封为鄄城王。

③济：渡。

④斯：这。

⑤"感宋玉"句：宋玉，战国后期的辞赋家。神女之事，指宋玉《高唐赋》《神女赋》中所写楚王与神女相遇之事。

⑥京域：京城地区。指洛阳。

⑦东藩：指在洛阳东北的曹植封地鄄城。藩，诸侯为王室屏藩，故称藩国。

⑧伊阙：山名，又名龙门山、阙塞山。在今洛阳南。

⑨轘辕：山名，在今河南偃师东南。

⑩殆：通"怠"，指车行缓慢。

⑪尔乃：于是。

⑫蘅皋：生长杜蘅的河岸。蘅，杜蘅，一种香草。

⑬秣驷：喂马。

⑭容与：徜徉，优游。

⑮流眄：转动目光观看。

⑯御者：驾马车的仆人。

⑰无乃：只怕。

译文

黄初三年，我来到京都朝觐，返回途中渡过洛水。记得古人曾说，洛水之神名叫宓妃。由于有感于宋玉对楚王所说的神女之事，所以才作了这篇赋。全文如下：我离开京师，返回封地鄄城。背朝伊阙，越过轘辕，途经通谷，登上景山。这个时候太阳已经落山，车慢马乏。于是在生长杜衡的岸边停车，在长满芝草的地里喂马，我独自徜徉于阳林，眺望着水波浩渺的洛川。于是，我不由得精神恍惚起来，思绪飘散，我低头的时候倒是没看到什么，可是一抬头却发现了异常的景象。只见一个绝世美女，站在山岩的旁边。这时，我情不自禁地拉着身边的车夫对他说："你有没有看到那个人？那到底是什么人？竟然长得如此艳丽！"车夫回答说："我曾经听人们说河洛之神的名字叫宓妃。那么您看到的，只怕就是她？她长得怎样？我倒很想听听。"

原文

余告之曰：其形也，翩若惊鸿，婉若游龙①，荣曜秋菊，华茂春松。仿佛②兮若轻云之蔽月，飘摇兮若流风之回雪。远而望之，皎若太阳升朝霞。迫而察之，灼若芙蕖出绿波。秾③纤④得衷，修短⑤合度。肩若削成，腰如约素⑥。延颈秀项，皓质⑦呈露。芳泽⑧无加，铅华⑨弗御。云髻⑩峨峨，修眉联娟。丹唇外朗，皓齿内鲜。明眸善睐⑪，辅靥承权⑫。瑰⑬姿艳逸，仪静体闲。柔情绰态⑭，媚于语言。奇服旷世⑮，骨像应图⑯。披罗衣之璀粲⑰兮，珥⑱瑶碧之华琚⑲。戴金翠之首饰，缀明珠以耀躯。践远游之文履⑳，曳㉑雾绡㉒之轻裾㉓。微㉔幽兰之芳蔼㉕兮，步踟蹰于山隅。于是忽焉纵体，以遨以嬉。左倚采旄㉖，右荫桂旗㉗。攘㉘皓腕于神浒㉙兮，采湍濑㉚之玄芝。

> **注 释**

①"翩若"二句：翩然若惊飞的鸿雁，蜿蜒如游动的蛟龙。翩，鸟疾飞的样子，此处指飘忽摇曳的样子。惊鸿，惊飞的鸿雁。婉，蜿蜒。这两句是写洛神的体态轻盈柔美。

②仿佛：忽隐忽现的样子。

③秾：肥。

④纤：细瘦。

⑤修短：指身材的高矮。

⑥约素：卷束的白绢。形容腰身圆细。

⑦皓质：洁白的肤质。

⑧芳泽：化妆用的膏脂。

⑨铅华：化妆用的粉。

⑩云髻：云状的发髻。

⑪睐：顾盼。

⑫辅靥承权：面颊上有美丽的酒窝。

⑬瑰：瑰丽。

⑭绰态：从容的姿态。

⑮旷世：空前。

⑯应图：与相书中骨相好的图像相合。

⑰璀粲：鲜明亮丽。

⑱珥：珠玉耳饰。此用作动词，作佩戴解。

⑲华琚：刻有花纹的佩玉。

⑳文履：饰有花纹图案的鞋。

㉑曳：拖。

㉒雾绡：像雾一样轻薄的帛。

㉓裾：衣襟。此处指裙边。

㉔微：轻微。

㉕芳蔼：香气。

㉖采旄：彩旗。采，同"彩"。旄，旗杆上的牦牛尾饰物，此处指旗。

㉗桂旗：以桂木做旗杆的旗帜。

㉘攘：挽起衣袖。

㉙浒：水边。

㉚湍濑：急流。

译文

我告诉他说：她的形态，翩然若惊飞的鸿雁，蜿蜒如游动的蛟龙，容光焕发就像秋天阳光下的菊花，体态丰腴就像春风中的青松。她忽隐忽现犹如轻云笼月，浮动飘忽犹如回风旋雪。从远处来看，明洁得就像朝霞中升起的旭日；从近处来看，鲜丽得就像绿波间绽开的新荷。她肥瘦适中，不高不矮。肩窄如削，腰细如束。秀美的脖子，露出白皙的皮肤。既不施脂，也不敷粉。云髻高耸，长眉弯曲。红唇鲜润，牙齿洁白。一双善于顾盼的闪亮的眼睛，颧骨下长着一对甜甜的酒窝。她的容貌瑰丽，美艳，飘逸，仪态文静，体貌娴雅。她有温柔的情致和绰约的姿态，言语也十分得体可人。她的服饰空前艳丽，风骨与相书里的图像相合。她身披鲜明亮丽的罗衣，佩戴着刻有花纹的美玉。头戴金银翡翠首饰，缀以让全身闪耀的明珠。她的脚上穿着饰有花纹的远游履，拖着轻薄如雾的裙裾。散发出微微的幽兰香气，在山边缓缓地行走。忽然又飘然飞起，一边走一边嬉戏。左面倚着彩旗，右面有桂旗庇荫。在河边挽起衣袖，采撷急流中的黑色芝草。

原文

　　余情悦其淑①美兮，心震荡而不怡。无良媒以结欢②兮，托微波而通辞。愿诚素③之先达兮，解玉佩以要之。嗟④佳人之信修，羌⑤习礼而明诗。抗琼珶⑥以和予兮，指潜渊而为期。执拳拳之款实⑦兮，惧斯灵之我欺。感交甫⑧之弃言兮，怅犹豫而狐疑⑨。收和颜而静志⑩兮，申礼防⑪以自持。

　　于是洛灵感焉，徙倚⑫彷徨。神光离合，乍阴乍阳⑬。竦⑭轻躯以鹤立，若将飞而未翔。践椒涂⑮之郁烈，步蘅薄⑯而流芳。超长吟以慕远兮，声哀厉而弥长。尔乃众灵杂遝⑰，命俦啸侣。或戏清流，或翔神渚⑱。或采明珠，或拾翠羽⑲。从南湘之二妃⑳，携汉滨之游女㉑。叹匏瓜㉒之无匹兮，咏牵牛㉓之独处。扬轻袿之猗靡兮，翳㉔修袖以延伫㉕。体迅飞凫，飘忽若神㉖。凌波微步，罗袜生尘。动无常则㉗，若危若安。进止难期㉘，若往若还。转眄㉙流精，光润玉颜。含辞未吐，气若幽兰。华容㉚婀娜，令我忘餐。

注释

①淑：善。

②结欢：交好。

③诚素：真诚的心意。

④嗟：叹美之词。

⑤嗟羌：发语词。

⑥琼珶：美玉，指佩玉。

⑦款实：诚恳的心意。

⑧交甫：郑交甫。《文选》李善注引《神仙传》，郑交甫在江边遇到神女，

"目而挑之，女遂解佩与之。交甫行数步，空怀无佩，女亦不见"。

⑨狐疑：疑惑不决。

⑩静志：使不安的心情安定下来。

⑪礼防：指用礼法约束。

⑫徙倚：徘徊。

⑬乍阴乍阳：时暗时明。

⑭竦：同"耸"，挺直。

⑮椒涂：用椒拌和泥铺成的道路。

⑯蘅薄：杜衡丛生之处。薄，草木丛生之处。

⑰杂遝：纷纭，多而乱的样子。

⑱渚：水中高地。

⑲翠羽：翠鸟的羽毛。

⑳南湘之二妃：指娥皇和女英。据刘向《列女传》载，尧以长女娥皇和次女女英嫁舜，后舜南巡，死于苍梧。二妃往寻，自投湘水而死，为湘水之神。

㉑汉滨之游女：汉水女神，即前注中郑交甫所遇之神女。

㉒匏瓜：星名，不与其他星相接。

㉓牵牛：星名，传说与织女星为夫妇，隔天河相对而处，每年只有七月七日才能相会。

㉔翳：遮蔽。

㉕延伫：久立远望。

㉖若神：洛神本属于神，这里又说"若神"，当是诗人有时又把她看成是人。

㉗常则：一定的规则。

㉘难期：难以预期。

㉙转眄：转动眼睛观看。
㉚华容：美丽的容貌。

译文

我非常喜爱她的善良美丽，不由得心旌摇曳而不安起来。由于找不到合适的媒人助我与她交好，无奈只能借助微微的波浪来传递话语。但愿我真诚的心意能在别人之前传达，我解下身上的玉佩向她发出邀请。可叹这位佳人实在是太过美好，既明礼义又通晓诗歌。她高高地举着美玉回答我，指着深深的水流与我约定佳期。我怀着诚恳的心意，又恐怕受到这位神女的欺骗。感慨郑交甫曾经被神女背弃承诺，我的内心疑惑不决起来。于是敛容定神，以礼法自持。

洛神感受到了我的心意，她变得彷徨，缓缓地徘徊。她身上的光彩忽聚忽散，时暗时明。她犹如鹤立一般挺直轻盈的躯体，仿佛要飞翔却又未飞。她踏着充满花椒浓香的小道，走过杜衡丛生的地方，芳香流动。忽然间又怅然长吟以表达自己真挚的思慕，声音哀婉而悠长。很快，各路神仙纷纭而来，呼朋唤友。有的在清澈的水流边嬉戏，有的在水中高地上飞翔。有的采集明珠，有的拣拾翠鸟的羽毛。洛神身旁跟着娥皇、女英，她手挽汉水女神。为匏瓜星的无偶而叹息，为牵牛星的独处而哀咏。有时扬起随风飘动的上衣，用长袖遮蔽光久立远望；有时又身体轻捷像飞鸟一般，飘忽游移像天神一样。在水波上细步行走，溅起的水滴附在罗袜上如同尘埃。她的一举一动没有任何规律，仿佛极为危急又好似十分安闲。进退也无法提前预知，仿佛将要离开又好似即将返回。她双目流转光亮，容颜如玉般光泽温润。话还没有说出口，却已气香如兰。她的体貌美丽婀娜，令我看了茶饭不思。

原 文

于是屏翳①收风，川后②静波。冯夷③鸣鼓，女娲清歌。腾文鱼以警乘，鸣玉鸾以偕逝④。六龙俨⑤其齐首⑥，载云车之容裔⑦。鲸鲵⑧踊而夹毂⑨，水禽翔而为卫。于是越北沚⑩，过南冈，纡素领，回清扬⑪，动朱唇以徐言，陈交接⑫之大纲。恨人神之道殊兮，怨盛年之莫当⑬。抗罗袂⑭以掩涕兮，泪流襟之浪浪⑮。悼良会⑯之永绝兮，哀一逝而异乡。无微情⑰以效爱⑱兮，献江南之明珰。虽潜处于太阴⑲，长寄心于君主。忽不悟⑳其所舍，怅神宵而蔽光㉑。

于是背下陵高㉒，足往神留㉓。遗情想像㉔，顾望怀愁。冀灵体㉕之复形，御轻舟而上溯。浮长川而忘反，思绵绵㉖而增慕。夜耿耿㉗而不寐，沾繁霜而至曙。命仆夫而就驾，吾将归乎东路㉘。揽騑辔以抗策，怅盘桓而不能去㉙。

注 释

①屏翳：传说中的众神之一，司职说法不一，或以为是云师，或以为是雷师，或以为是雨师，在此篇中被曹植视作风神。

②川后：水神。

③冯夷：河伯，水神。

④"腾文鱼"二句：飞腾的文鱼警卫着洛神的车乘，众神随着叮当作响的玉鸾一齐离去。腾，升。文鱼，神话中一种能飞的鱼。警乘，警卫车乘。玉鸾，鸾鸟形的玉制车铃，动则发声。

⑤俨：庄严的样子。

⑥齐首：齐头并进。

⑦容裔：即"容与"，舒缓安详的样子。

⑧鲸鲵：即鲸鱼。水栖哺乳动物，雄者称鲸，雌者称鲵。

⑨毂：车轮中心有圆孔、可以插轴的部分，代指车轮。

⑩沚：水中的小块陆地。

⑪"纡素领"二句：指洛神不断回首顾盼。清扬，形容女性清秀的眉目。

⑫交接：结交往来。

⑬"怨盛年"句：怨恨没有在曹植的盛壮之年与他匹配。

⑭罗袂：罗袖。

⑮浪浪：泪流不止的样子。

⑯良会：指男女的欢会。

⑰微情：细微的柔情。

⑱效爱：表示爱慕。

⑲太阴：众神的居处。此处指洛神的住处。

⑳不悟：不知道。

㉑蔽光：隐去形体的光彩。

㉒背下陵高：离开低地，登上高处。

㉓足往神留：脚往前走了，而心神却留在原地。

㉔想像：指思念洛神的美好形象。

㉕灵体：指洛神。

㉖绵绵：延续不断的样子。

㉗耿耿：心神不安的样子。

㉘东路：归东藩的道路。

㉙"揽騑辔"二句：当手执马缰，举鞭欲策之时，又怅然若失，徘徊依恋，无法离去。騑，车旁之马。古代驾车称辕外之马为騑或骖，此处泛指驾车之马。辔，马缰绳。抗策，犹举鞭。盘桓，徘徊不进。

译 文

正在此时，风神屏翳收敛了晚风，水神川后止息了波涛。河伯冯夷击响了神鼓，大神女娲发出清冷的歌声。飞腾的文鱼警卫着洛神的车乘，众神随着叮当作响的玉鸾一齐离去。六龙庄严地齐头并进，驾着云车舒缓地向前迈进。鲸鲵腾跃在车轮旁，水禽绕翔护卫。车乘很快就走过北面的小块陆地，然后又越过南面的山冈，洛神转动洁白的脖颈，回过清秀的眉目，朱唇微启，慢慢地讲述着日后往来的纲要：怨恨人神道路不通，没有在你的盛壮之年与你匹配。举起罗袖掩面而泣，止不住泪水涟涟沾湿了衣襟。悲叹欢乐的相会就此永绝，现在一离别就身处两地。不曾以细微的柔情来表示爱慕，只好赠送产自江南的明珰作为纪念。我虽然身处太阴，却每时每刻都怀念着你。说完后便忽然之间不知去向，我为洛神消失并隐去光彩而怅惘不已。

于是，我离开低地，登上高处，脚步向前走心神却留在原地。余情想象着洛神的美好形象，回首顾盼愁绪萦怀。多么希望洛神能再次出现，我一定会不顾一切地驾着轻舟逆流而上。行舟于悠长的洛水，竟然忘记了回归，思念之情延续不断并越来越强。整个晚上都心神不安难以入睡，身上沾满了浓霜直至天明。我只好命人备马启程，踏上归东藩的道路。但是手执马缰，举鞭欲策时，又怅然若失，徘徊依恋，无法离去。

赏 析

这篇《洛神赋》是曹植辞赋中最杰出的作品。作者采用浪漫主义的手法，营造出梦幻的境界，描写人神之间的真挚爱情，但终因"人神殊道"而无法结合，最后只能惆怅分离。关于这篇赋的主旨众说纷纭，有人认为洛神就是曹丕的皇后甄氏的化身，有人认为是在表达对其兄曹丕的忠诚之心。

开头交待了故事发生的时间、地点。当作者正在从远处眺望洛水时，突然看到了一个美貌的女神站在自己的对面。此时此刻，日落前的优美景色衬托出主人公的惊喜之情，创造了一种引人入胜的意境。紧接着，作者以一连串形象生动的比喻对洛神进行了精彩绝伦的形容："其形也，翩若惊鸿，婉若游龙，荣曜秋菊，华茂春松。仿佛兮若轻云之蔽月，飘摇兮若流风之回雪。远而望之，皎若太阳升朝霞。迫而察之，灼若芙蕖出绿波。"动感与色感彼此交错，织成了一幅无比艳丽的神奇景象，它将洛神的绝丽突出地展现了出来。随后，作者先是为无以传递自己的爱慕之情而忧愁，继而"愿诚素之先达兮"，遂"解玉佩以要之"。在得到女神的回应之后，他突然间又想起传说中郑交甫汉滨遇汉水女神毁约的故事，对洛神的"指潜渊而为期"产生了怀疑。诗人在感情上一波三折的变化，形象地反映出其内心的微妙状况。紧接着，诗人通过对洛神一系列行动的细致描绘，表现她内心炽热的爱，以及由于这种爱不能实现而产生的强烈悲伤之情。最终，洛神还是离开了，临走前向主人公倾吐了无尽的爱恋和遗憾。主人公只得徒劳地望着空荡荡的洛水，怅然若失，不肯离去。

《洛神赋》主要有三个特点：第一，想象丰富。作者写自己在回归鄄城封地的遇汉水女神毁约的故事途中看到了美丽非凡的洛神，奠定全赋俱出于想象的基调。很快，作者对她一见钟情，托水波以传意，寄玉佩以定情。但是，她的神圣高洁使作者不敢造次。美丽的洛神被他的深情所打动，向他表达了爱慕之情。但是，最后还是因为人神殊途而不可能长相厮守，所以只好依依不舍地分别。这一切均出于想象，但一气呵成，有如实录。全赋想象极其绚烂，浪漫凄婉之情淡而不化，不禁令人惆怅不已。第二，辞藻极为华丽却并不浮躁，清新之气四逸，令人不禁神爽。赋体讲究排偶，对仗，音律，语言整饬、凝练、生动、优美，而此赋

无论取材还是构思，以及对各种手法的运用，在赋中都堪称极为杰出。第三，传神的描写刻画，兼与比喻、烘托共用，错综变化，巧妙得宜，给人留下浩而不烦、美而不惊的感觉。在对洛神精心描写时，给人传递出洛神的沉鱼落雁之容。同时，又有"清水出芙蓉，天然去雕饰"的清新高洁。

建安风骨（下）

动荡年代的文学之美

夏煜 主编

应急管理出版社
·北京·

图书在版编目（CIP）数据

建安风骨：动荡年代的文学之美：上下册/夏煜主编.
——北京：应急管理出版社，2022
　　ISBN 978-7-5020-8790-6

Ⅰ.①建… Ⅱ.①夏… Ⅲ.①古典文学—文学研究—中国—三国时代 Ⅳ.①I206.2

中国版本图书馆 CIP 数据核字（2021）第 125386 号

建安风骨　动荡年代的文学之美（上下册）

主　　编	夏　煜
责任编辑	陈棣芳
封面设计	书心瞬意

出版发行　应急管理出版社（北京市朝阳区芍药居 35 号　100029）
电　　话　010-84657898（总编室）　010-84657880（读者服务部）
网　　址　www.cciph.com.cn
印　　刷　河北浩润印刷有限公司
经　　销　全国新华书店
开　　本　710mm×1000mm $^1/_{16}$　印张　26　字数　235 千字
版　　次　2022 年 4 月第 1 版　2022 年 4 月第 1 次印刷
社内编号　20201761　　　　　　　定价　88.00 元（上下册）

版权所有　违者必究

本书如有缺页、倒页、脱页等质量问题，本社负责调换，电话：010-84657880

目录

◎ 曹　操 / 1

　　度关山（天地间）/ 1

　　薤露行（惟汉二十世）/ 5

　　蒿里行（关东有义士）/ 8

　　对　酒（对酒歌）/ 11

　　短歌行（对酒当歌）/ 14

　　苦寒行（北上太行山）/ 17

　　步出夏门行 / 20

　　　　艳（云行雨步）/ 20

　　　　观沧海（东临碣石）/ 22

　　　　冬十月（孟冬十月）/ 23

　　　　土不同（乡土不同）/ 25

　　　　龟虽寿（神龟虽寿）/ 26

　　却东西门行（鸿雁出塞北）/ 28

◎ 曹　丕 / 31

　　钓竿行（东越河济水）/ 31

　　十　五（登山而远望）/ 33

　　短歌行（仰瞻帷幕）/ 34

燕歌行 / 37

　　其一（秋风萧瑟天气凉）/ 37

　　其二（别日何易会日难）/ 40

秋胡行（朝与佳人期）/ 42

丹霞蔽日行（丹霞蔽日）/ 45

上留田行（居世一何不同）/ 46

煌煌京洛行（夭夭园桃）/ 48

芙蓉池作（乘辇夜行游）/ 52

于玄武陂作（兄弟共行游）/ 54

杂　诗 / 56

　　其一（漫漫秋夜长）/ 56

　　其二（西北有浮云）/ 58

清河作（方舟戏长水）/ 60

清河见挽船士新婚与妻别作（与君结新婚）/ 62

代刘勋出妻王氏作（翩翩床前帐）/ 64

折杨柳行（西山一何高）/ 65

至广陵于马上作（观兵临江水）/ 68

· 1 ·

与吴质书（二月三日）/ 71

◎ 曹　植 / 80

箜篌引（置酒高殿上）/ 80

薤露行（天地无穷极）/ 84

吁嗟篇（吁嗟此转蓬）/ 87

浮萍篇（浮萍寄清水）/ 90

野田黄雀行（高树多悲风）/ 93

门有万里客行（门有万里客）/ 96

泰山梁甫行（八方各异气）/ 98

怨歌行（为君既不易）/ 100

精微篇（精微烂金石）/ 103

桂之树行（桂之树）/ 108

当墙欲高行（龙欲升天须浮云）/ 111

名都篇（名都多妖女）/ 113

美女篇（美女妖且闲）/ 117

白马篇（白马饰金羁）/ 120

升天行 / 123

　其一（乘蹻追术士）/ 123

　其二（扶桑之所出）/ 125

五　游（九州不足步）/ 126

远游篇（远游临四海）/ 129

仙人篇（仙人揽六著）/ 132

斗鸡篇（游目极妙伎）/ 135

盘石篇（盘盘山巅石）/ 137

种葛篇（种葛南山下）/ 141

公　宴（公子敬爱客）/ 144

七　哀（明月照高楼）/ 146

送应氏 / 149

　其一（步登北邙阪）/ 149

　其二（清时难屡得）/ 151

喜　雨（天覆何弥广）/ 153

赠徐幹（惊风飘白日）/ 155

赠丁仪（初秋凉气发）/ 158

赠王粲（端坐苦愁思）/ 161

赠丁仪王粲（从军度函谷）/ 164

赠白马王彪（黄初四年五月）/ 166

赠丁翼（嘉宾填城阙）/ 174

朔　风（仰彼朔风）/ 177

三　良（功名不可为）/ 182

情　诗（微阴翳阳景）/ 184

七步诗（煮豆持作羹）/ 186

洛神赋（黄初三年）/ 188

◎孔　融 / 201
　　杂　诗 / 201
　　　　其一（岩岩钟山首）/ 201
　　　　其二（远送新行客）/ 205
　　临终诗（言多令事败）/ 208
　　上书荐谢该（臣闻高祖创业）/ 210
　　荐祢衡表（臣闻洪水横流）/ 217

◎陈　琳 / 225
　　饮马长城窟行（饮马长城窟）/ 225
　　答东阿王笺（琳死罪死罪）/ 229
　　为曹洪与魏文帝书（十一月五日
　　　　洪白）/ 233
　　为袁绍檄豫州（左将军领豫州
　　　　刺史）/ 243
　　檄吴将校部曲文（年月朔日子）/ 262

◎王　粲 / 283
　　七哀诗 / 283
　　　　其一（西京乱无象）/ 283
　　　　其二（荆蛮非我乡）/ 286
　　　　其三（边城使心悲）/ 288

　　咏史诗（自古无殉死）/ 291
　　公宴诗（昊天降丰泽）/ 293
　　登楼赋（登兹楼以四望兮）/ 297
　　为刘表谏袁谭书（天降灾害）/ 304
　　为刘表与袁尚书（表顿首
　　　　顿首）/ 313
　　荆州文学记官志（有汉荆州牧
　　　　刘君）/ 323

◎徐　幹 / 331
　　答刘桢（与子别无几）/ 331
　　情　诗（高殿郁崇崇）/ 333
　　室思诗（沉阴结愁忧）/ 336
　　序征赋（余因兹以从迈兮）/ 341
　　西征赋（奉明辟之渥德）/ 345

◎阮　瑀 / 348
　　驾出北郭门行（驾出北郭门）/ 348
　　为曹公作书与孙权（离绝以来）/ 351

◎应　玚 / 366
　　别　诗 / 366
　　　　其一（朝云浮四海）/ 366
　　　　其二（浩浩长河水）/ 368

· 3 ·

侍五官中郎将建章台集诗

（朝雁鸣云中）/ 369

文质论（盖皇穹肇载）/ 373

刘　桢 / 381

公宴诗（永日行游戏）/ 381

杂　诗（职事相填委）/ 384

赠五官中郎将诗 / 386

其一（昔我从元后）/ 386

其二（余婴沉痼疾）/ 388

其三（秋日多悲怀）/ 391

其四（凉风吹沙砾）/ 393

赠徐幹诗（谁谓相去远）/ 394

处士国文甫碑（先生执乾灵之贞资）/ 398

孔 融

孔融（153—208年），字文举，是孔子的二十世孙，"建安七子"之一。孔融年少成名，有"神童"之誉。长大后成为一代名儒，声名远播，性情刚正不阿，曾任北海国相，世称"孔北海"，后任少府、太中大夫。由于触怒权臣曹操，遭到杀害。孔融为当时的文章宗师，代表作有散文《荐祢衡表》《上书荐谢该》等。古人多认为孔融的文章以"气盛"著称，感情强烈、生机勃勃、辞藻华丽且善于讽刺。他行文讲究文采，四字句较多，且注重用典与对偶，在散文向骈文转化过程中起了很大的促进作用。他的诗歌存世较少，风格与文章相近，代表作有《临终诗》等。

杂 诗

其一

岩岩①钟山②首，赫赫③炎天④路。
高明⑤曜⑥云门⑦，远景⑧灼寒素⑨。
昂昂⑩累世士⑪，结根在所固。
吕望⑫老匹夫⑬，苟为因世故⑭。

管仲[15]小囚臣，独能建功祚[16]。

人生有何常？但患年岁暮。

幸托不肖[17]躯，且当猛虎步[18]。

安能苦一身[19]？与世同举厝[20]。

由不慎小节[21]，庸夫笑我度。

吕望尚不希[22]，夷齐[23]何足慕！

注释

①岩岩：山高峻的样子。

②钟山：又称春山，传说中北方的高山，是极寒之地。

③赫赫：炎热。

④炎天：指南方。

⑤高明：指高天的明日，比喻地位显赫的权贵。

⑥曜：照耀。

⑦云门：高耸入云的大门，比喻极高的门第。

⑧远景：余光，余焰。景，同"影"，日光。

⑨寒素：门第低微又无官爵的人。

⑩昂昂：形容挺拔特异的样子。

⑪累世士：累积几代才出现的贤才。累世，连续几代。

⑫吕望：西周开国功臣姜尚，吕氏，字子牙，号飞熊。他家境贫寒，曾做过小生意，到了七十岁（一说八十岁）还一事无成。周文王听说他的贤德，尊他为老师，号称太公望。后来，姜尚帮助周武王消灭商朝，被封为齐国诸侯。

⑬匹夫：平民百姓。

⑭世故：时世的缘故。

⑮管仲：春秋时期齐国人，名夷吾，字仲。曾辅佐公子纠，为了与公子小白（后来的齐桓公）争夺君位，曾箭射小白，误中带钩，小白成功继位后管仲被囚禁。后经鲍叔牙举荐，管仲受到齐桓公的重用，辅佐齐桓公成就霸业。

⑯功祚：功勋，业绩。

⑰不肖：自谦之辞。

⑱猛虎步：像猛虎一样的步伐。比喻气宇轩昂。

⑲一身：一生，一辈子。

⑳举厝：举止、行为。

㉑小节：指琐碎的事情。

㉒希：稀罕，敬仰。

㉓夷齐：伯夷和叔齐，商代诸侯孤竹君的两个儿子。相传孤竹君以次子叔齐为继承人，孤竹君死后，叔齐让其兄伯夷继位，伯夷不受，二人一起投奔周，曾想阻止周武王起兵伐商。武王灭商后，他们耻食周粟，逃到首阳山，采薇而食，后来饿死在那里，古人将二人视为清廉高尚的典型。

译文

极寒的是高峻的钟山之顶，极热的是南方的路。高天的明日照耀高耸入云的大门，余光灼烤着寒门之士。累积几代才出现一位挺拔特异的贤才，想要立足还要靠牢固的根基。吕望是一个年老的平民，由于时世的缘故而大有作为。管仲本来只是一个囚徒，却能够建立伟大的功勋。人的命运是无常的，我只担心自己年近迟暮。有幸得到这不肖的躯体，应该像猛虎踱步一样气宇轩昂。怎么能够困苦一辈子,与世俗有同样的举止呢?由于我不拘小节,平庸之人讥笑我的胸襟。吕望尚且不需要敬仰,伯夷与叔齐就更不值得羡慕了。

赏 析

孔融是汉末时期著名文人,他忠于汉室,常常与曹操的政见不合。例如,他极力反对曹操"挟天子以令诸侯",经常含沙射影地讽刺曹操。曹操为了笼络人心,一度选择隐忍,但还是在暗地里示意与孔融有仇的郗虑弹劾孔融,使孔融被免职在家。据考证,《杂诗》二首就是在这一时期写成的。

第一首诗,诗人借古述怀,慷慨激昂地表达了自己的崇高志向。全诗二十句,前四句以景起兴,用极寒的钟山顶与极热的南方路来比喻自身的力量弱小与曹操的权势熏天;用权贵高耸入云的大门映出的日光灼烤着寒门之士,比喻曹操借助煊赫的权势对自己进行压迫。中间十二句,诗人向我们描述了他坚定不移的节操、抱负与志向。"昂昂累世士,结根在所固",是说累积几代才出现一位挺拔特异的贤才,想要立足还要靠牢固的根基。这是孔融本人的写照,他是孔子的二十世孙,祖上世世代代为官,根基十分牢固。他从内心看不起出身不如自己的曹操。

接着,诗人引用了吕望、管仲这两个古代杰出政治家的事迹,目的是说明功业与命运的无常。然后,诗人又发出"人生有何常?但患年岁暮"的感叹,让人不禁心生惋惜之情。但是,诗人接下来笔锋一转,写道"幸托不肖躯,且当猛虎步。安能苦一身?与世同举厝",表明自己不肯服老,也不甘心安于现状,立志要做出一番伟大的事业。最后四句写的是支撑诗人坚持志向的气节和风骨。他以蔑视的态度来对待世俗,

对于吕望尚且不会敬仰,对佰夷叔齐又怎么会心生仰慕之情呢?

纵观全诗,我们可以感受到孔融的高远志向,以及不向权贵低头的骨气。全诗苍劲悲凉,体现出孔融作品"以气为主"的特点。

其二

远送新行客①,岁暮乃来归。
入门望爱子,妻妾向人②悲。
闻子不可见,日已潜光辉③。
孤坟在西北,常念君来迟。
褰裳④上墟丘⑤,但见蒿与薇⑥。
白骨归黄泉,肌体乘尘飞。
生时不识父,死后知我谁?
孤魂游穷暮⑦,飘飖⑧安所依?
人生图嗣息⑨,尔死我念追⑩。
俯仰⑪内伤心,不觉泪沾衣。
人生自有命,但恨生日希⑫。

注 释

①新行客:新近出行的人。

②人:这里指诗人自己。

③"闻子"二句:听说儿子已经离开了人世,一下子便觉得太阳失去了光辉。

④褰裳：提起衣服的下摆。

⑤墟丘：山冈，坟地。

⑥薇：俗称野豌豆，种子、茎、叶均可食用。

⑦穷暮：昏暮，幽夜。

⑧飘飖：飘荡。

⑨嗣息：子孙繁衍。

⑩念追：思念，追思。

⑪俯仰：一俯一仰，低头与抬头，此就人极度悲伤时的行为而言。

⑫希：同"稀"，少。

译 文

我远送新近出行的朋友离开后，赶到家中已经是年终了。进门着急地要去看心爱的儿子，可是妻妾却对着我悲痛地哭诉。听说儿子已经离开了人世，一下子便觉得太阳失去了光辉。家里人对我说："儿子的孤坟在西北方，他在生病的时候非常想念你，你为什么迟迟不回来啊。"我提起衣服的下摆，快步走到儿子的坟前，只见坟边长满了蒿草与野豌豆。儿子的尸骨埋在了地底下，肌体化为尘土随风飞扬。儿子活着时根本不认识父亲，死后哪里会知道我是谁？他的孤魂在无尽的幽夜中游荡，飘飘摇摇到哪里去找依靠呢？人生在世都希望有儿子来继承事业，儿子身死我只能无限追思。低头、抬头都止不住我内心的伤痛，不知不觉间泪水沾湿了我的衣裳。人生在世都有天命，可怜他在人世的日子如此短暂。

赏析

第二首是沉痛的悼亡诗。孔融长期离家，归来后得知幼子夭折了，这让他万分悲痛，于是来到幼子埋骨之处哀悼，并创作了这首字字泣血、催人泪下的诗。不过，由于史料并无孔融丧子的记载，所以也有人怀疑主人公并不是孔融本人。

古代交通不便利，所以友人别离远行之后，再见不知道什么时候，甚至不知道能不能再相见。所以，古人送别，有时会跟友人一起走上一段遥远的路程再回来，一来一回要用很长时间。这次，孔融远送友人归来之后，得知一个噩耗：自己尚未谋面的幼子夭折了。听了妻妾悲泣的痛诉之后，他只觉得天昏地暗，于是问了幼子的埋骨之处，想要去看一看。

古代有夭折的孩子不能埋进祖坟的规矩，于是诗人来到幼子的"孤坟"前，满目荒凉，坟旁长满蒿与薇，更增加了他的伤感。儿子活着时没见过自己，现在他的孤魂能够认出自己吗？想到这里，诗人更加同情这个从出生到夭折都无所依靠的孩子。诗人在儿子坟前伤心痛哭，不知不觉间泪水沾湿了衣衫。最后两句"人生自有命，但恨生日希"，蕴含着强烈的感慨，这感慨不仅局限于夭亡的幼子，也包括芸芸众生的寿夭、穷通、祸福。表面上宣称一切都来自命运的安排，劝自己服从天意，实际上他的憾恨根本不会因此减少分毫。这是因为，在诗人的感受中，就算人生有命，爱子的生命也实在太过短促了。全诗在故作旷达中戛然而止，但诗人的伤痛只怕毕生都难以愈合。

全诗感情浓重、格调悲凉，刻画出一位父亲极度的悲哀、悔恨与惋惜之意。

临终诗

言多令事败，器漏苦不密。

河溃蚁孔端①，山坏由猿穴②。

涓涓江汉流，天窗通冥室③。

谗邪害公正，浮云翳白日④。

靡辞⑤无忠诚，华繁⑥竟不实。

人有两三心，安能合为一？

三人成市虎⑦，浸渍解胶漆⑧。

生存多所虑，长寝万事毕。

> **注 释**
>
> ①"河溃"句：化用自《韩非子·喻老》："千丈之堤，以蝼蚁之穴溃。"
>
> ②猿穴：由于猿并不穴居，《北堂书钞》记载为"邻穴"，即细窄的洞穴。
>
> ③冥室：黑暗无光的房间，比喻黑暗的现实。
>
> ④"浮云"句：浮云能遮蔽耀眼的日光。化用自《古诗十九首》："浮云蔽白日，游子不顾反。"浮云，比喻谗邪小人。翳，遮蔽。
>
> ⑤靡辞：华而不实的言辞，花言巧语。
>
> ⑥华繁：繁茂的花朵。
>
> ⑦"三人"句：集市内本来没有老虎，由于说的人多，大家便信以为

真。比喻谣言或讹传一再重复，就可能使人信以为真。

⑧胶漆：胶水和油漆，指黏合得很牢固。

译文

话说多了很容易导致事情失败，容器漏水是因为它不够严密。河堤溃决是从蚂蚁在堤上筑巢开始的，山陵崩坏是细窄的洞穴导致的。缓缓流动的细流能够汇成长江和汉水，明亮的天窗可以照亮幽深的暗室。逸言会危害公正，浮云能遮蔽耀眼的日光。花言巧语不会包含诚意，繁茂的花朵往往不结果实。人人都有不同的想法，怎么可能合而为一呢？多人讹传就会让人认假为真，长期浸泡胶与漆也会分开。人活着真是忧虑太多了，一旦死去万事都不用挂怀了。

赏析

孔融身为孔子的后人，又是天下敬仰的文章宗师，所以一度是权倾朝野的曹操的拉拢对象。但是，孔融一贯正直敢言，恃才傲物，根本不把专权的曹操放在眼里。他曾多次公开对曹操的政策表达异议，曹操对他积怨已久，终于在建安十三年（208年），让路粹诬陷孔融，随后曹操不顾众议杀死了这位海内名士。临刑前不久，孔融写下这首绝命诗。

"言多令事败，器漏苦不密"两句开宗明义，沉痛地惋惜"事败"。孔融积极致力于维护东汉王室，反对曹操架空汉献帝。但是，他不具备筹划此类大事的城府，而是心直口快，常常公开表达自己的见解，使得曹操产生戒心，最终招致大祸。现在悔悟，确实是太晚了。三、四句用"河""山"二字隐喻东汉江山，用"蚁孔"与"猿穴"（或"郤穴"）

来比喻野心家曹操，语含谴责与憎恶之情，可见他完全没有因死亡临近而对曹操产生丝毫乞求之心。

"谗邪害公正，浮云翳白日"两句，直言揭露曹操当权、挟天子以令诸侯的现状，以及对自己遭遇谗言无辜被害的不满。"靡辞无忠诚，华繁竟不实"二句，对进谗言的小人和听信谗言的昏庸之辈进行了讽刺。"人有两三心，安能合为一"则对有心振兴汉室的大臣们无法齐心协力表示了遗憾和愤恨。"三人成市虎，浸渍解胶漆"两句谈到了谗言的可畏。孔融可能并没有意识到路粹等人陷害自己是曹操的指使，或者虽然意识到了，但认为曹操对自己的怨恨也是听信小人谗言的结果，于是无奈地表示，自己遭受谗言中伤由来已久，言外之意是自己被曹操杀害也是难以避免的。最后，他以极其沉痛的语调写道"生存多所虑，长寝万事毕"，在无可奈何中结笔。

这首诗综合运用了双关、暗喻、假托等多种手法，揭示曹操篡汉的野心，表达自己毫不屈服的志气。虽是绝命诗，但充溢着一股凛然生气。

上书荐谢该[①]

原 文

臣闻高祖创业，韩、彭[②]之将征讨暴乱，陆贾、叔孙通[③]进说《诗》《书》。光武中兴，吴、耿[④]佐命，范升、卫宏[⑤]修述旧业，故能文武并用[⑥]，成长久之计。陛下圣德钦明[⑦]，同符二祖，劳谦[⑧]厄运，三年乃谨[⑨]。今尚父[⑩]鹰扬[⑪]，方叔[⑫]翰飞[⑬]，王师电鸷[⑭]，群凶破

殄⑮，始有囊弓卧鼓⑯之次⑰，宜得名儒，典综礼纪⑱。窃见故公车司马令谢该，体曾、史⑲之淑性⑳，兼商、偃㉑之文学，博通㉒群艺㉓，周览古今，物来有应，事至不惑㉔，清白异行，敦悦㉕道训㉖。求之远近，少有畴匹㉗。若乃巨骨出吴㉘，隼集陈庭㉙，黄熊入寝㉚，亥有二首㉛，非夫洽闻㉜者，莫识其端也。隽不疑定北阙之前㉝，夏侯胜辨常阴之验㉞，然后朝士益重儒术。今该实卓然，比迹前列，间以父母老疾，弃官欲归，道路险塞，无由自致㉟。猥㊱使良才抱朴㊲而逃，逾越山河，沉沦荆楚，所谓往而不反㊳者也。后日当更馈乐以钓由余㊴，克像㊵以求傅说㊶，岂不烦哉？臣愚以为可推录㊷所在，召该令还。楚人止孙卿㊸之去国，汉朝追匡衡㊹于平原㊺，尊儒贵学㊻，惜失贤也。

注 释

①谢该：字文仪，南阳章陵（今湖北枣阳东）人，东汉经学家。时为公车司马令，以父母老，托疾辞官欲归乡里。孔融上书荐举挽留，汉献帝拜谢该为议郎。

②韩、彭：韩信与彭越，刘邦的两员大将，多建奇功，为西汉的建立立下了汗马功劳。

③陆贾、叔孙通：西汉初年的两位儒士。陆贾，早年随刘邦平定天下，汉初任太中大夫，常常以《诗》《书》之义论国事，著有《新语》一书。曾出使南越，说服南越王臣服汉朝。叔孙通，汉初博士，先后出任太常及太子太傅，汉朝的礼制典仪大都是他制定的。

④吴、耿：吴汉与耿弇，东汉光武帝的两员大将。吴汉，字子颜，初为偏将军，勇而有谋，后位至大司马。耿弇，字伯昭，位至建威大将

军，功勋卓著。

⑤范升、卫宏：东汉初年的两位大儒。范升，字辩卿，东汉初年学者，博通典籍，拜为议郎，后迁博士，每有大事，刘秀总要征询范升的意见。卫宏，字敬仲，东汉名儒，担任议郎。

⑥文武并用：指刘邦、刘秀创业时文臣武将并用。

⑦钦明：英明。敬事节用谓之钦，照临四方谓之明。

⑧劳谦：勤劳谦恭。

⑨三年乃讙：古时有居丧三年的礼制，其间不得娱乐。讙，同"欢"，喜悦。

⑩尚父：姜子牙被周武王尊称为"师尚父"，比喻贤臣。

⑪鹰扬：勇武，威武。

⑫方叔：西周卿士，周宣王的大臣，比喻贤臣。

⑬翰飞：高飞比喻大展雄才。

⑭电鸷：像闪电一样迅速，像鸷鸟一样勇猛。鸷，猛禽，凶猛的鸟。

⑮破珍：破灭，消灭。

⑯櫜弓卧鼓：装起弓箭，放倒战鼓，说明天下已经太平，不用再去征战。櫜，收藏盔甲、弓箭的袋子。

⑰次：指局势。

⑱典综礼纪：统理典章与礼仪。典综，统理。

⑲曾、史：曾参、史鱼。春秋时著名的贤德之人。

⑳淑性：美好的秉性。

㉑商、偃：孔子的弟子卜商（字子夏）与言偃（字子游）。二人以精于文学而被列入孔门十哲中的文学科。

㉒博通：广泛地通晓。

㉓群艺：各种才能。古代以礼、乐、射、御、书、数为六艺。《周礼》："保氏掌谏王恶，而养国子以道，教之六艺。"

㉔不惑：不困惑，能明辨不疑。

㉕敦悦：同"敦阅"，厚道，诚信。

㉖道训：儒道古训。

㉗畴匹：同类，匹敌。畴，同"俦"。

㉘巨骨出吴：《国语·鲁语下》记载，春秋时吴国伐越，得一巨大骨骸，不识，吴使问于孔子，孔子说是被禹所杀的防风氏之骨，吴人赞叹不已。

㉙隼集陈庭：《史记·孔子世家》记载，孔子在陈国时，有隼集落在陈国宫廷而死，身上插有楛矢、石砮，陈湣公不识，派人询问孔子，才知道是肃慎氏的箭。隼，即鹗，凶猛善飞的鸟。

㉚黄熊入寝：《左传·昭公七年》记载，晋侯有病，韩宣子梦黄熊入于寝门，不明何义。问于子产，子产说尧殛鲧于羽山，其神化为黄熊，需祀夏郊。宣子从之，晋侯的病逐渐痊愈。

㉛亥有二首："亥有二首六身"一语的省略。相传鲁襄公三十年（前543年），晋国有一老者不知自己年龄，史赵根据老者的描述，算出他已活二万六千六百六十日，为七十三岁，并出了一个字谜"亥有二首六身"来暗示老者的年龄。

㉜洽闻：指知识丰富，见识广博。

㉝"隽不疑"句：隽不疑揭露北阙诈伪的人。隽不疑，字曼倩，西汉名士，官至京兆尹。《汉书》记载，汉昭帝始元五年（前82年），有个自称汉武帝嫡长子卫太子刘据的人来到皇宫北面的城楼下，百官都

· 213 ·

不知如何处置。隽不疑认为不用辨别，就算此人是真的卫太子，根据儒家传统道德，他得罪了先帝却逃亡在外，也是罪人，于是将此人关入监狱，后来果然查出他是假冒的。

㉞"夏侯胜"句：夏侯胜说上天久阴不雨是由于大臣欺主。夏侯胜，字长公，汉昭帝时为博士、光禄大夫。《汉书·夏侯胜传》记载，昭帝卒，昌邑王嗣立。昌邑王屡次外出游玩，夏侯胜到他的车前进谏，说天久阴不雨，说明有臣子想要废立皇帝。昌邑王不听，十余日后被霍光等废黜。

㉟无由自致：凭自身之力无法达到。

㊱猥：假若。

㊲抱朴：怀抱淳朴的美德。

㊳反：同"返"。

㊴由余：春秋时晋国贤者，流亡到戎地。秦穆公为得到他，赠戎王女乐以乱其志，离间君臣关系，然后多次派人邀请由余弃戎归秦。由余到秦后，帮助秦穆公辟地千里，秦穆公得以称霸。

㊵克像：刻像，画像。

㊶傅说：殷相。相传殷王武丁梦贤人，乃按其画像访求，始得傅说。

㊷推录：推问录用。

㊸孙卿：战国大儒荀子，名况，字卿，西汉为避汉宣帝刘询之讳改称孙卿。楚相春申君聘他为兰陵令，因受谗言，荀子离楚去赵。后来春申君又请回荀子，让他继续担任兰陵令，最后荀子病逝于兰陵。

㊹匡衡：西汉宰相、经学家，幼年贫而好学，留下了凿壁借光的典故。

㊺平原：西汉封国名，治所在今山东平原西北。
㊻尊儒贵学：尊崇名儒学者。

译文

我听说高祖刘邦创建伟大的事业，有韩信、彭越等著名将领征讨暴乱，有陆贾、叔孙通等著名文人进说《诗》《书》；光武帝刘秀中兴汉朝，有吴汉、耿弇等著名将领辅佐用命，有范升、卫宏等著名文人振兴儒学旧业。两位君主文臣武将并用，从而创造出一派长治久安的太平景象。陛下与二位祖先一样圣德英明，以勤劳谦恭的态度应对人生的不幸，服丧三年期满才有欢乐的笑容。现在朝中有姜尚一般勇武的大臣，有方叔一样大展雄才的贤士，王师犹如闪电鸷鸟一般迅速勇猛，群顽被破败殄灭，很快就出现了天下太平的局势。这个时候，应该访求名儒，统理典章与礼仪。我私下里听人说原公车司马令谢该，具备曾参、史鱼的美好禀性，并且有卜商、言偃的文学才华，还广泛地通晓各种才能，看遍了古今典籍，遇万物都知道应该如何去应对，遇到什么事情都不会困惑，品行高尚清廉，行为极为优异，忠厚诚信，恪守儒道古训。我到处访问名士，很少有能与谢该匹敌的。巨骨是吴地所出，隼鸟在陈庭集落，黄熊进入寝门，亥有二首六身，除了见识广博之人，没有人可以弄懂这些奇异事情的原委。隽不疑揭露北阙诈伪的人，夏侯胜说上天久阴不雨是由于大臣欺主，果然应验，令朝廷对儒术越发重视。现在谢该确实是一个卓越出众的人，足以与前代的众位贤人并驾齐驱，最近他因父母年老多病而辞官回乡，可是道路艰险阻隔，凭他自身的力量恐怕无法返乡。倘若令贤德的人才抱朴归隐，跨越山河，沉沦在荆楚僻壤，则是所谓的往而不返的人了。以后再像馈赠女乐钓取由余，画像寻找傅说那样来得到他，难道不是非常麻烦吗？我十分冒昧地认为目前应该到他所在的位置去推问录用他，然后征召使他归还。当年楚国人想方设法地阻止荀子离开楚国，汉朝在平原到处追寻匡衡的踪影，这些都是因为尊崇名儒学者，舍不得失去贤德的人才呀！

赏 析

建安四年（199年）的时候，公车司马令谢该因父母年老，于是以生病为由辞去官职，想回到故乡去。孔融是一个爱惜人才的人，他看到这种情形后，立刻上书给汉献帝，希望他能够挽留谢该。当时曹操的治国理念与孔融多有不同，所以孔融迫切希望留下谢该这个大儒，改变朝廷的政治风气。出于这种考虑，孔融在这篇文章中极力称赞谢该的博学和贤德，汉献帝果然拜谢该为议郎。

本文开头，孔融累述历代贤儒治理国家的丰功伟绩，将汉高祖、光武帝与汉献帝进行比较，其中多有夸张之语，是古代臣子向君主进表时的套话；将曾参、史鱼、卜商、言偃与谢该进行比较，也有所夸张，但说谢该"博通群艺，周览古今，物来有应，事至不惑，清白异行，敦悦道训"，都是没有问题的。接着，作者又以先贤见识广博为例，突出人才本身的难能可贵，其中尤以孔子、子产、史赵的事迹来验证博学多才者的可贵。之后，又以隽不疑、夏侯胜借助儒家学说"未卜先知"的故事，强调大儒的可贵。最后，用贤明的君主想方设法求取人才的例子，让汉献帝知道贤主首先要重视人才的道理。在反复对比中盛赞谢该高尚的德才品行，委婉地奉劝汉献帝不要失去贤能之人。

整篇文章自始至终都以国家大计为务，具陈史实，广征博引，有情，有理，有据，从而令汉献帝起用谢该，达到了荐表的目的。

荐祢衡①表

原 文

臣闻洪水横流②,帝③思俾乂④,旁求四方⑤,以招贤俊。昔世宗⑥继统⑦,将弘祖业,畴咨⑧熙载⑨,群士响臻⑩。陛下⑪睿⑫圣,纂承⑬基绪⑭,遭遇厄运,劳谦⑮日昃⑯。惟岳降神⑰,异人⑱并出。

注 释

①祢衡:字正平,平原般(今山东临邑东北)人,汉末名士。他性情耿直,对现实不满,待人态度傲慢,只与孔融友善相处。一次,曹操大会宾客,召祢衡为鼓吏,想借此羞辱他,结果却被祢衡羞辱。后被曹操送与刘表,又被刘表刘表送与江夏太守黄祖,最后被黄祖杀害。

②洪水横流:洪水泛滥。比喻邪道横行。

③帝:指尧。

④俾乂:使之得到治理。俾,使。乂,治理。

⑤旁求四方:指尧四处寻求贤才。旁求,广求。

⑥世宗:汉武帝刘彻的庙号,他在位时遵儒重贤,西汉实力达到鼎盛。

⑦继统:继承皇位。

⑧畴咨:访求。

⑨熙载：洞明事理的人。

⑩臻：达到，至。

⑪陛下：指汉献帝。

⑫睿：通达，有远见。

⑬纂承：继承。纂，继。

⑭基绪：基业，祖业。

⑮劳谦：劳碌。

⑯日昃：太阳偏西，约下午二时。

⑰惟岳降神：高山上降下神灵，暗指祢衡是受神意而生的。岳，山岳。

⑱异人：不凡之人。

译 文

我听人们说古时候洪水泛滥，帝尧想让洪水得到治理，四处寻求，招募贤才。从前汉武帝继承皇位，为了将祖业发扬光大，到处访求洞明事理之人，众位贤士响应来到朝廷。陛下通达圣明，继承祖先的基业，而今却遇上了国运困厄，勤谦劳政，太阳慢慢地偏西了还不休息。因此山岳降神，不凡之人一时并出。

原 文

窃见处士①平原祢衡，年二十四，字正平，淑质②贞亮③，英才卓跞④。初涉艺文⑤，升堂⑥睹奥⑦，目所一见，辄诵于口，耳所暂闻，不忘于心，性与道合⑧，思若有神。弘羊⑨潜计⑩，安世⑪默识⑫，以衡准之，诚不足怪。忠果⑬正直，志怀霜雪⑭，见善若惊⑮，疾恶如仇⑯。任座⑰抗行⑱，史鱼⑲厉节⑳，殆无以过也。鸷鸟累百，不如一

鹗[21]。使衡立朝，必有可观。飞辩骋辞[22]，溢气坌[23]涌，解疑释结，临敌有余。

注释

①处士：未仕之人。

②淑质：美好的品质。

③贞亮：忠贞，诚信，正直。

④卓跞：卓越超群。

⑤艺文：指儒学六经、六艺之类。

⑥升堂：登上厅堂，比喻学问、技能等已经入门，但还没有达到高深的境界。出自《论语·先进》："由也升堂矣，未入于室也。"

⑦睹奥：发现奥义。

⑧性与道合：性与大道相合。性、道，都是古代哲学的重要范畴。道，古人指支配自然界与人类社会的一种永恒的力量。

⑨弘羊：桑弘羊，汉武帝时大臣，长于经济工作。十三岁就因为善于计算而拜为侍中，后帮助汉武帝实行盐铁官营等政策，增加了财政收入，官至御史大夫。公元前80年，在与霍光的争权斗争中失败被杀。

⑩潜计：心计，心算才能。

⑪安世：指张安世，汉武帝时大臣，因善于默记被任命为尚书令。

⑫识：记。

⑬忠果：忠诚勇敢，忠义果敢。

⑭志怀霜雪：比喻心志高洁。

⑮见善若惊：看见好人好事就会受到震动。

⑯疾恶如仇：痛恨坏人坏事如同痛恨仇敌一般。

⑰任座：战国时魏文侯之臣。

⑱抗行：高尚的行为，指任座批评魏文侯以中山之地封赐儿子之事。

⑲史鱼：春秋时卫国大夫，以正直敢谏著称。他临死前让儿子将自己的尸体放置在窗下。卫灵公来吊唁时非常吃惊，史鱼的儿子说父亲认为自己无法正君，没能让国君亲贤臣、远小人，所以不配在正室完成丧礼。卫灵公自此疏远了弥子瑕等佞臣。后人称史鱼此举为"尸谏"。

⑳厉节：清厉的节操。

㉑鹗：俗称鱼鹰，是一种善于捕鱼的猛禽。

㉒飞辩骋辞：口才好，善于言辞。

㉓坌：聚集，聚积。

译文

我曾经私下里听人们说处士平原郡祢衡，今年二十四岁，字正平，有着美好的品行，诚信正直，才华卓越超群。刚刚涉足经艺，即已经入门并发现其中的奥义。看书时过目就能够立即背诵，听事情一遍就不会忘记，性与大道相合，才思极其敏捷，如有神助。桑弘羊的心算，张安世的默记，在祢衡看来，的确没有什么可奇怪的。他忠诚勇敢而又正直，心志高洁，看到好人或好事就会受到震动，痛恨坏人坏事如同痛恨仇敌一般。任座有高尚的行为，史鱼以清厉的节操而被人们知晓，大概都没有超过祢衡吧！即使有一百只鸷鸟，也远远比不上一只鹗。倘若能够征召祢衡于朝廷，他定会做出十分可观的壮举。他那滔滔不绝的辩才，激荡人心的一身正气，能够很好地解疑释难，对待强大的敌人，智谋也绰绰有余。

孔融

原文

昔贾谊①求试属国②，诡③系单于④；终军⑤欲以长缨⑥，牵致劲越。弱冠⑦慷慨，前代美之。近日路粹⑧、严象⑨，亦用异才，擢拜⑩台郎⑪，衡宜与为比。如得⑫龙跃天衢⑬，振翼云汉⑭，扬声紫微⑮，垂光虹蜺⑯，足以昭⑰近署⑱之多士，增四门之穆穆⑲。钧天广乐⑳，必有奇丽之观；帝室皇居㉑，必蓄非常之宝。若衡等辈，不可多得。《激楚》㉒《阳阿》㉓，至妙之容，掌技㉔者之所贪；飞兔、骐骥㉕，绝足奔放，良、乐㉖之所急。臣等区区㉗，敢不以闻！

陛下笃慎㉘取士，必须效试㉙。乞令衡以褐衣㉚召见。无可观采，臣等受面欺㉛之罪。

注释

①贾谊：西汉著名的政治家、文学家，二十余岁就受汉文帝重用，担任太中大夫，但遭到权贵排挤被外放，三十三岁时抑郁而终。

②属国：汉代在边郡设置的附属国。此指典属国，是负责与少数民族往来事务的官职。

③诡：责令。

④单于：匈奴人对君主的称呼。

⑤终军：字子云，汉武帝时任谏大夫。二十多岁时，曾向汉武帝请缨要去收服南越王，到南越后，说服南越王归属汉朝，但不幸被南越丞相吕嘉杀害。

⑥长缨：长的带子，可用以绑人。《汉书·终军传》："军自请：'愿受长缨，必羁南越王而致之阙下。'"

⑦弱冠：古代男子二十岁行冠礼以示成人，其时亦称弱冠之年。贾

谊、终军慷慨报国之时为二十多岁的青年。

⑧路粹：字文蔚，少时就学于蔡邕，有高才，年轻时与严象一起以高才擢拜尚书郎。但他内心险恶，是害死孔融的元凶之一，曾任秘书令，后违反军纪被杀。

⑨严象：字文则，以高才擢拜尚书郎，曾任扬州刺史，三十八岁时被孙策杀害。

⑩擢拜：提拔授官。

⑪台郎：尚书郎。

⑫如得：如果得到。

⑬天衢：天上四通八达的大道。

⑭云汉：天河。

⑮紫微：星座名，三垣之一，由环绕北极星的紫微左垣（共八颗星）和紫微右垣（共七颗星）组成。

⑯虹蜺：彩虹。

⑰昭：显示，彰显。

⑱署：官署。

⑲穆穆：美好端庄。

⑳钧天广乐：天上的音乐，即仙乐。钧天，天的中央，据说为天帝游居之处。

㉑帝室皇居：皇家宫苑。

㉒《激楚》：曲名。

㉓《阳阿》：舞名。

㉔掌技：一作"赏伎"。

㉕飞兔、骙㐮：均为古代骏马名。㐮，同"骧"。

㉖良、乐：王良、伯乐，分别为古时善于驾驶马车和识别良马的人。

王良，春秋时晋国的善御马者。伯乐，春秋时秦国人，善相马。

㉗区区：小，形容微不足道。

㉘笃慎：审慎。

㉙效试：考核试验。效，通"校"。

㉚褐衣：粗毛或粗麻织的短衣，泛指贫贱者的服装，此指祢衡的布衣身份。

㉛面欺：当面欺君。

译文

当年贾谊请求担任典属国这个官职，责令自己务必缚系单于；终军主动请缨，要拘缚强悍的南越王。这两个人弱冠时的慷慨陈词，受到前代人的广泛称赞。近来路粹、严象由于身怀异才而被提拔为尚书郎，祢衡也应该受到这样的对待。倘若他能够得到任用提拔，那么就会像龙跃天衢，似凤翔天河，激扬美声于紫微，垂耀光华于虹蜺，足以彰显近幸官署的很多贤士，增添皇城四门的美好端庄。天上的仙乐飘飘，一定有极其壮丽的景观；皇家宫苑，一定蓄藏着非比寻常的奇宝。像祢衡这样的人才，的的确确是不可多得的。《激楚》《阳阿》，清声妙舞，臻于极致，为那些懂得欣赏的人所喜欢与依恋；飞兔、骙裹是绝足奔放的骏马，是王良、伯乐非常渴望求得的。我等都是微不足道的人，又怎么敢隐瞒这样杰出的人才不报告给圣上呢？

陛下非常审慎地选取人才，一定要经过考核试验。请让祢衡以褐衣的身份应召晋见。倘若他真的没有什么可供观察采择的才能，我们心甘情愿地担当当面欺君的罪责。

· 223 ·

赏析

这篇文章是孔融散文的代表作。孔融在士人中具有很高的声望，他爱惜人才，敬重贤人，向君主推荐人才时总是不遗余力。这篇文章写于建安初，是为了推荐祢衡而写的。但孔融怎么也不会想到，他同比自己小二十岁的祢衡结交和这份热情洋溢的荐表，竟然会加剧自己被迫害的命运，并且成了自己的死因之一。曹操杀死孔融时有一条罪名便是与祢衡相互吹捧，祢衡大力称赞孔融"仲尼不死"，孔融说祢衡是"颜回复生"。大逆不道，宜极重诛。这当然是"欲加之罪，何患无辞"，孔融对祢衡更多的还是志趣相投、惺惺相惜。这一点，在这篇孔融居首、多位大臣具名的表文中也有体现。

文章刚开始就以帝尧、汉武帝的招贤举能为比，孔融认为汉献帝招贤揽才是非常必要的。然后，孔融再以祢衡的品格、智慧、才气比对前代贤人，说明这个人才是很值得推荐的。其中，"淑质贞亮，英才卓跞""性与道合，思若有神""忠果正直，志怀霜雪，见善若惊，疾恶如仇"等评价，从品行、才华等各方面对祢衡进行了无以复加的赞美，并认为只要祢衡得到任用，就可以为朝廷增添光彩。接着，孔融又列举贾谊、终军、路粹、严象等古今著名贤士在年轻时获得破格擢拜的例子，说明祢衡是值得征用的。最后，孔融假设祢衡被任用而参与朝政后必可观采，所以请求皇帝考核试验，并认为如果所言有虚，甘愿承受欺君之罪。

整篇文章文辞飞扬，用词壮伟却不浮艳，用意极其恳切却又不急迫，古今对比，一气贯注，极具说服力。

陈　琳

　　陈琳（？—217年），字孔璋，广陵射阳（今江苏淮安）人，东汉末年著名文学家，"建安七子"之一，年龄大约与孔融相当。汉灵帝时期，他担任大将军何进的主簿，曾劝何进不要引边将入京，没有被采纳。董卓之乱时，陈琳加入袁绍幕府，曾为袁绍写《为袁绍檄豫州》，痛斥曹操。官渡之战后，陈琳被曹军俘获，曹操既往不咎，让他当了司空军师祭酒，后任丞相门下督。建安二十二年（217年），陈琳与刘桢、应玚、徐幹等同染瘟疫去世。陈琳诗、文、赋皆精，诗歌代表作为《饮马长城窟行》，颇具现实意义；散文以《为袁绍檄豫州》《为曹洪与魏文帝书》等最为出色，风格雄放，笔力豪健；赋有《神武赋》《武军赋》等。

饮马长城窟行[①]

饮马长城窟，水寒伤马骨。
往谓长城吏："慎莫稽留[②]太原卒[③]！"
"官作[④]自有程[⑤]，举筑[⑥]谐汝声[⑦]！"
男儿宁当格斗死，何能怫郁[⑧]筑长城？

长城何连连[9]，连连三千里。

边城多健少[10]，内舍[11]多寡妇[12]。

作书与内舍："便嫁莫留住。

善事新姑章[13]，时时念我故夫子[14]。"

报书[15]往边地："君今出语一何鄙！"

"身在祸难[16]中，何为稽留他家子[17]？

生男慎莫举[18]，生女哺[19]用脯[20]。

君独[21]不见长城下，死人骸骨相撑拄。"

"结发行事君，慊慊心意关[22]。

明知边地苦，贱妾何能久自全[23]。"

注释

①饮马长城窟行：乐府诗题，属《相和歌·瑟调曲》。长城窟，长城旁边的泉眼。

②稽留：滞留。

③太原卒：从太原地方征调来的役卒。太原，即太原郡，今山西中部一带。

④官作：官府役事，此指修筑长城的工程。

⑤程：期限。

⑥筑：一种夯土的工具。

⑦谐汝声：喊齐你们的号子（干活儿）。谐，和谐。

⑧怫郁：忧郁，心情愤懑而极不舒畅。

⑨连连：连绵不断。

⑩健少：健壮的男子，指役卒。

⑪内舍：役卒的家里。

⑫寡妇：留守空房的役卒之妻。在古代，凡是妇人独居者皆可称寡妇，与后代专指夫死独居者不同。

⑬姑章：又称姑嫜，古时妻子称丈夫的母亲为姑，父亲为嫜。

⑭故夫子：前夫。此为太原卒在归期无望之际劝妻子改嫁时的自称。

⑮报书：回信。

⑯祸难：灾祸危难，指修筑长城永无归期。

⑰他家子：别人家的女子，此指自己的妻子。古代女子也可称"子"。

⑱举：抚养、养育。

⑲哺：喂养。

⑳脯：干肉。

㉑独：表示反问。

㉒关：牵挂，系念。

㉓自全：独自保全。

译文

牵马到长城窟饮水，那里的泉水寒冷得伤及马的骨头。有一个筑城役卒对修筑长城的官吏说："千万不要再滞留太原的役夫。"官吏听了说："官府的工程是有期限的，快点儿举筑夯土，喊齐你们的号子。"役卒说："好男儿宁肯格斗而死，怎么能够忧郁地修造长城而死呢？"长城连绵不断，竟然有三千里。长城上到处都是强壮的男子，家里只留下独居的妻子。筑城役卒让人带信给自己的妻子："不要等我，快点改嫁吧！要好好地侍奉新公婆，要时时刻刻记住我这个前夫。"妻子回书质问道："你现在说话怎么如此浅薄？"役卒又回信说："我已经身陷祸难回不去了，为什么还要留住别人家的女儿不放呢？你将来如果生了男孩儿千万不要养育他，如果生了女孩儿一定要用干肉来喂养她。你难道没有看见长城下堆满了累累尸骨吗？"妻子回信说："我自从结婚就一直侍候着你，现在也时刻牵挂着你啊！我明明知道修筑长城是多么艰苦，又怎么能够长久地独自保全呢？"

赏析

此诗通过修筑长城的役卒和妻子的往返书信，揭露了无休止的徭役给天下百姓带来的无比深重的灾难。诗人通过对这对夫妇的侧面叙述，展现了被压迫者极其悲惨的生活处境，揭露了统治阶级的残暴与无情。

这首诗一开始就写道"饮马长城窟，水寒伤马骨"，由此便可以看出边城的生存环境是多么艰难，由此引出役卒不能忍受苦役，前去向长城吏发出请求。可是，长城吏并不怜惜他们，还催他们快点儿干活儿。在长城吏看来，官府的工程是最重要的，役卒的悲苦微不足道，他们的生命就像草芥一般，累死、冻死都是家常便饭。

这首诗前半部分写的是役卒和城吏的对话，后半部分写役卒与妻子的书信往返。中间四句起了过渡的作用："长城何连连，连连三千里。边城多健少，内舍多寡妇。"长城绵绵不断，工程浩大，役卒心知自己很可能再也无法回家，于是给长期独守空房的妻子写了一封信。在信中，丈夫劝妻子改嫁，是出于对她的爱。他实在不忍心耽误妻子的青春，但他也希望妻子能够经常想起自己。这样细致入微的体贴、真诚的爱怜让人感动，也让人感到悲伤。在这里，可以看出役卒复杂而矛盾的心理，也可以看出他的无私与善良。

妻子在回信中，她责备了丈夫不应该说"便嫁莫留住"的话，表现了她对丈夫的爱是忠贞不渝的。紧接着，诗人又化用民谣写道："生男慎莫举，生女哺用脯。君独不见长城下，死人骸骨相撑拄。"原本封建社会重男轻女，可是如今役卒却说生了男孩儿不要养育，生了女儿要用干肉去好好喂养。这种一反常情的表述，更显示出役卒内心愤怒之深。最后，妻子将深藏于内心的念头透露给了丈夫：如果你死了，我也不想活了。其实，妻子的死不光是贞烈的殉情，更是一家人无法存活下去的一种巨大的绝望。妻子的心意是十分决绝的，她说出来的话却是极其委婉的，这便在不知不觉中加强了整首诗的悲剧气氛。

这首诗采用以对话与书信为主体的独特形式，语言简洁生动，情感真挚感人。役卒和官吏的对话表现出役卒长期在长城服役的辛苦，以及渴望回归故乡的迫切心情；役卒和妻子的书信则展现了古代劳动妇女和从军役夫忍辱负重、互相关心、生死不渝的高尚品行。全诗看似波澜不兴，实际上却有"剖衷沥血，剜骨椎心"之痛，极富汉乐府风味，并对唐代同类诗歌产生了直接而强烈的影响。

答东阿王[①]笺

原 文

琳死罪死罪[②]！昨加恩辱命[③]，并示《龟赋》[④]，披览[⑤]粲然[⑥]。君侯[⑦]体高世之才[⑧]，秉青萍[⑨]、干将[⑩]之器，拂钟无声[⑪]，应机立断[⑫]，此乃天然异禀[⑬]，非钻仰[⑭]者所庶几[⑮]也。音义[⑯]既远，清辞妙句[⑰]，焱绝焕炳[⑱]，譬犹飞兔流星，超山越海[⑲]，龙骥[⑳]所不敢追，况于弩马[㉑]可得齐足㉒！夫听《白雪》㉓之音，观《绿水》㉔之节，然后《东野》《巴人》㉕蛰鄙㉖益著。载欢载笑㉗，欲罢不能，谨韫椟㉘玩耽㉙，以为吟颂。琳死罪死罪！

注 释

①东阿王：指曹植。曹植自太和三年（229年）十二月至太和六年二月为东阿王，其时陈琳早已去世，大概此文收入《陈琳集》时恰值曹植为东阿王期间，故作此题。

②死罪死罪：常用在书信的开头与结尾，为下臣给王侯高官写信的通例。

③加恩辱命：回复书信的谦辞，意思是说倍受恩宠，有辱来命。

④《龟赋》：即曹植的诗作《神龟赋》。

⑤披览：翻阅，展读。

⑥粲然：明亮，鲜亮。

⑦君侯：指曹植。陈琳在世时，曹植曾为平原侯、临淄侯。

⑧高世之才：才干超群的人。

⑨青萍：古代宝剑名。

⑩干将：春秋时吴人，善铸剑，曾铸两把无比锋利的宝剑，以自己和妻子的名字命名为干将、莫邪。

⑪拂钟无声：击在钟上没有声音，比喻宝剑锋利。拂，敲击。

⑫应机立断：喻指曹植在紧要关头处事果断。

⑬天然异禀：即天赋异禀。

⑭钻仰：钻研。

⑮庶几：相接近。

⑯音义：声音与意义。

⑰清辞妙句：清新美妙的词句。

⑱焱绝焕炳：鲜艳华丽。焱，光华，光彩的火焰。焕炳，明亮的样子。

⑲超山越海：跨越高山海洋。超，腾越。

⑳龙骥：骏马。骥，千里马。

㉑驽马：资质较差的马。

㉒齐足：并驾齐驱。

㉓《白雪》：古代高雅的乐曲，常与《阳春》并称。

㉔《绿水》：古代高雅的乐曲。

㉕《东野》《巴人》：均为古代民间通俗的乐曲。《东野》，又名《下里》。

㉖虿鄙：粗陋拙劣。

㉗载欢载笑：欢笑高兴。载，语助词。

㉘韫椟：藏在柜子里；珍藏。

㉙玩耽：潜心玩味，专心研习欣赏。

译文

陈琳死罪死罪！昨天倍受恩宠，有辱来命，得到您赠予的《神龟赋》，刚刚展读，我的眼前就突然明亮起来。君侯您具有治国兴邦的超群才干，有着青萍、干将一样的气度，击钟无声，处事果断，这是上天赋予的特殊天赋，不是那些孜孜钻研者所能接近的。此赋音义极为深远，清辞妙句，鲜艳华丽，犹如飞兔流星，跨越山海，龙骥都不敢有追赶上的念头，驽马又怎么能够并驾齐驱呢？听《白雪》的美妙声音，赏《绿水》的悦耳节奏，然后《东野》《巴人》的粗陋拙劣就表现得更加明显了。阅读时欢笑不止，想停下来却办不到，小心谨慎地珍藏在柜子里，闲暇之时拿出来潜心玩味，悉心吟颂。陈琳死罪死罪！

赏　析

这篇文章是陈琳为了答谢曹植而作的，文章高度赞扬了曹植的才华。陈琳的年龄远大于曹植，但是他的身份为文学侍臣，曹植则是执政者曹操之子，所以文中虽然有一定的长者对后学的褒奖，但更多的是下属对尊贵者的敬畏之情。

在这篇文章中，作者先写自己读《神龟赋》时的独特感受，又以宝剑青萍、干将为喻，极力赞美曹植才气盖世、文思敏捷。然后，作者再用各种马为喻，说曹植就像"超山越海"的骏马，而自己就像"驽马"，不能够与之并驾齐驱。最后，作者又以乐作比，认为曹植的作品就像《白雪》《绿水》等雅乐，自己的作品只是《东野》《巴人》般的俗曲，相形之下更显得粗陋拙劣。

整篇文章比喻迭出，文笔优美挺秀。作者运用两相对比的方法，十分真切地表达了自己对曹植的赞美、仰慕之情。

为曹洪①与魏文帝书

原　文

十一月五日洪白：前初破贼②，情夸意奢③，说事颇过其实。得九月二十日书，读之喜笑，把玩④无厌，亦欲令陈琳作报，琳顷多事，

不能得为。念欲远以为欢⑤，故自竭老夫之思，辞多不可一一，粗举大纲⑥，以当谈笑。

注释

①曹洪：字子廉，曹操从弟，时任都护将军，随曹操西征汉中，当时是建安二十年（215年）。

②破贼：指西征张鲁。《三国志·武帝纪》载建安二十年三月，曹操西征张鲁，七月攻破阳平关（在今陕西宁强），斩张鲁部将杨任，入南郑（今陕西汉中东）。十一月，张鲁自巴中率余众投降。

③情参意奢：情绪张扬激奋，形容曹军获胜之后官兵的情绪激奋。参，张开。

④把玩：拿在手中玩赏，此指阅读回味。

⑤远以为欢：离得远反而更加亲近。

⑥粗举大纲：粗略列举大意，不细谈。

译文

十一月五日曹洪禀白：先前刚大败敌人，将领与士兵的情绪激奋，在谈论战事的时候就会有些夸大其实。得到您九月二十日来信，读后欢欣鼓舞，一遍又一遍地阅读回味，一点儿都不感到厌烦，也曾经想让陈琳立刻回信，可是他那个时候事情实在太多，所以没有时间回复。思念之情是离得越远越亲近，所以老夫我竭尽文思，想说的话太多，不可能一一具陈，只能够比较粗略地列举大意，权且当作谈笑罢了。

原 文

汉中①地形，实有险固，四岳、三涂②，皆不及也。彼有精甲数万，临高守要，一人挥戟，万夫不得进，而我军过之，若骇鲸③之决细网，奔兕④之触鲁缟⑤，未足以喻其易。虽云王者之师，有征无战，不义而强⑥，古人常有。故唐虞之世，蛮夷猾夏⑦，周宣⑧之盛，亦雠大邦⑨，《诗》《书》叹载⑩，言其难也。斯皆凭阻恃远，故使其然。是以察兹地势，谓为中才⑪处之，殆难仓卒⑫。来命⑬陈彼妖惑之罪，叙王师旷荡之德⑭，岂不信然！是夏、殷所以丧，苗、扈⑮所以毙，我之所以克，彼之所以败也。不然，商、周何以不敌哉？昔鬼方⑯聋昧⑰，崇虎⑱逸凶，殷辛⑲暴虐，三者皆下科⑳也。然高宗有三年之征㉑，文王有退修之军㉒，盟津㉓有再驾之役，然后殪㉔戎胜殷，有此武功。焉有星流景集㉕，飙奋霆击㉖，长驱山河，朝至暮捷，若今者也？由此观之，彼固不逮下愚，则中才之守，不然明矣。在中才则谓不然，而来示㉗乃以为彼之恶稔㉘，虽有孙、田、墨、翟㉙，犹无所救，窃又疑焉。何者？古之用兵，敌国虽乱，尚有贤人，则不伐也。是故三仁㉚未去，武王还师；宫奇㉛在虞，晋不加戎；季梁㉜犹在，强楚挫谋。暨㉝至众贤奔绌㉞，三国㉟为墟。明其无道有人，犹可救也。且夫墨子之守，萦带为垣㊱，高不可登；折箸为械㊲，坚不可入。若乃距㊳阳平，据石门㊴，摅㊵八阵㊶之列，骋奔牛㊷之权，焉肯土崩鱼烂㊸哉？设令守无巧拙，皆可攀附，则公输已陵宋城，乐毅㊹已拔即墨矣。墨翟之术何称，田单之智何贵？老夫不敏，未之前闻。

注 释

①汉中：汉中郡，位于陕西南部，治所在南郑。

②四岳、三涂：泛指大山。四岳，指东岳泰山，南岳衡山，西岳华山，北岳恒山。三涂，古代指太行、轘辕、崤渑三山，皆为险要之地。

③骇鲸：惊骇的鲸鱼。

④奔兕：奔跑的雌性犀牛。

⑤鲁缟：鲁地生产的细绢。

⑥不义而强：不行道义而称强霸道。

⑦蛮夷猾夏：蛮夷扰乱华夏。蛮夷，古代泛指中原民族以外的少数民族。猾，扰乱。

⑧周宣：指周宣王姬静，在位时任用贤臣，征讨蛮夷，被称为中兴之君。

⑨亦雠大邦：蛮荆与西周政权为仇。大邦，指西周政权。

⑩《诗》《书》叹载：指"蛮夷猾夏"与"亦雠大邦"分别记载于《尚书》和《诗经》。

⑪中才：中等才能。

⑫仓卒：仓促。

⑬来命：指曹丕的来信。

⑭旷荡之德：宽广浩的恩德。旷荡，广阔无边。

⑮苗、扈：三苗和有扈，古代部族，皆在夏朝初期被平定。

⑯鬼方：殷、周时西北部族名，居于岐山以西。

⑰聋昧：愚昧无知。

⑱崇虎：即崇侯虎，古代崇国的首领。《史记·周本纪》载崇侯虎在纣王面前诬陷姬昌，导致姬昌被纣王软禁七年，后崇国被姬昌所灭。

⑲殷辛：商纣王帝辛，历史上有名的暴君。

⑳下科：下等。

㉑"高宗"句：殷王武丁三年征服鬼方。高宗，殷王武丁的年号，史称武丁为殷商的中兴之君。

㉒"文王"句：周文王有退修礼教的军事举动。

㉓盟津：同"孟津"，古地名，旧址在河南洛阳孟津区东。

㉔殪：杀死，灭绝。

㉕星流景集：像流星飞驰、影子汇聚。形容行动极其迅速。景，同"影"。

㉖飙奋霆击：迅速出击，像狂飙雷霆一样快。

㉗来示：曹丕来信中的指示。

㉘稔：庄稼成熟，喻事物酝酿成熟。

㉙孙、田、墨、釐：先秦四位杰出的军事人才。孙，指孙武，春秋时齐国人，著名军事家，《孙子兵法》的作者。田，指田单，战国时齐国人，曾在齐国几乎灭亡时固守即墨城，用火牛阵大破燕军，帮助齐国复国。墨，指墨家学派的创始人墨翟，战国初期思想家，主张兼爱、非攻，善机械之巧，也精通守城之术。釐，指禽滑釐，又作"禽滑氂"，字慎子，战国初人，传说是墨子的首席弟子，曾帮助宋国守城。

㉚三仁：商朝末期的三个贤人，即微子、箕子、比干。据《史记·周本纪》记载，周武王首次会师孟津，其时三仁尚在殷，武王还师。不久，微子逃走，箕子被贬为奴隶，比干被杀，武王便二次兴师，并消灭了商朝。

㉛宫奇：宫之奇，春秋时虞国大夫。《左传》记载，晋国向虞国借

道攻打虢国，宫之奇以唇亡齿寒的道理劝谏虞君不要同意，虞君不听，宫之奇就带领族人逃出了虞国。晋国消灭虢国之后，回军途中消灭了毫无防备的虞国。

㉜季梁：春秋时随国大臣。据《左传·桓公六年》，楚武王攻打随国，用疲弱的士卒蒙骗随国，随君想要追击，被季梁劝阻，季梁还劝随君修明政治，等待楚军下一次进攻，楚师遂退军。

㉝暨：及。

㉞奔绌：奔逃，贬退。绌，贬斥、废黜。

㉟三国：指上文列举的三仁、宫之奇、季梁分别所在的商、虞、随三个国家。

㊱萦带为垣：缠绕腰带为城墙。指墨子劝阻公输般造云梯攻宋事，见《墨子·公输》。垣，城墙。

㊲折箸为械：折筷子为器械。箸，筷子。

㊳距：通"拒"。

㊴石门：石门关，在汉中郡的西部。

㊵摅：布局。

㊶八阵：八种战阵。《文选》李善注："《杂兵书》曰：八阵：一曰方阵，二曰圆阵，三曰牝阵，四曰牡阵，五曰冲阵，六曰轮阵，七曰浮沮阵，八曰雁行阵。"

㊷奔牛：奔跑的牛，指田单火牛阵纵放的牛。

㊸土崩鱼烂：土崩溃败，死鱼腐烂。鱼烂，鱼的腐烂是从肚子内部开始的，比喻张鲁军队内部混乱。

㊹乐毅：战国后期著名军事家，也是燕国崛起的功臣。

译 文

　　汉中的地形，确实是极为艰险坚固的，四岳、三涂的艰险是根本无法与它相比的。敌方有数万精锐甲士，居临高处，扼守要塞，一个人持戟当关，即使是一万个人也无法将它打开，可是我军经过这里，犹如惊骇的鲸鱼冲决细网，又犹如狂奔的雌犀撞击鲁地产的细绢，都不足以比喻其容易。虽然有人说，王者之师，有征无战，不行道义而称强霸道，是古时候经常会发生的事情。但是在唐虞的全盛之世，也有蛮夷扰乱华夏，周宣王有中兴之盛，可是荆蛮依然与周王朝为仇。《诗经》《尚书》的记载与感叹，诉说着战胜蛮夷是件无比艰难的事情。这都是凭借险阻、依靠偏遥远的地理位置，才让他们作恶为患。因此，察看汉中的地势，可以说让一个具有中等才能的人来把守，大概也是很难仓促攻破的。您来信陈述他们妖邪蛊惑的罪状，叙述王师宽广浩荡的恩德，难道不是十分可信的吗？这就是夏、商之所以灭亡，三苗、有扈之所以毙灭的真正原因，这也是我军之所以能够克敌制胜，敌方之所以会遭遇失败的真正原因。倘若不是如此，商、周为什么会战无不胜，所向披靡呢？以前鬼方愚昧无知，崇侯虎进谗为凶，殷纣王残暴无情，他们三个人都是下等之才。可是高宗尚有三年的征战，周文王有退修礼教的军事举动，周武王有第二次出师孟津的战役，然后消灭戎敌，打败殷纣，有这样的战功。哪里有像现在这样星流影集、狂飙雷霆般地长驱直入，早晨出兵、傍晚报捷的宏伟壮举呢？由此可见，敌方本来不过是下愚之辈，由中才据守，明显不可能会有这个结果。由中才据守都不会是这个结果，而您来信说敌人的恶习已经形成，虽然有孙武、田单、墨子、禽滑釐这些人，仍然无法挽救，我私底下又有些不明白了。这到底是为什么呢？古代用兵，敌国虽然发生动乱，但是倘若还有贤德之人，那么就不

陈琳

要去攻伐。由于三仁还没有离开，所以周武王才还师不攻打商朝；宫之奇在虞国，晋国不对其用兵；季梁在随国，楚国攻掠的谋略遭遇失败。及至众位贤人或奔逃，或被贬退，那三个国家都成了废墟。这说明那些国家虽然无道但是却有贤德之人存在，所以还有救治的希望。况且墨子的守备，缠绕腰带为城墙，高不可攀；折筷子为器械，坚固得不能够攻破。倘若他们拒守阳平关，凭借着石门关的险要地势，布列八阵，驱赶奔跑的火牛，怎么会心甘情愿地土崩溃败，如死鱼腐烂呢？倘若防守没有巧拙的差别，城墙都能够被轻而易举地攀缘，那么公输般已经登上了宋城，乐毅已经攻下即墨了。墨翟的守城之术还怎么会令人称道？田单的智慧又怎么会受推崇呢？老夫我才思不敏，在这之前还从来没有听说过。

原文

盖闻过高唐①者效王豹②之讴③，游睢、涣者学藻缋之彩④。间⑤自入益部⑥，仰司马、杨、王⑦遗风，有子胜⑧斐然⑨之志，故颇奋文辞，异于他日。怪乃轻其家丘⑩，谓为倩人⑪，是何言欤？夫绿骥⑫垂耳⑬于林坰⑭，鸿雀⑮戢翼⑯于污池⑰，亵之者固以为园囿之凡鸟，外厩之下乘也。及整兰筋⑱，挥劲翮，陵厉清浮，顾盼千里，岂可谓其借翰于晨风，假足于六驳⑲哉？恐犹未信丘言，必大噱⑳也。洪白。

注释

①高唐：春秋时齐国高唐邑，故址在今山东禹城西南。

②王豹：春秋时卫国善歌的人，曾居于淇水之滨。

③讴：歌唱。

④"游睢"一句：游历睢水、涣水的人，会学习藻饰文采。睢、涣，古水名，在河南境内。东汉圈称《陈留风俗传》记载："睢涣之间出文章，天子郊庙御服出焉。"

⑤间：近来。

⑥益部：益州，今四川一带。

⑦司马、杨、王：指汉代文学家司马相如、扬雄、王褒。三人都是益州人。

⑧子胜：不详何人，李善认为是战国学者告子。

⑨斐然：有文采的样子；显著。

⑩家丘：即东家丘，指孔丘。相传孔子的西邻不知孔子的才学，称其为东家丘。后喻浅薄无知而不识泰山的人。

⑪倩人：请人伏笔。

⑫绿骥：古骏马名，指绿耳和赤骥，并为周穆王八骏之一，日行千里。

⑬垂耳：谓马郁郁不得志的神态。

⑭林垌：郊外的原野。

⑮鸿雀：鸿雁和孔雀。

⑯戢翼：收敛羽翼。

⑰污池：园囿中的蓄水池。

⑱兰筋：相马术语，马筋名，坚者为千里马，后用作千里马代称。

⑲六駮：兽名，形如马，有弯曲的獠牙，能吃虎豹。

⑳噱：大笑。

译 文

我曾经听人们说路过高唐的人，能仿效王豹唱歌；游历睢水、涣水

的人，会学习藻饰文采。近来进入了益州，仰怀司马相如、扬雄、王褒的遗风，有学习子胜斐然文采的志向，因此竭尽全力地运用文辞，与他日不同。感到非常奇怪的人竟然轻视我为东家丘，认为我请人代笔，这是什么话呢？绿耳、赤骥垂下耳朵在郊野不能够一展抱负，鸿雁和孔雀在水池中慢慢地收敛起羽翼。自以为是的傲慢之人以为只是园囿中的凡鸟、外间马棚的下等马匹。及至整理兰筋，使劲地挥动双翼，凌空于清云之上，顾盼着千里原野，难道可以说是向晨风鸟借来羽翼，向六骏借来劲足吗？恐怕您直到现在仍然不会相信我的话，一定会大笑了。曹洪禀白。

赏 析

建安二十年（215年），陈琳跟随曹操大军征讨张鲁，走到汉中时，代替曹洪作书给曹丕。标题为"与魏文帝书"，这是后来的人加上去的，因为那时曹丕是五官中郎将，并没有被立为太子，更没有当皇帝。

这篇文章虽然是代作，但是却完完全全地从曹洪的角度来描写叙述。文章一开始就说收到九月二十日来信，本来想让陈琳作答，但是由于陈琳当时的事情比较多，所以才作罢，解释的言辞和客套的话语完全符合曹洪的身份。

随后，开始汇报这场大战的经过。张鲁早想投降曹操，因此抵抗并不激烈，但他的弟弟张卫却据守阳平关坚决抵抗，给曹军造成了很大伤亡，曹操一度有意退兵。后来张卫误遇曹军将领高祚，还以为被大军包围，大惊之下投降，张鲁自然也投降了，这场战争终于结束。总的来说，这是场较为容易的胜利，以至于作者用"若骇鲸之决细网，奔兕之触鲁缟"来形容取胜之易。随后开始引经据典，进一步分析汉中之所以易守难攻却被轻松攻破，关键是没有贤人。作者将古时候与现在做了一番对比，一面渲染汉中地形的艰险，一面竭尽所能地描写了己方的强大，处处表现出一种豪迈的英雄气概，洋溢着乐观的战斗精神，从中亦可以看出得胜之师的喜悦与曹洪的武将雄风。

到了末尾，陈琳依然在掩饰这封信是曹洪请自己代笔的事实，但是他也清楚，聪明如曹丕断然不会相信这样的文字出于曹洪这个武夫之手，于是在最后故意说"恐犹未信丘言，必大嚷也"，跟曹丕开了一个彼此心照不宣的玩笑。

整篇文章笔力雄健，文采斐然，是一篇非常优秀的战报信。

为袁绍檄[①]豫州[②]

原 文

左将军领豫州刺史[③]、郡国相、守[④]：盖闻明主图危以制变[⑤]，忠臣虑难以立权[⑥]。是以[⑦]有非常[⑧]之人，然后有非常之事，有非常之事，然后立非常之功。夫非常者，故非常人[⑨]所拟[⑩]也。曩者[⑪]强秦弱主[⑫]，赵高[⑬]执柄，专制朝权，威福[⑭]由己。时人迫胁[⑮]，莫敢正言，终有望夷之败[⑯]。祖宗焚灭，污辱[⑰]至今，永为世鉴。及臻[⑱]吕后[⑲]季年[⑳]，产、禄[㉑]专政，内兼二军，外统梁、赵，擅断[㉒]万机[㉓]，决事省禁，下凌上替[㉔]，海内寒心。于是绛侯、朱虚[㉕]，兴兵奋怒，诛夷逆暴，尊立太宗，故能王道兴隆，光明显融[㉖]。此则大臣立权之明表[㉗]也。

注释

①檄：文体名，多作征召、晓喻、申讨用。

②豫州：汉十三刺史部之一，辖境在今淮河以北的豫东、皖北一带。时刘备为左将军，领豫州牧。袁绍欲攻许都（今河南许昌）以伐曹操，宣此檄文于刘备，希望刘备与自己联合共同反曹。考文中有约张绣"协同声势"语，张绣在建安四年（199年）十一月降曹，则此文当作于建安四年十一月之前。

③左将军领豫州刺史：即刘备，为宣檄的对象。刺史，一州之长，与州牧职同。陶谦曾表刘备为豫州刺史，其后曹操表刘备为豫州牧，此文称刺史而不称州牧，隐有贬曹之意。

④相、守：官职。相，诸侯王封国的长官。守，一郡之长。

⑤制变：制定应变的策略。

⑥立权：创立权宜的方法。

⑦是以：因此。

⑧非常：不同寻常。

⑨常人：普通的人。

⑩拟：模拟，模仿，想象。

⑪曩者：从前。

⑫弱主：指秦二世胡亥。

⑬赵高：秦二世时丞相，擅权独断，后杀胡亥立秦王子婴，被子婴所杀。

⑭威福：原指统治者的赏罚之权，后多谓当权者妄自尊大，恃势弄权。

⑮迫胁：胁迫，迫于威胁。

⑯望夷之败：赵高杀害胡亥之事。望夷，秦宫名，胡亥在此被杀。《史记》记载，胡亥到望夷宫祭祀，赵高与其女婿阎乐假称捕盗贼，直闯望夷宫，胡亥被迫自杀。

⑰污辱：蒙受耻辱。

⑱臻：至，达到。

⑲吕后：名雉，刘邦妻，汉惠帝母，惠帝死后，吕后临朝主政，长达八年。

⑳季年：末年。

㉑产、禄：吕后的侄子吕产和吕禄，吕后任吕产为梁王、相国，吕禄为赵王、上将军，并使二人在内分掌都城长安（今陕西西安）的南北二军，在外统辖梁、赵之地，权倾朝野。

㉒擅断：专擅独断。

㉓万机：指当政者处理的各种重要事情。

㉔下凌上替：凌下欺上。

㉕绛侯、朱虚：汉时大臣。绛侯，即太尉周勃，诛灭诸吕，拥立汉文帝的功臣。朱虚，即朱虚侯刘章，诛灭诸吕的功臣。

㉖光明显融：光大显赫。显融，显明。

㉗立权之明表：创立权变之功的明显表率。

译 文

左将军领豫州刺史、郡国相、守：我听说开明的君王居安思危而能制定应变的策略，忠臣担心会发生祸难而创立权宜的方法。因此，有不同寻常的人，然后有不同寻常的事，有不同寻常的事，然后才会建立不同寻常的功劳。这些不同寻常的人和事，原来绝对不是普通人所能够模

拟想象的。以前，强大的秦国由弱主执掌，赵高掌权，专制朝政，作威作福，恣意妄为。那个时候贤德之人受到胁迫，不敢直言，终于导致望夷宫这场灾难。祖先的宗庙被大火焚灭，耻辱延续到了今天，永远成为后人引以为鉴的教训。继而至于吕后末年，吕产、吕禄把持朝政，在内兼领南北二军，在外统领梁、赵二国，专擅独断朝廷的各种事务，自决要务于宫禁之中，凌下欺上，海内的有识之士都伤怀寒心。于是绛侯、朱虚侯怒而兴兵，诛平诸吕，并重新尊崇刘氏，所以才可以令汉代王道兴隆，光大显赫。这是大臣创立权变之功的明显表率呀！

原文

司空曹操祖父，故中常侍腾[1]，与左悺、徐璜[2]并作妖孽，饕餮[3]放横，伤化[4]虐民。父嵩[5]，乞匄[6]携养，因赃假位[7]，舆金辇璧[8]，输货权门[9]，窃盗鼎司[10]，倾覆重器。操赘阉[11]遗丑，本无懿德，犭票狡[12]锋协[13]，好乱乐祸。幕府[14]董统[15]鹰扬[16]，扫除凶逆[17]。续遇董卓侵官暴国[18]，于是提剑挥鼓，发命东夏[19]，收罗英雄，弃瑕取用[20]。故遂与操同谘合谋[21]，授以裨师[22]，谓其鹰犬[23]之才，爪牙[24]可任。至乃愚佻短略[25]，轻进易退，伤夷[26]折衄[27]，数丧师徒。幕府辄复分兵命锐，修完[28]补辑[29]，表[30]行东郡[31]太守、领兖州[32]刺史，被以虎文[33]，授以偏师，奖蹙[34]威柄[35]，冀[36]获秦师一克之报[37]。而操遂承资跋扈[38]，肆行凶忒[39]，割剥[40]元元[41]，残贤害善。故九江太守边让[42]，英才俊伟，天下知名，直言正色，论不阿谄[43]，身首被枭悬[44]之诛，妻孥[45]受灰灭之咎[46]。自是士林愤痛，民怨弥重。一夫奋臂，举州同声[47]，故躬[48]破于徐方[49]，地夺于吕布，彷徨东裔[50]，蹈据无所[51]。幕府惟[52]强干弱枝[53]之义，且不登叛人之党[54]，故复援旌擐甲[55]，席卷起征，金鼓响振，布众奔沮[56]。拯其[57]死亡之患[58]，复其方伯[59]之位，则幕府无德于兖土之民，而有大造[60]于操也。

注 释

①腾：曹腾，字季兴，曹操之父曹嵩的养父，东汉宦官，顺帝时为中常侍大长秋，历事安帝、顺帝、冲帝、桓帝四朝，皆受宠爱。

②左悺、徐璜：汉桓帝时的宦官。左悺，汉桓帝时为小黄门，后迁中常侍，诛外戚梁冀有功，封上蔡侯。徐璜，桓帝时为中常侍，诛外戚梁冀有功，封武原侯。

③饕餮：传说中一种凶恶贪食的野兽，比喻凶恶贪婪的人。

④伤化：损害教化。

⑤嵩：曹嵩，字巨高，本姓夏侯，因被宦官曹腾收养而改姓曹，灵帝公开卖官时他以财货得拜大司农、大鸿胪，官至太尉。

⑥乞匃：乞丐，指乞求。匃，同"丐"。

⑦因赃假位：用不义之财来换取官位。

⑧舆金辇璧：用车子装载黄金和玉璧。

⑨输货权门：输送赃物，贿赂权贵。权门，指权贵，豪门。

⑩鼎司：指三公的职位，与后文"重器"同指朝廷显赫之位。

⑪赘阉：入赘阉宦，指曹嵩被宦官收养。

⑫僄狡：轻薄狡猾。

⑬锋协：一作"锋侠"，仗势凌人。

⑭幕府：将帅在外的营帐，此指主帅袁绍。

⑮董统：董理统帅，督导率领。董，督。

⑯鹰扬：此指威武之师。

⑰凶逆：指横行宫中的宦官。何进被杀后，袁绍领兵入宫捕杀诸宦官。

⑱侵官暴国：侵夺官位，祸乱国家。

⑲东夏：中国东部。袁绍起义兵讨伐董卓，东部诸州郡纷纷响应。

⑳弃瑕取用：不追究瑕疵录用。瑕，玉上的斑点，比喻缺点。

㉑同谘合谋：共同商议，合谋行动。谘，商议，征询。

㉒裨师：偏师，辅助军队。据《三国志·武帝纪》，初平元年（190年）正月，州郡起兵征董卓，推袁绍为盟主，曹操行奋武将军，为偏师。

㉓鹰犬：打猎所用的鹰和狗。比喻可供驱使的人。

㉔爪牙：现多比喻为坏人效力的人，意同党羽，帮凶，是贬义词，古义是得力帮手的意思，属于褒义。

㉕愚佻短略：冒昧轻薄，短缺谋略。

㉖伤夷：同"伤痍"，伤亡惨重。

㉗折衄：失败。折，损折兵器。衄，流血。

㉘修完：修整坚固。完，坚固，此用为动词。

㉙补辑：补救集辑。辑，聚集收拢。

㉚表：上表推荐。

㉛东郡：郡名，属兖州，治所在濮阳（今河南濮阳西南），东汉时辖十五城。

㉜兖州：汉武帝十三刺史部之一，东汉时治所在昌邑（今山东金乡西北）。据《武帝纪》，初平二年，袁绍表曹操为东郡太守，初平三年四月，曹操领兖州牧。

㉝虎文：饰有虎纹的战衣。汉时虎贲将头戴鹖冠，身着虎纹单衣。

㉞奖蹙：奖励促成。

㉟威柄：威权，即给予实权。

㊱冀：希望。

㊲秦师一克之报：指秦将孟明数次与晋交兵，第三次终于取得胜利，回报了秦穆公的知遇之恩。

㊳跋扈：专横暴戾，欺上压下。

㊴凶忒：奸恶。忒，恶事。

㊵割剥：掠夺残害。

㊶元元：平民百姓。

㊷边让：字文礼，东汉末年名士、大儒。博学善辩，曾作《章华赋》，名噪一时。官至九江太守，为曹操所杀。

㊸阿谄：向别人讨好奉承。

㊹枭悬：斩首悬挂示众。

㊺妻孥：妻子与儿女。

㊻灰灭之咎：灭门之祸。

㊼同声：同声响应。

㊽躬：身，指曹操的军队。

㊾徐方：指徐州之地。初平四年（194年），曹操征徐州牧陶谦，因军粮匮乏而还。

㊿东裔：东部。

(51)蹈据无所：没有立足之地，失去了后方依靠。

(52)惟：思考。

(53)强干弱枝：加强中央政权，削弱地方力量。在这里，以本干喻曹操，以枝叶喻陶谦、吕布。

(54)不登叛人之党：不与叛人同党。叛人，指吕布。吕布曾助董卓为恶，后叛董卓，又叛王允，又与陈宫、张超等共叛曹操。

㊺援旌擐甲：举旗穿甲。援，执持。擐，穿着。

㊻奔沮：奔逃溃败。沮，溃败。

㊼其：指曹操。

㊽死亡之患：面临死亡的威胁。

㊾方伯：本指一方诸侯之长，此泛指地方长官。

㊿大造：指大的恩惠。

译文

司空曹操的祖父是中常侍曹腾，曾经和左悺、徐璜等人恃宠作孽，贪婪霸道，损害教化，残害百姓。父亲曹嵩是曹腾向别人讨要来的孩子，用不义之财来换取官位，用车子装载黄金和玉璧，输送赃物，贿赂权贵，最终窃取三公高位，朝廷重器被倾覆。曹操是入赘于宦官家的人遗留下来的丑类，本来就没有好的品德，轻薄狡猾，仗势凌人，喜欢看到祸乱之事。袁将军督导威武之师，起兵扫除奸宦。接着遇上董卓侵夺官位，祸乱国家，于是袁将军提剑击鼓命令发到东部，广泛招收天下有才之士，不追究瑕疵进行录用。所以就和曹操一起商议对策，并交给他一支偏师击敌，原以为他有可供驱使的才能，是可以委以重任的得力助手。无奈曹操冒昧轻薄，短缺谋略，轻率进军，很快便败下阵来，伤亡惨重，遭到失败，几次丧失了队伍。袁将军再次分拨精锐部队给他，希望他修整之后补救失败，并上表推荐他担任东郡太守，兼任兖州刺史，穿着虎纹战衣，掌握着一支偏师，奖励他实权，是想让他在屡败之后一战获胜回报知遇之恩。可没有想到曹操竟以此为资本专横暴戾，肆意行奸恶之事，掠夺残害百姓，诛杀贤德、善良之人。原九江太守边让，英才俊伟，天下闻名，为人正直敢言，不谄媚权贵，结果被曹操无情地枭首示众，家人也惨遭灭门之祸。从此，文人志士愤怒痛心，老百姓怨气冲天。一人振臂高呼，全州的百姓都同声响应，所以曹操在徐州被击败，土地也被吕布夺走，在东部彷徨失措，没有立足之地。袁将军出于加强中央政权、削弱地方力量的考虑，没有成为吕布等叛人的同党，而是让士兵举旗穿甲，席卷出征，金鼓之声响动，吕布等人奔逃溃败。将曹操从死亡威胁中拯救出来，并恢复了他地方长官的地位。从这件事上来看，袁将军对兖州的老百姓没有功德，但对曹操个人而言却是有很大的恩惠的。

原 文

后会銮驾反旆①，群虏寇攻。时冀州方有北鄙之警②，匪遑离局，故使从事中郎徐勋就发遣操，使缮修郊庙，翊卫幼主。操便放志专行，胁迁③当御省禁，卑侮王室，败法乱纪，坐领三台，专制朝政，爵赏由心，刑戮在口，所爱光五宗，所恶灭三族，群谈者受显诛，腹议者蒙隐戮。百僚钳口，道路以目，尚书记朝会，公卿充员品而已。故太尉杨彪，典历二司④，享国极位。操因缘眦睚，被以非罪⑤，榜楚参并，五毒备至，触情任忒，不顾宪纲。又议郎赵彦，忠谏直言，义有可纳，是以圣朝含听，改容加饰⑥。操欲迷夺时明，杜绝言路，擅收立杀，不俟报闻。又梁孝王，先帝母昆⑦，坟陵尊显，桑梓松柏，犹宜肃恭。而操帅将吏士，亲临发掘，破棺裸尸，掠取金宝，至今圣朝流涕，士民伤怀。操又特置发丘中郎将、摸金校尉，所遇隳突⑧，无骸不露。身处三公之位，而行桀虏⑨之态，污国虐民，毒施人鬼。加其细政苛惨，科防⑩互设，罾缴充蹊⑪，坑阱⑫塞路，举手挂网罗，

动足触机陷,是以兖、豫有无聊⑬之民,帝都有吁嗟之怨。历观载籍,无道之臣贪残酷烈,于操为甚。

注释

①鸾驾反旆:指汉献帝从长安返回洛阳。旆,旌旗。

②"时冀州"句:指公孙瓒率众攻打袁绍北面疆土。

③胁迁:指建安元年(196年)曹操迎汉献帝由洛阳迁都于许。

④典历二司:杨彪曾代董卓为司空,又代黄琬为司徒。

⑤被以非罪:曹操诬陷杨彪勾结袁术图谋更立天子,将他下狱,在孔融、满宠等人的劝告下才释放了他。

⑥加饰:加以恩赐。

⑦母昆:同母的兄弟。

⑧豗突:冲撞,破坏。

⑨桀虏:恶人。

⑩科防:用禁令刑律加以防范。

⑪罾缴充蹊:比喻到处都有危险。罾,捕鱼的网。缴,系在箭上的丝绳,射鸟用。

⑫坑阱:陷阱。

⑬无聊:生活穷困,无所依赖。

译文

后来,皇帝从长安返回洛阳,各路军阀之间又互相攻打了起来。那个时候冀州正有北方边境报警,袁将军没有时间离开冀州去救驾,所以便让从事中郎徐勋前去给曹操传达命令，让他好好地修补被战争损坏了的宗庙，辅佐护卫年幼的皇帝。于是，曹操恣意专行，要挟皇帝迁都，自己竟然也住在皇宫禁地之中，欺侮皇室上下，败坏法度、扰乱纲纪，坐享三台的重要职务，专擅国家大权，随心所欲地封爵赏赐，刑罚杀戮也是由自己说了算，自己喜欢的人就可以光耀五宗，自己憎恶的人就可能会被株连三族，群聚谈论的人一定会受到明刑正法，腹诽不服者就很可能会被秘密地杀害。百官不敢讲话，国人敢怒不敢言，尚书仅仅只是名义上主持朝政的人，公卿也只是充数而已。原太尉杨彪曾经出任司空、司徒，处于国家最高的职位。而曹操却因为一些小小的过节，就用编造出的罪名诬陷他，鞭打杖责，五种毒刑全用上了，任意虐待，根本不顾国家纲纪法制。议郎赵彦，忠谏直言，他的很多建议都非常值得采纳，所以皇帝常常会倾听采纳，因他的话动容并对他加以恩赐。曹操为了达到迷惑皇帝的目的，杜绝大臣的进谏，竟不报奏皇帝而擅自捕杀了他。梁孝王是先帝的同母兄弟，陵墓极其尊贵，桑梓松柏参天，极为庄严恭敬。曹操却率领将士，亲自指挥他们挖掘了陵墓，打破了棺椁，将尸骨抛露在外面，盗掠黄金财宝，让当今皇帝伤心流泪，天下的百姓也伤怀不已。曹操还特意设置发丘中郎将、摸金校尉等职，凡是遇到的坟墓就会挖掘毁坏的，尸骸全部暴露在外面。曹操虽自处三公显位，却施行暴政、玷污国体、虐待百姓，罪恶殃及人鬼。他又增加了很多苛捐杂税，遍设禁令刑律，明网暗箭充满小径，陷阱塞满道路，举手就被罗网挂住，迈步则触踏到陷阱，因此，兖州、豫州民不聊生，帝都有切齿的怨恨和无尽的哀叹。纵观古今书籍所载，贪婪、残忍、酷暴、狠烈的无道逆臣，没有超过曹操的。

陈琳

原 文

　　幕府方诘①外奸，未及整训②，加绪③含容④，冀可弥缝⑤。而操豺狼野心，潜包祸谋⑥，乃欲摧桡⑦栋梁，孤弱汉室，除灭忠正，专为枭雄⑧。往者伐鼓⑨北征公孙瓒⑩，强寇桀逆⑪，拒围一年。操因其未破，阴交书命⑫，外助王师，内相掩袭⑬，故引兵造河⑭，方舟北济。会⑮其行人⑯发露⑰，瓒亦枭夷⑱，故使锋芒挫缩，厥图不果⑲。尔乃大军过荡⑳西山㉑，屠各、左校㉒皆束手奉质㉓，争为前登㉔，犬羊残丑㉕，消沦山谷。于是操师震慑㉖，晨夜逋遁㉗，屯据敖仓㉘，阻河为固，欲以螗蜋之斧，御隆车之隧㉙。幕府奉汉威灵㉚，折冲㉛宇宙，长戟百万，胡骑千群，奋中黄、育、获之士㉜，骋良弓劲弩之势，并州㉝越太行㉞，青州㉟涉济、漯㊱。大军㊲泛黄河而角㊳其前，荆州㊴下宛、叶㊵而犄㊶其后，雷霆㊷虎步㊸，并集虏庭，若举炎火以焫㊹飞蓬㊺，覆沧海以沃㊻熛㊼炭，有何不灭者哉！又操军吏士，其可战者，皆出自幽、冀㊽，或故营部曲㊾，咸怨旷㊿思归，流涕北顾。其余兖、豫之民，及吕布、张扬㈤之遗众㈥，覆亡迫胁，权时苟从，各被创夷㈦，人为雠敌㈧。若回旆方徂，登高冈而击鼓吹㈨，扬素挥㈩以启降路，必土崩瓦解，不俟血刃㈪。

注 释

①诘：诘责，问罪。

②整训：整顿和训练。

③加绪：突出考虑，特殊考虑。绪，思索。

④含容：包含容纳。

⑤弥缝：弥补缝合，此指弥补之前犯下的过失。

⑥潜包祸谋：包藏祸心，暗里谋划坏事。

⑦摧桡：摧折屈服。桡，弯曲，使屈服。

⑧枭雄：恶人的魁首，强横而有野心的人物。

⑨伐鼓：击鼓，行军时的鼓声。

⑩公孙瓒：字伯圭，东汉末年军阀，汉末群雄之一。董卓至洛阳，迁公孙瓒奋武将军，封蓟侯。与袁绍混战连年，建安四年（199年），为袁绍所败，自焚而死。

⑪桀逆：凶暴忤逆。

⑫阴交书命：暗中书信往来。

⑬掩袭：乘人不备突然袭击。

⑭造河：到达黄河边上。造，到。

⑮会：恰值。

⑯行人：使者的通称，此指曹操派往公孙瓒处的使者。

⑰发露：行迹暴露。

⑱枭夷：荡平，诛灭。

⑲厥图不果：企图没有实现。

⑳过荡：扫荡。

㉑西山：指张燕领导的黑山军活动之地。

㉒屠各、左校：袁绍打败的两支割据力量。屠各，即休屠，匈奴部落名。后汉至西晋，杂居于并州、凉州、关中等地。左校，官名，此指农民起义军的一支。

㉓奉质：进献人质或贵重物品作抵押。质，留作保证的人或物。

㉔前登：先锋。

㉕残丑：残存丑类。

㉖震慴：恐惧，害怕。慴，恐惧。

㉗逋逃：逃遁。逋，逃亡。

㉘敖仓：重要粮仓。秦设置。在今河南荥阳东北敖山，中原漕粮由此输往关中和北部地区。汉魏仍在此设仓。

㉙"欲以"二句：想要像举着前臂的螳螂挡住大车的道路一样。比喻螳臂当车，阻止军队前来讨伐。《庄子·人间世》："汝不知夫螳螂乎？怒其臂以当车辙，不知其不胜任也。"螗蜋，螳螂，昆虫名，前脚发达，状如镰刀，用以捕食。斧，指螳螂前脚。隆车，大车。隧，道路。

㉚威灵：威武神灵。

㉛折冲：使敌人的战车后撤，即击退敌军。

㉜中黄、育、获之士：勇猛的战士。中黄，中黄伯，古时勇士名，《尸子》载中黄伯能左手抓猱，右手搏虎。育，夏育，《战国策·秦策》载，夏育、太史启叱呼惊骇三军。获，乌获，《战国策·燕策》载乌获能举千钧之重。

㉝并州：州名，汉十三刺史部之一，辖境约今山西大部及内蒙古、河北、陕西的一部分，时袁绍任其外甥高干为并州刺史。

㉞太行：太行山，绵延山西、河北、河南三省边界。

㉟青州：州名，汉十三刺史部之一，辖境在今山东北部，时袁绍任其子袁谭为青州刺史。

㊱济、漯：济水和漯水，均在山东。

㊲大军：指袁军主力。

㊳角：动词，角力。

㊴荆州：指荆州牧刘表，时刘表与袁绍相互结好。

㊵宛、叶：两地名。宛，宛县，在今河南南阳。叶，叶县，今河南叶县南。

㊶掎：牵制。

㊷雷霆：雷暴，霹雳。比喻威力或怒气。

㊸虎步：威武的步伐。

㊹焫：焚烧。

㊺飞蓬：草名，即蓬草，因其秋枯根拔，随风飞卷而得名。

㊻沃：浇灌。

㊼熛：火焰，赤炽。

㊽幽、冀：幽州和冀州。

㊾部曲：豪门大族的私人军队。

㊿怨旷：怨恨旷日持久的征战。旷，久。

(51)张扬：即张杨，官至河内太守，大司马。建安四年（199年），曹操兵围吕布，张杨遥造声势以助布。十一月，张杨被其部将杨丑杀害。

(52)遗众：残部。

(53)创夷：疮痍，创伤。

(54)人为雠敌：人人都把曹操当作仇敌。

(55)击鼓吹：击鼓奏乐。鼓吹，鼓、钲、箫、笳等军乐器。

(56)素挥：素旗，招降的旗。挥，通“徽”，指旗帜。

(57)不俟血刃：兵不血刃。

译文

袁公正在对外奸兴师问罪，来不及整顿国家秩序，对曹操特别加

陈琳

以包含容纳，希望他能够弥补之前犯下的过失。而曹操狼子野心，包藏祸心，想摧折国家的栋梁，孤立削弱汉朝皇室的力量，铲除忠正贤良之人，独自尊大成为枭雄。前阵子袁公击鼓北征，公孙瓒凶暴忤逆，在大军的包围之中顽抗了一年的时间。曹操因公孙瓒一时没有被攻破，就暗中与他书信往来，表面上辅助王师，其实在暗地里准备突袭王师。因此他率领大军到达黄河边上，并准备两船相并向北渡河。恰值曹操使者行迹败露，公孙瓒也被诛灭，因此曹操逼人的锋芒遭到挫折而萎缩了下来，企图没有实现。大军扫荡西山，屠各、左校等部都放下武器投降，进奉人质与物品，争抢着当先锋，像犬羊一样的残存丑类，都被一一消灭在山谷中。曹军恐惧，连夜仓皇地逃走了，屯据在敖仓，阻隔黄河固守，企图螳臂当车，阻止大军前来讨伐。袁公乘汉朝的威武神灵，克敌制胜，威震宇宙，长戟雄兵数以百万，骁勇胡骑数以千群，拥有像中黄伯、夏育、乌获一样的勇猛将士，挟良弓、劲弩之势，并州的军队跨越太行山，青州的军队横渡济水、漯水。袁公率领大军渡过黄河角力于前，荆州大军攻陷宛、叶而牵制曹军的后方力量。各路军队以雷霆之威、猛虎之步并集于曹虏之庭，这犹如举火焚烧飞蓬，倾覆沧海来浇灌炭火，还有什么不可能被消灭的呢？再加上曹操手下的士兵中善于征战的，都出自幽州、冀州，他们中有的人还是袁公旧营的部属，都怨恨旷日持久的战争而想着回归故乡，伤心流泪而北望。其余兖州、豫州的游民，以及吕布、张杨的残部，倾覆败亡而被胁迫，审时度势暂时随从他，各自身受疮痍，人人都把曹操当作仇敌。倘若袁军回旗并进，登上高冈，击鼓奏乐，挥动白旗来招降敌军士兵，那么曹军一定会土崩瓦解，兵不血刃就可以取得胜利。

原文

方今汉室陵迟①，纲维②弛绝③。圣朝无一介④之辅，股肱⑤无折冲之势，方畿⑥之内，简练之臣皆垂头搨⑦翼，莫所凭恃。虽有忠义之佐，胁于暴虐之臣，焉能展其节⑧？又操持部曲精兵七百，围守宫阙，外托宿卫⑨，内实拘执⑩，惧其篡逆⑪之萌，因斯而作。此乃忠臣肝脑涂地⑫之秋⑬，烈士立功之会，可不勖⑭哉！操又矫命称制⑮，遣使发兵，恐边远州郡，过听⑯而给与，强寇弱主，违众旅叛⑰，举以丧名，为天下笑，则明哲不取也。即日⑱幽、并、青、冀四州并进。书到，荆州便勒⑲见兵，与建忠将军⑳协同声势㉑；州郡各整戎马，罗落㉒境界，举师扬威，并匡社稷，则非常之功，于是乎著。其得操首者，封五千户侯，赏钱五千万。部曲偏裨㉓将校诸吏降者，勿有所问。广宣㉔恩信，班扬㉕符㉖赏，布告天下，咸使知圣朝有拘逼㉗之难。如律令㉘。

注释

①陵迟：衰落。

②纲维：本指网的总纲和四维，此指纲纪法度。

③弛绝：松弛断绝。

④一介：一人。

⑤股肱：大腿和胳膊。古代用以比喻君主左右得力的帮手。

⑥方畿：京畿，指京都之境。

⑦搨：垂下。

⑧节：高节，节义。

⑨宿卫：值宿宫禁，担任警卫。

⑩拘执：拘禁。

⑪篡逆：篡位叛逆。

⑫肝脑涂地：形容竭忠尽力而不惜一死。

⑬秋：时机。

⑭勖：勉励。

⑮矫命称制：假托皇命行使皇帝的权力。矫，假托。称制，指行使皇帝的权力。

⑯过听：过分听信，误听。

⑰旅叛：助长叛逆。

⑱即日：当天，今天。

⑲勒：勒令，派发。

⑳建忠将军：古代将军名号之一。当时张绣以军功迁建忠将军，屯宛。

㉑协同声势：协同作战。

㉒罗落：罗列。

㉓偏裨：将佐的通称，指偏将和裨将。

㉔广宣：广泛宣扬。

㉕班扬：颁布宣扬。

㉖符：本指朝廷发令的凭证，比喻信实可靠。

㉗拘逼：拘禁囚逼。

㉘如律令：按照法令执行。檄文告示的结束语。

译文

目前汉室衰落，纲纪法度松弛断绝。朝廷之中没有一个辅佐能臣，将帅中也无得力之人，在京畿之地，干练的大臣都垂头丧气，无所依靠。即便有一些忠义的辅佐大臣，受到残暴逆臣的威胁，又怎么能够展示他们的节义呢？加上曹操在皇宫周围设了七百部曲精兵，名义上是保护皇帝的安全，实际上是将皇帝拘禁起来，恐怕曹操篡位叛逆的念头就是从此时萌生的吧。这是忠臣竭忠尽力不惜一死报效皇帝、烈士建立功业的时候，又怎么能够不勉励呢？曹操又假托皇命行使皇帝的权力，派遣使者兴发兵丁，恐怕边远州郡误听而给他兵饷，盗寇变得强壮起来，而主上却越来越弱小，违背了众人的期望却大大助长叛逆的猖狂，不慎之举可以丧失名节，成为天下人的笑柄，这是明智的人根本不会去做的。从今天起，幽州、并州、青州、冀州四地之军联合起来共同攻打曹操。檄书一到，荆州便派发现有的所有士兵，与建忠将军协同作战；各个州郡整顿兵马，罗列在各自的边界，兴师扬威，共同匡扶汉室社稷，则伟大的功勋一定会在此举中彰显出来。如果有谁能取得曹操首级，将会获封五千户侯，赏钱五千万。曹操的部曲、偏裨将校及大小诸吏如果有放下武器投降的，不要进行盘问。请广泛宣扬袁公的恩德信义，颁布宣扬信实的奖赏，布告天下，使天下的百姓都知道皇帝有被拘禁囚逼的危险。务必按照法令执行。

赏 析

建安五年（200年），袁绍亲自率领大军征讨曹操，陈琳为袁绍作了这篇檄文，号召刘备合击曹操。史书记载，曹操当时头风发作，卧病在床，读了这篇檄文后惊出一身冷汗，头风竟然停止了。后来，官渡一战，袁绍大败，陈琳归降于曹操，曹操问他："当初，你为袁绍写檄文，数落我的罪状也就算了，但是为什么还要牵扯到我的父祖辈呢？"陈琳

陈琳

听了，谢罪说："当时是'矢在弦上，不得不发'。"曹操没有责怪陈琳，而是让他当了司空军师祭酒，足见其对人才的爱惜。

这篇文章文笔十分犀利，文采飞扬，气概豪迈，是陈琳的代表作。文章从一开始就以秦毁灭于赵高的历史事实，来引起刘备对曹操的警惕，而且将曹操与赵高相提并论，其贬抑之意尽出。接下来，作者又从曹操的祖父曹腾开始，连带曹操的父亲，将曹氏满门骂了个狗血喷头，"操赘阉遗丑，本无懿德，犭票狡锋协，好乱乐祸"几句，让曹操非常恼恨。最后又将矛头指向曹操本人，先说他出身不好，再说他接二连三地吃败仗，又一一数落曹操忘恩负义，盗掘陵墓，滥杀无辜，专权欺主，挟天子以令诸侯等。可谓从血统到人品再到行为都骂了个遍，给读者一种痛快淋漓之感，极大地贬损了曹操的威望，唤起了反曹人士的同仇敌忾之心，而"此乃忠臣肝脑涂地之秋，烈士立功之会，可不勖哉"等语，鼓动性很强。

此文铺张扬厉，气势磅礴，有骨鲠之气，是历来称颂不绝的名篇。不过，由于陈琳当时从属于袁绍，所以他对袁绍的功绩进行了过度的赞美，对曹操进行了一些歪曲和过分贬损，未必与史实完全相符，这一点需要我们特别注意。

檄吴将校部曲文

原 文

年月朔日子①，尚书令彧②告江东诸将校部曲及孙权宗亲中外：盖闻"祸福无门③，惟人所召"。夫见机而作④，不处凶危，上圣之明也；

临事制变⑤，困而能通，智者之虑也；渐渍⑥荒沉⑦，往而不反，下愚之蔽也。是以大雅君子，于安思危，以远咎悔⑧；小人临祸怀佚⑨，以待死亡。二者之量，不亦殊乎！

注 释

①年月朔日子：某年某月朔日。"子"疑为衍文，一说为"子尚书令彧"。朔日，指每月的第一日。中国农历将朔日定为每月的第一天，即初一。

②彧：即荀彧，曹操的重要谋士，早年被称为"王佐之才"，初举孝廉，任守宫令。后弃官归乡，又率宗族避难冀州，被袁绍待为上宾。其后投奔曹操。官至侍中，守尚书令，封万岁亭侯。但荀彧于建安十七年（212年）即去世，此檄写于建安二十一年（216年），以荀彧的名义移檄，或为后人讹滥。

③祸福无门：指灾祸和幸福不是注定的。无门，指没有定数。

④见机而作：看到适当时机立即行动。

⑤临事制变：随机应变，因变制宜。

⑥渐渍：浸润。引申为渍染，感化。

⑦荒沉：荒废沉溺。

⑧咎悔：灾祸与悔恨。

⑨怀佚：心怀侥幸。

译 文

某年某月朔日，尚书令荀彧告江东诸将、校尉、部曲以及孙权的内外宗亲：我听说"灾祸和幸福不是注定的，只是人的所作所为造成的"。

陈琳

看到适当时机立即行动，不将自己置身于危险的境地，是最明智者的选择；随机应变，因变制宜，身处困境而懂得灵活变通，是每一个聪明的人所考虑到的；浸润在困境中使自己渐渐地荒废沉溺，只知道去的路却不知道回来的路，是最愚蠢的人的弊病。所以雅量高洁的君子能够居安思危，远离灾祸与悔恨；小人在遇到灾祸时心怀侥幸，只能坐以待毙。两者相比较，差距还是很大的。

原 文

孙权小子，未辨菽麦①，要领②不足以膏③齐斧④，名字不足以洿⑤简墨⑥，譬犹鷇卵⑦，始生翰毛⑧，而便陆梁⑨放肆，顾行⑩吠主⑪，谓为舟楫⑫足以距⑬皇威⑭，江湖可以逃灵诛⑮；不知天网设张⑯，以在纲目，爨镬⑰之鱼，期于消烂也。若使水而可恃，则洞庭无三苗之墟⑱，子阳⑲无荆门之败⑳，朝鲜之垒不刊㉑，南越之旆不拔㉒。昔夫差㉓承阖闾㉔之远迹，用申胥㉕之训兵，栖越会稽，可谓强矣。及其抗衡上国，与晋争长，都城屠于句践㉖，武卒散于黄池㉗，终于覆灭，身磬㉘越军。及吴王濞㉙，骄恣屈强㉚，猖猾始乱㉛，自以兵强国富，势陵京城。太尉㉜帅㉝帅，甫下荥阳，则七国之车㉞瓦解冰泮㉟。濞之骂言未绝于口，而丹徒之刃㊱已陷其胸。何则？天威不可当，而悖逆㊲之罪重也，且江湖之众不足恃也。

注 释

①未辨菽麦：分不清豆子和麦子，形容愚笨无知或说明此人不从事劳动。菽，豆类的总称。

②要领：腰与脖领。

③膏：滋润。

④齐斧：利斧。借指象征帝王权力的黄钺。

⑤洿：同"污"，涂污。

⑥简墨：文书，书简。

⑦鷇卵：刚出壳的小鸟。

⑧翰毛：硬而长的羽毛。

⑨陆梁：嚣张，猖獗。

⑩顾行：边看边行，瞻望徘徊。

⑪吠主：狗吠非主，胡乱吠咬。比喻臣子各自忠于自己的君主。出自《史记·淮阴侯列传》："跖之狗吠尧，尧非不仁，狗固吠非其主。"

⑫舟楫：船和桨。泛指船只。

⑬距：同"拒"。

⑭皇威：皇帝的威力。

⑮灵诛：天子的征讨或杀戮。

⑯天网设张：张开法网。设张，设置。

⑰鬵鑊：指古代烧饭煮食物的大锅。

⑱三苗之墟：三苗化为废墟。三苗，又叫"有苗"，传说中的古部落名，一度为患中原，后被禹彻底消灭。

⑲子阳：公孙述，字子阳，新朝末年、东汉初年割据势力。新朝末年，天下纷扰，群雄竞起，公孙述遂自称辅汉将军兼领益州牧。东汉光武帝建武元年（25年），公孙述称帝于蜀，国号成家（一作大成或成），年号龙兴。

⑳荆门之败：公孙述在荆门被刘秀麾下大将岑彭击败。荆门，位于

湖北省中部，汉江中下游，素有"荆楚门户"之称。

㉑朝鲜之垒不刊：朝鲜的防垒就不会被消除。西汉时期，汉武帝征朝鲜，累次反复，最终消除其防垒，平定朝鲜。

㉒南越之旍不拔：南越的旗帜不会被拔除。公元前111年，汉朝大将杨仆、路博得共同平定南越。旍，同"旌"，旗。

㉓夫差：姬姓，吴氏，春秋时期吴国君主，吴王阖闾之子，春秋霸主之一。

㉔阖闾：名光，吴王诸樊之子，春秋时期吴国君主。被越王勾践打败而死，其子夫差继位，立志复仇，大败越王。

㉕申胥：即伍子胥，名员，字子胥，春秋吴国大夫，楚国大夫伍奢之子。其父被楚王所杀，他辗转逃到吴国，吴王赐予申地，故又名申胥。

㉖句践：越王句践，又作勾践，姒姓，本名鸠浅，春秋时期越国君主，春秋五霸之一。

㉗黄池：地名，在今河南封丘。吴王夫差与晋君在黄池会盟，争做盟主。

㉘罄：空，尽。

㉙吴王濞：吴王刘濞，西汉宗室，汉高祖刘邦之侄，"七国之乱"的发起者。

㉚骄恣屈强：骄横霸道。

㉛猖獗始乱：猖獗狡猾而首先发起叛乱。

㉜太尉：指周亚夫，西汉时期名将、丞相，太尉周勃的次子。

㉝帅：同"率"。

㉞七国之军：七国之乱的军队。

㉟瓦解冰泮：瓦器破碎，冰块融解。比喻失败、崩溃或消失。泮，分，散。

㊱丹徒之刃：东越军队的利刃。《史记·吴王濞列传》记载，刘濞兵败后逃到丹徒（今江苏镇江丹徒区），汉朝用利益诱惑东越，东越人杀死了刘濞。

㊲悖逆：违反正道，犯上作乱。

译文

东吴孙权这个小子，分不清豆子和麦子，腰与脖领不足以滋润利斧，名字不足以涂染文书。就如同那刚刚出壳的小鸟一般，生出了一点点硬长的毛，就无休止地猖獗放肆，瞻望徘徊，胡乱吠咬，以为用船和桨就足够抗拒皇帝的威力，依靠江湖就能够逃脱天子的征讨；却不知道法网恢恢已经张开，沸锅内的鱼，只等煮烂。倘若水可以依恃，那么洞庭的三苗就不会变成废墟，公孙述就不会有荆门的惨败，朝鲜的防垒就不会被消除，南越的旗帜也不会被拔除。从前夫差继承阖闾的遗志，任用伍子胥来操练军队，占据了会稽，可以称得上是一个非常强大的国家。等到其与上国争霸抗衡，与晋国争盟主之位，都城却被句践所屠，士兵们纷纷散毙在黄池，最终覆亡，被越国军队全部歼灭。吴王刘濞骄横霸道，猖獗狡猾而首先发起叛乱，自认为国家非常富强，兵力也十分雄壮，气焰直凌京城。而太尉周亚夫率领大军迎敌，才刚攻下荥阳，七国之军便瓦解冰消了。刘濞的骂声还没有停止，他的胸口已经插上了丹徒士兵的刀刃。这到底是为什么呢？因为大汉朝廷的天威不可阻挡，而违反正道的谋逆之罪太重了，江湖士众也不足以倚仗。

陈琳

原 文

　　自董卓作乱，以迄于今，将三十载。其间豪杰纵横，熊据虎跱[1]，强如二袁[2]，勇如吕布，跨州连郡，有威有名，十有余辈。其余锋悍特起[3]，鹯视狼顾[4]，争为枭雄者，不可胜数。然皆伏铁婴钺[5]，首腰分离，云散原燎[6]，罔有孑遗[7]。近者，关中诸将[8]复相合聚，续为叛乱，阻二华[9]，据河、渭[10]，驱率羌胡，齐锋东向，气高志远，似若无敌。丞相秉钺鹰扬，顺风烈火，元戎[11]启行，未鼓而破，伏尸千万，流血漂橹[12]，此皆天下所共知也。是后大军所以临江而不济者，以韩约[13]、马超逋逸迸脱[14]，走还[15]凉州[16]，复欲鸣吠。逆贼宋建[17]，僭号"河首"，同恶相救，并为唇齿[18]。又镇南将军张鲁，负固不恭[19]，皆我王诛所当先加。故且观兵[20]旋旆[21]，复整六师，长驱西征，致天下诛。偏将涉陇[22]，则建、约枭夷，旂首[23]万里；军入散关[24]，则群氐率服，王侯豪帅，奔走前驱；进临汉中，则阳平不守，十万之师，土崩鱼烂。张鲁逋窜，走入巴中，怀恩悔过，委质[25]还降。巴夷王朴胡、賨邑侯杜濩[26]，各帅种落[27]，共举巴郡，以奉王职。钲鼓[28]一动，二方俱定，利尽西海，兵不钝锋。若此之事，皆上天威明，社稷神武，非徒人力所能立也。圣朝宽仁覆载，允信允文[29]，大启爵命，以示四方。鲁及胡、濩皆享万户之封，鲁之五子，各受千室之邑；胡、濩子弟、部曲将校，为列侯、将军已下千有余人。百姓安堵[30]，四民反业[31]。而建、约支属皆为鲸鲵[32]，超之妻孥，焚首金城[33]，父母婴孩，覆尸许市[34]。非国家钟祸于彼，降福于此也，顺逆之分，不得不然。

注释

①熊据虎跱：雄踞一方，割据称雄。跱，同"峙"。

②二袁：袁绍、袁术。

③锋悍特起：凶悍勇猛的人士渐渐崛起。

④鹯视狼顾：像猛鹯贪视，像狡狼疑顾。鹯，古书上说的一种类似鹞鹰的猛禽。

⑤伏铁婴钺：横伏铡刀，遭受斧钺。

⑥原燎：原野上大火延烧。又指大火。

⑦孑遗：残存。

⑧关中诸将：韩遂、马超等。

⑨二华：太华山与少华山。

⑩河、渭：黄河、渭水。

⑪元戎：元首，主将。戎，兵器，军队。

⑫流血漂橹：血流成河，能够漂起大盾牌。形容战场上伤亡惨重。橹，同"樐"，大盾牌。

⑬韩约：即韩遂，字文约，东汉末年军阀，汉末群雄之一。

⑭逋逸迸脱：逃逸，挣脱。

⑮走还：逃奔、逃回。

⑯凉州：州名，古称雍州、姑臧、休屠，今甘肃武威，一度是西北的军政、经济、文化中心。

⑰宋建：东汉末年凉州军阀之一，自称河首平汉王，聚集部下于枹罕（今甘肃临夏），改元，置百官，割据三十余年。建安十九年（公元214年），曹操派大将夏侯渊讨平宋建。

⑱并为唇齿：并为嘴唇与牙齿，即唇齿相依，互相依靠。

⑲负固不恭：自负固守而不恭敬。

⑳观兵：检阅军队。

㉑旋斾：打旗班师。

㉒涉陇：跋涉陇山。

㉓袴首：悬首，枭首。

㉔散关：大散关。在今陕西宝鸡西南。

㉕委质：亦作"委贽"，放下礼物。古代卑幼往见尊长，不敢行宾主授受之礼，把礼物放在地上，然后退出。

㉖賨邑侯杜濩：原为西南賨人的首领，后随张鲁投降曹操，被封为巴西太守。

㉗种落：种群部落。指军阀部队。

㉘钲鼓：钲和鼓，古代行军或歌舞时用以指挥进退、动静的两种乐器。

㉙允信允文：诚信文雅。允，发语辞。

㉚安堵：安居。

㉛四民反业：士农工商等各种职业的人开始重操旧业。反，同"返"。

㉜鲸鲵：比喻被诛杀的人。

㉝金城：金城郡，在今甘肃皋兰西北黄河北岸。

㉞许市：许昌市集。

译 文

从董卓作乱到今天，已经快三十年了。三十年间豪杰纵横，割据称雄，有强大军队的如袁绍、袁术，有骁勇善战的如吕布，跨越州郡，连着一片又一片的土地，有实力有名声的诸侯达到十余个。其他凶悍勇猛的人士渐渐崛起，像猛鹯贪视，像狡狼疑顾，争当枭雄的数都数不过来。然而都遭受斧钺之祸，身首分离，像白云般飘散，似野火般燎原，竟然没有一点点残存。近来关中诸将又聚合到一起，继续叛乱，阻断太华山与少华山的道路，占据黄河、渭水，驱赶居住在当地的羌人，东向争锋，气势高涨，志向极其远大，一副无人可敌的姿态。丞相执掌大权出师，像顺风的烈火一般，元首出发，还没来得及擂鼓就已经攻破叛军占据的城池，成千上百人战死，流的血竟然可以将大盾牌漂起来，这是天下百姓都知道的事情呀。随后大军之所以临江而不渡的原因，是因为韩约、马超逃逸，回到凉州，又召集部队再次作乱。逆贼宋建，僭号为"河首"，恶人相救，狼狈为奸，形成唇亡齿寒之势。又有镇南将军张鲁，自负固守而不恭敬，都是朝廷大军首先要诛灭的对象。所以先检阅军队后打旗班师，重整六军，长驱西征，诛杀天下的叛逆之人。偏将跋涉陇山，然后宋建、韩约被破灭平定，并将二人的首级传示天下；大军进入大散关，那里的氐族众人投降朝廷，王侯豪杰，奔走前驱，争相效命；大军进临汉中，阳平关立刻被攻破，十万军队顷刻间土崩瓦解，如死鱼自烂。张鲁从大军的包围中逃窜，逃入了巴中这个地方，他感念朝廷的恩惠而后悔自己犯下了错误，献上礼物投降了朝廷。巴夷王朴胡、賨邑侯杜濩，各自率领自己的部落向朝廷献上巴郡，并就任朝廷委任的官职。钲鼓奏响，凉州、汉中两个地方都被平定了，获尽西海之利，将士们的兵器都还没有磨钝。像这些事情，都是上天的威仪神明社稷的神武所导致的，不仅仅是依靠人力所能完成的。大汉朝廷对百姓宽厚仁慈，厚德载物，诚信文雅，给有功之人大规模地封官加爵，以此向四方昭告朝廷的信义。张鲁及朴胡、杜濩等，都享封万户之侯，张鲁的五个儿子都被封为千户侯；朴胡、杜濩的子弟及部曲将校，被封侯封将的竟然有一千多人。百姓安居，士农工商等各种职业的人重操旧业。而宋建、韩

约和他们的部属，已成为被戮的鲸鲵，马超的妻子儿女在金城被杀，父母婴儿的尸体被抛弃在许昌市集。这绝对不是国家加祸于那些人，降福于这些人，而是顺逆之势，不得不这样去做。

原文

夫击鸟先高，攫鸷①之势也；牧野②之威，孟津③之退也。今者枳棘④翦扞⑤，戎、夏⑥以清，万里肃齐，六师无事。故大举天师百万之众，与匈奴南单于呼完厨⑦，及六郡乌桓、丁令屠各⑧、湟中⑨羌僰⑩，霆奋席卷，自寿春⑪而南。又使征西将军夏侯渊⑫等，率精甲五万，及武都⑬氐羌、巴汉锐卒，南临汶江⑭，搤据⑮庸、蜀；江夏、襄阳诸军，横截湘、沅⑯，以临豫章；楼船⑰横海之师，直指吴会。万里克期⑱，五道并入，权之期命⑲，于是至矣。丞相衔奉国威，为民除害，元恶大憝⑳，必当枭夷，至于枝附叶从㉑，皆非诏书所特禽疾㉒，故每破灭强敌，未尝不务在先降后诛，拔将取才，各尽其用。是以立功之士，莫不翘足引领㉓，望风响应。昔袁术僭逆，王诛将加，则庐江太守刘勋㉔先举其郡，还归国家。吕布作乱，师临下邳，张辽、侯成，率众出降。还讨眭固㉕，薛洪、樛尚，开城就化。官渡之役，则张郃、高奂举事立功。后讨袁尚，则都督将军马延、故豫州刺史阴夔、射声校尉郭昭，临阵来降。围守邺城，则将军苏游反为内应，审配兄子㉖开门入兵。既诛袁谭，则幽州大将焦触㉗攻逐袁熙㉘，举县来服。凡此之辈数百人，皆忠壮果烈，有智有仁，悉与丞相参图画策㉙，折冲讨难，芟敌㉚搴旗㉛，静安海内㉜，岂轻举措也哉！诚乃天启其心㉝，计深虑远㉞，审邪正之津㉟，明可否之分，勇不虚死，节不苟立，屈伸变化㊱，唯道所存。故乃建丘山之功㊲，享不訾之禄[38]，朝为仇虏，夕为上将，所谓临难知变，转祸为福[39]者也。若夫说诱甘言[40]，怀宝小惠[41]，泥滞[42]苟且，没而不觉[43]，随波漂流，与熛[44]俱灭者，亦甚众多，吉凶得失，岂不哀哉？昔岁军在汉中，东西悬隔，合肥遗守[45]，不满五千，权亲以数万之众，破败奔走。今乃欲当御[46]雷霆，难以冀矣！

注　释

①攫鸷：张爪猛抓。鸷鸟击物必先高飞取其势。攫，用爪抓取，掠夺。

②牧野：地名，在今河南新乡北，武王与商军曾在此激战。

③孟津：古代黄河渡口名，一作盟津。

④枳棘：枳木与棘木。因其多刺而称恶木。经常用来比喻恶人或小人。

⑤翦抲：即剪除枳棘，捍卫正义。

⑥戎、夏：西戎与华夏。此指边疆与中原。

⑦呼完厨：即呼厨泉。《文选》李善注："《魏志》曰：建安二十一年（216年）匈奴南单于呼厨泉，将其名王来朝，待以客礼。"

⑧丁令：屠各中国古代少数民族。

⑨湟中：地名。湟水流域。

⑩羌僰：中国古代少数民族。

⑪寿春：今安徽寿县。

⑫夏侯渊：字妙才，东汉末年名将，曹操手下大将，也是曹操的同族兄弟。

⑬武都：武都郡，在今甘肃成县。

⑭汶江：岷江。

⑮搤据：扼据，意为控制。搤，同"扼"。

⑯湘、沅：湘江、沅江。

⑰楼船：中国古代战船，因船高首宽，外观似楼而得名。因其船大楼高，远攻近战皆合宜，故为古代水战主力。

⑱克期：约定期限。

⑲期命：期限命数。

⑳元恶大憝：罪魁祸首。憝，坏，恶。

㉑枝附叶从：追随附属的人。

㉒指需急速擒拿的人。禽，同"擒"。

㉓翘足引领：踮起脚尖、伸长脖子，比喻迫切向往与渴望。

㉔刘勋：字子台，与曹操有旧，曾任庐江太守、平房将军等。

㉕眭固：字白兔，初为黑山义军，后事袁绍，在与曹操大军交战时被杀。

㉖审配兄子：指审荣。审配，字正南，袁绍帐下谋臣。

㉗焦触：袁绍部将，后跟随袁绍次子袁熙。袁绍死后反叛袁氏，自立为幽州刺史，不久投降曹操，被封为列侯。

㉘袁熙：字显雍，袁绍次子，袁谭的弟弟。

㉙参图画策：出谋划策，参与图谋重大决策。

㉚芟敌：消灭敌人。芟，除草，引申为消除。

㉛搴旗：拔取敌旗，这里指取得战争的最后胜利。

㉜静安海内：海内升平宁静。

㉝天启其心：天道开启人心。

㉞计深虑远：深谋远虑。计，计谋。虑，考虑。

㉟津：渡口。此指分界，界限。

㊱屈伸变化：此指投降与顽抗的变化。

㊲丘山之功：像山岳一样的巨大功绩。

㊳不訾之禄：难以计算的俸禄，丰厚的俸禄。訾，估算，计量。禄，俸禄。

㊴转祸为福：把祸患转变成福气。

㊵说诱甘言：被花言巧语诱惑。甘言，好听的话。

㊶怀宝小惠：把小恩小惠视为宝贵的东西。

㊷泥滞：拘泥，不知变通。

㊸没而不觉：陷入危险而没有觉察。

㊹熛：迸飞的火焰。

㊺合肥遗守：合肥由张辽、乐进等千余人留守。孙权趁曹操征讨张鲁之时率大军攻合肥，被张辽率八百将士击溃，孙权狼狈逃窜，差点被抓。

㊻当御：防御抵抗，掌管统治。

译文

鸷鸟出击先要高飞，是乘高蓄势；牧野之战之威，得益于之前在孟津退师，就是这个道理。现在剪除枳棘之木，肃清边疆与中原，万里江山已经整肃完毕，六军无战事。因此朝廷派遣百万人马，与匈奴单于呼完厨、六郡乌桓、丁令屠各、湟中羌僰等异族，以席卷天下之势，自寿春向南进攻。又派征西将军夏侯渊等，率领精锐甲士五万，联合武都氐羌之族及巴汉精锐士卒，南临岷江，扼据庸、蜀；江夏、襄阳各路军马横截湘江、沅水，进临豫章；楼船横行海上，直指孙权的都城。五路大军，约定期限万里行军，孙权的命数，至此已到尽头。大汉丞相曹操奉命承国威出征，为天下百姓除害，罪魁祸首一定会被斩首示众，至于追随附

属之众，都不是诏书所特别强调要急速擒获的，因此每次打败强大的敌人时，都要尽量先争取接受投降再诛杀至死顽抗的敌人，在投降的敌人当中因才选拔，各尽其用。因此，希望立功的将士都会踮起脚尖、伸长脖子期待招降，只要一听到消息就会立即响应。昔日袁术僭越逆叛，朝廷大军将要讨伐他，这时庐江太守刘勋率领郡中众人投降了朝廷。吕布作乱之时，朝廷大军攻到下邳城下，张辽、侯成率领众人开城投降。在讨伐眭固之时，他的部将薛洪、缪尚开城率众归顺朝廷。官渡之战时，张郃、高览率众投诚，立下大功。后来讨伐袁尚的时候，袁氏都督将军马延、原豫州刺史阴夔、射声校尉郭昭等临阵投降朝廷。围攻邺城时，将军苏游投降作为内应，审配的侄子审荣打开城门放朝廷大军入内。袁谭被诛，幽州大将焦触赶走袁熙，率众来降。做过投诚之事的人有数百人之多，他们个个都忠诚雄壮，果敢热烈，有智有仁，都帮助丞相出谋划策，克敌讨逆，消灭敌人，拔取敌旗，致海内升平宁静，这难道仅仅只是轻率的行动举措吗？其实这是天道开启人心，使他们深谋远虑，审明正邪的分界，明白是非的分别，英勇但不白白送死，有气节但不无谓坚持，投降与顽抗的变化，只根据道义存在与否来决定。因此建立如同山岳一样的巨大功绩，享受难以计算的俸禄，清晨时分是仇人，傍晚时分就被录拔为上将，正所谓识时务者能够在面临危难时知道变通，从而将祸患转变成福气啊。倘若只是迷惑于表面上的花言巧语，把一些小恩小惠视为宝贵的东西，不知变通而苟且偷安，陷入危险而没有察觉，随波逐流，与火焰一起焚灭的，也有很多，吉凶得失是无法预料的，这难道不令人感到非常悲哀吗？以前的时候我军在汉中，东西相隔极其遥远，合肥戍防十分薄弱，士卒还不到五千人，孙权亲自率领数万之兵，可是最后却落得破败奔逃的可悲下场。现在还痴心妄想要抵挡我军雷霆之师，这是很难做到的。

原文

夫天道①助顺，人道②助信，事上之谓义，亲亲③之谓仁。盛孝章④，君也，而权诛之；孙辅⑤，兄也，而权杀之。贼义残仁⑥，莫斯为甚。乃神灵之逋罪⑦，下民所同雠，辜雠⑧之人，谓之凶贼。是故伊挚去夏⑨，不为伤德；飞廉死纣⑩，不可谓贤。何者？去就之道，各有宜也。丞相深惟江东旧德名臣，多在载籍。近魏叔英⑪秀出⑫高峙⑬，著名海内；虞文绣⑭砥砺⑮清节⑯，耽学好古⑰；周泰明⑱当世隽彦⑲，德行修明，皆宜膺受多福⑳，保乂子孙。而周、盛门户，无辜被戮，遗类流离㉑，湮没林莽，言之可为怆然。闻魏周荣、虞仲翔各绍堂构㉒，能负析薪㉓。及吴诸顾、陆旧族㉔长者，世有高位，当报汉德，显祖扬名。及诸将校，孙权婚亲，皆我国家良宝利器，而并见驱迮㉕，雨绝于天㉖，有斧无柯㉗，何以自济㉘？相随颠没，不亦哀乎！

注释

①天道：上天的意愿。

②人道：人的意愿。

③亲亲：亲近亲人。

④盛孝章：名宪，会稽（今江苏苏州）人，汉末名士。曾任吴郡太守，因病辞官。孙策平吴后，对当地名士深为忌恨，盛孝章因此曾外出避祸。孙策死后，孙权继续对其进行迫害。孔融向曹操推荐他，曹操即征他为都尉，可是征命未至，盛孝章已被孙权杀害。

⑤孙辅：字国仪，东汉末年将领，孙坚长兄孙羌次子，豫章太守、都亭侯孙贲之弟，孙策和孙权的堂兄。孙辅担心孙权不能保住江东，乃

私通曹操，事发，被孙权幽禁数岁至去世。

⑥贼义残仁：伤害义士，残杀仁人。

⑦逋罪：逃亡的罪人。

⑧辜雠：罪恶昭彰。

⑨伊挚去夏：伊尹离夏辅佐商汤。伊挚，伊尹，辅佐商汤的贤臣。

⑩飞廉死纣：飞廉为商朝大臣，与儿子恶来俱以勇力受纣王信任。商朝灭亡时飞廉正奉命在外办事，恶来被周武王杀死。飞廉带着幼子季胜来到霍山，季胜的后人建立了秦国。一说飞廉被驱逐到海边杀死。

⑪魏叔英：即魏朗，字叔英（一作少英），东吴名士，曾任东汉尚书，党锢之祸中自杀身亡。

⑫秀出：出类拔萃。

⑬高峙：高高耸立，此处指出类拔萃。

⑭虞文绣：即虞歆，字文绣（一作文肃），会稽名士，虞翻之父，曾任日南太守。

⑮砥砺：磨石，磨砺。

⑯清节：清高的节操。

⑰耽学好古：特别好学，喜好古典。耽，沉溺，入迷。

⑱周泰明：即周昕，字泰明，曾任丹杨太守。孙策攻打会稽时周昕率兵抵抗，兵败被杀。

⑲隽彦：才德出众之士。

⑳膺受多福：享受很多福禄。出自《尚书·君陈》："惟予一人，膺受多福。"

㉑遗类流离：遗留下来的人流离失所。

㉒绍堂构：继承前辈的事业。堂构，房舍，比喻门户、派别等。

㉓负析薪：父亲劈柴，儿子背负，比喻继承父业。析薪，劈柴。

㉔顾、陆旧族：顾姓、陆姓家族。二姓为东吴大姓。

㉕驱迮：驱赶逼迫。

㉖雨绝于天：雨从天上落下来就没有天可以依靠。

㉗有斧无柯：有斧头却没有斧柄。比喻有才能却没有能借以施展的权柄。

㉘自济：自救。

译文

天道一定会帮助那些顺应时势的人，人道一定会帮助那些信守承诺的人，侍奉上位被称为义，亲近亲人被称为仁。盛孝章是一位高尚的君子，可是却被孙权残忍地诛杀了；孙辅虽然是孙权的堂兄，可是也被孙权无情地杀害了。伤害义士，残杀仁人，没有比这做得更过分的事情了。孙权是上天神灵的逃亡的罪人，是天下百姓共同的敌人，这种罪恶昭彰的人，只能称为凶贼。因此伊尹离开夏桀而辅佐商汤，不算伤德；飞廉一心一意地助纣为虐，不得称为贤人。这到底是为什么呢？离开与投靠的道理，有是否适宜的区别。丞相非常仔细地考虑到江东旧部的德高名臣，多数记载在文书中。近来魏叔英出类拔萃，名扬海内；虞文绣磨砺清高的节操，特别好学，喜好古典；周泰明是这个时代才德出众之士，德行修养清明高洁，他们这些人都应该享受很多福禄，以保护子孙。而盛、周两族无辜被杀，遗留下来的人流离失所，在森林莽野之中躲藏，一说起来就让人悲伤不已。听说魏周荣、虞仲翔各自继承前辈的事业，能够光宗耀祖。吴地顾、陆大族中的长者，世代承袭高位，应该报答皇室的恩德，显祖扬名。而你等将校，以及孙权的儿女亲家，都是国家的珍宝利器，却都被驱赶逼迫。雨从天上落下来就没有天可以依靠，虽然

有斧头却没有斧柄,又怎么能够拯救自己呢?只好跟随众人颠簸出没,这样不是很悲哀吗?

原 文

盖凤鸣高冈①,以远蔚罗②,贤圣之德也。鸧鸠③之鸟,巢于苇苕,苕折子破,下愚之惑也。今江东之地,无异苇苕,诸贤处之,信亦危矣。圣朝开弘旷荡④,重惜民命,诛在一人,与众无忌。故设非常之赏,以待非常之功,乃霸夫⑤烈士⑥奋命⑦之良时也,可不勉乎!若能翻然大举,建立元勋,以膺显禄,福之上也。如其未能,算量大小,以存易亡,亦其次也。夫系蹄⑧在足,则猛虎绝其踊⑨;蝮蛇⑩在手,则壮士断其节。何则?以其所全者重,以其所弃者轻。若乃乐祸怀宁⑪,迷而忘复,暗⑫《大雅》之所保,背先贤⑬之去就⑭,忽朝阳之安⑮,甘折苕⑯之末,日忘一日,以至覆没,大兵一放,玉石俱碎⑰,虽欲救之,亦无及已。故令往购募⑱爵赏科条如左。檄到,详思至言。如诏律令。

注 释

①凤鸣高冈:凤凰鸣叫于高冈之上,比喻高洁的人远身避祸。

②蔚罗:罗网。

③鸧鸠:鸟名,也作"鹤鹈"。

④开弘旷荡:开明宏大,旷达坦荡。开弘,宽大,宽容。

⑤霸夫:霸道的人,超越常人的人。

⑥烈士:贞烈之士。

⑦奋命:效命,拼命。

⑧系蹄：一种缠住兽蹄的捕猎工具。

⑨蹯：兽足。

⑩蝮蛇：一种毒蛇，头部呈三角形，身体呈灰褐色，有斑纹。

⑪乐祸怀宁：只贪图眼前的享乐却不懂得要远离灾祸。

⑫暗：暗昧，糊涂。

⑬先贤：指伊尹。

⑭去就：去夏就殷。

⑮朝阳之安：随朝阳而安处。《诗经·大雅·卷阿》："梧桐生矣，于彼朝阳。"

⑯折苕：折断的苕苇，指上文鸤鸠所居的苕苇。

⑰玉石俱碎：美玉和石头一齐毁掉了，比喻好的和坏的一同毁掉。

⑱购募：悬赏招募。

译文

凤凰鸣叫于高冈之上，它的目的是远离罗网，这是品德高尚的行为。而鸤鸠鸟在苕苇上建巢，可是苕苇折断了蛋也跌破了，这是愚蠢的人执迷不悟的结果。现在江东之地就如同苕苇一般，各位贤才处在那个地方，实在是太危险了。圣明朝廷开明宏大，旷达坦荡，非常重视和珍惜天下百姓的性命，所以只诛杀元凶一人，与其他人没有关系。因此设置不同寻常的赏赐，以期待建立非同寻常的功绩，这正是超越常人的人与贞烈之士效命的大好时机，你们都勤勉而行吧！倘若能够幡然悔悟，发动大军，建立头等功，就可以享受显位厚禄，是最上等的福祉。倘若不能取得成功，也可计算功绩大小，以生存换取死亡，获得第二等赏赐。系蹄缠住了足部，猛虎为全躯而自断其足；蝮蛇伤手，英雄豪杰斩断手

而保全其身。为什么这样呢？因为成全的是重要的，放弃的是轻微的。倘若只是贪图眼前的享乐却不懂得要远离灾祸，由于深受迷惑而不知道醒悟，被《大雅》"明哲保身"之语蒙蔽而变得暗昧，违背先贤去就的大道，忽视梧桐随朝阳而安处的道理，心甘情愿地居住在快要折断的苕苇的末端，一天天得过且过地过日子，最终只会导致覆没的命运。大部队出发，玉石俱碎，虽然内心很想前去救济，可是已经来不及了。因此悬赏招募，罗列科条如左。此檄一到，请仔细地思考我仁至义尽之言。如诏律令，请一定遵照执行。

赏析

建安二十一年（216年）十月，曹操率大军前去征讨孙权，陈琳跟随曹操出征，写下这篇文章以乱敌人的军心。

在这篇文章中，作者花了大量的笔墨审时度势，算强计弱，列举了很多弃暗投明的杰出人士，以十分恳切的口吻规劝拉拢东吴将校部曲起义投诚，特别是投降的张鲁等人封侯拜将（"鲁及胡、濩皆享万户之封，鲁之五子，各受千室之邑；胡、濩子弟、部曲将校，为列侯、将军已下千有余人"）以及顽抗的马超等人宗族覆灭（"而建、约支属皆为鲸鲵，超之妻孥，焚首金城，父母婴孩，覆尸许市"）这组对比，是发生在这篇檄文创作不久前的事，势必让东吴将士触目惊心；又"叙彼苛虐"，指责孙权"贼义残仁"的罪恶行径，告诉东吴将士们孙权寡恩薄情，不值得辅佐；最后又叙述了曹操的招降政策，特别强调要诛杀的只是元凶，与其他人无关，这样一来就打消了观望者心中的最大顾虑。

这篇文章虽然极具说服力，但其中有很多言过其实之处，而且列举

的很多当代人物也不是很具有代表性。此外，作者引经据典之时还犯了不少史实上的错误，例如，在黄池之会上夫差的霸业达到了顶点，并没有发生"武卒散于黄池"的事情，作者是将越军在笠泽（今江苏苏州吴江区）一带大败吴军之事误记为黄池。但是，这些错误不会损害本文强烈的煽动效果。

王粲

　　王粲（177—217年），字仲宣，山阳高平（今山东邹城）人。曾祖王龚、祖父王畅都位列三公，父亲王谦曾经是大将军何进长史。作为一名贵公子，王粲少有异才，文思敏捷，十余岁时就得到文坛盟主蔡邕的赏识，名声大噪。董卓之乱中，王粲流寓荆州，并在那里待了十五年之久。由于不受荆州牧刘表重视，王粲在那里生活得十分抑郁。刘表去世后，王粲规劝刘表的儿子刘琮投降曹操，被曹操任命为丞相掾，赐爵关内侯。曹操称魏公后，王粲被任命为侍中，与"三曹"的关系都非常密切。建安二十二年（217年），王粲跟随曹操征讨孙吴，因病死于军中（一说死于瘟疫），年仅四十岁。王粲的文学成就主要在诗赋方面，被称为"七子之冠冕"，代表作品有《登楼赋》《七哀诗》等。

七哀诗

其一

西京①乱无象②，豺虎③方遘④患。
复弃中国去，远身适荆蛮⑤。

亲戚对我悲，朋友相追攀⑥。

出门无所见，白骨蔽平原。

路有饥妇人，抱子弃草间。

顾闻号泣声，挥涕独不还。

"未知身死处，何能两相完⑦？"

驱马弃之去，不忍听此言。

南登霸陵⑧岸，回首望长安。

悟彼下泉人⑨，喟然⑩伤心肝！

注 释

①西京：指长安。因为东汉都城在洛阳，长安在洛阳西，所以称长安为西京。

②乱无象：世道混乱，没有法纪。

③豺虎：豺狼虎豹，指李傕、郭汜等人。董卓死后，二人在长安大肆攻杀烧掠。

④遘：通"构"，造。

⑤"复弃"二句：王粲原居洛阳，因董卓之乱而迁长安，这时又逃离长安，故称"复弃"。中国，指中原地区。远身，一作"委身"，寄身。适，往，去。荆蛮，指荆州。荆州是古代楚国之地，楚国本称荆，周人称南方民族为蛮，楚国在南方故称荆蛮。

⑥追攀：攀着车辕追送，形容依依不舍的样子。

⑦两相完：两相保全。

⑧霸陵：汉文帝刘恒陵墓，在今陕西西安东南。

⑨下泉人：语带双关，既是《诗经·曹风》中的一首诗，又隐指汉

文帝。毛《序》说："《下泉》，思治也。"下泉，流入地下的泉水。

⑩喟然：形容叹息的样子。

译文

西京长安混乱无序，李傕、郭汜等人大肆制造祸患。我再次告别了中原，暂时寄身遥远的荆蛮。亲戚对着我悲伤地哭泣，朋友们依依不舍地攀着我的车辕追送。走出城门一无所见，只有一堆堆的白骨遮蔽了平原。路边有一个饥饿的妇人，把孩子放在了草丛中间。她回顾了一眼哭泣的孩子，流着泪走了再也没有回来。"我自己都不知道会死于何地，怎么可能母子两相保全？"不等她将话说完，我赶紧策马离开了，因为我实在不忍心再听这样伤心的言语。登上霸陵的高地继续向南前进，回过头我远远地眺望着西京长安。这时，我突然间领悟了《下泉》诗作者思念明王贤君的心情，内心不禁伤心、叹息起来了。

赏析

汉献帝初平三年（192年），董卓部将李傕、郭汜围攻长安，随即展开了长达四年之久的残酷争斗。在这段时间里，长安城遍地废墟，百姓死伤无数，人们都争相逃难，王粲也是逃难人群中的一员，这首诗就是他动身前往荆州依附刘表时所作。

"西京乱无象，豺虎方遘患"两句是社会动乱的写照，也是诗人离开长安的原因。"复弃中国去，远身适荆蛮"点出了离开长安后的去向。一个"复"字蕴含着无限的感慨和哀伤，因为诗人迁徙已经不是第一次，以前董卓胁迫汉献帝迁都长安，驱使吏民入关，诗人被迫迁移到长安，此时为了避难，又要离开长安。"亲戚对我悲，朋友相追攀。"诗人描写

了送别时亲朋好友的表情和动作，表现了诗人和他们之间的深厚感情，又营造出一种悲伤的气氛，让人感到这是一场生离死别。

走出城门后，一路上诗人见到的是累累的白骨遮蔽了无垠的平原。这是残暴的统治给人民带来的深重灾难。接着，诗人又写了"饥妇人"弃子的情节。在这里，诗人揭露了战乱给人民带来的沉重灾难。妇女弃子，使善良的诗人耳不忍闻，目不忍睹，但他自身都处于危难之中，无力帮助那对母子。所以，他才"驱马弃之去，不忍听此言"。诗人南登霸陵，回首眺望长安，不由得想起创造了"文景之治"的汉文帝。他认为假如有汉文帝这样贤明的君主在世，这一幕幕惨剧就不会发生。在全篇的结尾，诗人面对汉文帝的陵墓，领悟了《下泉》一诗的作者思念明王贤君的急切心情，从而情不自禁地发出深深的哀叹。

这首诗真实地描绘出一幅悲惨的乱离场面，全诗沉痛悲凉，情辞酸楚，令读者不忍卒读，对后世诗人的创作产生了巨大影响。

其二

荆蛮非我乡，何为久滞淫①？
方舟溯大江，日暮愁我心。
山冈有余映②，岩阿③增重阴。
狐狸驰赴穴，飞鸟翔故林。
流波激清响，猴猿临岸吟。
迅风拂裳袂，白露沾衣衿。
独夜不能寐，摄衣④起抚琴。

丝桐⑤感人情，为我发悲音。

羁旅无终极，忧思壮⑥难任⑦。

注释

①滞淫：滞留。

②余映：余光，余晖。

③岩阿：遍布岩石的山阿。阿，山丘。

④摄衣：整衣。摄，整理。

⑤丝桐：指琴。丝为弦，桐为制琴的上等木料。

⑥壮：盛，深重。

⑦难任：难以承受。此谓长期淹留在他乡，愁思日增，难以承受。

译文

荆州不是我的故乡，我为何长久滞留在这里？并排的船在江心溯流而上，天色渐晚更勾起了我思念家乡的忧愁。山坡上映着太阳的余晖，遍布岩石的山阿越来越灰暗。匆忙奔跑的狐狸急着赶回自己的巢穴，飞翔的鸟在出生的森林上空盘旋。大江上的浪花哗哗作响，猿猴在临岸的山林中长长地尖叫着。迅猛的江风掀起了我的下衣和衣袖，秋天的露水在不知不觉间打湿了我的衣衿。夜深了，可是我久久难以入眠，所以又整理衣服起床弹奏桐琴。桐琴仿佛能理解我内心的感受一样，为我发出深沉而悲凉的思乡之音。羁旅在外何时才会是尽头，忧思深重让我难以承受。

赏析

这首诗是诗人久客荆州、思念故乡之作。

"荆蛮非我乡"以下四句，写诗人长期客居荆州却一事无成的苦闷，日暮之时，更引起了他的思乡之情。"山冈有余映"以下八句，写的是日暮时分的自然景色，景中寓情，抒发了诗人思归的凄苦无奈之情。"狐狸驰赴穴，飞鸟翔故林"，写鸟兽尚且留恋出生之地，尤其引起了诗人对故乡的无尽思念。接下来，诗人由写景转入集中抒情，描写了其夜不能寐、忧思难忍的情形。由"不能寐"而"摄衣起抚琴"，暗示着忧思逐渐加深，诗人知道已经睡不着了，于是起身抚琴聊以自宽。接下来二句，诗人以拟人手法赋予物以人的情感，借以衬托、强化思归感伤之情。琴也似乎通晓人的心情，为诗人的不幸哀鸣。这"悲音"体现了诗人无处寄托却又无法宣泄的哀愁。最后二句，表现了诗人悲愤低沉、哀怨不绝的忧伤之情。

诗人久留荆州，不能施展伟大的志向与抱负，内心极为悲伤。这首诗抒发了他的沉痛之情，特别是有着相当强烈的感情色彩的景物描写，使思归心情显得更为浓郁。

其三

边城使心悲，昔吾亲更①之。
冰雪截②肌肤，风飘无止期。
百里不见人，草木谁当迟③？
登城望亭隧④，翩翩飞戍旗。

行者⑤不顾返，出门与家辞。

子弟多俘虏，哭泣无已时。

天下尽乐土，何为久留兹？

蓼虫不知辛⑥，去来勿与谘。

注释

①更：经过，经历。

②截：截取，引申为冻伤。

③迟：治理，料理。

④亭燧：亭燧，指亭障与烽火台。古代守边，设亭障以为哨所，见敌人进犯就用狼烟报警叫作"燧"，夜中举火报警叫作"烽"。

⑤行者：从军出征之人。

⑥"蓼虫"句：生存在水蓼上面的虫子习惯于蓼的辛辣味，故称"不知辛"。蓼，水蓼，植物名，味辛辣。

译文

边城的荒凉让人心中产生一阵阵悲伤之情，以前我到过这个地方。冰雪就像刀子一般冻伤皮肤，大风呼呼地刮个不停。方圆一百里的地方都看不到人烟，草木让谁来料理？登上城楼远望亭障与烽火台，只看到满城飘动着战旗。从军出征的人不准备再回家乡，他们出门的时候就已经和家人做了永久的告别。年轻人多数都已经成为敌人的俘虏了，他们的家人为此不停地哭泣。天下能够安居乐业的地方应该有很多，何必苦苦地待在这个地方呢？他们如同水蓼上的虫子习惯辛辣一样习惯了这种生活，所以请不要再谈离开边城的事情了吧。

赏析

建安二十年（215年），王粲随军出征，这首诗就是在这时写下的。此诗写出行边关的感受，表达了对戍卒的同情与关切之情。

"边城使心悲，昔吾亲更之。"一开始，诗人就为使人心悲的边城慨然长叹，充满了辛酸凄怆之感。在这里，诗人开门见山地点明题意，以"悲"字统摄全诗。接，诗人描写了边地的严寒、荒芜，暗含战争给边地百姓带来的痛苦与灾难。"登城望亭隧"以下六句，诗人登城远望亭障与烽火台，只看到边防驻军的战旗在风中飘扬。想到边防戍卒离开家乡就一去不回头，甚至离家之时已经和家人做了永久的告别，其悲怆、酸楚令人伤感不已。如今，这些年轻人中很多已经成为敌人的俘虏了，他们的家人该多么痛苦。由此可见，戍卒与边地人民遭受敌军蹂躏之惨，苦难之深。

最后四句写的是诗人的愤激之情和怅然感叹。"天下尽乐土，何为久留兹？"表达了诗人强烈的哀怨情绪，表现了诗人对边地人民的同情与关切。"蓼虫不知辛，去来勿与谘。"体现出战争已经使百姓习惯与麻木了。其中凝聚了诗人无限的辛酸与悲哀，也流露了诗人对此无能为力的惆怅与哀叹。

这首诗属于反映边地生活的写实诗。诗人继承了《诗经》的现实主义写法，深刻地反映了东汉末年战争给边地百姓带来的巨大苦难。

咏史诗

自古无殉死[①]，达人[②]共所知。

秦穆杀三良,惜哉空尔为③。

结发④事明君,受恩良不訾⑤。

临殁要之死,焉得不相随?

妻子当门泣,兄弟哭路垂⑥。

临穴呼苍天,涕下如绠縻⑦。

人生各有志,终不为此移⑧。

同知埋身剧⑨,心亦有所施⑩。

生为百夫雄,死为壮士规⑪。

《黄鸟》作悲诗,至今声不亏⑫。

注释

①"自古句":我国殷商时代以活人殉葬的习俗非常盛行,周代此风渐衰但并未断绝。王粲说"无殉死",应该是在表示对这个陋俗的不满。

②达人:通事达理之人。

③"秦穆"二句:秦穆公杀掉三良给自己殉葬,可怜白白地送掉了宝贵的性命。秦穆,秦穆公,春秋时秦国国君,春秋五霸之一,鲁文公六年(前621年)卒,以一百七十余人殉葬,其中包括子车氏三子奄息、仲行、针虎,三人都有贤德,世称"三良"。空尔为,徒然,白费。

④结发:古时男子成年始束发,后多以结发喻年轻。

⑤訾:同"赀",计量。

⑥垂:边。

⑦绠縻：泛指绳索。绠，用来汲水的绳索。縻，用来系牛的绳索。

⑧移：更改。

⑨剧：剧烈，这里指痛苦很剧烈。

⑩施：施予，这里指报答恩情。

⑪"生为"二句：三良生时是众人中的杰出者，死后是壮士的楷模。百夫雄，众人中的杰出者。雄，俊杰，英雄。壮士规，壮士的楷模。

⑫"《黄鸟》"二句：《黄鸟》作为哀悼三良的悲诗，直到今天仍然吟唱不衰。《黄鸟》，《诗经·秦风》中哀悼三良的篇名。悲诗，悲哀之诗。亏，停歇。

译文

从古至今没有殉死，这是通事达理之人都知道的。秦穆公杀掉三良给自己殉葬，可怜白白地送掉了宝贵的性命。从结发时就开始侍奉明君，承受的恩惠无法计量。明君临死的时候约定一起入墓，哪里有不相随的道理呢？妻子和儿子在门口难过地哭泣，兄弟在路边痛哭。来到墓地边呼天抢地，泪水直涌就像绳索一样。人生的志向都各不相同，终究不会因亲人的阻拦和痛哭而有所更改。人人都知道活埋的痛苦与残酷，但是三良却认为这是报答恩情的好方法。三良生时是众人中的杰出者，死后是壮士的楷模。《黄鸟》作为哀悼三良的悲诗，直到今天仍然吟唱不衰。

赏析

建安十六年（211年）十二月，王粲随曹操西征马超至长安，曾路过三良冢，此诗当作于其时。曹植有《三良诗》，为同时之作。本诗通过

咏史，表达了自己的规谏之义，对曹操滥杀贤良的行为进行了含蓄的讽刺。诗中大力表彰三良，说明三良之死是非常无辜的，表达了无比惋惜之情。

全诗前四句明确指出：自古以来有见识的人才都是非常鄙夷殉葬制度的，秦穆公以三良为自己殉葬给后人带来了无穷的遗憾。在这里，诗人不写"三良殉秦穆"，而说"秦穆杀三良"，强调了一个"杀"字。接着，诗人通过两相对照的手法进行描写，一方面是三良知恩报主，视死如归的坦荡胸怀，另一方面是三良家属呼天抢地的悲伤场景。一心侍主，本应该得到君主的恩赐，可是事实上得到的却是灭顶之灾。殉葬制度的残忍和愚昧，通过这组对比鲜明地表现了出来。

"人生各有志"至篇末八句，写到三良殉葬时的心态和诗人对他们的评价。这里与前文的风格发生了一些改变，诗人对三良慷慨赴死的行为进行了一番赞叹，与前文对殉葬制度和秦穆公杀贤的谴责有一定的矛盾之处，风格也由悲怆变得壮烈，实际上隐含着诗人希望对曹氏尽忠的心理。

这首诗语言朴实而极富感情，场面描写生动形象，全诗感情始怨后誉，始悲后壮，取得了矛盾又统一的艺术效果。

公宴诗

昊天①降丰泽②，百卉挺葳蕤③。
凉风撤④蒸暑，清云却炎晖⑤。
高会⑥君子堂⑦，并坐荫华榱⑧。

嘉肴充圆方[9]，旨酒盈金罍[10]。

管弦发徽音[11]，曲度[12]清且悲。

合坐[13]同所乐，但愬[14]杯行迟。

常闻诗人语，不醉且无归[15]。

今日不极欢，含情欲待谁？

见眷[16]良不翅[17]，守分岂能违？

古人有遗言，君子福所绥[18]。

愿我贤主人[19]，与天享巍巍。

克[20]符[21]周公业，奕世[22]不可追。

注 释

①昊天：夏季的上天。《尔雅·释天》："春为苍天，夏为昊天。"

②丰泽：充沛的雨水。泽，雨露。

③葳蕤：形容枝叶繁茂。

④撤：撤除，消除。

⑤炎晖：炎热的阳光，指夏日。

⑥高会：高朋聚会，盛大的宴会。

⑦君子堂：指曹操的府第。

⑧华榱：刻有花纹的屋椽。榱，椽子的总称。细分之，圆的叫椽，方的叫桷。古代多以榱桷比喻担负重任的人。

⑨圆方：指各种形状的器皿。

⑩金罍：金质酒器。

⑪徽音：美好的乐音。

⑫曲度：乐曲的旋律。

⑬合坐：满座。

⑭愬：诉说。

⑮"常闻"二句：经常听《诗经》上说，不醉就不会离开。诗人语，指《诗经》中的话。不醉且无归，出自《诗经·小雅·湛露》："厌厌夜饮，不醉无归。"

⑯见眷：被器重。

⑰不翅：过多之意。

⑱绥：安抚。

⑲贤主人：指曹操。

⑳克：能。

㉑符：等同，符合。

㉒奕世：累世。

译文

夏季上天降下充沛的雨水，花草挺秀，枝叶繁茂。一阵阵凉风吹来，酷暑稍微消除；云朵飘过，挡住了炎热的阳光。高朋聚会于君子堂，他们在那刻有花纹的屋椽之下并坐相欢。美味佳肴装满了各类器皿，美酒斟满了金杯。管弦等各类乐器奏出美好的乐音，乐曲的旋律既清正又动听。满座的人都十分高兴，只是一个劲地诉说酒喝得太慢。经常听《诗经》上说，不醉就不会离开。今天如果不极尽欢娱，还要满怀感情等待谁呢？深受器重已过多，恪守职责又怎么能够违背呢？前人曾经留下遗训，君子会被很好地安抚。希望我贤明的主人，功德能够像天一样高大。能够创立等同周公的伟大事业，累世之人都难以追及。

赏 析

这首诗是诗人参加曹操在邺宫举行的家宴时写下的。诗中抒写了欢乐之情，守分之意，又恭祝曹操能够成就像周公一样的伟大事业。由于是赞颂主上之作，因此含有明显的奉承与效忠之意，是一首歌功颂德的应制诗。

全诗共二十四句，每六句为一段。各段之间时序相接，诗情相扣。前六句中，诗人先是描写了宴会的环境，营造出一种欢乐的气氛，暗示出人们参加宴会时豪爽欢快的心情，也表明了宴会主人的身份非同一般。第二段先写宴会的情景，再由景及情，刻画出人物的内心世界。"合坐同所乐，但愬杯行迟"二句，极言宴会上众人的欢乐。

第三段中，可以看出诗人兴高酒酣，不醉不休。但是，诗人绝对不是嗜酒如命的酒鬼，他是在感激"贤主人"的赏识与盛情。与此同时，也表达了贤主人识拔人才、任用人才的开明与睿智，以及自己要为其效忠的情感。"见眷良不翅，守分岂能违"二句由情入理，表明自己的忠诚之心。诗人在长期怀才不遇之后投奔曹操，曹操对其礼遇有加，所以他才决定效忠曹操，帮助其完成统一天下的大业。最后一段，诗人提前恭祝曹操能够成就伟大的事业，流芳千古。结尾两句，诗人将曹操比作周公。汉末时期，天下混乱，群雄割据，人人都盼望着统一安定。诗人认为只有曹操这样的英雄豪杰才能够完成像周公那样的功业，建立起万世莫及的丰功伟绩。这里虽然不乏恭维之意，但是以曹操的志向和作为来看也并非谬赞。

这首诗格调欢快、气氛热烈，但总的来说不脱一般公宴侍坐诗的俗套，诗中的奉承和效忠意味也损害了诗的意境。

王粲

登楼①赋

原文

登兹楼以四望兮，聊暇日②以销忧③。览斯宇④之所处兮，实显敞⑤而寡仇⑥。挟清漳⑦之通浦⑧兮，倚曲沮⑨之长洲⑩。背⑪坟衍⑫之广陆兮，临皋⑬隰⑭之沃流⑮。北弥⑯陶牧⑰，西接昭丘⑱。华实⑲蔽野，黍稷⑳盈畴。虽信美㉑而非吾土兮，曾㉒何足以少留！

注释

①楼：王粲登上的是哪一座楼，说法不一，一般认为是当阳东南的麦城城楼。

②聊暇日：聊借此日。暇，通"假"，借。

③销忧：消除忧愁烦闷。

④斯宇：即这座楼。

⑤显敞：豁亮宽敞。

⑥寡仇：无比，很少可以匹敌。仇，同类。

⑦漳：漳水，流经麦城东侧。

⑧浦：小河入大河处。

⑨沮：沮水，向东南流经当阳，与漳水汇合流入长江。

⑩长洲：水边长形的陆地。洲，水中陆地。

⑪背：背对着，指北面。

⑫坟衍：土地隆起叫"坟"，土地广平叫"衍"。

⑬皋：水边的高地。

⑭隰：低湿地。

⑮沃流：可供灌溉的水流。

⑯北弥：北面至极处。弥，终极。

⑰陶牧：地名，传说春秋时陶朱公范蠡死后葬于此地。陶，陶朱公。牧，郊外。

⑱昭丘：春秋时楚昭王的坟墓。

⑲华实：花木果实。

⑳黍稷：黍子和谷子，泛指农作物。

㉑信美：确实美好。

㉒曾：语助词，无实义。

译文

我登上这座楼四下张望，聊借此登楼之日以消除内心的忧愁烦闷。观看这座楼所处的地势，实在是既豁亮又宽敞，恐怕很少有能和它匹敌的。城楼高高地屹立于交通发达的浦口，侧临着清澈的漳水，紧紧依傍着弯曲的沮水边的长洲。背对着高高低低的广阔原野，面临着水边高地和低湿地上的沃流。陶朱公墓地的北境到此楼处终结，楚昭王坟丘西缘与这里紧接。花木果实密密麻麻地遮蔽原野，农作物铺满了田地。虽然这个地方确实非常美好，可是不是我日思夜想的故乡，我又怎么能够长久地逗留在这里呢？

原文

遭纷浊①而迁逝②兮，漫③逾纪④以迄今。情眷眷⑤而怀归兮，孰⑥忧思之可任⑦！凭轩槛⑧以遥望兮，向北风而开襟⑨。平原远而极目⑩兮，蔽荆山⑪之高岑⑫。路逶迤⑬而修⑭迥⑮兮，川既漾⑯而济⑰深。悲旧乡之壅隔⑱兮，涕横坠⑲而弗禁。昔尼父⑳之在陈兮，有"归欤"之叹音。钟仪㉑幽而楚奏兮，庄舄㉒显㉓而越吟。人情同于怀土兮，岂穷达㉔而异心！

注释

①纷浊：比喻乱世。

②迁逝：迁徙流亡，指自己避难荆州。

③漫：长久。

④逾纪：超过一纪。纪，十二年。

⑤眷眷：留恋，渴望。

⑥孰：谁。

⑦任：承受。

⑧轩槛：窗户和栏杆。

⑨开襟：敞开衣襟。

⑩极目：用尽目力（远望）。

⑪荆山：山名，在湖北南漳。

⑫岑：小而高的山。

⑬逶迤：弯曲绵延的样子。

⑭修：长。

⑮迥：远。

⑯漾：水流盛大的样子。

⑰济：渡。

⑱壅隔：阻塞隔绝。

⑲横坠：零乱地坠落下来。

⑳尼父：即孔子。

㉑钟仪：春秋时期楚国公族，被封为郧公，是有史书记载的最早的古琴演奏家。楚、郑交战的时候，楚军被击败，钟仪等人被郑国俘虏，献给了晋国。晋侯叫他操琴，他弹的仍是南方楚国的乐曲，说明他不忘故国。

㉒庄舄：越人，出身贫寒，仕楚为卿大夫，病中思念故乡，呻吟时发出的都是越音。

㉓显：显贵。

㉔穷达：指人生的困顿与显达。穷，身处逆境，指上文的钟仪。达，身处顺境，指上文的庄舄。

译文

由于遭逢乱世而不断地迁徙流亡，漫长的岁月超过了十二年以迄于今。我是多么渴望能够回到自己的故乡，什么人能够承受得了这种深深的忧思之情呢？依靠着窗户和栏杆抬头向远方望去，迎着呼呼的北风敞开了衣襟。平原无比辽远，极目远眺却被荆山的高岭遮住了视线。道路弯曲绵延遥不可及，河水盛大且深难以渡过。悲伤地感叹自己竟然与故乡阻塞隔绝，涕泪零落而无法控制自己。以前孔子身处陈国，曾发出"归欤"的深沉感叹。钟仪被晋人幽禁而弹奏楚国的地方乐调，庄舄在楚国身居高位，但病中仍旧用越语呻吟。人思念故乡的感情是相通的，怎么会因为困顿或显达而有所不同呢？

原 文

惟①日月之逾迈②兮，俟③河清④其未极。冀⑤王道⑥之一平⑦兮，假高衢⑧以骋力。惧匏瓜之徒悬⑨兮，畏井渫之莫食⑩。步栖迟⑪以徙倚⑫兮，白日忽其将匿。风萧瑟而并兴兮，天惨惨而无色。兽狂顾以求群兮，鸟相鸣而举翼。原野阒⑬其无人兮，征夫⑭行而未息。心凄怆以感发兮，意忉怛⑮而憯恻⑯。循阶除⑰而下降兮，气交愤于胸臆。夜参半而不寐兮，怅盘桓⑱以反侧⑲。

注 释

①惟：念及，想到。

②日月之逾迈：光阴逝去。逾迈，行进。

③俟：等待。

④河清：古称黄河千年一清，后以"河清"比喻太平盛世。

⑤冀：希冀，希望。

⑥王道：王朝政权。

⑦平：稳定，巩固。

⑧高衢：高高的通达之路，比喻高官要职。

⑨匏瓜之徒悬：像葫芦一样徒然地高高挂在那里，比喻德行兼备而不被当权者所用。匏瓜，葫芦。语出《论语·阳货》："吾岂匏瓜也哉，焉能系而不食？"此本孔子自喻之词，为王粲所借用。

⑩井渫之莫食：淘清了的井水没有人饮用。喻己之修身自洁，而不为世用。《周易·井》："井渫不食，为我心恻。"井渫，除去井里的污秽，使水清洁。

⑪栖迟：止息，逗留。

⑫徙倚：徘徊。

⑬闃：寂静，没有声音。

⑭征夫：行役之人。

⑮切怛：忧伤，悲痛。

⑯憯恻：惨痛。憯，同"惨"。

⑰阶除：指楼梯。

⑱怅盘桓：怅惘地左思右想。

⑲反侧：翻来覆去睡不着觉。

译 文

想到光阴在一天天地流逝，满怀希望地期待太平盛世却没有等到。期盼着朝政稳固统一，借着那高高的通达之路展现自己出众的才华。我非常担心自己像葫芦一样徒然地高高挂在那里，害怕淘清了井水却没有人饮用。逗留时步履徘徊缓慢，太阳在不知不觉中就要下山了。萧瑟风声四面并起，天色也阴沉暗淡了下来。野兽仓皇四顾而寻找同伴，飞鸟相鸣而展翅齐飞。原野寂静而没有人烟，行役之人还在匆匆地赶路而得不到片刻休息。心中凄怆而百感交集，情意忧伤，惨痛欲绝。顺着楼梯走下来，内心却气愤难平。到了半夜我还无法入睡，怅惘地左思右想，翻来覆去睡不着觉。

赏 析

王粲为避长安之乱，南下来到荆州投靠父亲的门生刘表。可是，外表儒雅、内心疑忌的刘表看到王粲面容丑陋、身体孱弱，并没有重

用他。据考证，这篇赋作于王粲避难来到荆州的第十三年，即建安九年（204年），他长期得不到刘表的重用，内心十分郁闷，又极度思念故土，于是登上城楼，创作了这首名留千古的佳作。这篇赋采用铺叙的手法，将作者生逢乱世、久客他乡，既无法施展才能又无法还乡的深沉感慨进行了一番畅快淋漓的宣泄。

这篇赋可分为三段，第一段写登楼所见，透露出作者的忧思，其中"望""忧"二字一开始就奠定了整篇赋的抒情基调。"虽信美而非吾土兮，曾何足以少留"两句为传世佳句，写出了古今游子的共同心声，结合作者的不幸遭遇来读，更有催人泪下的效果。第二段叙述作者思念故乡的深沉感情，"悲旧乡之壅隔兮"一句告诉我们，作者为何长久淹留在让他悲伤失意的荆州。当时战乱频仍，刘表和占据中原的曹操又是敌对的关系，王粲自然无法还乡。就在他写了这篇赋的三年之后，他才力劝刘表的儿子刘琮投降曹操，终于得到了回归故土的机会。最后一段抒发了他对自身政治前途的担忧，尤其是担心自己像"匏瓜之徒悬""井渫之莫食"，满腹才华却不被任用，揭示出"忧思"深层的政治内涵。

这篇小赋结构严谨，用典十分贴切，还大量运用了富有音乐性的修饰词语。文章主要表达忧思这个传统主题，思想深刻，概括了汉末动荡不安的时代特征和作者悲惨不幸的遭遇，倾吐了怀才不遇的悲慨，表达了渴望建功立业的雄心壮志。整篇赋抒情意味十分浓厚，语言质朴自然，风格沉郁悲凉，被视为抒情小赋的代表作品。

为刘表谏袁谭书

原 文

　　天降灾害①，祸难殷流②。初交殊族③，卒成同盟，使王室震荡，彝伦④攸斁⑤。是以智达⑥之士，莫不痛心入骨，伤时人⑦不能相忍⑧也。然孤⑨与太公⑩志同愿等⑪，虽楚魏绝邈⑫，山河迥远，戮力⑬乃心，共奖王室，使非族⑭不干⑮吾盟，异类⑯不绝吾好，此孤与太公无贰⑰之所致也。功绩未卒，太公殂陨⑱，四海悼心⑲。贤胤⑳承统㉑，以继洪业，遐迩㉒属望。宣奕世之德，履丕显㉓之祚，摧严敌㉔于邺都，扬休烈㉕于朔土㉖。顾定㉗疆宇，虎视河外㉘，凡我同盟，莫不景附㉙，咸欲展布旅力㉚，以投盟主，虽亡之日，犹存之愿也。何悟青蝇㉛飞于竿旌㉜，无忌㉝游于二垒㉞，使股肱分成二体，匈㉟膂㊱绝为异身！初闻此问，尚谓不然，定闻信来，乃知阏伯、实沈㊲之忿已成，弃亲即雠㊳之计已决，旍斾㊴交于中原，暴尸累于城下。闻之哽咽，若存若亡㊵。

注 释

①天降灾害：指董卓作乱。

②殷流：横流。

③殊族：异族。此指羌胡。董卓少年时曾游羌结交其豪帅。

④彝伦：纲常伦理。

⑤攸斁：败坏。攸，语助词。

⑥智达：聪慧敏达。

⑦时人：当时的人，世人。

⑧相忍：互相忍让。

⑨孤：刘表自称。

⑩太公：指袁绍。

⑪志同愿等：志同道合，目标一致。

⑫楚魏绝邈：楚魏隔绝，距离遥远。楚，指位于楚国故地的荆州。魏，指冀州治所邺（今河北临漳）。

⑬戮力：即勠力，同心协力。

⑭非族：异族。

⑮干：干预，侵犯。

⑯异类：同"非族""异族"，对少数民族的蔑称。

⑰贰：二心，不一样。

⑱殂陨：死亡。

⑲四海悼心：全国都哀悼伤心。

⑳胤：后代，后嗣。

㉑承统：继承大业。

㉒遐迩：远近。

㉓丕显：大而显赫。丕，大。

㉔严敌：强敌，指曹军。

㉕休烈：美好的事业。

㉖朔土：北土。朔，北方。

㉗顾定：一顾而定，比喻很容易就稳定局面。

㉘河外：黄河以北。

㉙景附：如影相附，归附。景，同"影"。

㉚展布旅力：尽力施展才能。展布，施展。旅力，出力，尽力。

㉛青蝇：苍蝇的一种，又称金蝇。《诗经·小雅》篇名，以青蝇喻谗言小人。

㉜竿旄：用鸟羽饰于竿首的旗帜，为众人所睹之物，多用以喻主人。此指袁谭、袁尚二人。

㉝无忌：即费无忌，为楚平王宠幸，经常在平王跟前说太子的坏话，平王想诛杀太子，太子得知消息后逃往宋国。太子的老师伍奢也被费无忌陷害，与长子伍尚一同被杀，次子伍员逃到了吴国，帮助吴国多次侵袭楚国，楚国令尹杀费无忌以平民愤。

㉞二垒：袁谭、袁尚二人的营垒。

㉟匈：同"胸"。

㊱膂：脊骨。

㊲阏伯、实沈：帝喾的两个儿子，相互争斗成仇，阏伯就是商汤的祖先契。帝尧迁实沈于大夏，主参星，迁阏伯于商丘，主辰星（又称商星），让他们永不相见，这就是典故"参商"的由来。

㊳弃亲即雠：弃绝亲情成为仇敌。

㊴旗旆：战旗。

㊵若存若亡：精神恍惚。

译文

上天降下巨大的灾害，祸难横流。董卓少时就结交羌胡，最终成了同盟，令皇室震荡不已，大大败坏了纲常伦理。所以，聪慧敏达的人都对他恨之入骨，感叹当世的人们都不能互相忍让，共讨逆贼。可是，我与您的

太公志同道合，目标一致，即使楚、魏两地隔绝，山河遥远，也能够同心协力，一起辅助大汉皇室，令外族无法干预我们的同盟，异类不能断绝我们之间的深情厚谊，这正是我和袁公互无二心的结果。然而伟大的事业还没有完成，袁公却早早地离开了人世，令全国都哀悼伤心。幸运的是你们这些贤德后人继承大业，远近闻名，众望所归。世世代代美好的品德因此得以宣扬，您新履显赫禄位，就在邺城打败强敌，在北方传播自己美好的事业。很容易就稳定疆域，雄视黄河以北，凡属我同盟之众，统统都像影子一样前来归附。众多贤人都希望能够尽力施展才能，投奔盟主，即使可能会临近败亡，但是却仍然心存结盟的夙愿。又怎么会想到青蝇飞于竿旌之上，费无忌之徒离间二位的营垒，使股肱分离，胸膛与脊骨裂为异身！刚刚听到这个消息，对此抱着不以为然的态度，后来得到确切的消息，才知道你们像阏伯与实沈一样已经结下深仇，弃绝亲情成为仇敌的想法已经形成。战旗挥动，双方在中原交战，在城墙之下堆积着累累尸骨。消息传来时我禁不住哽咽流泪，精神恍惚。

原文

昔三王①五伯②，下及战国，君臣相弑③，父子相杀，兄弟相残，亲戚相灭，盖时有之。然或欲以成王业④，或欲以定霸功⑤，或欲以显宗主⑥，或欲以固家嗣⑦，皆所谓逆取顺守⑧，而徼⑨富强于一世也。未有弃亲即异⑩，兀其根本，而能崇业济功⑪，全于长世者也。昔齐襄公报九世之雠⑫，士匄卒荀偃之事⑬，是故《春秋》美其义，君子称其信。夫伯游⑭之恨于齐，未若太公之忿于曹也；宣子⑮之臣承业，未若仁君之继统也。且君子违难不适雠国⑯，交绝不出恶声⑰，况忘先人之雠，弃亲戚之好，而为万世之戒，遗同盟之耻哉！蛮夷戎狄⑱将有诮让⑲之

言，况我族类，而不痛心邪！

注释

①三王：夏商周三代的开国君主，即夏禹、商汤、周文王。

②五伯：五霸，指春秋时代称霸一时的五位诸侯，一说包括齐桓公、宋襄公、晋文公、秦穆公、楚庄王；一说包括齐桓公、晋文公、楚庄王、吴王阖闾、越王勾践。

③弑：臣杀死君主或子女杀死父母。

④成王业：成就三王一样的大业。

⑤定霸功：创立五霸一样的功勋。

⑥显宗主：显耀宗族。

⑦固冢嗣：稳固嫡长的地位。冢嗣，指嫡长子。

⑧逆取顺守：违背道义夺取，遵循道义治理。

⑨徼：求。

⑩弃亲即异：指抛弃同姓同族而亲近异姓异族。

⑪崇业济功：崇敬事业、成就功勋。

⑫九世之雠：指齐襄公为其九世祖齐哀公报仇一事。先前纪侯在周夷王面前诬陷齐哀公，夷王烹哀公。约二百年后的齐襄公八年（前690年），齐国举兵灭纪国以报其仇。

⑬"士匄"句：士匄承诺完成荀偃未竟的战事。士匄、荀偃都是春秋时晋国大夫。荀偃为中军主帅伐齐，未克而病终，死不瞑目，士匄承诺要继续攻齐，他才闭上双眼逝去。

⑭伯游：荀偃的字。

⑮宣子：即士匄。

⑯"且君子"句：君子逃难时不去往仇敌之国。违难，逃难。

⑰"交绝"句：绝交后不恶言相加。

⑱蛮夷戎狄：古代对四方少数民族的统称。东方曰夷，南方曰蛮，西方曰戎，北方曰狄。

⑲诮让：谴责。

译文

从先前的三王五霸至战国时期，臣子杀害君王，父子兄弟自相残害，亲戚互相灭除，像这样的事情是时常发生的。有的人希望能够成就三王一样的大业，有的人希望能够建立五霸一样的功勋，有的人希望能够显耀宗族，有的人希望能够稳固嫡长的地位，都是所谓违背道义夺取，遵循道义治理，而求富强于一世啊！我从来没有见过抛弃同姓同族而亲近异姓异族，动摇大业根本，而可以崇敬事业，成就功勋，全身于漫长时世的。以前齐襄公为九世祖报仇，士匄承诺完成荀偃未竟的战事，因此《春秋》才褒美他们的正义，道德高尚的君子称赞他们的诚实信义。荀偃对齐国的仇恨，绝对赶不上袁公对曹操的仇恨；士匄以臣子的身份承诺继承事业，比不上您对父业的继承。况且品德高尚的君子逃难时不去往仇敌之国，绝交后也不会对对方恶言相加，更何况忘记先人的深仇，弃绝亲戚的亲情，成为万世之戒，遗留给同盟奇耻大辱呢！蛮、夷、戎、狄诸族都将有谴责之辞，况我们同族同类，怎么能够不痛心呢？

原 文

夫欲立竹帛①于当时，全宗祀②于一世，岂宜同生③分谤④，争校⑤得失乎？若冀州⑥有不弟⑦之傲，无惭顺之节，既已然矣。仁君当降志辱身⑧，以济事为务。事定之后，使天下平其曲直⑨，不亦为高义邪？今仁君见憎于夫人⑩，未若郑庄之于姜氏⑪；昆弟之嫌，未若重华之于象敖⑫。然庄公卒崇大隧之乐⑬，象敖终受有鼻之封⑭。愿捐弃⑮百痾⑯，追摄旧义，复为母子昆弟如初。今整勒士马，瞻望鹄立⑰。

注 释

①立竹帛：书写到竹简帛绢上，指载于史册。

②宗祀：宗庙。

③同生：同胞，骨肉至亲。

④分谤：相互指责、毁谤。

⑤争校：争执计较。

⑥冀州：指袁尚，他继承了父亲袁绍的冀州牧之职。

⑦不弟：对兄长不敬。弟，通"悌"，顺从和敬重兄长。

⑧降志辱身：降低自己的志向，屈辱自己的身份。

⑨平其曲直：评判是非曲直。

⑩见憎于夫人：被夫人所憎恨。指袁谭被袁绍后妻刘氏嫉恨。

⑪郑庄之于姜氏：郑庄公与母亲姜氏的恩怨。郑庄公不为母亲姜氏所喜，姜氏爱其次子段而厌长子庄公，助段谋乱，庄公逐段而驱逐姜氏。后来母子和好。

⑫重华之于象敖：指舜与弟弟象的恩怨，舜用仁德感化了弟弟。事

见《史记·五帝本纪》。象敖，即象，舜异母弟，生性傲慢，故称象敖。敖，同"傲"。

⑬崇大隧之乐：指郑庄公与母亲姜氏在大隧中重归于好。庄公恼恨母亲姜氏偏向弟弟，于是发下"不及黄泉，无相见也"的誓言，将母亲驱逐。后来他后悔了，于是挖地道与母亲相见，并赋"大隧之中，其乐也融融"之诗，母子和好。

⑭有鼻之封：分封到有鼻。指舜不计旧嫌而封弟象于有鼻。有鼻，古国名，在今湖南道县北。

⑮捐弃：抛弃。

⑯百痾：百病，比喻各种仇隙。

⑰鹄立：像鹄一样伸长脖子站立，指引颈企望之状。

译文

人们非常渴望能够载入史册，保宗庙于终世，难道可以骨肉兄弟相互指责、毁谤，争执计较得失吗？倘若袁尚对兄长不敬多傲怠慢，没有惭愧而顺从的礼节，那也成了事实。您作为兄长，应该暂且降低自己的志向，屈辱自己的身份，以成就伟大的事业为要务。等事态安定以后，再让天下的百姓来评判是非曲直，这不也是高义的举动吗？现在您被夫人所嫉恨，还没有到郑庄公与姜氏那种地步；兄弟之间的忌恨，也没有到重华和象那种程度。然而后来庄公还是在大隧之中与姜氏重归于好，象最后也被舜封到有鼻。我是多么希望你们兄弟能够抛弃仇隙，追念旧情，恢复以前的手足、母子之情。现在我们整顿兵卒战马，引颈企望您的消息。

赏析

在建安五年（200年）的官渡之战中，袁绍大败，两年后袁绍病逝。袁绍有三个儿子：长子袁谭、次子袁熙、幼子袁尚。袁尚相貌俊美，受到袁绍及其妻子刘氏的偏爱，袁绍死后袁尚被拥立为冀州牧，并继承了父亲的大将军职务。袁谭非常不满，自称车骑将军，兄弟间矛盾越来越深，开始自相残杀。袁谭兵败，奔往平原，派遣使者向曹操求救。刘表非常担心曹操独霸北方以后可能会破坏犄角之势，从而危及自己，便下令让王粲写信给袁氏二兄弟，从中进行调停，却没有结果。建安十年（205年），袁谭在降曹后复叛，被曹军所杀，袁尚也被曹操打败，投奔二哥袁熙，兄弟二人一起逃到了乌桓，后又投奔辽东公孙康，被公孙康所杀。在北方显赫一时的袁氏彻底灭亡。这篇文章虽然没有起到调和袁氏兄弟的作用，但它动之以情，晓之以理，将史实、现实讲述得很清楚。

这篇文章是为了劝谏袁谭而写的，开头作者便回忆袁绍当年的事业，大功并没有告成，幸赖兄弟二人继承鸿业；可是惊闻亲生兄弟竟然成了仇人，实在是焦虑至极，"闻之哽咽，若存若亡"二句，极写刘表的担忧之态。然后，作者再忆古鉴今，运用类比的手法进行规劝，深深地表达了对同族之间相互残杀的痛心。最后，作者以郑庄公与姜氏之怨、重华与象之嫌作为例子，动之以情，晓之以理，规劝袁谭要降志辱身，把成就大业当作重要目的，暂时放弃兄弟仇怨。在这里，作者并不强为说辞，而是摆家事，列史实，举例子，然后晓以大义，说服力不能说不强。

这种对不共戴天的双方进行劝解的文章是很难写的，但是由于王粲能够清醒地洞察时局，对乱世怀有忧虑之情，所以本文的分寸把握得恰

到好处，也基本上将道理讲得明明白白。遗憾的是，袁氏兄弟的嫌隙由来已久，以致根本没有握手言和的可能。

为刘表与袁尚书

原文

表顿首[1]顿首。将军[2]麾下[3]勤整六师[4]，芟讨[5]暴虐，戎马斯[6]养[7]，罄无不宜。甚善甚善！河山阻限，狼虎当路[8]，虽遣驿使，或至或否，口使[9]引领[10]，告而莫达[11]。初闻郭公则、辛仲治[12]通内外之言[13]，造交遘之隙[14]，使士民不协，奸衅并作，闻之愕然，为增忿怒。校尉刘坚、皇河、田买[15]等前后到荆，得二月六日所起书，又得贤兄贵弟显雍[16]及审别驾[17]书，陈叙事变本末之理，知变起辛、郭，祸结同生[18]，追阏伯、实沈之踪[19]，忘《棠棣》[20]死丧之义，亲寻[21]干戈，僵尸流血，闻之哽咽，若存若亡。乃追案[22]书传[23]，思与古比。昔轩辕[24]有涿鹿之战[25]，周公有商、奄之军[26]，皆所以翦除[27]灾害而定王业者也，非强弱之争，喜怒之忿也。是故虽灭亲不为尤[28]，诛兄不伤义也。

注释

[1]顿首：头叩地而拜。常用于书信的开头或结尾，表示尊敬。

[2]将军：指袁尚，此时袁尚接替其父的职务，任大将军。

[3]麾下：对将帅的敬称。

④六师：六军，本特指天子的军队建制，此泛指军队。

⑤芟讨：铲除讨伐。芟，割草，此指削除。

⑥厮：负责劈柴、养马等事务的仆役。

⑦养：负责烧饭的仆役。

⑧狼虎当路：豺狼老虎挡道。狼虎，喻指曹操集团。

⑨□使：疑"□"为"驿"字，古代传递信件的人。

⑩引领：伸直脖子（远望），形容殷切盼望。

⑪告而莫达：有话相告而没有人能够送达。

⑫郭公则、辛仲治：均是袁谭手下的谋士。郭公则，郭图，字公则，曾劝袁绍迎奉汉献帝，没被采纳。袁绍死后，郭图追随袁谭，劝袁谭攻打袁尚，后与袁谭一道被曹操所杀。辛仲治，辛评，字仲治，原为韩馥手下，后投袁绍，袁绍死后与郭图一道挑拨袁谭攻打袁尚。他的弟弟辛毗投降曹操，并劝辛评降曹，遭到拒绝。曹操攻邺城时，与辛评不和的审配命人杀了辛评。

⑬通内外之言：指郭图、辛评二人将审配劝袁绍出袁谭为青州刺史事告诉了袁谭。

⑭造交遘之隙：制造事端，引起兄弟仇隙。交遘，同"交构"，指相互构陷怨恶。

⑮刘坚、皇河、田买：三人都是袁尚属官，均出使荆州。

⑯显雍：袁绍次子袁熙的字。

⑰审别驾：审配，字正南，袁绍谋士，任治中别驾。袁绍死后，审配等伪造遗命推袁尚为嗣，致使袁氏兄弟相争。袁尚出兵攻打袁谭，让审配守邺城。曹操来攻打邺城，审配坚守数月，城内饿死的人超过一半。袁尚被曹操击溃后，城中动摇，审配的侄子审荣打开城门放入曹军，审

配被俘，不屈而死。

⑱祸结同生：祸难结于同生兄弟。

⑲追阏伯、实沈之踪：重蹈阏伯、实沈的覆辙。

⑳《棠棣》：《诗经·小雅》篇名，诗中颂赞兄弟情谊，且有"死丧之威，兄弟孔怀"句。

㉑寻：动用。

㉒案：查阅，考察。

㉓书传：泛指典籍。

㉔轩辕：古代传说中黄帝的名字。

㉕涿鹿之战：黄帝与蚩尤曾战于涿鹿。这里或为阪泉之战之误，《国语》载黄帝和炎帝本为兄弟，后来二人反目成仇，在阪泉大战，炎帝战败，与黄帝部落合并为炎黄部落。

㉖"周公"句：指周公平管、蔡之乱事。武王灭商后不久死去，其子成王继位，由于年幼而由周公主政。周公的兄弟管叔鲜、蔡叔度不服，他们在商地联合商纣王之子武庚发动叛乱，奄地也起兵响应，周公经过三年才平定了这场叛乱。商，武王灭商后安置殷民之地，在今河南北部。奄，古国名，在今山东曲阜东。

㉗翦除：铲除，消灭。

㉘尤：罪过。

译文

刘表顿首顿首。将军麾下整顿训练六军，铲除讨伐暴虐，兵士、战马、仆人、役夫，尽善尽宜。这确实是很好了！可是由于山河阻隔，狼虎挡道，虽然多次派遣信使，可是不知道是否将信送到，伸直脖子殷切盼望着驿使到来，有话相告而没有人能够送达。最初听说郭图、辛评里外串通，制造事端，引起兄弟仇隙，使士大夫与民众的关系都不和睦，奸险争端一时并起，听到的人都感到非常惊愕，对他们的愤恨之情一天比一天强烈。校尉刘坚、皇河、田买等先后来到过荆州，收到您二月六日送来的书信，又收到您的贤兄袁熙以及审配送来的书信，陈述了事变发生的原委，才知道这次事变是由辛评、郭图等小人引起的，祸难结于同生兄弟，重蹈阋伯、实沈的覆辙，忘却了《棠棣》之中的兄弟情谊。亲人之间动用武器，尸骨遍野，血流成河，凡是听到的人都会哽咽流泪，神情恍惚。于是，我查阅典籍，想去寻找古代类似的事情。很久之前黄帝与蚩尤在涿鹿鏖战，周公讨伐商、奄，这些都是铲除灾害而成就王业的正义战争，不是争一时强弱、逞一时喜怒的举动。所以，大义灭亲却没有罪过，诛杀兄长却不会伤及大义。

原 文

今二君初承洪业①，纂继前轨②，进有国家倾危③之虑，退有先公遗恨④之责，当惟曹是务⑤，不争雄雌之势，惟国是康⑥，不计曲直之利。虽蒙尘⑦垢⑧罪，贱为隶圉⑨，析⑩入污泥⑪，犹当降志辱身，方以定事⑫为计。何者？夫金木水火，以刚柔相济，然后克得其和，能为民用。若使金与金相连⑬，火与火相烂，则燋然⑭摧折，俱不得其所也。今青州⑮天性峭急⑯，迷于目前，曲直是非，昭然可见。仁君智数弘大，绰有余裕⑰，当以大包小⑱，以优容劣⑲；归是于此，乃道教之和⑳，义士之行也。纵不能尔㉑，有难忍之忿，且当先除曹操，以卒先公之恨，事定之后，乃议兄弟之怨，使记注之士㉒，定曲直之评，不亦上策邪？

注释

①初承洪业：刚刚继承大业。

②纂继前轨：承袭先君法则制度。轨，法则制度。

③倾危：倾覆危难。

④先公遗恨：此指袁绍事业未竟的遗憾。

⑤惟曹是务：以对付曹操为第一要务。

⑥惟国是康：以国家安宁和乐为重。康，安宁和乐。

⑦蒙尘：蒙受灰尘，多喻王者失位流亡而蒙受耻辱。

⑧垢：耻辱。

⑨隶圉：指低贱的身份或地位。

⑩析：离析。

⑪污泥：烂污的泥潭，喻处境的恶劣。

⑫定事：谋定大事。

⑬相迕：互相违背。

⑭爇然：烧毁。爇，灼。然，同"燃"。

⑮青州：指袁谭，他曾任青州刺史。

⑯峭急：严厉急躁。

⑰绰有余裕：形容态度从容，不慌不忙的样子。后也指能力、财力足够而有剩余。

⑱以大包小：以宽容大度包容狭小的气量。

⑲以优容劣：以优质容忍劣性。

⑳道教之和：与道义礼教相合。

㉑尔：如此。

㉒记注之士：指史官，专门负责记录史实的人。

译文

　　今天二位刚刚继承大业，承袭先君法则制度，进则有国家倾覆的危难，退则有先辈事业未竟的遗憾，你们应该以对付曹操为第一要务，千万不要去争雄逞胜，一定要以国家安宁和乐为重，不要太过于计较是非曲直的小利。即使蒙受耻辱，屈辱地去当仆役，从宗族中分离坠入污泥之中，也一定要暂时降志辱身，才可以谋定大事。为什么呢？金木水火土五行，能够刚柔相济，然后能够相生相和，最后才能够被天下百姓所用。倘若让金与金相违，火与火相遇，就会遭遇烧毁摧折的命运，这都是不得其所的。袁谭性格严厉急躁，常常会被眼前的事情所迷惑，其实是非曲直是再明显不过的。仁君您计谋过人、气度弘大，态度从容，当以宽容大度包容狭小的气量，以优质容忍劣性。这样才与道义礼教的要求相合，才是仁义贤者的操行。即使不可以这样，有无法忍受的气愤与仇恨，也应该先消灭曹操以抚平先公的遗恨，等这件大事完成之后，再来评议兄弟之间的恩恩怨怨，令史官做出是非曲直的评判，不也是上策吗？

原文

　　且初天下起兵①，以尊门为主。是以众寡喁喁②，莫不乐袁氏之大也。今虽分裂③，有存有亡，向然景附④，未有革心⑤。若仁君兄弟，能悔前之缪，克己复礼⑥，以从所欢，则弱者自以为强，危者自以为宁；诚欲戮力长驱⑦，共奖王室，虽亡之日，犹存之愿，则伊、周不足参⑧，五霸不足六也。若使迷而不返，遂而不改，则戎狄蛮夷将有诮让之言，况我同盟，复能戮力为君之役哉？则是太公坟垅，将有污池之祸[9]，夫人弱小，将有灭族之变。彼之与此，岂可同日而论之哉？且行违道以自存，犹尚不可，况失义以自亡，而遗[10]敌之禽[11]哉？此韩卢[12]、东郭[13]自困于前，而遗田父之获也。昔齐公孙灶[14]卒，晏子[15]知子期[16]之不免也，故曰："二惠[17]竞爽[18]犹可，又弱一个，姜氏危哉！"表与刘左将军[19]及北海孙公祐[20]共说此事，未尝不痛心入骨，相为悲伤也。

注释

①"且初"句：指袁绍联合各地势力共讨董卓一事。

②喁喁：形容众人景仰归向的样子。

③分裂：指讨董卓联盟的分裂。

④向然景附：大家一致朝向袁氏，如同影子随附。景，同"影"。

⑤革心：改变最初的想法。

⑥克己复礼：约束自己的言行，使之合乎礼法规范。《论语·颜渊》："克己复礼为仁。"

⑦戮力长驱：合力奋进，长驱直入。

⑧伊、周不足参：言伊尹、周公没有资格和袁尚并列为三，言外之意是功劳比伊尹、周公还大。

⑨污池之祸：坟墓被掘而成为污水池。指袁氏家族的覆灭。

⑩遗：送与。

⑪禽：同"擒"。

⑫韩卢：又称韩子卢，为韩国良犬名。

⑬东郭：又称东郭逡，为齐国良兔名。

⑭公孙灶：齐惠公之孙，字子雅。

⑮晏子：即晏婴，春秋时期齐国著名政治家、外交家。

⑯子期：公孙子期，公孙灶之子。

⑰二惠：指齐惠公的孙子公孙灶和公孙虿。公孙灶的后人就是栾氏，公孙虿的后人就是高氏，两族长期掌握齐国朝政，且关系密切。

⑱竞爽：竞争，争胜。

⑲刘左将军：刘备。

⑳孙公祐：即孙乾，刘备手下的谋士，北海（今山东昌乐西）人。

译文

当初袁公联合各方诸侯起兵，大家纷纷推举他为盟主。所有的人，不管众与寡都十分仰慕袁公的仁德，希望袁氏能够很快强大起来。现在联盟虽然分裂，首领有存有亡，但是大家一致朝向袁氏，如同影子随附，没有人改变自己最初的想法。倘若你们兄弟二人能够对以前的过错有悔悟之心，严格约束自己的言行，使之合乎礼法规范，顺从众人的喜乐，那么身处弱势的人就会自信强大，身处危境的人就会相信自己一定可以化险为夷；大家都真心实意地合力奋进，长驱直入，共同辅佐大汉皇室，即便不幸战死，但是仍然心怀伟大的志愿，则伊尹、周公没有资格和您并列为三，五霸没有资格和您比肩为六。倘若执迷不悟，继续犯错却不知道悔改，则戎、狄、蛮、夷都将对您有谴责之言，更别说什么同盟的事情了，还有什么人能同心勠力为您而战呢？倘若一意孤行，则袁公的坟墓将有可能成为污水池，您的妻子和儿女，都将遭受灭族的灾难。两条道路结果完全不同，怎么能够相提并论呢？再说行为违背道义以自保，尚且不可，更何况丧失大义而自取灭亡，落得让敌人擒获的悲

惨下场呢？韩子卢追逐东郭逡，都疲倦到了极点，却让农夫坐收渔人之利。以前齐国公孙灶离开人世，晏子推测子期肯定不能幸免于难，因此说："惠公的两个贤德的孙子媲美争胜尚可，现在又死了一个，姜齐危险啊！"我曾与左将军刘备、北海人孙乾一起讨论此事，大家都痛心入骨，悲伤不已。

原文

今整勒士马，愤踊①鹤立②，冀闻和同之声③，约一举④之期，故复遣信并与青州书。若其泰⑤也，则袁族其与汉升降⑥乎？若其否⑦也，则同盟永无望矣！临书怆恨⑧，不知所言。刘表顿首。

注释

①愤踊：奋发踊跃。

②鹤立：同"鹄立"，指伸长脖子期盼之状。

③和同之声：和好一心的消息。

④一举：一次行动。此指一举歼灭曹操。

⑤泰：顺利。

⑥升降：兴废。

⑦否：即不顺利、不安宁。

⑧怆恨：悲伤痛心。

译 文

现在我们整顿训练士卒与战马，奋发踊跃，伸长脖子期盼着，希望能够听到你们兄弟和好一心的消息，约定一举歼灭曹操的时间，所以再次写下书信，并给青州袁谭也寄去了一封。倘若事情顺利，那么袁氏宗族不是能够和大汉皇室共同兴废吗？倘若不顺利，那么同盟恐怕永远都没有可能了！看着书信悲伤痛心，不知道在说什么。刘表顿首。

赏 析

这篇文章与《为刘表谏袁谭书》写于同一时间，它们的主旨是相同的，都是规劝袁氏兄弟不要兄弟相残，而要以大业为重。

《为刘表谏袁谭书》侧重在感情上疏导规劝，这篇文章则直接分析事由，摆明大义之所在，权衡利弊得失，指出如果袁氏兄弟和睦则家族兴、汉室盛，当年袁绍组织的诸侯联盟也能够再现，从而共同讨伐"狼虎当路"的曹操。倘若兄弟反目则家族灭，汉室衰，"太公坟墓，将有污池之祸，夫人弱小，将有灭族之变"几句，绝非危言耸听，后来也的的确确发生了。全文以理规劝，正反设想，然后辅以寓言典故等，同时，刘表（或王粲）内心也偏向于袁尚，认为他"智数弘大，绰有余裕"，一定可以领悟、悔改。可惜的是，年轻的袁尚并不是一个深谋远虑的政治家，也缺乏"以大包小，以优容劣"的胸怀。袁氏兄弟对刘表的劝告一句都没有听进去，所以才让曹操有了可乘之机，各个击破。

这封书信委婉而意显，气正而情真，是作者认真睿智地洞察时局的结果。作者并没有危言耸听，而是能够以事实说话，驾驭得十分得当。虽然完全没有实现初衷，但依然不失为此类书信中的杰出作品。

荆州文学记官志

原 文

有汉①荆州牧刘君②,稽古③若时④,将绍⑤厥绩⑥,乃称曰:于先王之为世也,则象⑦天地,轨仪⑧宪极⑨,设教⑩导化⑪,叙经⑫志业⑬,用建雍泮⑭焉,立师保⑮焉。作为礼乐,以节⑯其性,表陈载籍,以持其德。上知所以临下,下知所以事上,官不失守,民听无悖,然后太阶⑰平焉。故曰物生而蒙⑱,事屯⑲而养。天造草昧⑳,屯而养之。利有攸适㉑,犹金之销炉,水之从器㉒也。是以圣人实之于文,铸之于学。夫文学㉓也者,人伦㉔之首,大教㉕之本也。乃命五业从事㉖宋衷㉗新作文学㉘,延㉙朋徒㉚焉,宣德音以赞之,降嘉礼㉛以劝之,五载之间,道化㉜大行。耆德故老㉝綦毋闓㉞等,负书荷器㉟自远而至者,三百有余人。于是童幼猛进㊱,武人革面㊲,总角佩觿㊳,委介㊴免胄㊵,比肩继踵,川逝泉涌,亹亹如㊶也,兢兢如也。遂训六经㊷,讲礼物,谐八音㊸,协律吕㊹,修纪历㊺,理刑法,六略㊻咸秩,百氏备矣。

注 释

①有汉:指汉代。有,语助词。

②荆州牧刘君:指刘表。

③稽古:稽考古代之事。

④若时：那个时代。

⑤绍：继承。

⑥厥绩：那些功绩。

⑦象：效法。

⑧轨仪：遵循法度。仪，法度。

⑨宪极：宪则，准则。

⑩设教：实施教化。

⑪导化：教导，教化。

⑫叙经：编定经书。

⑬志业：记录古人业绩。

⑭雍泮：辟雍与泮宫，分别指古代天子和诸侯所设立的大学。此泛指学校。

⑮师保：古代担任辅导和协助君王的官，有师有保，统称师保。此指教员。

⑯节：节制，制约。

⑰太阶：同"泰阶"，星名，分上台、中台、下台，共六星，两两并排而斜上，如阶梯，故名。后以泰阶喻等级制度，即以三台分指天子、诸侯公卿大夫、士庶人。

⑱物生而蒙：万物初生时不被人们觉察到。

⑲屯：囤聚《周易》有《屯卦》。

⑳天造草昧：指天地之始，万物草创于混沌蒙昧之中；草创之时。

㉑利有攸适：利有攸往，所往有利。利，吉利，有益。攸，所。

㉒从器：随器皿而改变形状。

㉓文学：指儒学经典。

㉔人伦：人类的礼法规范。

㉕大教：广泛教化。

㉖五业从事：官名，刘表所置，主管教授《五经》等事。

㉗宋衷：字仲子，一作宋忠，曾著《周易注》等书，任荆州五业从事，后归魏。

㉘新作文学：重新振兴文学之业。

㉙延：延引，聘请。

㉚朋徒：朋友子弟。

㉛嘉礼：古人五礼之一，饮宴婚冠、节庆活动方面的礼节仪式。嘉，美、善的意思。后代的帝王登基、太后垂帘、帝王圣诞、立储册封、帝王巡狩等，也属嘉礼。

㉜道化：道德教化。

㉝耆德故老：德高望重的老者。故老，年老而有阅历的人，多指元老旧臣。

㉞綦毋闿：字广明，三国经学家。刘表立学官，博求儒士，使其与宋衷等撰《五经章句》。

㉟负书荷器：背着书籍与礼器。

㊱童幼猛进：儿童进学之后进步迅速。

㊲武人革面：习武之人也受文学濡染而改变原来的面目。革面，改其旧貌。

㊳总角佩觿：儿童佩上觿簪，打扮成书生的样子。总角，指儿童。古时儿童束发为结，状如两只角，故名。觿，古代用骨头制作的解绳结的锥子，是成人的装饰品。

㊴委介：脱下铠甲。委，弃。介，铠甲。

· 325 ·

㊵免胄：摘掉头盔。胄，头盔。

㊶亹亹如：形容勤勉不倦的样子。

㊷六经：六种经书，指《诗》《书》《礼》《乐》《易》《春秋》。

㊸八音：指金、石、丝、竹、匏、土、革、木八种材料所制乐器发出的乐音。

㊹律吕：乐律的统称。

㊺纪历：纲纪历法。

㊻六略：六大类的典籍图书，即六艺、诸子、兵书、数术、方技、诗赋六类。

译文

汉朝荆州牧刘表，稽考古代之事，继承古人的丰功伟绩，于是称颂道：先王在世治理朝政的时候，效法天地，遵循法度准则，教化百姓，编定经书，记录古人业绩，建立辟雍、泮宫，挑选教员以开展教化。用古代的礼乐来制约自己的习性，通过典籍上的事理让大家都能够保持崇高的品行。上位者知道怎样对待天下百姓，下民知道怎样尽心尽力地侍奉上位者。官吏不会忘其职守，百姓不会违背常理，然后国家的不同等级都会呈现出太平景象。所以说，万物初生的时候不容易被人们觉察，需要囤聚并养育。天地之始，万物草创于混沌蒙昧之中，进行囤聚与养育。顺应吉时，所往有利，就如同金子销熔于炉火之中就可以随意塑造，水盛于器皿之中其形状就能够随器皿变化而变化。因此道德完美的人以儒学经典教育人民，用学习来铸造众人的品性。儒学是人伦中首先应该受到关注的，是广泛教化黎民百姓的根本。便命五业从事宋衷重新振兴文学之业，延引朋友子弟进行教育。宣扬合乎仁德的教令称赞，用

嘉礼来规劝勉励，在短短的五年时间里，道德教化广泛地流行于世。包括綦母闿在内的德高望重的老者等三百多人，背着书籍与礼器从远方而来。于是，儿童进学之后进步迅速，武人也受文学濡染而改变了原来的面目，儿童佩上觿韘，打扮成书生的样子，甲士脱下铠甲，摘掉头盔。人们摩肩接踵，川流不息，纷至沓来，每个人都勤勉不倦，兢兢业业。于是训习六经，讲究礼乐法制，辨识物色，和谐八音，协调律吕，严明纲纪，修整历法，治刑理法，六略各归其类，百家俱备了。

原文

天降纯嘏①，有所厎授②。臻于我君，受命③既茂。南牧④是建，荆衡⑤作守。时迈淳德⑥，宣其丕⑦繇⑧。厥⑨繇伊何？四国交阻。乃赫⑩斯威，爰⑪整其旅。虔夷⑫不若⑬，屡戡⑭寇侮⑮。诞启⑯洪轨⑰，敦崇⑱圣绪⑲。典坟⑳既章㉑，礼乐咸举。济济㉒搢绅㉓，盛㉔兹阶宇㉕。祁祁㉖髦俊㉗，亦集爰处。和化普畅，休征㉘时叙㉙。品㉚物宣㉛育㉜，百谷繁芜。勋格㉝皇穹㉞，声被四宇。

注释

①纯嘏：纯粹的福禄。

②有所厎授：有目的地授予。厎授，传授，授予。

③受命：承受天命。

④南牧：指位于中原之南的荆州辖地。

⑤荆衡：荆州与衡阳。

⑥淳德：淳厚的美德。

⑦丕：语助词。

⑧쬻：同"忧"，忧虑。

⑨厥：其，那个。

⑩赫：怒。

⑪爰：于是。

⑫虔夷：平定。

⑬不若：不善，强暴。

⑭戡：用武力平定。

⑮寇侮：侵略侮辱，此指叛乱。

⑯诞启：重新开启，从头开始。

⑰洪轨：大道。

⑱敦崇：崇尚。

⑲圣绪：圣人未竟的事业。

⑳典坟：《五典》和《三坟》的省称，这里泛指古代典籍。

㉑章：彰显。

㉒济济：人才众多的样子。

㉓搢绅：指插笏垂绅的士大夫。

㉔盛：齐聚。

㉕阶宇：庭阶堂宇。

㉖祁祁：众多的样子。

㉗髦俊：青年才俊，英俊之士。

㉘休征：美好的预兆。

㉙时叙：应时来到，顺当。

㉚品：品类。

㉛宣：普遍。

㉜育：培育。

㉝格：达到，至。

㉞皇穹：天宇。

译 文

上天降下纯粹的福禄，不管授予谁都是有目的的。这一次降福于我们的君主，承受丰厚的天命。南牧以此建立起来，荆州、衡阳成为其辖地。适时推行淳厚的美德，疏散那些隐藏在深处的忧虑。忧虑什么呢？四境交通阻塞，战事连续不断。于是赫然大怒，立刻整顿军队。平定强暴之人，多次率领大军平定叛乱。从头开始走上大道，崇尚圣人未竟的事业。《三坟》《五典》能够得到彰显，礼乐能够得到振兴。搢绅贤达众多，齐聚堂宇之中。很多杰出的青年人才，也都纷纷聚集到这里。和谐教化大范围地得到普及，美好的征兆应时来到。世间万物得到了普遍的培育，百谷也因此而繁荣茂盛。功勋达于天宇，声名广被天下。

赏 析

初平元年（190年），汉朝宗室刘表被董卓任命为荆州牧。当时的荆州盗贼横行，多股力量在当地称霸，以至于刘表不得不匿名孤身来到荆州。随后，他与蒯越、蔡瑁等荆州当地杰出人才一起铲除了盘踞在荆州的地方势力，逐渐控制住局势。随后，他实行文治，使得荆州相对于中原地区来说成为一个相对比较安全的割据势力，大批杰出人才来到荆州，其中最著名的就是王粲。这篇文章就是王粲对刘表在荆州发展文化的成就的赞赏。这是一篇文化志，主要记载了刘表实行文治、设立文学职官之后，荆州在政治、民风诸方面产生的巨大变化，大力称赞了刘表

遵循古道，崇尚礼仪的气度。

　　文中"夫文学也者，人伦之首，大教之本也"，是王粲文学思想的体现，也是刘表治理荆州的纲领。刘表在安定荆州之后，建学校，立学官，广征天下儒士，使荆州成为当时文化比较繁荣的地区。刘表没有什么远大的志向，只以自保为念，在当时的乱世中注定没有大的作为，以至于他身死之后荆州立刻归于曹操。但是他性情温厚，爱好文学，在位期间让荆州变成当时的一片乐土，这才出现了《三国志·王粲传》中所说的"士之避难荆州者，皆海内之俊杰也"的盛况。在本文中，王粲用"遂训六经，讲礼物，谐八音，协律吕，修纪历，理刑法，六略咸秩，百氏备矣"来高度赞扬了荆州文化昌盛的局面。

　　文章中，作者列举了文学职官设置后的种种成效，是极具说服力的。这篇文章既彰显了刘表的功绩，也是对他热情的勉励，体现了作者对开明政治的向往之情。

徐 幹

徐幹（171—217年），字伟长，北海剧县（今山东昌乐）人。少年时代十分勤学好问，还不满二十岁已经能够做到言则成章、操翰成文。建安九年（204年），徐幹被曹操招至帐下，任命为司空军谋祭酒掾属，随后又被任命为五官中郎将文学、临淄侯文学。后来由于生病，在家休息，写下了代表作《中论》。曹操想让他当上艾长，可是他当时已经病重，没有去赴任。建安二十二年（217年）二月，邺城瘟疫流行，徐幹因为染上瘟疫而离开人世。徐幹擅长辞赋，曹丕《典论·论文》认为徐幹的辞赋，如《玄猿》《漏卮》《圆扇》《橘赋》等，"虽张（衡）、蔡（邕）不过也"。散文《中论》二十余篇，辞义十分典雅，成一家之言。他的五言抒情短诗也有一些妙绝之作，比如《室思诗》《情诗》等。

答刘桢[1]

与子别无几[2]，所经未一旬[3]。
我思一何笃[4]，其愁如三春[5]。
虽路在咫尺[6]，难涉如九关[7]。
陶陶[8]朱夏[9]德，草木昌且繁。

注释

①刘桢：字公幹，"建安七子"之一，与徐幹同为曹操掾属，关系很好。

②无几：表示时间不是很长。

③一旬：十天。

④笃：深厚，真诚。

⑤三春：多年。春，指年，古代常以季节名代表年。

⑥咫尺：比喻距离很近。咫，古代长度名，周制八寸为一咫。

⑦九关：九重天门。关，闭门的横木，这里指门。

⑧陶陶：和暖的样子。

⑨朱夏：夏天。

译文

与你分别的时间还不是很长，经过的时间还不到十天。我的思念是多么深厚，心中的愁绪就像很多年都没有见面一般。虽然我们相距近在咫尺，可是见面却如同要越过九重天门一般艰难。和暖的夏天时节，草木是那么繁荣昌盛。

赏析

刘桢因"不敬"之罪被罚服苦役，他内心的苦闷无疑是非常深重的，就给好友徐幹写诗倾诉，就是《赠徐幹诗》。徐幹读了之后深受感动，便写下了这首《答刘桢》来回赠，同样表达了自己对刘桢的思念之情。

开头两句"与子别无几，所经未一旬"，可见两人在不到十天前刚刚见过面，但如今的思念却已极深，暗示二人过去几乎形影不离，为后文抒情做了一个很好的铺垫。"我思一何笃，其愁如三春"，化用《诗经·王风·采葛》中"彼采萧兮，一日不见，如三秋兮"的意境，妙在化用无迹，如同己出，感情极为真挚。"虽路在咫尺，难涉如九关"两句将相距之近与相见之难做了对比，更烘托出思念之深。最后两句"陶陶朱夏德，草木昌且繁"，融情于景，用草木之茂盛来比喻自己与刘桢之间的情谊之绵长，同时"陶陶朱夏德"一句，似乎在暗喻曹操的雄才，劝慰刘桢宽心等待，曹操会谅解他并起用他。根据史料记载，刘桢接到此诗后，心情有了改变。遗憾的是，刘桢没能等到曹操回心转意，就在建安二十二年（217年）的大瘟疫中与好友徐幹等一同病逝了。

这首诗前六句写情，结尾两句写景，情景交融，显示出无穷无尽的思念。全诗朴实无华，明白如话，毫无矫揉造作之嫌。

情 诗

高殿郁①崇崇②，广厦凄泠泠③。
微风起闺闼④，落日照阶庭⑤。
伫蹰⑥云屋⑦下，啸歌倚华楹⑧。
君行殊不返，我饰为谁容。
炉薰⑨阖⑩不用，镜匣上尘生。
绮罗⑪失常色，金翠⑫暗无精⑬。
嘉肴既忘御⑭，旨酒⑮亦常停。

顾瞻⑯空寂寂，唯闻燕雀声。

忧思连相属⑰，中心如宿醒⑱。

注 释

①郁：大。

②崇崇：高大。

③泠泠：清凉，凄清。

④闺阁：泛指宫室屋宇的小门。

⑤阶庭：庭院。

⑥踌躅：同"踟蹰"，指心中犹豫不决，想走动而没有走动的样子。

⑦云屋：高殿广厦。

⑧华榱：华丽的榱柱。榱，厅堂的前柱。

⑨炉薰：薰炉，用以焚烧香草来熏染衣裳。

⑩阖：关闭，闭合。

⑪绮罗：美丽的丝织品。

⑫金翠：金玉首饰。

⑬精：光泽。

⑭御：吃，进食。

⑮旨酒：美酒。

⑯顾瞻：回头看，向后看。

⑰相属：绵绵不断。

⑱宿醒：因昨夜喝醉导致神志不清。

徐幹

译文

殿宇高高大大，大厦凄凉冷清。微风吹到了宫室内，落日照在庭院中。在高殿广厦里徘徊，倚靠着华丽的楹柱长啸而歌。你已经走了很久都没有返回，我还为谁打扮。薰炉早已经关闭不用了，梳妆盒上布满了灰尘。美丽的绮罗失去了本来的颜色，珍贵的金玉首饰失去了本来的光泽。美味佳肴已经忘记去吃，美酒也常常停杯不饮。回头望着空荡荡的房屋，只能听见燕雀的叫声。忧思绵绵不断，内心恍惚就像喝醉了经夜不醒。

赏析

这首诗以思妇口吻表达了她对情人的无限思念之情。根据诗意可以猜测，女主人公的忧思也一定程度上寄托着诗人怀才不遇的苦闷。

诗人将女主人公置身于一个典型的环境里："高殿郁崇崇，广厦凄泠泠。微风起闺闼，落日照阶庭。"其中，"郁崇崇""凄泠泠"很好地烘托了女主人公内心的凄凉感受。接着，诗人转而描写女主人公，展示她由特有的心态而引发的形体动态。诗人先写女主人公"跱躅"不定，是心中若有所失的表现；又倚靠着柱子长啸而歌，是想借此宣泄内心积蓄已久的苦闷。接着，诗人又写女主人公懒于梳妆以及因相思而茶饭不思的眷眷痴情。此时此刻，在女主人公眼里，绮罗、金翠已不再美丽，美酒佳肴已不再可口。前文从相思之念慢慢写起，然后一步步地加深，从表层慢慢地深入到女主人公的内心，最后以"忧思连相属，中心如宿醒"作为结语，写她心中因思念而恍惚，更加重了她的忧伤和

相思。

这首诗情景交融，细腻真切，写出了女主人公的无尽空虚与孤独，对后世诗歌产生了较大影响。

室思诗

沉阴①结愁忧，愁忧为谁兴？
念与君相别，各在天一方②。
良会未有期，中心摧③且伤。
不聊忧飡食，慊慊常饥空④。
端坐而无为，仿佛君容光⑤。
峨峨高山首，悠悠万里道。
君去日已远，郁结令人老⑥。
人生一世间，忽若暮春草⑦。
时不可再得，何为自愁恼？
每诵昔鸿恩，贱躯焉足保！
浮云何洋洋⑧，愿因通吾辞。
飘飘不可寄，徙倚徒相思。
人离皆复会，君独无还期。
自君之出矣，明镜暗不治⑨。
思君如流水，何有穷已时。
惨惨时节尽，兰华凋复零⑩。
喟然长叹息，君期慰我情。

展转不能寐，长夜何绵绵！

蹑履⑪起出户，仰观三星⑫连。

自恨志不遂⑬，泣涕如涌泉。

思君见巾栉⑭，以益我劳勤⑮。

安得鸿鸾羽，觏⑯此心中人。

诚心亮⑰不遂，搔首立悁悁⑱。

何言一不见，复会无因缘？

故如比目鱼⑲，今隔如参辰⑳。

人靡不有初，想君能终之㉑。

别来历年岁，旧恩何可期？

重新而忘故，君子所尤讥。

寄身虽在远，岂忘君须臾？

既厚不为薄，想君时见思。

注 释

①沉阴：久阴，多指积云多雨的天气，此处形容女主人的心境阴郁。

②"各在"句：两相阻隔，天各一方。化自《古诗十九首》："相去万余里，各在天一涯。"

③摧：痛苦，悲痛。

④"不聊"二句：不是因为担忧餐食而常常饥饿空虚，而是因为思念你无心饮食。聊，因为。飧，熟食。慊慊，不足，空虚之感。

⑤容光：容颜，容貌。

⑥"郁结"句：心情郁结使人老去。化自《古诗十九首》："思君令人老，岁月忽已晚。"

⑦暮春草：农历三月的草。

⑧洋洋：形容飘动的样子。

⑨治：整治，此处指擦拭。

⑩凋复零：从凋谢到零落。

⑪蹑履：穿鞋。

⑫三星：指参宿中间横列的三颗星。

⑬遂：如愿。

⑭巾栉：毛巾、梳子等梳洗用品。栉，梳、篦的总称。

⑮劳勤：忧劳，勤苦。

⑯觏：遇见，会见。

⑰亮：确实，信然。

⑱悁悁：忧愁。《诗经·陈风·泽陂》："寤寐无为，中心悁悁。"

⑲比目鱼：鲽鱼。古称此鱼只有一只眼，两两相并才能游行。《尔雅·释地》："东方有比目鱼焉，不比不行，其名谓之鲽。"

⑳参辰：两星名，即参商。参星在西，商星在东，出没各不相见，以喻双方隔绝不能会面。

㉑"人靡"二句：反用《诗经·大雅·荡》"靡不有初，鲜克有终"意，谓人们办事总有一个良好的开始，希望你能够对爱情善始善终。

译文

心情苦闷忧愁郁结，这忧愁是因谁而起呢？因为想到与你相离别，两相阻隔，天各一方。良辰佳会没有日期，心中既痛苦又悲伤。不是因为担忧餐食而常常饥饿空虚，而是因为思念你无心饮食。端坐在空室中无事可做，仿佛又看到你的容颜。高山之顶巍峨耸立，漫长的道路悠悠

万里。你离去的日子已经很久了,心情郁结使人老去。人生在世只是一瞬间,短暂得就像暮春的草。美好的日子不可以复得,为什么还要独自忧愁与苦恼呢?常常想到你以前赐予我的大恩,我的微贱之躯哪里值得自珍!浮云洋洋飘动,盼它为我通言辞。云儿四处飘动无法寄信,我久久徘徊,徒劳相思。别人离别了都会再次相见,可是你却没有归还的日期。自从你出发离开那时起,明镜灰暗就从来没有擦拭过。想念你的深情犹如流水一般,哪里会有穷尽停止的时候?清秋萧条时节就要过去,兰花凋谢后又零落了。喟然长叹忧思重重,只有你的归期能安慰我的心情。辗转反侧无法入睡,夜晚漫长没有尽头!穿上鞋子起身走出房门,仰头望见三星紧紧相连。自己恼恨思念无法如愿,突然间热泪像泉水一般涌了出来。深深地想念你,看到你的梳洗用具,我的内心更加忧劳。怎样才能得到鸿雁和鸾鸟的羽翼,让我飞去会见心上人?我心怀真诚确实无法如愿,挠头伫立内心充满了忧愁。为什么说不得相见,再次重聚也没有机缘?以前的时候亲近得如同比目鱼,可是现在相隔如同参商一般。人们都会有一个良好的开始,希望你能够善始善终。自从分别以来已经有好几年了,旧日的恩情怎么能够指望呢?喜爱新人而忘却旧好,是君子最为讽刺的行为。我虽然托身在遥远的地方,又怎么会有片刻忘记你?深厚的情谊不会淡薄下来,多么希望你也常常思念我。

赏析

  这首诗为拟思妇诗,写的是丈夫远行后妻子独处空室时的无限思念。古人创作思妇诗往往都有一定的政治寄托,这首诗也不例外。考察徐幹生平,他满怀雄心壮志,却长期担任文学侍从,与他入仕的初衷差距极大,这让他心情郁结沉闷,于是将这种心情融入诗中,含义更加

悠长。

全诗共分六章，每章十句，各章中间没有明显的连贯情节，因此也常被视为组诗。第一章中，写了女主人公因为与心上人"各在天一方"而陷入无限忧愁与空虚之中，甚至因此茶饭不思，奠定了全诗的抒情基调。

第二章进一步描述女主人公的忧愁，她感叹时光匆匆、旧恩难再。"人生一世间，忽若暮春草"二句充满青春易逝、人生短暂的伤感，也暗喻诗人年岁渐长依然一事无成的苦闷，包含着无尽的心酸。

第三章中，思妇望着天空中悠然自得的白云，很想托它给远方的丈夫捎几句知心话，无理而有情。白云飘动变化，如何通辞？于是她只好徘徊彷徨，坐立不安，继续那徒然的相思。"自君之出矣，明镜暗不治。思君如流水，何有穷已时"四句将相思之情写得一往情深，自然清丽，成为后世思妇诗取之不竭的源泉，许多诗人模仿这四句，但总是不如这四句自然。

诗的第四章主要写的是女主人公在漫长秋夜中叹息连连，辗转难眠，只得穿鞋出户，遥望天星，目的是暂缓相思之苦，但相连的三星更突出她的孤独，她不由得触景生情，泪如泉涌。这也是后世思妇诗吟咏不尽的意象。

第五章主要写的是睹物怀人，更增思念之苦，并将"思君如流水，何有穷已时"进行了具体而充分的发挥。其中"故如比目鱼，今隔如参辰"两句将比喻手法用到极致，过去越亲密，今日之思念就越苦。

思念虽然是无穷无尽的，但诗终有结。第六章便是全诗的结尾。良人无返期，音信不通，思念也无用，盼望也只是徒劳，最后只剩下一个心愿：愿君莫喜新厌旧，忘却了过去的感情。这是思妇们普遍的心声。

这首诗将思妇的心理描写得百转千回、情深意笃、缠绵悱恻，语言上却没有刻意求工，而是朴素自然、浑然天成，难怪古人认为其有《古诗十九首》的风范。诗中选取了许多生活中的物象，诸如流水、浮云、春草、比目鱼等，让抽象的感情变得具象化，表现出思妇思念的厚度和长度，情意缠绵不断，是流传千古的绝妙情诗，对后世思妇诗的影响极为深远。

序征赋[①]

原文

余因兹[②]以从迈[③]兮，聊[④]畅目[⑤]乎所经。观庶士[⑥]之缪[⑦]殊，察风流[⑧]之浊清[⑨]。沿江浦[⑩]以左转[⑪]，涉[⑫]云梦[⑬]之无陂[⑭]。从青冥[⑮]以极望，上连薄[⑯]乎天维[⑰]。刊[⑱]梗林[⑲]以广涂[⑳]，填沮洳[㉑]以高蹊[㉒]。揽循环其万艘，亘[㉓]千里之长湄[㉔]。行兼时而易节[㉕]，迄[㉖]玄气[㉗]之消微[㉘]。道苍神[㉙]之受谢[㉚]，逼鹑鸟之将栖[㉛]。虑前事[㉜]之既终，亦何为乎久稽[㉝]？乃振旅[㉞]以复踪[㉟]，泝朔风[㊱]而北归。及中区[㊲]以释勤[㊳]，超[㊴]栖迟[㊵]而无依[㊶]。

注释

①序征赋：描写一场战争始末的赋。序，同"叙"，叙述。

②兹：指征讨荆州。

③从迈：跟随曹操前进。

④聊：暂且。

⑤畅目：放眼四望。

⑥庶士：众士。

⑦缪：异。

⑧风流：风俗教化。

⑨浊清：喻好与坏。时曹操为丞相，可以考察各地方长官。

⑩江浦：长江的浦口，长江支流（大、中、小支流）入江之口。浦，河流交汇处。

⑪左转：指曹军沿汉水流域南下，至长江而左转向东。

⑫涉：跋涉。

⑬云梦：古大泽名，位于今湖北荆州南，古代是一片广阔的湖泊群，后来不断缩小。

⑭无陂：云梦泽地域广大，且无高厚的堤岸，故称无陂。陂，泽畔障水之岸。

⑮青冥：青天。冥，高远。

⑯薄：接近。

⑰天维：古代传说中系天的大绳子。

⑱刊：砍削。

⑲梗林：多刺的林丛。泛指沿途的林丛。梗，有刺的草木。

⑳广涂：拓宽道路。涂，道路。

㉑沮洳：低湿洼地。

㉒高蹊：垫高道路。蹊，小路。

㉓亘：延续不断。

㉔湄：水草相接的岸边。

㉕易节：季节变换。

㉖迨：到，至。

㉗玄气：自然之气，阴气或阳气。

㉘消微：消损衰微。

㉙苍神：指苍帝，传说中主东方的青帝神，亦为司春之神。

㉚受谢：接受辞别。

㉛"逼鹑鸟"句：指仲冬时节。鹑鸟，星宿名，南方朱雀七宿的总称。

㉜前事：指此次南征。

㉝稽：停留。

㉞振旅：班师回京。

㉟复踪：沿原路回去。

㊱沂朔风：迎着冬天的北风。

㊲中区：指许都一带。

㊳释勤：消除辛劳。

㊴超：惆怅，怅然若失。

㊵栖迟：止息。

㊶无依：指精神上的空虚感。

译文

我随军出征，暂且放眼四望途中的美景。观看众多士人品行的优秀与低劣，考察各地风俗教化的好与坏。沿着汉水流域左转向东，跋涉在无比浩大的云梦泽的平阔岸边。对着苍茫青天向远处望去，上边紧紧接连着天维巨绳。为了加宽道路而砍伐了很多荆棘林木，为了垫高道路而填塞了很多低湿洼地。总揽循环往来的万艘战船，在水草丰茂的长江岸边延续不断。这次出征兼括了两个时令，季节变换，已经到了自然玄气消损衰微的年末。导引着春神苍帝去接受冬天的辞别，逼迫得朱雀七宿即将栖息。一想到前些日子的征伐已经结束了，为什么还要在此地长久地停留呢？于是，沿原路班师回京，迎着冬天的北风向北回归。来到这中部故地而消除辛劳，怅然止息而内心空虚。

赏 析

这是一篇记叙征伐行程的文章，以赋体撰成。曹操多次率兵出征，常常委任身边官吏随军出征，参谋军事。从此赋的记叙内容来看，由江浦左转，进入云梦之泽，后人推测应该是建安十三年（208年）七月曹操南征刘表之时。在这场战役中，孙刘联军以少胜多，曹军在赤壁损兵折将，再也无力吞并另外两个割据政权，三国鼎立的局面因此形成。徐干跟随曹操目睹了这场影响深远的战役，曹军损失大半，但在他的笔下却显得较为温和。本赋写战败之役，所以作者笔下多有忌讳，对战事的描写极为简括，而是着重赞扬了大军不顾艰险、纪律严明、坚韧不拔的特点，表达出对曹操的颂扬与安慰之情。

这篇小赋仅二十二句，分三个层次记叙出征的过程与见闻、感慨。以记叙为主，兼具抒情与议论。赋的前四句是一个层次。一开始，作者写自己参与南征的军事行动。接着，又补充说明考察的内容，说此行也在观察江南人士品格以及当地风俗教化的好坏。

"沿江浦以左转"以下八句为第二个层次，主要描写了行经云梦泽的景物与感慨。实际上，当时是大军败退时路过此地，命老弱士卒背着草木填充道路，这些士卒往往被人马践踏，陷入泥中，死伤无数，无比凄惨。作者只是简单地交代了在大泽中填充出小路的事实，讳写其悲惨。

对行旅的艰辛的渲染，自然为结尾"释勤"埋下了伏笔。

"行兼时而易节"至结尾是赋的第三叫层次，也就是结尾部分，描写军队回归的情景与心情。其中讳言败事，用"虑前事之既终，亦何为乎久稽"两句轻轻带过，而结尾"超栖迟而无依"一句依然隐隐透露出战败的惆怅。

这篇小赋情景交融，笔法灵活，概括性强，虽然由于特殊原因有言之不尽的感觉，但依然具有较高的艺术价值和一定的史料价值。

西征赋

原 文

奉明辟①之渥②德，与游轸③而西伐。过京邑④以释驾⑤，观帝后之旧制。伊⑥吾侪⑦之挺劣⑧，获载笔⑨而从师。无嘉谋以云补，徒荷禄而蒙私。非小人⑩之所幸，虽身安而心危。庶区宇⑪之今定，入告成乎后皇⑫。登明堂⑬以饮至⑭，铭功烈乎帝裳⑮。

注 释

①辟：天子、诸侯等君主的通称。

②渥：浓厚。

③轸：指车。

④京邑：这里指东汉的旧都洛阳。

⑤释驾：解下拉车的马，停车休息。

⑥伊：语气词，无义。

⑦吾侪：我辈。

⑧挺劣：挺身奋力。劣，一作"力"。

⑨载笔：携带文具，记录军队事务。

⑩小人：徐幹自称。

⑪区宇：疆域。

⑫后皇：指皇天后土、天地神灵。

⑬明堂：指宗庙。时曹操尚未为公，也没有自建社稷宗庙，则此处明堂指的是许都的汉王室宗庙。

⑭饮至：古时征战归来，合饮于宗庙，称为饮至。

⑮"铭功烈"句：将功勋写在皇帝的衣服上。汉末魏晋时期有作铭文于衣服上的习俗。

译文

我得到明君的丰厚恩典，和众人一道乘车向西征伐。路过洛阳时车马停留，观赏古代帝王宫殿的形制。我们这些人挺身奋力，获准执纸笔随从王师。我们没有什么良谋佳策以供查漏补缺，白白地领取俸禄而蒙受私惠。这种情况不是我所希望的，身体安逸但是内心感到不安。幸运的是疆域会因此而安定，归来后就将大功告之天地神灵。登上宗庙开怀畅饮，将功勋写在皇帝的衣服上。

赏析

徐幹在曹操麾下任司空军谋祭酒掾属，常常随军出征。曹操曾两度西征：建安十六年（211年）西征马超，建安二十年（215年）西征张鲁。

此赋具体作于哪一次西征途中已不可考，有研究者认为当作于西征马超之时。

开头两句抒发了作者从师西征的喜悦之情。"过京邑以释驾，观帝后之旧制"两句，带有几分黍离之悲，隐含作者对洛阳因军阀混战而惨遭破坏的惋惜。"伊吾侪之挺劣，获载笔而从师"两句，再次表现了作者从师西征的热情。但是，接下来四句却在自谦中隐约表达了自己作为军中参谋却在谋略上无所建树的愁绪。"庶区宇"之今定以下四句幻想了国家统一之后在宗庙庆功的热闹场面，显示出作者渴望国家统一、建立丰功伟绩的伟大抱负。

这是一首抒情小赋，没有传统汉赋的铺张堆砌，而是平易简练，感情也真挚生动。篇幅简短，内容却较为丰富，抒发了作者从师出征的喜悦，表达了对曹操知人善任的感激，以及对国家统一、建功立业的强烈渴望。

阮 瑀

阮瑀（约165—212年），字元瑜，陈留尉氏（今河南开封）人，"建安七子"之一，也是"竹林七贤"中的阮籍的父亲、阮咸的祖父。少年时曾师从名士蔡邕，大约在建安四年（199年）前后，阮瑀加入曹操幕府，任司空军祭酒，掌管文书，曹操军中书檄等多数都出自他和陈琳之手。他曾经在马上为曹操草拟致韩遂书，写成后呈给曹操改定，曹操竟然不能增减一字。公元212年，阮瑀病逝。阮瑀以文思敏捷著称，他的文章和赋铺张扬厉，有战国纵横家之风，《为曹公作书与孙权》是典型代表。他的诗歌格调悲凉，代表作有《驾出北郭门行》《七哀诗》等。

驾出北郭门行[①]

驾出北郭门，马樊[②]不肯驰。
下车步踟蹰，仰折枯杨枝。
顾闻丘林中，噭噭[③]有悲啼。
借问啼者出："何为乃如斯[④]？"
"亲母舍我殁，后母憎孤儿。

饥寒无衣食，举动⑤鞭捶⑥施。

骨消肌肉尽，体若枯树皮。

藏我空室中，父还不能知。

上冢察故处，存亡永别离。

亲母何可见？泪下声正嘶。

弃我于此间，穷厄岂有赀⑦！"

传告后代人，以此为明规。

注释

①驾出北郭门行：诗人拟乐府自创的新题。郭，外城，古代在内城的外围加筑的城墙。

②樊：马因负载过重而停滞不行。

③嗷嗷：悲哭声。

④"何为"句：你为什么哭得这么伤心？

⑤举动：动辄。

⑥捶：指竹杖、棍棒之类。

⑦赀：同"资"，财富。

译文

我乘车驶出外城的北门，马儿因负载过重停滞不行。我只好下车慢慢地跬步，抬手折下干枯的柳枝。回头听见山丘上的树林中传来悲哭声，声音非常凄惨。我询问走出树林的啼哭者："你为什么哭得这么伤心？"他回答说："我的亲生母亲早早地离开我去世了，后母又非常憎恨我这个孤儿。让我饥寒交迫，无衣无食，还动不动就鞭打我。我变得骨瘦如柴没有肌肉，身子就像一张枯树皮。她把我关在一个空屋子里，父亲回来我也不知情。我来到坟地看望我死去的母亲，活着的和死去的永远地分离了。母亲怎么能够看见我呢？我的眼泪不断往下流，哭声都嘶哑了。现在我被抛弃在这人世间，贫穷痛苦哪里有财富用来生活啊！"我记下这件事来告诉后世人，希望他们都能够从中吸取教训。

赏析

这首诗描述了一个孤儿受后母无情虐待的故事，揭露了封建制度下严重的家庭矛盾，表现出诗人对受害者的无限同情，也表现了诗人对社会问题的热切关心。

该诗可以分为四个部分。开头四句是第一部分，只是一个引子，诗人以一个旁观者的身份出现，并交代了事情发生的地点，同时也设置了悬念。"顾闻"四句是第二部分，引出了中心事件。诗人在小树林外听到有啼哭声，先闻其声，再见其人，未知原因，所以才发出疑问。这样，就很快引出孤儿诉苦。

从"亲母舍我殁"到"穷厄岂有赀"十四句是第三部分。这一部分主要是孤儿诉说自己的不幸遭遇，写得如泣如诉，真诚感人，舒缓而有致，质直而可信。在这一部分中，诗人一方面描写了孤儿诉说受到虐待的情景，一方面又描写了孤儿哭坟的情状。孤儿存活于世上已无人可依靠，他无处倾诉自己的痛苦与悲愤，所以只好向已经死去的母亲来求告，其悲凉与凄苦催人泪下。最后两句是第四部分。在这里，诗人对孤儿充满了同情，所以他勇敢地站出来规劝后人要以此为教训，不要虐待无辜的孤儿。

这首诗结构十分完整，层次井然有序，语言朴素无华，形象具体生动，风格悲伤沉郁，有《古诗十九首》之风。

为曹公作书与孙权

原　文

离绝①以来，于今三年，无一日而忘前好②，亦犹③姻媾④之义，恩情已深，违异之恨，中间尚浅也。孤怀此心，君岂同哉？

每览古今所由改趣⑤，因缘侵辱，或起瑕衅⑥，心忿意危，用成大变。若韩信伤心于失楚⑦，彭宠积望于无异⑧，卢绾嫌畏于己隙⑨，英布忧迫于情漏⑩，此事之缘也。孤与将军恩如骨肉，割授江南，不属本州⑪，岂若淮阴捐旧之恨？抑遏⑫刘馥⑬，相厚益隆，宁放朱浮⑭显露之奏？无匿张胜⑮贷⑯故之变，匪有阴构贲赫⑰之告，固非燕王、淮南之衅也。而忍绝王命，明弃硕交⑱，实为佞人所构会也。夫似是之言，莫不动听，凶形设象⑲，易为变观。示之以祸难，激之以耻辱，大丈夫雄心，能无愤发⑳！昔苏秦说韩，羞以牛后，韩王按剑，作色而怒㉑；虽兵折地割㉒，犹不为悔，人之情也。仁君㉓年壮气盛，绪㉔信所譬㉕，既惧患至，兼怀忿恨，不能复远度孤心，近虑事势，遂赍㉖见薄㉗之决计，秉翻然之成议。加刘备相扇扬㉘，事结衅连，推而行之，想畅本心，不愿于此也。孤之薄德，位高任重，幸蒙国朝将泰之运，荡平天下，怀集异类㉙，喜得全功，长享其福。而姻亲坐离，厚援生隙，常恐海内多以相责，以为老夫苞藏祸心，阴有郑武取胡之诈㉚，

· 351 ·

乃使仁君翻然自绝，以是忿忿，怀惭反侧。常思除弃小事，更申前好，二族俱荣，流祚后嗣，以明雅素[31]中诚之效，抱怀数年，未得散意。

注 释

①离绝：断绝。指建安十三年（208年）赤壁之战以后曹孙关系的隔绝。

②前好：指交恶之前两个政权之间的友好关系。曹操曾表孙策为讨逆将军，封为吴侯，命扬州刺史严象举孙权为茂才，后又表孙权为讨虏将军，领会稽太守。

③犹：通"由"。

④姻媾：互为婚姻。曹操曾把侄女许配给孙策的幼弟孙匡，又为儿子曹彰娶孙贲（孙坚兄子）之女。

⑤改趣：改变志向。趣，意向，爱好。

⑥瑕衅：玉石上的斑点和裂缝，比喻嫌隙。衅，同"衅"。

⑦"若韩信"句：韩信因失去楚王之位而伤心。韩信为西汉开国名将，公元前201年，刘邦剥夺了他的楚王称号，改为淮阴侯。韩信非常不满，数年后被举报谋反，遭吕后捕杀。

⑧"彭宠"句：彭宠因刘秀不对自己另眼相看而积怨。彭宠为东汉开国名将，多有殊勋，却因刘秀不能对自己另眼相看而心怀怨望，再加上遭到构陷，于是举兵反叛。积望，积怨。

⑨"卢绾"句：卢绾害怕已有的嫌隙。卢绾，汉高祖刘邦同乡，因功封为燕王，极受信任。因为担心被刘邦消灭而勾结叛将陈豨和匈奴，刘邦多次召他不至，后死于匈奴。

⑩"英布"句：英布担心自己的阴谋败露。英布，西汉开国名将，封淮南王。后来，刘邦烹杀彭越，将肉酱分送诸王，英布心疑，暗地调兵自备。英布的中大夫贲赫上告英布谋反，刘邦派人核查，英布以为事已败露，遂起兵反叛。

⑪本州：指扬州。江南本属扬州，后曹操将扬州治所迁到寿春，承认孙权占有的江南之地不再受扬州管辖。

⑫抑遏：抑制，遏止。

⑬刘馥：东汉末年名臣，曾任扬州刺史，深受百姓爱戴。

⑭朱浮：东汉开国大臣，官至大司空，曾向刘秀告发彭宠谋反。

⑮张胜：燕王卢绾的旧将，受卢绾之命出使匈奴，任务是阻止匈奴援助反叛的陈豨。但张胜认为陈豨失败对卢绾不利，反而劝匈奴助陈豨。卢绾隐瞒了张胜的行为，加深了与刘邦的裂痕，最终不得已举兵反叛。

⑯贷：宽恕，宽免。

⑰贲赫：淮南王英布治下的中大夫，由于得罪了英布，遂告发英布谋反。

⑱硕交：金石般的友谊。硕，通"石"。

⑲因形设象：根据形势制造假象。

⑳愤发：发愤图强。

㉑"昔苏秦"四句：从前苏秦游说韩王，以韩国心甘情愿地充当牛尾来羞辱对方，使韩王不禁手按宝剑，勃然大怒。出自《史记·苏秦传》。苏秦，战国时期著名的纵横家、外交家和谋略家。

㉒兵折地割：损兵失地。

㉓仁君：指孙权。

㉔绪：顺。

㉕嬖：宠爱的人。

㉖赍：怀抱，怀着。

㉗见薄：疏远。

㉘扇扬：煽风点火，搬弄是非。

㉙异类：指夷狄等少数民族。

㉚"阴有"句：暗地里有郑武公袭击胡人一样的阴谋。《韩非子·说难》记载，郑武公为了伐胡，先将女儿嫁给胡人君主，又杀死提议伐胡的大臣，使胡人放松了警惕，随后突袭消灭了胡人。郑武公，春秋时期郑国第二任国君。

㉛雅素：平时，平素。

译文

自从我们两家关系断绝以来，到现在已经三年了，我每天都很怀念我们以前的友好关系，这也是由于我们互为婚姻的情义，恩情已经很深了，背离的怨恨在我们中间还很浅。我怀有这种心情，难道您没有同感吗？

我常常看到古今人物之所以改变自己的志向，或者由于相互侵夺凌辱，或者由于各种嫌隙而产生了矛盾，内心愤怒而恐慌不安，因此才酿成了巨大的变故。韩信因失去楚王之位而伤心，彭宠因刘秀不对自己另眼相看而积怨，卢绾害怕已有的嫌隙，英布担心自己的阴谋败露，这些都是事变的原因。我与将军亲如骨肉同胞，将江南之地都割给您，从而使它不再属于扬州，您不会有像韩信那样因失掉王位而产生的怨恨吧？我竭力阻止刘馥用兵，使你我之间的恩情一天比一天深厚，难道我会向皇帝呈奏像朱浮告发彭宠叛乱那样的奏章吗？您没有像卢绾隐瞒张胜行

为、宽恕故臣那样的变故，也没有人会像贲赫告发英布那样对待您，我们之间本来就没有像卢绾、英布（与刘邦）那样的嫌隙。而您狠心拒绝君王的命令，公然背弃我们金石般的友谊，实在是谄媚小人挑拨离间的结果。似是而非的语言都是非常动听的，根据形势来制造假象是很容易扰乱视听的。用灾难来明示对方，用耻辱来激励对方，男子汉大丈夫的雄心壮志，怎么可能会不发愤图强呢？从前苏秦游说韩王，以韩国心甘情愿地充当牛尾来羞辱对方，使韩王不禁手按宝剑，勃然大怒；就算是损兵失地，也绝对不会后悔，这是人之常情。您年轻气盛，很容易相信自己宠爱的人，既惧怕惹上祸患，又心怀无限的愤恨，不能够再体谅远方的我的心意，从眼前的形势考虑，于是下定决心疏远我，而且非常坚定地走上了和我决裂的道路。加上刘备从中搬弄是非，使我们之间嫌隙不断，并仍在推行这种方法，我想畅叙自己的本心，实在不愿意这样。我德行浅薄，位高任重，幸运的是国运将要转危为安，天下已经安宁太平，异族来附，喜获全功，可以长久地享受幸福了。可是，我们两家姻亲离散，深厚的互助关系产生了裂痕，经常害怕别人会用此事来责难我，认为我的内心隐藏着祸害别人的心思，暗地里有郑武公袭击胡人一样的阴谋，因而才使您断然与我绝交，为此我极其愤恨，内心非常惭愧而不得片刻安宁。我一直都很想消除我们之间的小过节，重修旧好，使两家共享荣耀，流传幸福给后世子孙，以表明我平素内心的真情实意，我有这种想法已经很多年了，可是一直没有机会将它非常准确地表达出来。

原 文

昔赤壁之役①，遭离疫气，烧船自还，以避恶地，非周瑜水军所能抑挫也；江陵②之守，物尽谷殚③，无所复据，徙民还师，又非瑜之所能败也。荆土④本非己分，我尽与君，冀取其余，非相侵肌肤，有所割损也。思计此变，无伤于孤，何必自遂⑤于此，不复还之？高帝⑥设爵以延⑦田横⑧，光武指河而誓朱鲔⑨，君之负累，岂如二子？是以至情，愿闻德音⑩。往年在谯⑪，新造舟船，取足自载，以至九江⑫，贵欲观湖漾⑬之形，定江滨之民耳，非有深入攻战之计。将恐议者大为己荣，自谓策得，长无西患，重以此故，未肯回情。然智者之虑，虑于未形；达者所规，规于未兆⑭。是故子胥知姑苏之有麋鹿⑮，辅果识智伯之为赵禽⑯；穆生⑰谢病，以免楚难⑱；邹阳⑲北游，不同吴祸⑳。此四士者，岂圣人哉？徒通变思深㉑，以微知著耳。以君之明，观孤术数㉒，量君所据㉓，相计土地，岂势少力乏，不能远举，割江之表，宴安㉔而已哉？甚未然也。若恃水战，临江塞要㉕，欲令王师终不得渡，亦未必也。夫水战千里，情巧万端，越为三军㉖，吴曾不御，汉潜夏阳㉗，魏豹㉘不意。江河虽广，其长难卫也。

注 释

①赤壁之役：指建安十三年（208年）孙权、刘备联军在赤壁一带大破曹军的战役。这是中国历史上以少胜多、以弱胜强的著名战役之一。

②江陵：县名，即今湖北江陵。赤壁之战后，曹仁与周瑜在江陵相持一年多，曹军物资粮草皆尽，弃城北归。

③殚：尽。

④荆土：荆州。

⑤遂：占有。

⑥高帝：指汉高祖刘邦。

⑦延：招引。

⑧田横：秦末齐王田荣的弟弟。刘邦称帝后，田横逃亡海岛。刘邦为免隐患，派人招引田横，称如果田横来，大可以封王，小可以封侯。田横在赴洛阳途中自杀，海岛上他的五百名门客也随之自杀。

⑨朱鲔：初为更始帝刘玄的大司徒，曾劝刘玄杀死了刘秀的哥哥。后来刘秀围攻汉阳（今湖北武汉汉阳区），派人说降守城的朱鲔。朱鲔认为自己有罪而不敢投降。刘秀指着河水发誓不记前仇，后果然信守诺言，任朱鲔为平狄将军，封扶沟侯。

⑩愿闻德音：希望听到美好的回音，指同意归顺的回音。

⑪谯：县名，谯郡，今安徽亳州。

⑫九江：郡名，当时属扬州，在今安徽淮南以南。

⑬潥：潥湖，即今安徽巢湖。

⑭未兆：没有苗头。

⑮"是故"句：所以伍子胥才能够提早预见姑苏台上麋鹿游走。伍子胥，春秋时吴国大夫。据《史记》载，吴王夫差不听伍子胥彻底消灭越国的劝告，伍子胥说："臣今见麋鹿游姑苏之台也。"姑苏之台是夫差建造的，台上麋鹿闲游，是说吴国已经灭亡，姑苏台成为废墟。

⑯"辅果"句：辅果能够提早预知智伯被赵军擒杀。辅果，即智果，春秋时晋国贵族，智伯的叔叔。智伯，名瑶，因智氏源自荀氏，亦称荀瑶，是春秋末期晋国执政大臣。《战国策·赵策》载，智伯带领韩、魏

两家攻赵，赵则密谋联合韩、魏反击智伯，智果劝智伯早做打算，智伯不信，结果被赵军擒杀。禽，同"擒"。

⑰穆生：西汉人，楚元王的中大夫。楚元王对其礼遇有加，可是楚元王之孙刘戊继位后日渐疏远穆生，穆生便称病辞官。"七国之乱"中，刘戊兵败，很多官员都遭了殃，穆生却没有受到牵连。

⑱楚难：即"七国之乱"中楚王刘戊失败之事。

⑲邹阳：西汉名士，以文辩知名。初从吴王刘濞，刘濞谋反，邹阳上书劝谏，不听，邹阳遂北投梁孝王。刘濞失败，邹阳免于祸患。

⑳吴祸：即"七国之乱"中吴王刘濞失败的祸事。

㉑通变思深：懂得变通，深思熟虑。

㉒术数：权术谋略。

㉓量君所据：测量您所据有的土地。

㉔宴安：安逸。

㉕临江塞要：依靠长江天险。

㉖越为三军：越国建立上、中、下三军。《左传·哀公十七年》载，越王伐吴，吴在太湖傍水设防，越王派兵迷惑吴左右二军，集中三军暗中涉水，突然攻击吴中军，吴军大败。

㉗汉潜夏阳：韩信率领汉军在夏阳（今陕西韩城）大败魏豹。《史记·淮阴侯列传》记载，魏军在黄河重要口岸都设了重兵，韩信假意强渡，暗中却在夏阳命大军用木盆、木桶等渡河，直击魏都，魏豹被俘。

㉘魏豹：秦末汉初群雄之一，魏国贵族，其兄魏咎死后被项羽封为魏王。韩信攻破魏国，魏豹被俘，后为汉将周苛所杀。

译 文

在赤壁一战中，我军由于遭受可怕的瘟疫，无奈烧毁战船班师，以离开这个恶劣的地方，并不是周瑜的水军所能挫败的；江陵之所以会失守，也是因为我军物资粮草耗尽，所以才不一味地死死据守，而是迁徙民众回师，这也不是周瑜可以打败的。荆州本来不是我的属地，所以我将它全部让给您，希望得到其余的地盘，而不希望我们彼此之间相互侵剥肌肤，而共同受到巨大的损伤。静下心来想想这些变故，其实对我没有任何损失，又何必硬要盘踞荆州而不返回呢？汉高祖曾经用高官厚禄来招引田横，光武帝曾经对着河水向朱鲔立下誓言，您所背负的罪过，怎么可能与田横、朱鲔这二人相比呢？因此写信给您以表达我内心的真诚，希望能够尽早地听到您美好的回音。以前我在谯地新造船只，主要用来乘载运输，以方便到九江郡县，到巢湖浏览美丽的风光，安抚长江沿岸广大民众，从来就没有想过要攻打贵地。但是，我很担心你们中有人会为了大力宣扬自己的荣耀，自以为得到对抗我军的计策，以为能够长期没有西边之患，更为了这个缘故不让您和我修复往日的友情。然而智慧的人，一般都会在没有形成的时候进行思考；贤达之人，一般都会在没有苗头的时候进行规划。所以伍子胥才能够提早预见姑苏台上麋鹿游走，辅果能够提早预知智伯被赵军擒杀，穆生借病退隐山林，所以才能够免于楚王之难，邹阳弃官北投，所以没有遭受吴王之祸。这四个人，难道都是圣人吗？他们也仅仅是懂得变通，深思熟虑，能够见微知著而已。凭您的才智，审视我的权术谋略，测量您所据之地，与我所据之地进行一番比较，难道是我没有实力进行远征，而将长江以南割让给您，以自求安逸吗？绝对不是这样的。倘若您凭借水战的优势，依靠长江天险，想让朝廷军队无法渡江南征，这也未必可以如愿。两军水军在交战之时，战线有千里之遥，军情巧诈变化不定，越军三军一齐渡江，曾经让吴国没有力量来抗御；汉军偷袭夏阳，出乎魏豹的意料。长江虽然极为宽广，却因其战线太长而难防啊。

原文

凡事有宜，不得尽言，将修旧好①而张形势，更无以威胁重②敌人。然有所恐③，恐书无益。何则？往者军逼而自引还④，今日在远而兴慰纳⑤，辞逊意狭⑥，谓其力尽，适以增骄⑦，不足相动，但明效古⑧，当自图之耳。昔淮南⑨信左吴⑩之策，隗嚣⑪纳王元⑫之言，彭宠受亲吏之计⑬，三夫不寤，终为世笑；梁王不受诡、胜⑭，窦融斥逐张玄⑮，二贤既觉，福亦随之，愿君少留意焉。若能内取子布⑯，外击刘备，以效赤心，用复⑰前好，则江表之任，长以相付，高位重爵，坦然可观，上⑱令圣朝无东顾⑲之劳，下令百姓保安全之福，君享其荣，孤受其利，岂不快哉！若忽至诚，以处佼佞，婉⑳彼二人㉑，不忍加罪，所谓小人之仁，大仁之贼，大雅之人不肯为此也。若怜子布，愿言俱存，亦能倾心去恨㉒，顺君之情，更与从事㉓，取其后善㉔，但禽刘备，亦足为效。开设二者，审处一焉。

注释

①修旧好：恢复旧情，重归于好。

②重：威压。

③有所恐：有所担心。

④"往者"句：过去因军事逼迫而退守。此指赤壁之战与退守江陵事。

⑤慰纳：安抚招纳。

⑥意狭：意愿浅薄，指信中对孙权要求很少。

⑦增骄：增加骄傲的情绪。

⑧效古：效法古代。此处指古代事例。

⑨淮南：西汉淮南王刘安。

⑩左吴：淮南王的谋士。淮南王想要谋反，左吴等日夜与其商议谋划，按地图部署计划。

⑪隗嚣：西汉末年割据军阀，长期占据陇西，称西州上将军，曾投靠光武帝，后又暗中联合公孙述作乱，光武帝平定陇右后，忧郁而终。

⑫王元：隗嚣的大将。隗嚣接受王元的建议，在天水拥兵割据。

⑬受亲吏之计：听信妻子和亲信小吏的计策而反叛。

⑭"梁王"句：梁孝王不接纳公孙诡、羊胜。梁孝王刘武是汉文帝之子，深受宠信。他听说袁盎反对自己当太子，于是指派属下公孙诡、羊胜刺杀了袁盎。汉景帝派人逮捕二人，二人藏到梁孝王后宫。梁孝王在谋士韩安国劝告下逼二人自杀，梁孝王自己则进宫谢罪，因而免罪。诡，公孙诡，任梁孝王中尉。胜，指羊胜，为梁孝王的谋臣。

⑮"窦融"句：窦融斥责逐走张玄。窦融割据河西，曾想投奔光武帝，隗嚣派辩士张玄去阻止他，被窦融赶走。窦融，西汉末年军阀，后为东汉大司马。张玄，隗嚣手下的辩士。

⑯子布：张昭，字子布，是东吴抗曹的核心人物之一。

⑰用复：修复。

⑱上：对上，对朝廷。

⑲东顾：顾忌东边。

⑳婉：亲爱。

㉑二人：指张昭与刘备。

㉒去恨：解恨，消除怨恨。

㉓从事：任用。

㉔取其后善：观其后效。

译 文

做任何事情都要权衡考虑，这很难用言语来表达。将要重归于好，而建立新的形势，更没有以威胁重压使对方产生敌意的道理。可是我还有所顾虑，很担心书信根本起不到什么作用。为什么呢？过去因军事逼迫而退守，现在在远方寄送书信以表达安抚招纳的心意，言辞谦逊、意愿浅薄，也算是非常尽力了，恐怕您会因此增加骄傲之气，不能够打动您了。只有明确效法古代事例，请您认真思考一下。以前淮南王听信左吴的谋略，隗嚣采纳王元的建议，彭宠听信妻子和亲信小吏的计策，这三个人不知悔悟改正，最终成为天下人的笑柄；梁孝王不接纳公孙诡、羊胜，窦融斥责逐走张玄，这二位贤德之人都已经觉察到小人的奸诈，所以福气才会随之而来，希望您能够稍加留意一下。您如果对内控制张昭，对外攻击刘备，以表达自己的赤胆忠心，修复以前的良好关系，则江南之重任将长期托付给您，高官厚爵，坦然安享。对上可以使朝廷不再有东顾之忧，对下能够使老百姓享受安定太平带来的幸福，您享受荣耀，我获得利益，难道不是很高兴的事情吗？倘若忽视我的诚意，心存侥幸，亲近那两个人，不忍心加罪，那么只会得到小人之仁而大大地危害了大仁，大雅君子是绝对不会做这种事情的。倘若同情张昭而不肯惩

罚他，他如果希望投诚身存，则我也可以消除心中的旧恨，顺从您的情意，让他在朝廷上担当职位，观其后效，只要擒获刘备，也就足以看到大的成效了。现在这两个条件，请您从中选一个吧！

原文

闻荆、扬诸将，并得降者，皆言交州①为君所执，豫章②距③命，不承执事④，疫旱并行，人兵减损，各求进军，其言云云。孤闻此言，未以为悦。然道路既远，降者难信，幸人之灾，君子不为。且又百姓，国家之有，加怀⑤区区⑥，乐欲崇和⑦，庶几明德，来见昭⑧副⑨。不劳而定⑩，于孤益贵。是故按兵守次⑪，遣书致意。古者兵交，使在其中，愿仁君及孤，虚心回意⑫，以应诗人补衮⑬之叹，而慎《周易》牵复之义⑭。濯鳞清流，飞翼天衢，良时在兹，勖之而已。

注释

①交州：地名，辖今两广等地，这里指交州刺史孙辅。孙辅因担心孙权难保江南而暗中与曹操联系，事情被发现后，孙权把他囚禁起来。

②豫章：郡名，治所在今江西南昌。

③距：通"拒"，抗拒。

④不承执事：不服从调派，不执行命令。

⑤加怀：加倍关怀。

⑥区区：亲爱，爱护。

⑦乐欲崇和：乐其所欲，崇尚仁和。

⑧昭：明。

⑨副：辅佐，辅助。

⑩不劳而定：无须劳动（军队）而稳定大局。

⑪守次：驻守，驻扎。

⑫虚心回意：虚心接受建议，回心转意。

⑬补衮：补救规谏帝王的过失。《诗经·大雅·烝民》："衮职有阙，维仲山甫补之。"衮，帝王穿的绘有衮龙纹饰的礼服。

⑭《周易》牵复之义：《周易》中所讲的牵复回原来道路的意义。牵复，牵引回到正道。

译文

听说荆州、扬州诸将收容了很多从您治下投降的人，都说交州刺史孙辅已被您囚禁，豫章郡也拒绝您的命令，不服从您的调派。而吴地瘟疫、干旱同时发生，人员减损十分严重，汉将都要求乘胜进攻，言论纷纭，不一一表述。我听到这些言论，觉得很不高兴。可是，道路十分遥远，投降者的言语又难以确信，乘人之危是品德高尚的君子不会做的事情。而且百姓是国家所有的，应该加倍关怀爱护，乐其所欲，崇尚仁和，希望您作为明智贤德之士，能够成为朝廷光明的辅佐之臣。无须劳动军队便可以稳定大局，对我来说是更为可贵的。所以我才在这里按兵驻扎，先派遣使者送信来表明我的心意。古时候打仗时，都有者在其中斡旋，希望您和我都能够虚心接受建议，回心转意，以回应诗人的补衮之叹，明确《周易》中牵复的深义。就仿佛鱼跃清流之中，鸟翔蓝天之上，现在正是千载难逢的良好时机，望您奋勉。

阮瑀

赏析

赤壁之战后，天下三足鼎立的雏形已经出现，曹、孙、刘三个割据政权纷纷采取军事与外交并用的手段，争取战争的主动权。建安十六年（211年），曹操为了破坏孙刘联盟，令阮瑀写了这封书信。

这封书信先以昔日交好与姻亲旧谊入手，说明一时冲动可能会酿成巨大的灾祸。在这里，作者对孙权暗含警告之意。然而，作者又为其开脱，说孙权与曹操交恶完全是因为内有小人作怪，外有刘备挑拨的结果，并不是出于本心，给孙权一个弃刘归曹的台阶。接着，作者重述曹操权高任重、荡平天下的功劳，说明赤壁之战、江陵之战完全是曹操主动还师，并不是被周瑜打败，强调曹军的实力并没有受到损伤，以解除孙权的骄傲轻慢心理，挽回曹操的尊严。随后又以高祖延田横、光武誓朱鲔的先例，为孙权指出一条明路。

后文中，作者说明曹操在谯造舟船，治水军，并不是在执行攻吴的计划，以此宽慰孙权。又以伍子胥、辅果等人的智慧变达，提醒孙权应该明白与刘备结好会有什么不良后果，并以自己所拥有的军事实力，以及战争的千变万化来突出曹魏的军事优势，给孙权施加一定的心理压力，要求孙权攻击刘备，惩罚张昭，为其弃刘归曹提出条件。最后，又分析了孙权目前所处的内外形势，希望他能够将功补过，不要失去宝贵的机会。

整篇文章出之以姻亲之情，动之以利害，晓之以大义，迫之以兵威。作者以古事比喻现实，正反相对比，言辞比较宽厚通达，气势张弛有度。而且，本文思绪飞动，事典繁富，韵律回荡，有振翅翱翔、高空腾飞之妙。

应 场

应玚（？—217年），字德琏，汝南南顿（今河南项城）人。应玚出身于书香门第，他的祖父应奉才思敏捷，伯父应劭著有《风俗通》一百多篇，弟弟应璩也是一个非常有名的文学家。后来应玚加入了曹操幕府，任丞相掾属，后又转平原侯庶子。曹丕任五官中郎将时，应玚被任命为将军府文学。建安二十二年（217年），应玚与徐幹、刘桢、陈琳先后死于邺城大瘟疫。应玚擅长写赋，有《灵河赋》《慜骥赋》《征赋》和《公宴赋》等。诗作不多，代表作为《侍五官中郎将建章台集诗》。

别 诗

其一

朝云浮四海，日暮归故山。
行役①怀旧土，悲思不能言。
悠悠涉千里，未知何时旋②。

注释

①行役：客行在外。

②旋：回来。

译文

朝云飘浮纷飞于四海之上，太阳落山时回归故山。客行游子深深地思念自己的故乡，悲伤哀怨的情思不能用言语来表达。悠悠跋涉千里，不知道什么时候才能够归还。

赏析

第二首依然是在抒发征夫思乡的愁绪，风格含蓄文雅，与其他建安诗人的作品相比，文士诗的特点更为明显。

两首《别诗》的创作时间不可考，应是作于诗人离家求仕期间，抒发了思乡的熟愁别绪。第一首抒发了离家求仕的复杂心情。情景相融，夹以议论，反映了渴望有所作为的青年为实现国家统一、社会安定的理想而努力奋斗的志向。

诗的开头两句直接入题，写别时景象，暗扣诗题。诗人运用比拟、象征手法，含蕴深厚，不言别情，而情在其中。未上路，却先想归乡，可见对故乡、亲人、知己的深厚感情。这为下面的行役悲思做了铺垫。诗的三、四句叙述别后之悲思。诗人暗示自己已经悲伤到了极点，只有呜咽吞泣而已，点出行役之苦与思乡之痛，将感情发展到了高潮。诗的五、六句宕开一笔，转写未来。诗人前途渺茫，心情阴郁，故乡不得归的哀伤之情与开头相照应，令人生悲。

全诗平淡自然，感情较为含蓄，但却是诗人真实感情的流露。

其二

浩浩长河①水，九②折东北流。
晨夜赴沧海，海流亦何抽③？
远适万里道，归来未有由。
临河累④太息，五内⑤怀伤忧。

注释

①长河：指黄河。
②九：表示多数。
③抽：去。
④累：连续多次。
⑤五内：五脏。

译文

浩浩荡荡奔腾的黄河水，弯弯曲曲地流向东北。白天黑夜不停息地奔向沧海，海会流往何处去？茫茫远行了万里路，还是没有归乡的机会。站在黄河边望着河水多次叹息，五脏之中都怀着深深的忧愁。

赏析

诗的前四句触景生情，前两
第二首全诗共八句，分两层。前四句写景，景中寓情，后四句抒

情，情中有景。

一、二句描绘出黄河九曲、奔腾不已的雄伟形象。后三、四句则是写实与幻想并用，将黄河的形象具体化，表现出赞叹、惊异、畅快之情。后四句写远行万里而又不能归的复杂心情。古代读书人往往毕生追求功业，以求光宗耀祖，所以不惜四海奔波，寻找入仕的机会。其实，并非诗人不能归家，而是无法舍弃理想与事业。思亲怀乡、求仕焦急等感情齐聚内心，矛盾冲突日夜折磨着他却无法排遣，以致诗人感觉五内俱伤。

这首诗情景交融、慷慨悲凉、感情充沛，抒发了流离他乡的漂泊之感。

侍五官中郎将①建章台②集诗

朝雁鸣云中，音响一何哀！
问子游何乡？戢翼③正徘徊。
言我寒门来，将就衡阳栖④。
往春翔北土，今冬客南淮⑤。
远行蒙霜雪，毛羽日摧颓。
常恐伤肌骨，身陨沉黄泥。
简珠⑥堕沙石，何能中自谐⑦？
欲因云雨会⑧，濯翼陵高梯⑨。
良遇不可值，伸眉路⑩何阶？
公子⑪敬爱客，乐饮不知疲。
和颜既以畅，乃肯顾细微⑫。

赠诗见存慰，小子⑬非所宜。

为且⑭极欢情，不醉其无归。

凡百⑮敬尔位，以副⑯饥渴怀⑰。

注 释

①五官中郎将：指曹丕。此诗作于应玚任五官中郎将文学之时。

②建章台：楼台名，原为西汉建章宫内高台，此处可能指铜雀台。

③戢翼：敛住羽翼。

④"言我"二句：自说我从那极冷的寒门而来，将要飞到衡阳去栖息。寒门，传说中北方极冷的地方。《淮南子·坠形训》："北方曰北极之山，曰寒门。"衡阳，衡山的南麓，旧城南有回雁峰，相传大雁到了此处不再往南飞。

⑤南淮：淮河以南。

⑥简珠：大珠。

⑦谐：和，指愉快。

⑧云雨会：良好的际遇。

⑨陵高梯：登上高位。陵，登。高梯，喻尊位。

⑩伸眉路：得志的道路。伸眉，扬眉吐气的样子。

⑪公子：指曹丕。

⑫细微：低贱的人，诗人自谦的说法。

⑬小子：诗人自称。

⑭为且：聊且。

⑮凡百：指诸位士人。《诗经·小雅·雨无正》："凡百君子，各敬尔身。"

⑯副：应合。

⑰饥渴怀：指曹丕求贤若渴的情怀。

译 文

早晨时分大雁在天上高声地鸣叫,凄厉的声音是多么悲伤哀怨。试问它想要飞向什么地方?收敛起双翅正在犹豫徘徊。自说我从那极冷的寒门而来,将要飞到衡阳去栖息。去年春天我飞翔到北方,今年冬天又要飞到淮河以南去。长途飞行的时候经受霜雪,身上的羽毛一天天地损坏了。经常担心会伤害了骨肉,自己的身体沉入泥土。这就仿佛大珠掉进了沙石之中一般,内心又怎么会愉快呢?想要得到良好的际遇,洗净翅膀登上高位。美好的机遇是很难遇到的,得志的道路怎么走?公子尊重爱护客人,客人欢乐痛饮不知疲倦。公子和颜悦色,心情舒畅,竟然还顾念我这低贱之人。赠诗给我向我表示慰问,我实在是无德不宜承受这种眷顾。聊且为了极尽欢乐的情绪,不喝醉就不要回家。诸位士人都非常敬仰公子高贵的地位,响应公子求贤若渴的情怀。

赏 析

建安十六年(211年),曹丕被任命为五官中郎将,应场、徐幹等人和曹氏兄弟的交往也大致从此时开始。应场曾经遭遇战乱而客游他乡,这个时候很受曹丕器重,所以作诗抒情表达自己的感激之意。

这首诗上半篇,诗人以朝雁自喻,诉说着南北迁徙之苦和"伸眉"无路之愁,暗示自己过去过着极其穷困忧愁的生活。开头两句,以飞雁比喻自己过去的飘零无依和悲凉痛苦。接着,诗人设问:鸿雁打算飞向什么地方?为何收敛双翅,犹豫徘徊?这几句形象地表现出自己当时彷徨无助的神情。下面便是鸿雁的回答:"言我寒门来,将就衡阳栖。往春翔北土,今冬客南淮。"这四句借鸿雁迁徙的规律,比喻自己以前四处漂泊的艰苦生涯。"远行蒙霜雪,毛羽日摧颓",比喻自己历尽磨难,已经无力高翔。

· 371 ·

倘若长此以往，找不到一个安全的归宿，恐怕将会面临更大的危险。所以，诗人接着说："常恐伤肌骨，身陨沉黄泥。"其实，这正是鸿雁茫然失措、不知何去何从的真正原因。这一切都是诗人往日遭遇的写照，反映了当时文人在战争动乱中恐惧不安的复杂心理。诗人用比喻写自己的亲身经历，更显得含蓄委婉，凄切感人。当然，诗人并不甘心永远过四处漂泊的生活。所以，他笔锋一转，表达了不甘沉沦、渴望改变命运的心愿。"简珠堕沙石"，从表面上来看说的是鸿雁落于泥地，就像大珠落于沙石一般。其实，诗人是以大珠自喻，以沙石喻环境，希望能够"欲因云雨会，濯翼陵高梯"。可是，这种良机是不容易得到的。在这里，诗人表明了自己的身份和抱负，并蕴含着渴望得到重用之意。

从"公子敬爱客"至"以副饥渴怀"是这首诗的下半篇。从这里，诗人开始从正面描写公宴。"敬爱客"三字是此诗下半篇的诗眼，包括了很多内容：一是"乐饮不知疲"，公子频频劝酒，好客而不倦；二是"乃肯顾细微"，身份卑微的人也能够受到主人的顾怜；三是"赠诗见存慰"，主人一边劝酒一边赠诗表示安慰，使自己感到十分惭愧。正是由于主人"敬爱客"，让身处悲惨境遇里的诗人倍受感动，所以他表示一定要好好地报答主人的恩情。这首诗的主题是渴望得到曹丕的恩遇，但是这一想法只是在前半篇借雁"濯翼陵高梯"暗示出来，而后半篇正面描述时却没有提一个字。这不仅是因为诗人此时和曹丕刚刚认识没多久，不便明言，更是因为诗人为人谨慎，不卑不亢，所以立言十分得体，艺术上也显得比较含蓄。

这首诗音节响亮，风格清丽脱俗，前半篇用比兴，引而不发；后半篇用赋体，含蓄委婉。全诗比喻妥切，语言质朴无华，托意寄情，内涵颇深。

应场

文质论

原 文

　　盖皇穹①肇载②，阴阳③初分，日月运其光，列宿④曜⑤其文⑥，百谷⑦丽⑧于土，芳华茂于春。是以圣人合德天地，禀气⑨淳灵，仰观象⑩于玄表⑪，俯察式⑫于群形⑬，穷神知化⑭，万国是经。故否泰⑮易趋⑯，道无攸一，二政⑰代序⑱，有文有质。若乃陶唐⑲建国，成⑳周㉑革命，九官㉒咸乂㉓，济济休令㉔，火龙黼黻㉕，昈晔㉖于廊庙，衮冕㉗旅旂㉘，舄奕㉙乎朝廷，冠德百王，莫参其政。是以仲尼㉚叹"焕乎"之文，从"郁郁"之盛㉛也。夫质者端一㉜玄静㉝，俭啬㉞潜化㉟利用㊱。承清泰㊲，御平业㊳，循轨量㊴，守成法，至乎应天顺民，拨乱夷世。摛藻㊵奋权㊶，赫奕㊷丕烈㊸。纪禅㊹协律，礼仪焕别㊺。览《坟》《丘》㊻于皇代，建不刊㊼之洪制。显宣尼㊽之典教㊾，探微言㊿之所弊。若乃和氏之明璧[51]，轻縠[52]之袿裳[53]，必将游玩于左右，振饰[54]于宫房，岂争牢伪[55]之势、金布[56]之刚乎？

注 释

①皇穹：指苍天。

②肇载：肇始。

③阴阳：此指阴浊之气和阳清之气，古人认为天地即二气演化而成。

④列宿：诸星宿。

⑤曜：照耀，闪烁。

⑥文：文采。

⑦百谷：谷类的总称。

⑧丽：附丽。

⑨禀气：禀受浩然之气。禀，承受。

⑩象：宇宙万象。

⑪玄表：玄色的天表。

⑫式：法度。

⑬群形：众多物质的形表。

⑭穷神知化：穷尽神妙，知晓变化。

⑮否泰：指周易的《否》卦与《泰》卦，后人多以否泰代指事物发展的顺逆好坏。

⑯易趍：容易趋向另一方。趍，同"趋"。

⑰二政：指日月，亦隐有阴阳之意。

⑱代序：时序更替。

⑲陶唐：指上古君主唐尧。

⑳成：成汤，商朝的开国之君。

㉑周：指周武王，灭商而建立周朝。

㉒九官：舜设置的九种官职，此代指百官。

㉓咸乂：才能都很出众。

㉔休令：美好。

㉕火龙黼黻：古代官员礼服上的四种花纹。火为半环，龙为龙形，黼为用黑白两色组成的一对斧头形，黻为用黑青两色组成的两弓相背形。《左传·桓公二年》："火龙黼黻，昭其文也。"

㉖昈鞾：光彩明亮。

㉗衮冕：帝王所穿的衮衣、冕冠。衮，古时帝王及高官所穿的画有卷龙的礼服。冕，古时帝王及高官的礼帽。

㉘旃旒：铭旌，旌旗。旒，古时旗帜下边悬垂的珠串或飘带。

㉙焉奕：光耀，显耀。

㉚仲尼：孔子的字。

㉛从"郁郁"之盛：出自《论语·八佾》："子曰：'周监于二代，郁郁乎文哉！吾从周。'"

㉜端一：专一。

㉝玄静：深奥清静。

㉞俭啬：勤俭爱物。

㉟潜化：无形中施以教化。

㊱利用：使各种事物均得其所用。

㊲清泰：清静平安。

㊳平业：和平安定的大业。

㊴轨量：法则制度。

㊵摛藻：铺陈辞藻，施展文才。

㊶奋权：克尽职权。

㊷赫奕：显赫盛大。

㊸丕烈：显赫的功业。

㊹纪禅：治理封禅事宜。

㊺焕别：明晰的区别。

㊻《坟》《丘》：指《三坟》和《九丘》，为古代典籍名，此泛指典籍。

㊼不刊：不能删改。

㊽宣尼：孔子。汉平帝元始元年追谥孔子为褒成宣尼公，故名。

㊾典教：典章教化。

㊿微言：精深微妙的言辞，精微之言。

㉕和氏之明璧：和氏璧。春秋时楚国卞和所献玉璧。璧，平圆形，

中心有孔的玉器。

㊾轻縠：轻细的绸纱。

㊾袿裳：贵妇的服装，其下垂的部分上广下狭。此处代指美女。

㊾振饰：整理修饰。

㊾牢伪：牢固与虚弱。

㊾金布：金子与布帛。

译文

　　从那苍天肇始发端，阴阳之气初分为二，日月不断轮转显耀光芒，诸星宿闪烁彰显文采，百谷附丽于广阔的大地，美好的花朵在春天里茂盛。因此，道德完美的君子能够合德于天地，禀受浩然之气于淳美神灵，仰观玄色天表的万象，俯察万物形表的法度，穷尽神妙，知晓变化，所以国家才能够得到很好的治理。事物的好坏容易趋向另一方，治理的方法各有不同，就像日月代序轮替，既有文又有质。像陶唐建立国家，成汤、周武革命，文武百官的才能都很出众，济济多士，美好善良。火、龙、黼、黻各种文饰，令宗庙光彩明亮。衮衣、冠冕、旌旗等，光耀于朝廷之中。宏大的恩德早已经超越了过去很多朝代的君王，没有人比他们的政绩更高。所以，孔子感叹"焕乎其有文章"，钦佩仰慕周代郁郁之文而从之。质是专一且深奥清静的，勤俭爱物，无形中施以教化，使各种事物均得其所用。承清静平安之世，建立和平安定的大业，严格遵守各种法则制度。进而顺应上天的意思和天下百姓的心愿，拨乱反正，治平时世。铺陈辞藻，施展文才，克尽职权，彰显显赫盛大的功业。治理封禅事宜，和协律令，使礼仪有了明晰的区别。阅览《三坟》《九丘》于太平盛世，建立永远不能删改的宏伟制度。显扬孔子的典章教化，探索隐蔽的精微之言。至于那价值连城的和氏璧，轻縠细绸的华丽衣裳，必是放置左右以供游赏，置于宫室

之中用来装饰的。有什么必要争辩它们是牢固还是虚弱,强分金子与布帛到底哪个刚硬哪个柔软啊!

原 文

且少言辞者,孟僖所以不能答郊劳也①;寡智见者,庆氏所以困《相鼠》也②。今子弃五典之文,暗礼智之大,信管、望③之小,寻老氏④之蔽⑤,所谓循轨常趋,未能释连环之结⑥也。且高帝⑦龙飞丰沛⑧,虎据⑨秦、楚⑩,唯德是建,唯贤是与。陆、郦⑪摛其文辩,良、平⑫奋其权谞⑬,萧何⑭创其章律,叔孙⑮定其庠序⑯,周、樊⑰展其忠毅,韩、彭⑱列其威武。明建天下者非一士之术,营造宫庙者非一匠之矩也。逮自高后⑲乱德⑳,损我宗刘,朱虚㉑轸㉒其虑,辟彊㉓释其忧,曲逆㉔规其模,郦友㉕诈其游,袭据㉖北军,实赖其畴。冢嗣㉗之不替,实四老㉘之由也。夫谏则无义以陈,问则服汗沾濡,岂若陈平敏对,叔孙据书?言辨国典,辞定皇居㉙,然后知质者之不足,文者之有余。

注 释

① "且少"二句:又有寡于言辞的人,如孟僖不能酬答楚国郊外的慰劳。《左传·昭公七年》:"三月,公如楚,郑伯劳于师之梁。孟僖子为介,不能相仪。及楚,不能答郊劳。"孟僖,春秋时鲁国上卿孟僖子,其人不善礼仪言辞,晚年方注重学礼,受到孔子称赞。郊劳,到郊外迎接、慰劳。

② "寡智"二句:有寡于智慧见识的人,如庆封不懂得《相鼠》的真实内涵。《左传·襄公二十七年》载,庆封来鲁国聘问,鲁国的叔孙豹招待庆封吃饭,庆封表现得不恭敬。叔孙豹赋《相鼠》诗嘲讽,庆封不解其义。庆封,春秋时齐国大夫。《相鼠》,《诗经·鄘风》篇名。

③管、望：管仲与吕望。

④老氏：老子。

⑤蔽：壅蔽不通。

⑥连环之结：指玉连环。《战国策·齐策六》记载，秦昭王让使者送给齐国君王后一个玉连环，问她能不能解开。君王后用铁锤锤碎了玉连环，说："解开了。"

⑦高帝：汉高祖刘邦。

⑧丰沛：指沛群丰邑（今江苏丰县），为刘邦的故乡。

⑨虎据：雄踞。

⑩秦、楚：秦地与楚地，即今陕西、湖南、湖北等地。

⑪陆、郦：陆贾与郦食其，都是刘邦手下能言善辩的谋士。

⑫良、平：张良与陈平，都是西汉开国谋臣。

⑬权谲：权术、计谋。

⑭萧何：汉代名臣，制定了汉朝律令制度，辅佐刘邦建立汉朝。

⑮叔孙：指叔孙通，汉高祖时博士，汉朝典礼多出于其手。

⑯庠序：指学校，古时作为学习礼法与文化的场所，这里代指礼仪。

⑰周、樊：周勃与樊哙，西汉开国名将。

⑱韩、彭：韩信与彭越，西汉开国名将。

⑲高后：刘邦妻吕后，她在刘邦死后临朝称制，主政长达八年之久，排斥刘邦旧臣，立诸吕为王。

⑳乱德：品德不正。

㉑朱虚：朱虚侯刘章。其妻为吕禄女，因而首先知道诸吕作乱的阴谋，于是派人告知其兄齐王刘襄起兵诛逆，首开反抗诸吕之举，其后又杀吕产。

㉒轸：痛恨。

㉓辟彊：张良之子张辟彊。据《史记·吕太后本纪》，汉惠帝丧葬

之时，吕后哭而无泪，丞相等不解其故。独辟彊知吕后畏众旧臣而内心不安。丞相等从辟彊计，任诸吕为将，吕后方悲哀痛哭。

㉔曲逆：曲逆侯陈平，曾任右丞相，与周勃共定诛灭诸吕的谋略。

㉕郦友：指郦寄，因其与吕禄为友，故名。郦寄受周勃、陈平之命，诱骗吕禄交出兵权。

㉖袭据：乘其不备而突然夺取。

㉗冢嗣：太子，指汉惠帝刘盈。

㉘四老：秦末汉初的隐士商山四皓，分别是东园公、甪里先生、绮里季和夏黄公。年皆八十有余，须眉皓白。刘邦曾想招揽他们，他们不肯出山。后来刘邦想废掉太子，张良让太子厚礼卑辞请来了商山四皓，刘邦认为太子羽翼已丰，打消了废太子的念头。

㉙辞定皇居：用谏辞确定了都城所在。指刘敬建议刘邦定都关中。

译文

又有寡于言辞的人，如孟僖不能酬答楚国郊外的慰劳；有寡于智慧见识的人，如庆封不懂得《相鼠》的真实内涵。现在您弃绝《五典》这样的文章，阴暗愚昧不明白礼仪智慧的伟大，偏偏执着于管仲、吕望的小道，追寻老子无为而治的弊论。正所谓依照常轨而行，不能运用智慧解开玉连环。汉高祖龙飞兴起于丰沛之地，雄踞于秦楚大地上，唯德是建，唯贤是举。陆贾、郦食其施展文采和辩才，张良、陈平发挥其权术与才智，萧何创建了很多律令制度，叔孙通制定出很多礼仪，周勃、樊哙展现其忠心与刚烈，韩信、彭越展示其勇猛军威。因此，建立天下绝对不是仅仅靠一个士人的道术，经营宫殿庙宇，绝对不是只凭一个工匠的矩尺。直到吕后乱德主政，大大地损害了刘氏宗族的实力，朱虚侯刘章非常痛恨吕后的阴谋，张辟彊解除吕后的隐忧，曲逆侯陈平暗地里策划诛灭吕氏的计谋，郦寄假借朋友关系诱骗吕禄出游，周勃才乘其不备而突然夺取北军，实在要依赖同心同德的人。太子不被更替，的的确确是因为四老的原因。那些上谏的人没有以大义陈述，答对的时候大汗都湿透了衣衫。那么，他们又怎么能够与陈平的敏捷应对、叔孙通的据书博谈相提并论呢？切言辨析国家典律，用谏辞确定都城所在，然后知道质者的不足与缺陷以及文者的从容应对。

赏 析

东汉末年，清议逐渐兴起，人物品评蔚然成风，人物文质论成为当时文人的一个重要话题。"文"，指一个人的外在表现；"质"，指一个人的道德品质。当时，曹操发布了《求贤令》，宣布自己唯才是举，不重视其道德品质。阮瑀对此心怀不满，作《文质论》，强调道德品质的重要意义，而应玚的《文质论》则更侧重文的重要性，与曹操唯才是举的观点是一致的。

这篇文章分为三个层次，作者先是对圣贤美政进行叙述，充分肯定了文质并重、相辅相成的基本原则。然后，作者对"质者"进行了剖析，认为其有"玄静俭啬"等诸种美德，有些人能够据其佳质运智驰才而成就大功，有些人囿于"端一"之质而流于壅蔽无知。其中，孟僖和庆封的例子，鲜明体现出少文的害处。最后，作者引述了刘邦创业、诛杀诸吕、太子不替三个例子，说明"质者之不足，文者之有余"的道理，认为"建天下者非一士之术"。最后，全文归结于"质者之不足，文者之有余"。

这篇文章旁征博引，层次十分明晰，论证极其恢宏却有理有据，言辞精当且富于文采，显示出作者具有非常高强的论辩能力。整篇文章并没有明确崇文或重质，但是在字里行间却很明显地流露出了自己的重文倾向。

刘 桢

刘桢（180—217年），字公幹，东平宁阳（今山东宁阳）人，"建安七子"之一，尚书令刘梁之孙。刘桢博学多才，担任曹操的掾属，与曹丕和曹植关系都不错。由于"不敬"之罪，他被排挤出曹氏身边，并在建安二十二年（217年）的大瘟疫中病逝。刘桢的文学成就主要表现在诗歌方面，其作品风格遒劲，语言质朴，气势磅礴，在当时极负盛名，后人将他与曹植并称为"曹刘"，又与王粲合称"刘王"。他的辞赋风格十分独特，代表作有《鲁都赋》《黎阳山赋》《遂志赋》《瓜赋》等。

公宴诗

永日①行游戏，欢乐犹未央②。
遗思③在玄夜，相与复翱翔④。
辇车飞素盖，从者盈路傍。
月出照园中，珍木郁苍苍。
清川过石渠，流波为⑤鱼防⑥。
芙蓉⑦散其华，菡萏⑧溢金塘⑨。
灵鸟⑩宿水裔⑪，仁兽⑫游飞梁⑬。

华馆寄流波，豁达⑭来风凉。

生平未始闻，歌之安能详？

投翰长叹息，绮丽⑮不可忘。

注释

①永日：尽日。

②未央：未尽。

③遗思：余兴。

④翱翔：本指飞鸟逍遥天空，此处比喻悠闲游乐。

⑤为：水流漫过。

⑥鱼防：为防止鱼游出而设置的竹木栏栅或堤埂。

⑦芙蓉：荷花的别名。

⑧菡萏：指荷花的花。

⑨金塘：月光、烛光映照下的闪着金色光芒的池塘。

⑩灵鸟：泛指神鸟，多指凤凰。

⑪水裔：水边。

⑫仁兽：古代传说中麒麟一类的动物。

⑬飞梁：凌空架设的桥。

⑭豁达：开阔通达，此处指水面。

⑮绮丽：华丽美盛的景色。

译文

尽日游玩，欢娱之情还没有散尽。主人在夜里余兴未尽，希望大家再来游乐。乘坐辇车，素净的车盖飞动，侍从之人充盈路边。明月刚刚

显露出来，高照园中，珍木异树郁郁苍苍。清澈的小河流过石渠，碧波荡漾漫过鱼防。池中的荷花散发出华丽的光彩，花朵盛开溢满金塘。神鸟栖息在水边，仁兽遨游在凌空的桥上。华美的亭馆依傍在流波之上，开阔之处来风清凉。良辰美景真是让我闻所未闻，下笔作歌怎能完备？我丢下笔长长地叹息，绮丽的美景不可遗忘。

赏析

曹氏父子热爱文学，总是与当时名士进行交游，凡遇出征、游宴等重大活动，都会命人赋诗作文，唱和奉赠。因此，在某日曹丕兄弟邀建安诸子共宴邺宫之后，王粲、阮瑀、刘桢等人全都作了《公宴诗》，曹植也作了一首，这次宴会堪称文学史上的一次盛会。

诗的开头以白天饮宴后意犹未尽，从而乘辇车夜游为线索，移步换形，描写了邺城的花园中绮丽得不可方物的夜景。"辇车飞素盖"以下八句，描写的是在明亮的月光之下，华盖翻飞，侍从成群，苍苍珍木，清川流波，芙蓉金塘，一派富丽堂皇而又不失素雅的景色。"灵鸟宿水裔，仁兽游飞梁"二句，为"假美名以言之"，其意在映衬环境的高洁，使诗人的心情与月夜的美景相融合。诗末的"投翰长叹息，绮丽不可忘"二句，蕴含着诗人的多重感慨，有对景美而词穷的惋惜，也有对主人游心美景、贪享娱乐的感叹。

全诗淡雅清新，平稳流畅，以点串线，勾画出一幅华美无比的夜景。诗中没有夸张奢靡之词，也没有阿谀取荣之语，在历代公宴诗中是较为少见的，侧面体现出诗人质朴而耿直的性格。

杂 诗

职事①相填委②，文墨③纷消散。

驰翰④未暇食，日昃⑤不知晏⑥。

沉迷簿领书⑦，回回自昏乱。

释此出西城，登高且游观。

方塘含白水，中有凫⑧与雁。

安得肃肃⑨羽，从尔浮波澜。

注释

①职事：公务，指身任之职所应担负的事务。

②填委：纷集，堆积。

③文墨：文牍函件，文书写作之事。

④驰翰：挥笔疾书。

⑤昃：太阳偏西。

⑥晏：晚。

⑦簿领书：指官府登记承转的公文簿书。

⑧凫：野鸭。

⑨肃肃：象声词。鸟羽、虫翅的振动声。

译文

公务众多堆积在我身边，文牍函件四外散。挥笔疾书没有时间吃饭，太阳偏西还不知道天色已晚。沉迷于公文簿书，心情烦闷而昏乱。

将公务抛在一边出了西城，登上高处游览观赏。方形池塘中包含清莹的水，野鸭和大雁在池中游泳。希望能够得到飞禽的羽翼，跟随它们在波澜中遨游。

赏析

这首诗表面写诗人因厌倦文牍事务而对自由自在的生活的向往之情，实际上隐含着他不甘为文吏，想要在更广阔的舞台上施展抱负的情怀。

诗的前六句描写了诗人担任掾属时案牍劳形的苦闷，写法错综变化。头两句突出事务之多，带来杂乱无序的画面感；三、四句强调工作繁多，使他忘记了吃饭，连太阳西落都没注意，读者仿佛看到了诗人伏案纵笔的身影；五、六句侧重渲染诗人本身的感受，他的"沉迷"是被动的，海量的公务已经将他淹没了，使他在头脑昏乱中不再考虑其他的事情。以上六句从不同的侧面勾勒诗人操劳公务的情景，虽然铺排但一点儿也不呆板。

后六句，诗人终于下定决心将公务暂时抛开，出城观景，让身心放松一下。心烦意乱之后，"登高且游观"是很好的放松方式。在大自然各种美好的景色中，诗人没有描写花草树木、山峦河流，而是选取了水中的野鸭和大雁作为描述对象，显示出对自由平静的生活的向往。回想起刚才被工作淹没的苦闷，他甚至幻想自己变成野鸭与大雁，如它们一般自由自在、无拘无束。但是，这并不是说诗人真的想搁笔辞官还乡，而是表达对烦冗、无趣的文吏生活的不满，想要远离文墨琐事，获得更大的舞台。

全诗怨而不恨，哀而不伤，写得婉转自然，具有很强的感染力。

赠五官中郎将诗

其一

昔我从元后①，整驾②至南乡③。

过彼丰沛④都，与君共翱翔。

四节⑤相推斥⑥，季冬⑦风且凉。

众宾会广坐⑧，明镫⑨熺⑩炎光。

清歌制妙声，万舞⑪在中堂。

金罍⑫含甘醴⑬，羽觞⑭行无方⑮。

长夜忘归来，聊且为大康⑯。

四牡⑰向路驰，欢悦诚未央。

注释

①元后：天子，此处指曹操。

②整驾：整理马车出行。

③南乡：南方，指荆楚之地。

④丰沛：指汉高祖刘邦的故乡沛群丰邑，此处代指曹操的故乡沛国谯郡。

⑤四节：春夏秋冬四季。

⑥推斥：推移。

⑦季冬：冬季第三个月，即农历十二月。

⑧广坐：众人聚会的场所。

⑨镫：同"灯"。

⑩熹：同"熹"，火光明亮。

⑪万舞：古代大型舞蹈之一，先是武舞，舞者手拿兵器；后是文舞，舞者手拿鸟羽和乐器。

⑫金罍：盛酒器，饰以黄金，刻有云雷之象。《诗经·周南·卷耳》："我姑酌彼金罍。"

⑬甘醴：美酒。

⑭羽觞：饮酒器，为雀鸟状，左右有翼，一说插有鸟羽以促人速饮。

⑮无方：没有规律。

⑯大康：安康，大乐。《文选》李周翰注："言醉乐忘归也。于是戎马稍息，故云大康。康，安也。"

⑰牡：公马。

译文

以前我曾经跟随曹公一起出征，整理马车直到南方荆楚之地。曾经经过帝王之地谯郡，和您一起驰骋游览。四季更替迁移，季冬的风是那么寒冷。众多嘉宾聚集一堂，灯光明亮闪耀。清歌声音多么美妙，翩翩万舞在中堂上演。金罍盛满了美酒，羽觞疾进，大家没有规律地随意畅饮。在这漫漫长夜中寻欢作乐忘记了回家，姑且享受这极大的安康吧。四马之乘已经向归路奔驰，仍然感觉快乐还没有尽享。

赏析

建安十六年（211年），曹丕被任命为五官中郎将，成为丞相的副手，曹操还为他选定了五官中郎将文学掾，包括刘桢、徐幹、应场等一流文士。最初几年，刘桢常常参与曹丕组织的家宴、出游等，生活还算惬意。但是，在他生命的后几年，先是被罚服苦役，期满后又被任命为小吏，后来还染上了重病，居住在漳河之滨。曹丕曾经去探望他，刘桢就创作了四首诗赠给曹丕。

第一首，诗人追忆了当年曹军由合肥还谯，曹丕夜宴众宾时的情景。曹操曾在建安八年（203年）、建安十三年（208年）两征刘表，诗人写的是哪一次已不可考。从这首诗中，可以看出刘桢参加了对刘表的征伐，也参加了征伐后的夜宴。当时正值寒风吹拂的季冬，但宴会气氛却非常热烈。有"清歌"和"万舞"助兴，众嘉宾手持"金罍""羽觞"，暂时忘却了无比艰辛的戎马生涯，"聊且为大康"。等到众人都乘车离去了，诗人依然沉浸在欢乐中。

此诗融叙事、抒情、写景于一身，尽情刻画了宴饮中的欢乐气氛，与后两首中诗人凄惨的现状形成了鲜明的对比。诗中既赞美了曹丕的知遇之恩，又为自己眼下无所作为而感伤。

其二

余婴[①]沉痼疾[②]，窜[③]身清漳滨。
自夏涉玄冬[④]，弥旷十余旬[⑤]。
常恐游岱宗[⑥]，不复见故人。
所亲一何笃，步趾[⑦]慰我身。
清谈[⑧]同日夕，情眄[⑨]叙忧勤。
便复为别辞，游车归西邻[⑩]。

素叶⑪随风起,广路扬埃尘。

逝者如流水,哀此遂离分。

追问何时会,要我以阳春。

望慕结不解⑫,贻⑬尔新诗文。

勉哉修令德,北面⑭自宠珍。

注释

①婴:羁绊,环绕,此处指疾病缠身。

②痼疾:久治不愈的病。

③窜:迁匿、隐藏。

④玄冬:冬季。

⑤十余旬:一旬为十天,十余旬指百余天。

⑥游岱宗:这里指魂归故里,是死亡的委婉说法。岱宗,即泰山,刘桢的故乡距泰山不远。

⑦步趾:迈步,指曹丕登门探视。

⑧清谈:魏晋名士经常就某一哲学命题进行深入论辩,这种讨论称为清谈,此处谈论的可能是生命问题,有安慰病人的意图。

⑨情眄:深情眷顾。

⑩西邻:西边邻居,此处指邺宫。

⑪素叶:枯叶。

⑫结不解:指多年结下的友谊不会解除。

⑬贻:赠。

⑭北面:北面为臣。

译 文

我由于患这种久治不愈的疾病，只好隐居在清漳水滨。从炎炎夏天直到这个寒冷的冬天，远离世俗纷扰已经百余天了。常常害怕就此魂归泰山故里，不能够与以前的好友再相见。你的惠爱之情多么深厚，亲自登门来慰问我。我们畅快清谈直到太阳落山，深情地共话忧劳。离别的时候反反复复地嘱咐安慰，就要乘着车子回到邺宫。枯萎的落叶随风轻轻地飘起，宽广的大路扬起尘土。过去的一切犹如河水般流逝，我为此刻的分离而哀伤不已。上前追问什么时候才能够再次相见，与我相约在那阳春的美好时节。期望我们多年结下的友谊不会解除，所以将新作的诗文赠给你。希望你努力修养美好的品德，北面为臣好自宠珍。

赏 析

第二首写诗人身患重病在漳水之滨休养时，曹丕前去探望，诗人对此充满了感激之情。

开头六句，诗人极力描绘了自己久病缠身，离群索居，既畏惧死亡，又害怕不能与故友重逢的复杂情绪。由于这几句极为动人，所以在文学史上留下了"刘桢病"的典故，许多诗人都曾用此典，如"因恨刘桢病，空园卧见秋"（唐李端《卧病寄苗员外》）、"故人多病尽归去，唯有刘桢不得眠"（唐戴叔伦《行营送马侍御》）、"节物变衰吟更苦，可堪漳浦卧刘桢"（宋刘筠《初秋属疾》）等。

接下来十二句描写了曹丕来访的经过，特别刻画了两人离别时依依不舍的深情。两人在漳水之滨畅谈，由于他们志趣相投，又有相近的文学素养，自然有说不完的话，不知不觉到了傍晚，曹丕该回邺宫了。"素

叶随风起,广路扬埃尘"以及"逝者如流水"等句采用比兴手法,象征诗人内心的悲伤和不舍,极为动人。诗人询问曹丕何时再来,曹丕承诺来春就来看他,当时正值季冬,日期并不算太久,带给诗人一些安慰。曹丕走后,诗人的思念难以抑制,写诗赠给对方,并勉励对方努力修养德行,保重身体,努力辅佐皇帝(实际指曹操)。这里诗人表达了对友人的拳拳深情,十分真挚感人。

这首诗写得一波三折,意伏情起,缠绵不绝。钟嵘在《诗品》中说"陈思以下,桢称独步",对刘桢的诗给予了极高的评价,这首诗就可以体现出其独特魅力。

其三

秋日多悲怀,感慨以长叹。
终夜不遑寐①,叙意于濡翰②。
明镫曜闺中③,清风凄已寒。
白露涂前庭④,应门重其关⑤。
四节相推斥,岁月忽欲殚⑥。
壮士⑦远出征,戎事将独难。
涕泣洒衣裳,能不怀所欢?

注 释

①不遑寐:无暇睡眠。
②濡翰:蘸满墨汁的毛笔。
③闺中:房中。

④前庭：屋前庭院。

⑤重其关：重重落下门闩。

⑥殚：尽。

⑦壮士：指曹丕。曹丕当时要出征何处已不可考。

译文

深秋的时候更觉得满怀悲伤，感慨人世的变迁而仰天长叹。整个晚上忧心忡忡而无暇睡眠，用蘸满墨汁的毛笔陈述内心的想法。明亮的灯烛照亮了整个房间，凄厉的清风带来了阵阵寒意。洁白的霜露涂满了屋前庭院，此时正门已经重重落下了门闩。四季节气更替迁移，在时间的飞快流逝中一年将尽。得知你即将远行征战，兵戎大事也要独自承担。不由得眼泪打湿了衣裳，怎么会不怀念故友呢？

赏析

这首诗应该作于诗人病居漳水边后不久、曹丕冬日来访之前。时已深秋，诗人听到了曹丕即将率军出征的消息。想到自己不能追随左右，诗人觉得非常失落，于是夜不能寐，写了这首诗。

"秋日多悲怀，感慨以长叹"两句，显示出诗人凄清、沉重的心境。他正值壮年，才华横溢，满怀抱负，却长期屈居下僚，此刻又重病缠身，种种不幸令他夜不能寐，将满腹心事通过毛笔宣泄在纸上。接下来四句是景物描写，由于诗人内心的悲伤，这些秋夜景物也被染上了悲伤的色彩。"四节相推斥，岁月忽欲殚"两句感叹岁月的无情流逝，尤为沉重，一语双关，既说冬季将近，一年将终，也暗示着自己痼疾缠身、生命快要走到尽头。接下来，诗人听闻曹丕即将远征，更是感到难舍难

分，从而泪下沾襟，为自己不能相随左右而懊恼不已。

这首诗言辞恳切，情笃意长，诗人在病居中遥想戎马倥偬中的友人，感慨更加复杂，因此创作出这首动人的诗歌。

其四

凉风吹沙砾，霜气何皑皑^①！
明月照缇幕^②，华灯散炎辉。
赋诗连篇章，极夜不知归。
君侯^③多壮思^④，文雅纵横飞。
小臣信顽卤^⑤，黾勉^⑥安能追！

注释

①皑皑：霜雪洁白的样子。

②缇幕：红色的帷幕。缇，橘红色。

③君侯：对曹丕的尊称。

④壮思：宏伟的思谋。

⑤顽卤：思维迟钝。

⑥黾勉：努力、奋勉。

译文

寒冷的北风吹卷起细沙砾石，霜气一片洁白。明亮的月光照射红色的帷幕，华美的灯散发出光辉。即兴赋诗一篇又一篇，夜很深了依然不知道归家。君侯你有很宏伟的思谋，文情雅意仿佛要纵溢横飞一般。小

臣我实在是思维迟钝，再怎么勤奋努力也无法追赶上你！

赏析

第四首，即最后一首，与第一首相似，也是作者在病中回忆当年与曹丕一起宴饮时的场景，气氛热烈，宾主尽欢。

前四句中，室外虽然刮着凉风，霜气浓重，但室内却是华灯耀目，气氛十分热烈。"赋诗连篇章，极夜不知归"两句，写诗人一直与曹丕等人共同赋诗，佳作连篇，都不愿意离开，显示出他们文思泉涌的特点。后四句，诗人赞叹曹丕胸怀壮志，文采飞扬，并表示自己望尘莫及。根据曹丕的惊世才华以及诗人耿直自信的性格来分析，这并非谀辞，而是诗人对曹丕的才华发自内心的赞赏。

在四首诗中，前两首重在叙旧，后两首重在感怀，一个"情"字则贯穿首尾。诗人出于友情，对曹丕进行了直抒胸臆的思念和赞赏，毫无矫揉造作之态，确实让人十分感动。

赠徐幹诗

谁谓相去远？隔此西掖垣①。
拘限②清切禁③，中情④无由宣。
思子沉心曲⑤，长叹不能言。
起坐失次第⑥，一日三四迁⑦。
步出北寺门⑧，遥望西苑园⑨。
细柳夹道生，方塘含清源⑩。

轻叶随风转，飞鸟何翻翻⑪。

乖人⑫易感动，涕下与衿连。

仰视白日光，皦皦⑬高且悬。

兼烛⑭八纮⑮内，物类⑯无颇偏⑰。

我独抱深感⑱，不得与比⑲焉。

注 释

①西掖垣：宫殿西侧的围墙。垣，墙。

②拘限：拘禁，拘束。

③清切禁：清厉而严格的禁令。

④中情：内心的感情。

⑤沉心曲：埋藏于内心深处。沉，深藏。心曲，内心深处。

⑥次第：正常的礼节。

⑦三四迁：一天之内数次改变心境。形容神情恍惚。

⑧北寺门：官府的北门。《文选》李善注："《风俗通》曰：尚书侍御史谒者所止，皆曰寺也。"

⑨西苑园：指邺城的西园，即铜雀园。

⑩清源：清澈的水源。

⑪翻翻：同"翩翩"，鸟轻疾翻飞的样子。

⑫乖人：离别之人。

⑬皦皦：洁白明亮。

⑭兼烛：并照，普照。烛，用作动词，照亮。

⑮八纮：指大地的八极，形容地域广阔。

⑯物类：万物诸类。

⑰颇偏：即偏颇，不公正。

⑱感：遗憾。

⑲比：比邻，亲近。

译文

谁说我们相距遥远？其实只隔着这官殿西侧的围墙。被这清厉而严格的禁令拘束着，内心的感情不能倾吐出来。把思念你的深情埋藏于内心深处，长长地叹息却不可以说出来。起居失去了正常的礼节，一天之内数次改变心境。慢慢地走出官府的北门，远远地望着西苑的园林。又嫩又细的柳枝夹道生长，方形的池塘里有清澈的水源。翠绿的树叶随风轻轻地飘动，飞翔的小鸟在蓝天上翩翩起舞。离别之人总是很容易触景生情，泪珠滴落与衣襟相连。抬头望见太阳，洁白明亮地高高悬挂。光芒普照于八极之内，对世间万物都无偏颇。唯有我独自一人怀着深深的遗憾，不能够与它亲近、比邻。

赏析

据《典略》记载："太子尝请诸文学，酒酣坐欢，命夫人甄氏出拜，坐中众人咸伏，而桢独平视。太祖闻之，及收桢，减死输作。"刘桢不善于处理各种人际关系，且有着放任不羁的秉性。因此，在曹丕设宴招待众文士并命妻子甄氏出拜时，大家连忙拜伏不敢抬头，刘桢却平视甄氏。曹丕与刘桢感情很好，并不介怀，没想到曹操听说此事后，为了立威，竟然想以"不敬"之罪杀了刘桢，后来经曹丕等人的援救，才改为罚做一年苦役，期满后贬为署吏，再也无法接近政治中心。此后曹丕虽然

依然与刘桢有书信往来,并曾去看他,但曹操尚在,曹丕不敢起用他。等到曹丕称帝时,刘桢已经过世三年了。被罚为小吏的悲惨境遇,使得刘桢内心的郁闷与苦恼无从宣泄,所以与好友徐幹诗歌赠答,互诉不满之情。

人们常常会由于相距遥远而生思念之情,诗人却在诗的开头说"谁谓相去远?隔此西掖垣",意思是自己与朋友相隔并不遥远,只是受人约束不得自由而已。由此可以判断,这是诗人被罚为署吏时所作。接着,"拘限清切禁,中情无由宣"二句,侧面显示出曹操法令之严。"思子沉心曲,长叹不能言"两句体现诗人和徐幹的友情建立在互相理解、信赖和友爱之上,比一般的友情要更深刻。微过获重罪的不满,前途渺茫的失落以及思友之情频繁侵袭着诗人,难怪他要"起坐失次第,一日三四迁"了。

诗人心思不定,坐卧不宁,所以便"步出北寺门,遥望西苑园"。接下来便是他看到的景色:"细柳夹道生,方塘含清源。轻叶随风转,飞鸟何翻翻。"整个画面有静有动,有远景有近景。在美丽的自然景物面前,诗人不禁触景生情,所以他写道:"乖人易感动,涕下与衿连。"他伤感的原因,在最后六句中表达得较为含蓄,仰头看到洁白明亮的太阳高悬在空中,那"兼烛八纮内,物类无颇偏"的阳光,却偏偏遗忘了自己,让诗人陷入深深的遗憾。这阳光象征着什么呢?或许是指与徐幹等友人相聚的快乐,但更像是暗喻唯才是举的曹操,抱怨他不能起用自己。

全诗意境清远含蓄,感情真挚、痛切,将自己压抑与不满的感情倾诉了出来。

处士国文甫①碑

原 文

先生执乾灵②之贞资③，禀神祇④之正性⑤。咳笑⑥则孝悌之端著，匍匐⑦则清节⑧之兆见⑨。龆龀⑩以及成人，体无懈容⑪，口无愆辞⑫，兢兢业业，小心思忌⑬。勤让⑭同侪⑮，敬事长老，虽周之乐正子春⑯，汉之江都董相⑰，其饬躬⑱力行，无以尚之。是以长安⑲师其仁，朋友钦其义，闺门⑳推其慈，宗属㉑怀其惠。既乃潜身㉒穷岩㉓，游心载籍，薄世名也。初海内之乱，不视膳羞㉔十有余年。忧思泣血㉕，不胜其哀，形销气竭㉖，以建安十七年四月卒。于时龙德㉗逸民㉘，黄发㉙实㉚叟，缀文通儒㉛，有方㉜彦士㉝，莫不拊心长号㉞，如丧同生。咸以为诔㉟所以昭行㊱也，铭㊲所以旌德㊳也。古之君子，既没而令问不忘者，由斯二者也。铭曰：

懿㊴矣先生，天授㊵德度㊶。外清内白㊷，如玉之素。逍遥九皋㊸，方回㊹是慕。不计治萃㊺，名与殊路。知我者希，韫椟未酤㊻。丧过乎哀，遘疾㊼不悟。早世永颓㊽，违此荣祚㊾。咨尔末徒，聿㊿修欢故。

注 释

①国文甫：人名，事迹不详。

②乾灵：指上天的灵气，多用来形容人的禀性和天资。

③贞资：忠贞的资质。

④神祇：泛指神明。神，天神；祇，地神。

⑤正性：纯正的秉性。

⑥咳笑：小儿笑。

⑦匍匐：手足并用地爬行。

⑧清节：清正的节操。

⑨兆见：征兆显现。

⑩龆龀：儿童更生新齿，泛指儿童。

⑪懈容：懈怠的仪容。

⑫悠辞：违背礼仪的话语。

⑬小心思忌：小心谨慎。

⑭勤让：勤勉谦让。

⑮同俦：同辈。

⑯乐正子春：春秋时鲁国人，曾子的弟子，以至孝著称。

⑰江都董相：指汉代大儒董仲舒，曾任江都相，他的进退容止都严格依礼而行。

⑱饬躬：整治自己的身心。

⑲长安：即今陕西西安，应该是国文甫的故乡。

⑳闺门：家门，代指家人。

㉑宗属：宗族。

㉒潜身：归隐。

㉓穷岩：远离城市村镇的、多岩石的穷僻之地。

㉔膳羞：美食。

㉕忧思泣血：忧思伤怀，悲痛泣血。泣血，指极度悲痛而无声地哭泣。

㉖形销气竭：形体销毁，气血枯竭。形容人在极度哀伤以后的外表气质。

㉗龙德：龙所具有的潜藏蛰伏的品德。

㉘逸民：避世隐居的人。

㉙黄发：老人发白，白久则黄，因以黄发为寿高之象。

㉚实：助词，相当于"之"。

㉛通儒：鸿儒。

㉜有方：四方。

㉝彦士：俊彦，德行杰出的士人。

㉞拊心长号：捶胸号哭，形容伤心过度的样子。

㉟诔：累述死者功德以示哀悼的文章。

㊱昭行：昭示品行。

㊲铭：刻于器物之文，碑铭为其中的一类，主要称述死者生平功德，使之传扬于后世。

㊳旌德：表彰品德。

㊴懿：懿德，美德。

㊵天授：上天所授，引申为天生的禀赋。

㊶德度：品德气度。

㊷外清内白：外表清癯，内心高洁。

㊸九皋：曲折深远的沼泽。

㊹方回：古仙人名，相传为尧时人。

㊺萃：通"悴"，憔悴。

㊻韬椟未酤：藏在匣子里还没有卖出去。椟，柜。酤，沽，出卖。

㊼遘疾：患病。

㊽早世永颓：英年早逝。

㊾荣祚：荣华富贵。

㊿聿：语助词。

译 文

先生拥有上天灵气形成的忠贞资质，承受着神明所赋予的纯正秉性。孩提时的笑容中就流露出孝悌的端倪，爬行的时候就展示出节操清正的征兆。从龆龀童稚长大成人，从来没有懈怠的仪容，从来没有说过违背礼仪的话语，兢兢业业，小心谨慎。勤勉谦让于自己的同辈人，恭恭敬敬地服侍长辈。即便是周朝的乐正子春，汉朝的江都相董仲舒，他们整治自己的身心，身体力行，也无法超过先生。因此长安士庶都效仿学习他的仁爱宽恕，朋友们都敬佩他的大义，家人们都推崇他的慈爱，宗族都在内心感念他的恩惠。后来，他来到穷岩僻壤隐居，专心致志地研究典籍文献，对世俗名声抱着十分淡泊的态度。当初国内一片混乱，他由于忧虑而不关心饮食已经有十几年了。忧思伤怀，悲痛泣血，根本无法承受巨大的悲痛与哀伤，形体销毁，气血衰竭，最终他在建安十七年四月离开了人世。当时潜藏蛰伏的隐士，黄发耆老，文学鸿儒，四方俊彦，人人都捶胸号哭，就像失去亲生兄弟一般。大家一致认为诔能够昭示一个人的品行，铭能够表彰一个人的品德。以前高尚的仁人君子去世而美名不被人遗忘，就在于有这两种文体。所以作以下铭文：

懿德的先生啊，上天赋予了你高尚的品德与博大的气度。外表清癯，内心高洁，如同美玉般通透明亮。自由自在地在曲折深远的沼泽边游玩，神仙方回也对此倾慕不已。不计较因为治学导致容颜憔悴，虚名与先生不是同路。知道先生的人的确不多，你就仿佛是藏在匣子里没有卖出去的珍贵珠宝。先生丧命是由于为亲人治丧太过悲伤，身患严重的疾病却没有及早察觉。英年早逝，不能够享受人间的荣华富贵。你们这些后学之辈，一定要好好地学习先生的高尚德行。

赏析

此文创作于建安十七年（212年）。从内容上看，这篇文章更像一篇诔文，是为一位品德高尚却英年早逝的儒士而作，对他的生涯做出了高度评价。汉朝末年，社会动荡不安，很多文人学士避世待时，儒学的发展逐渐陷入了停滞的状态。刘桢是一位颇有儒学造诣的学者，借高度赞赏国文甫来宣扬儒学思想。

本文高度赞扬了品德高尚、"潜身穷岩"而忧国忧民的国文甫，并对其英年早逝表示深深的哀痛与惋惜。由于受到文体的限制，作者并没有一一列举国文甫的详细功绩，而是以衬托的手法从社会声望、士庶反响等方面来赞扬国文甫的品德行为。作者对国文甫的评价，反映了自己对品德操行的看法。"不计治萃，名与殊路。知我者希，韫椟未酤"四句高度概括了国文甫的崇高品行，也显现出作者所持的人生态度。

整篇文章十分悲痛但却不失理性，高度称赞却不流于肤浅，对人物的评价恰到好处。本文中有很多骈俪句式，已接近南北朝骈文的风格，显现出由古文向骈文发展的趋势。